ADNAN MARAL

Süperopa

Buch

»Allah, womit habe ich diesen deutschen Sohn verdient?«, fragt sich der türkischstämmige Rentner Kenan. Der Witwer ist mit seinem perfekt integrierten Polizistensohn Tan, der sogar den deutschen Nachnamen seiner Frau Ina angenommen hat, im Dauerclinch. Ina selbst forscht bei Kenans ehemaligem Arbeitgeber Poser Pharma an Virenstämmen. Dann geschieht das Unglaubliche: Kenan infiziert sich unbemerkt mit genetisch veränderten Viren, doch stirbt er nicht an den Folgen, sondern entwickelt auf einmal Superkräfte. Endlich sind seine Sinne übernatürlich geschärft – alt und gebrechlich war gestern! Mithilfe von Enkel und Comicfan Tobias und getarnt im Superheldenkostüm mit Maske wird Kenan zum SÜPEROPA! Doch als seine Familie in Gefahr gerät, muss Kenan mehr als seine neugewonnene übermenschliche Kraft aufbieten …

Autor

Adnan Maral, geboren 1968 in Çıldır in der Türkei, lebt seit 40 Jahren in Deutschland und besitzt bis heute keinen deutschen Pass – im Gegensatz zu seinen drei in Deutschland geborenen Kindern. Maral ist Schauspieler und Kulturbotschafter im deutsch-türkischen Dialog. In dieser Funktion begleitete er Außenminister Frank-Walter Steinmeier regelmäßig nach Istanbul und ist in zahlreichen Rollen auf dem Fernsehbildschirm und der Kinoleinwand zu sehen. Zuletzt spielte er in »Türkisch für Anfänger«, »Kückückskind« und »Einmal Hans mit scharfer Soße« mit. Er lebt mit seiner Familie bei München.

Von Adnan Maral bereits erschienen

Adnan für Anfänger · Ach, Deutschland! · Super unkühl, Alter!

ADNAN MARAL

SÜPEROPA

Roman

blanvalet

Sollte diese Publikation Links auf Webseiten Dritter enthalten, so übernehmen wir für deren Inhalte keine Haftung, da wir uns diese nicht zu eigen machen, sondern lediglich auf deren Stand zum Zeitpunkt der Erstveröffentlichung verweisen.

FSC www.fsc.org
MIX
Papier aus verantwortungsvollen Quellen
FSC® C014496

Verlagsgruppe Random House FSC® N001967

1. Auflage

Neumarkter Str. 28, 81673 München
Redaktion: Margit von Cossart
Umschlaggestaltung und -motiv: www.buerosued.de
BL · Herstellung: sam
Satz: Buch-Werkstatt GmbH, Bad Aibling
Druck und Bindung: GGP Media GmbH, Pößneck
Printed in Germany
ISBN 978-3-7341-0505-0

www.blanvalet.de

PROLOG

Ihr dröhnten die Ohren vom langen Flug dicht über dem Blätterdach der fast hundert Meter in den Himmel ragenden Bäume. Stundenlang war der Helikopter dem größten Arm des Flusses gefolgt, der sich wie eine Schnur durch die Landschaft schlängelte. Es war der in der Abendsonne smaragdgrün schimmernde Karawari River, der den Yali ermöglichte, fernab der Zivilisation ein friedliches Leben zu führen. Eine atemberaubende Kulisse – wäre da nicht die so überaus wichtige Mission, auf der sie sich befand.

Die schwüle Atmosphäre des Dschungels kroch ihr unter das Leinenhemd. Obwohl die Dämmerung schon eingesetzt hatte, legte sich die Hitze wie eine Decke über sie und erschwerte ihr das Atmen. Sie wusste nicht, ob sie schwitzte oder ob es die feuchte Luft um sie herum war, die für den klebrigen Film auf ihrer Haut sorgte. Es roch nach nasser Erde, Fäulnis und noch etwas anderem, das sie nicht einzuordnen vermochte. Vielleicht war es der Urwald, der sie warnte, nicht noch tiefer in ihn einzudringen.

Doch sie hatte keine Wahl. Sie musste es zu Ende bringen.

Es kam ihr vor, als würde der Boden unter ihren Füßen vibrieren. Mit jedem Schritt, den sie sich vom Hubschrauber entfernte, spürte sie das Leben zurück in ihren Körper kriechen. Ein schmerzhaftes Zittern breitete sich von ihren Oberschenkeln bis zu den Knöcheln aus und ließ sie erschaudern. Hinter sich spürte sie die Anwesenheit ihrer Kollegen, die gemeinsam mit ihr die beschwerliche Reise an diesen entlegenen Ort auf sich genommen hatten.

Noch immer das rhythmische Flappen der Rotorblätter im Ohr, nahm sie wahr, dass sich die Geräuschkulisse des Dschungels langsam an sie heranschob. Das Heulen und Jaulen unbekannter Tiere vermischte sich mit dem Wehklagen des Stammes, der sich überhaupt nicht begeistert von dem unerwarteten Besuch zeigte. Die Eindringlinge waren wortwörtlich aus heiterem Himmel über die Yali hereingebrochen, sehr zum Unmut der Bewohner dieses verlassenen Fleckchens Erde.

Aber darauf konnte sie keine Rücksicht nehmen. Ihre Mission war dringlicher als die Gefühle der Stammesangehörigen. Und Christopher Kolumbus hatte sich schließlich auch nicht um die Befindlichkeiten der Ureinwohner gekümmert, als er den Kontinent erobert hatte.

Entschlossen kämpfte sie sich durch die Mauer aus Leibern, schob sich vorbei an den Menschen, die auf sie eindrängten, sie berührten. Ihre weiße Haut, ihr helles Haar. Auf die Yali musste sie wirken wie ein Wesen von einem anderen Stern. Das ganze Dorf schien sich versammelt zu haben, um die Fremden zu begutachten. Männer, Frauen, Kinder. Viele davon nackt und mit bemalten Gesichtern.

Sie überquerte den großen Versammlungsplatz, der wie eine Geschwulst das allumfassende Grün aufbrach. In der Feuerstelle zerfielen die letzten glimmenden Kohlestücke zu Asche.

Ohne innezuhalten, hielt sie auf das beigefarbene Forschungszelt zu, das nahe der gut ein Dutzend Hütten, zusammengezimmert aus dicken Bambusrohren und ausladenden Palmwedeln, aufgeschlagen worden war. Es sah aus wie ein ungebetener Gast. Eine überaus passende Metapher, wie sie fand. Und dann bemerkte sie, dass etwas nicht stimmte. Von den Forschern war niemand da, der sie in Empfang nahm.

Unschlüssig blieb sie vor dem Zelt stehen. Schließlich riss sie den Reißverschluss auf und kämpfte sich durch das Moskitonetz dahinter. Ein Schwall stickig heißer Luft schlug ihr entgegen, setzte sich tief in ihren Lungen fest und sorgte dafür, dass sie kaum atmen konnte.

Es dauerte, bis sie sich an das diffuse Halbdunkel gewöhnt hatte. An einer der Zeltstangen baumelte eine Öllampe, die das Innere in ein gelbes Licht tauchte und die ohnehin schon knappe Luft mit ihrem Rußgestank verpestete. Der hielt die Stechmücken leider nicht davon ab, um sie herumzuschwirren und sich überall dort auf ihrer Haut niederzulassen, wo der klamme Stoff ihren Körper nicht bedeckte. Doch sie spürte die Stiche nicht. Sie spürte nichts als Euphorie und Dankbarkeit.

Sie drehte sich um und zog den Reißverschluss wieder zu, ehe einer ihrer Mitarbeiter hinter ihr eintreten konnte. Das war ihr Moment. Sie wollte ihn allein genießen, ihn mit niemandem teilen.

Wieder waren ihre Knie weich wie Pudding, doch dieses Mal war der Grund die innere Unruhe, die sie ergriff, als sie das Feldbett erblickte, dessen Umriss sich durch ein mehrlagiges Moskitonetz abzeichnete. Daneben stand ein Beistelltisch, und darauf konnte sie schemenhaft die

Konturen des Gegenstands ausmachen, wegen dem sie hier war.

Lage für Lage schob sie sich durch das feine Gewebe des Netzes, das sie an die hauchdünne Haut einer Zwiebel erinnerte. Dann war sie im Inneren angekommen. Sie streckte die Hand nach dem Glasfläschchen auf dem Beistelltisch aus und schloss sie zur Faust. Das Glas fühlte sich kühl an. Eine unendliche Genugtuung ergriff von ihr Besitz. Nach all den Strapazen, die hinter ihr lagen, hatte sie es geschafft. Endlich!

Sie kostete den Moment einige Sekunden mit geschlossenen Augen aus. Dann ermahnte sie sich: Sei keine Närrin! Es ist noch nicht vorbei.

Langsam öffnete sie die Augen wieder und betrachtete den Gegenstand in ihrer Hand näher. Der Inhalt der Phiole leuchtete ihr grün entgegen. Verlockend und verführerisch. Wunderschön. Sie drehte sie, betrachtete sie von allen Seiten. Sie war real, tatsächlich. Alles lief perfekt.

Zu perfekt.

Jemand ganz in ihrer Nähe hustete leise und rasselnd. »Sie dürfen es nicht mitnehmen«, drang eine brüchige Stimme an ihr Ohr. »Das Virus darf den Dschungel nicht verlassen!«

Sie wandte den Kopf zur Seite und musterte die menschliche Gestalt auf dem Feldbett. Umschwirrt von hungrigen Moskitos, denen sie durch ihr Eintreten Zugang verschafft hatte, trat sie einen Schritt darauf zu und schreckte im nächsten Augenblick zurück. Die Stimme, die zu ihr gesprochen hatte, war die eines alten Mannes gewesen. Und auch die eingefallenen Züge, das zerbrechliche Äußere, hatten sie im ersten Augenblick denken lassen, sie hätte es mit einem Greis zu tun.

Nun aber, bei näherer Betrachtung, erkannte sie, dass der Mann, der zu ihr gesprochen hatte, nicht viel älter sein konnte als sie selbst. Seine Züge waren gezeichnet von Krankheit und Leid. Er war kein Eingeborener, sondern ein Europäer, dem Akzent nach zu urteilen Franzose. Die Kleidung, die der Mann trug, war schmutzig und durchnässt. Und das war nicht das Einzige, was nicht stimmte.

Schnell holte sie die Öllampe, die an der Zeltstange hing. Schwarze Rauchfäden schlängelten sich der Zeltdecke entgegen. Und dann erkannte sie, was sie irritierte. Der Mann schwitzte stark, war durchtränkt von seinem eigenen Schweiß. Und als sie genauer hinsah, erkannte sie einen merkwürdigen Schimmer, der von ihm ausging. Die Feuchtigkeit, die seine Haut benetzte, war von einem intensiven Grün, ähnlich dem der Flüssigkeit in der Phiole.

»Sie kommen zu spät.« Der Mann hustete erneut. Es klang schauderhaft.

Sie blieb unschlüssig vor der Pritsche stehen und betrachtete nachdenklich die zappelnden Schatten, die der Lichtschein der Lampe gegen die Zeltwände warf.

»Wo sind die anderen?«, fragte sie.

»Abgereist. Sie haben mich zurückgelassen, da sie nichts mehr für mich tun konnten.«

Sie schaute sich um. Durch das Moskitonetz hindurch sah sie, dass das Zelt vollgestopft war mit kostspieligen Forschungsgegenständen. Über einem Paravent hingen Schutzanzüge in leuchtendem Gelb, die sie wegen ihrer großen Glashelme an Tiefseetaucher denken ließen. An der hinteren Seite stand ein schmaler Tisch, auf dem sich drei der besten Mikroskope aneinanderreihten, die aktuell auf dem Markt zu haben waren Und daneben … War das nicht genau das Plasmapheresegerät, das sie unbedingt für ihr Labor hatte haben wollen? Warum ließ man diese Kostbarkeiten hier? Sie waren doch wahnsinnig wertvoll. Wenn sie ehrlich war, wirkte all dies auf sie nicht wie eine koordinierte Abreise, sondern wie eine … Flucht.

»Warum sind sie gegangen?«, wollte sie wissen.

»Aus Angst.« Das Flüstern vermochte den Worten nicht den Schrecken zu nehmen. Im Gegenteil. »Es ist unberechenbar.« Mit blutunterlaufenen Augen starrte der Mann auf die Glasampulle in ihrer Hand. »Wir haben uns getäuscht, wir können es nicht kontrollieren. Es ist zu gefährlich.«

In ihrem Kopf drehte es sich, als würden Hunderte von Gedanken gleichzeitig nach vorne drängen.

»Aber der Bericht … der Mann … Seine Heilung!«

Der Brustkorb des Kranken hob und senkte sich immer hektischer. »Wir haben uns geirrt – oder etwas übersehen. Das Virus verspricht keine Heilung. Es tötet, es …«

Der Rest des Satzes zerbröselte unter einer kraftlosen Hustenattacke. Der schmächtige Körper bäumte sich kurz auf und fiel beim nächsten Atemzug des Mannes wieder zurück auf die Pritsche.

Sie rief sich noch einmal Auszüge des Forschungsberichts in Erinnerung, den man ihr hatte zukommen lassen. Schwarz-Weiß-Fotografien zogen wie in einem Diaprojektor an ihrem geistigen Auge vorbei. Sie sah das Bild eines Eingeborenen vor sich, der auf Krücken in einer Hütte stand. Von einem Mann war in dem Bericht die Rede gewesen, den eine Lähmung ans Bett fesselte. Doch nach der Behandlung mit dem Wunderserum hatte er wieder gehen können. Zunächst mit fremder Hilfe, schließlich eigenständig. Als hätte es die Lähmung nie gegeben. Der Bericht war wissenschaftlich fundiert, von Mitgliedern eben jenes Forscherteams verfasst, das Kontakt zu ihr aufgenommen hatte und das nun allem Anschein nach überstürzt abgereist war. Und es hatte einen seiner Mitarbeiter zum Sterben zurückgelassen.

Sie empfand Mitgefühl für den Mann, der um die letzten Atemzüge seines Lebens rang. Doch sein Anblick drang nicht bis in das Zentrum ihres Hirns vor, in dem die Logik beheimatet war. Sie wollte seine Worte nicht verstehen, schüttelte ungläubig den Kopf.

»Das Serum hat den Mann geheilt«, bemerkte sie beinahe trotzig.

»Er ist tot.« Der Mann auf der Pritsche schloss kurz die Augen, offenbar ergriffen von der Gegenwärtigkeit des Schicksals, das auch ihm bevorstand. »Es ist nicht zu kontrollieren.« Seine Stimme war nicht mehr als ein Krächzen.

»Wir brauchen es!«, erwiderte sie resolut und umschloss das Fläschchen fester. »*Ich* brauche es.«

Sie hielt dem flackernden Blick des Mannes stand. In seinen Augen stand etwas, das sie nicht erkannte … War es Mitleid? Ihr stockte der Atem. Er hatte Mitleid mit ihr? Er bedauerte sie? Aber …

»Ist alles okay da drinnen?«

Durch die schweren Zeltplanen drang die dumpfe Stimme eines ihrer Mitarbeiter. Er klang nervös. Auch sie wurde von einer undefinierbaren Unruhe gepackt. Sie mussten weg. Schnell. Die Entscheidung war gefallen.

Im nächsten Moment wurde der Reißverschluss aufgezogen und ein Teil der Plane zur Seite geschoben. Helligkeit zerschnitt das schummrige Licht im Zeltinneren.

Zwei Männer kämpften sich durch die Moskitonetze am Eingangsbereich. Einer trug eine weiße Box.

»Alles mitnehmen!«, befahl sie mit fester Stimme.

»Nein!«, rief der Mann auf dem Feldbett. Er hatte seinen Arm erhoben, dünn und zerbrechlich wie das Geäst eines toten Baumes.

Sie sah ihn an, ohne etwas zu empfinden.

Dann plötzlich schnellte sein Arm vor, mit einer Energie, die sie ihm nicht zugetraut hätte. Sie erschrak, als seine dünnen Finger ihr Handgelenk umklammerten, so fest, dass ein scharfer Schmerz sie durchzuckte. Doch die Intensität ließ augenblicklich nach, als hätte der Mann seine letzte Kraft in diese eine Bewegung gesteckt. Stöhnend ließ er sich wieder nach hinten fallen, ohne jedoch ihr Handgelenk loszulassen. Sie wandte sich mit einem entschiedenen Ruck von ihm ab und entzog ihm den Arm.

»Nicht …«, stöhnte er.

Sie warf ihm einen letzten Blick zu. »Es tut mir leid.«

Dann wandte sie sich von ihm ab, arbeitete sich durch die Moskitonetze und nahm die Kühlbox in Empfang. Sie ließ die Verschlüsse aufklappen, woraufhin ein kalter weißer Nebel aufstieg, der sich jedoch rasch in der schwülen Luft des Zeltinneren verlor. Behutsam legte sie die Phiole mit der grünlich schimmernden Flüssigkeit auf das Bett aus Trockeneis und schloss den Deckel der Box. Sie drückte sie an sich, strich beinahe liebevoll über den aufgeprägten Schriftzug. Mit geschlossenen Augen fuhr sie jeden einzelnen Buchstaben ab: POSER PHARMA.

Sosehr ihr das Los dieser einzelnen Person auch ans Herz ging … Was zählte das in Anbetracht ihres eigenen Schicksals? Vielleicht sogar dem der ganzen Welt …

KAPITEL 1

»Und das ist Ort, wo ich arbeiten.«

Kenan spürte, wie sich sein Brustkorb vor Stolz hob. Sie fuhren mit seinem Fahrrad auf das Firmengelände, sein sechsjähriger Sohn Tan saß auf der Stange vor ihm. Gerade passierten sie das Eingangstor, über das sich in schweren messingbeschlagenen Lettern meterbreit das Firmenlogo spannte: POSER PHARMA.

»Deutsche können sein froh, dass deine *baba* hierhergekommen.«

Er arbeitete nun schon seit sechs Jahren für diesen Pharmakonzern. Nachdem er 1973 zum ersten Mal deutschen Boden betreten hatte, begleitet von seiner schwangeren Frau Gül, hatte es nur wenige Tage gedauert, bis er die Anstellung als Industriemechaniker bei Poser Pharma bekommen hatte. Doch noch immer war es ein erhabener Moment, wenn er mit seinem klapprigen Herrenrad aus der Nachkriegszeit durch das Tor fuhr.

Tan drehte sich zu ihm um und sah kurz zu ihm auf. »Du hast da was im Bart!« Er kicherte.

Kenan nahm kurz eine Hand vom Fahrradlenker und fuhr sich über den dichten Schnäuzer. Eine weiße Flüssigkeit blieb an seinem Zeigefinger haften. Er leckte dran und schmatzte. »*Ayran!*«, erklärte er seinem Sohn. »Beste von Welt.«

»Schmier's bloß nicht an meinem neuen Trikot ab.«

Der Junge rutschte auf der Stange ein Stück nach vorn, woraufhin Kenan das Gleichgewicht verlor. Sofort umfasste er die Lenkstange wieder mit beiden Händen und schaffte es mit einem umständlichen Schlenker, in den Tritt zu gelangen.

Sein Blick fiel auf den Rücken des Jungen. Eine riesige schwarze Neun sprang ihm ins Auge. Die Nummer von Dieter Müller, dem Helden seines Sohnes. Ein deutscher Fußballer. Ausgerechnet! Dass er Tan trotzdem dieses sündhaft teure Trikot – fast dreißig Mark hatte es bei Quelle gekostet – gekauft hatte, war ein purer Beweis seiner unendlichen Vaterliebe.

»Du fährst fast so schlecht Fahrrad, wie du Deutsch sprichst!« Tan lachte und umfasste mit seinen kleinen Händen den Lenker.

Kenan fiel in das Lachen ein. Obwohl er es eigentlich gar nicht lustig fand, dass sein Sohn tatsächlich besser als er die Sprache dieses merkwürdigen Landes beherrschte, in dem er und seine Familie seit einigen Jahren wohnten. Und das war ja noch nicht das Schlimmste. Tan weigerte sich mittlerweile sogar, seinem Vater auf Türkisch zu antworten.

Behäbig radelte Kenan die breite Straße entlang, durch die sich werktags die schweren Lastwagen schoben, mit ehrfürchtigen Namen wie Magirus-Deutz, MAN und DAF. Monströse PS-Boliden, deren Motoren die Straßen erbeben ließen. Man mochte von den Deutschen halten, was man wollte, aber vom Autobau, das musste selbst Kenan zugeben, verstanden sie was.

Ohne Vorwarnung sprang Tan vom Rad, was zur Folge hatte, dass Kenan erneut das Gleichgewicht verlor und es gerade noch so schaffte, sich auf dem Sattel zu halten. Der Junge hatte recht. Er war wirklich ein miserabler Fahrradfahrer.

»Was machst du?«, rief er ihm auf Türkisch hinterher. »Komm zurück!«

Doch Tan beachtete ihn nicht. Seine Aufmerksamkeit galt der zerdrückten Mirinda-Dose, die jemand achtlos neben den Mülleimer geworfen hatte. Mit flinken dünnen Beinen, die in einer viel zu groß wirkenden kurzen Hose steckten, kickte er auf die Dose ein, als wäre sie ein Fußball.

Kenan stieg umständlich ab und lehnte das Fahrrad gegen die Backsteinwand der Firmenhalle. »Lass mich mitspielen!«

Sein Sohn kam mit der zerdrückten Dose am Fuß auf ihn zu, umtänzelte ihn und täuschte Finten vor, auf die Kenan samt und sonders hineinfiel. Er wurde getunnelt, flankiert, ausgetrickst. Von einem Sechsjährigen, der noch dazu ununterbrochen quasselte.

»Müller in der dreiundachtzigsten Minute«, gab Tan einen imaginären Fußballkommentator wieder. »Umringt von drei Jugoslawen stürmt er in den gegnerischen Strafraum, nimmt Anlauf und … Wird er es schaffen? Drei Tore in nur einem Spiel? Den Hattrick? Müller dribbelt, setzt zum Schuss an und … Tooooooor!«

Just in diesem Moment zischte die Mirinda-Dose durch Kenans Beine hindurch. Tan riss die Arme zu einem ausgelassenen Siegestaumel in die Höhe und hüpfte im Kreis.

Kopfschüttelnd bückte Kenan sich, hob die Dose auf

und warf sie in den Mülleimer. Wie es sich gehörte. Immerhin das hatte er in Deutschland recht schnell begriffen: Bei Müll neben der Tonne hörte die Freundschaft auf.

»Du und deine Müller«, sagte er kopfschüttelnd. »Nur Glück, dass Deutsche gekommen so weit letzte Jahr in Argentinien! Die könne nix Fußball spielen.«

Der Junge schaute mit empörter Miene zu ihm auf. Die Arme hatte er immer noch erhoben. »*Wir* sind 76 Vizemeister bei der Europameisterschaft geworden.«

Kenan lachte verächtlich auf. »*Die* verlieren Finale gegen Tschechoslowakei. Tschechoslowakei! Wenn Türkei mitgespielt, wären geworden *wir* Europameister.«

»Aber die Türkei hat nicht mal die Qualifikation zur Endrunde geschafft«, besserwisserte sein Sohn.

»*Wallah!* Zum Glück für Deutschland! Und für Tschechoslowakei. Sonst *Türkei* Europameister. Und jetzt still, wir sein da.«

Der strubbelige Schopf des Jungen ruckte von rechts nach links. »Woah, ist das alles riesig!« Mit staunendem Blick betrachtete er die hohe Fassade, die sich vor ihm auftürmte. »Und hier arbeitest du also?«

Kenan nickte stolz. »Wieder große Glück für Deutsche. Die können sein froh, dass dein Vater kommen aus Türkei.«

Der Junge sah ihn mit gerunzelter Stirn an. »Warum, Papa?«

»Nicht Papa! *Baba!*«

»Mama sagt, ich soll mit dir üben, damit du besser Deutsch lernst.«

»Pff! Mama sagen das? *Wallah!*«

Tan sah sich neugierig um. »Wofür steht das X?« Mit

dem Finger deutete er nach oben. Über dem Eingang des Gebäudes stand in großen Druckbuchstaben HALLE X.

»X«, Kenan setzte zu einem verschwörerischen Flüstern an, »heißen ›streng geheim‹.« Er machte große Augen, weil er hoffte, dass sein Sohn angemessen beeindruckt war.

»Aha. Und was ist hier so streng geheim?«

Kenan winkte ab. »Nicht so viel fragen, mitkommen! Ich dir zeigen alles.«

Während er Tan die Eingangstür aufhielt, vernahm er mit Genugtuung dessen ehrfürchtiges Raunen. Wer war schon dieser Dieter Müller? Drei Tore in einem Spiel. Pah. Das war doch keine Leistung. *Das* hier war etwas Bemerkenswertes! Er, Kenan Ümnyazici, hatte eine der Fertigungsmaschinen umgebaut. Mit seinen eigenen Händen. Er, ganz allein!

Seinen Sohn vor sich herschiebend, schritt er durch den Korridor und begrüßte die Kollegen, die allesamt blaue Overalls und weiße Schutzhelme trugen.

»Das hier mein Reich.« Kenan klopfte dreimal fest gegen ein dickes Rohr aus gebürstetem Edelstahl, das in einen riesigen Kessel führte.

Tan ließ seinen Blick das Rohr entlangfahren und kam aus dem Staunen nicht mehr heraus. Ihm war anzusehen, dass er beeindruckt war. Seine Augen wurden immer größer. »So viele Rohre und Ventile!«

Kenan nickte stolz. »Chef sagen: ›Kenan, meine beste Mann.‹«

Tatsächlich war die ganze Halle ein Konstrukt aus ineinanderlaufenden Rohren in allen erdenklichen Größen, die sich scheinbar wirr in alle Richtungen schlängelten und in irgendwelchen Kesseln endeten. Doch Kenan kannte jeden Zentimeter der Anlage in- und auswendig und wusste über die Position jeder einzelnen Schraube Bescheid.

Ein Mann, nur ein paar Zentimeter größer als Tan, legte die Hand auf die Schulter des Jungen. Er hatte einen vollen Schnauzbart, genau wie Kenan, und eine Halbglatze.

»Das hat alles dein Papa gebaut.«

»Das ist Muhamet«, erklärte Kenan seinem Sohn. »Er Gastarbeiter wie ich. Auch aus Türkei. Gute Freund von mir.«

Wie alle anderen Arbeiter in der Halle trug auch Muhamet einen blauen Overall. Doch seiner war ihm viel zu groß und der Helm mehr schmutzig als weiß. Sie begrüßten sich mit einem missglückten Handschlag, über den sie gut gelaunt hinweglachten.

Ein weiterer Blaumannträger gesellte sich zu ihnen.

»Das ist Hans«, erklärte Kenan und bemerkte, dass Tan den dicken Bauch anstarrte, der sich prall gegen den Blaumann drückte.

»Is a guada Tüftla, dei Voda«, meinte Hans glucksend.

Kenan mochte ihn – auch wenn er Deutscher war. Schade war bloß, dass er ihn beim besten Willen nicht verstand. Und so tat er das, was er immer machte, wenn Hans ihm etwas in seinem merkwürdigen bayrischen Dialekt zuwarf. Er lachte verlegen und hoffte, dass er keine Frage überhört hatte.

»Zeigst du deim Bubn de grouse weide Wäid?«

Kenan grinste und machte eine Kopfbewegung zwischen Nicken und Schütteln.

»Und wer ist das?« Der Blick des Jungen löste sich von

dem Geflecht aus Stahlrohren. Er hatte eine Frau mit Krücken ins Visier genommen.

Kenan stieß einen tiefen Seufzer aus und sagte auf Türkisch zu Tan: »Das, *aşkım*, mein Schatz, ist Mathilda von Poser, Inhaberin von Poser Pharma.«

»Des is de Chefin«, erklärte Hans, der unmöglich wissen konnte, das Kenan seinem Sohn eben dies gerade mitgeteilt hatte. Für ihn klang es vermutlich wie: Üldürüdenüridimgüdrüdü.

»Und der Mann, mit dem sie sich unterhält«, gab Muhamet in seinem beinahe akzentfreien Deutsch ungefragt Auskunft, »ist Herr Schmieder. Vorarbeiter der Anlage.«

Er zeigte auf einen hochgewachsenen älteren Herrn, der als Einziger in der Halle einen roten Schutzhelm trug.

»Was ist ein Vorarbeiter?«, wollte Tan wissen. Die Männer ergaben sich in missmutigem Schnauben, während sie die Frau musterten, die ein sehr kurzes senffarbenes Minikleid mit farblich passendem Stirnband und hochhackigen Sandalen trug. Kenan hatte sich immer noch nicht damit angefreundet, dass sich die deutschen Frauen derart freizügig kleideten. Seinem Jungen hingegen schien es zu imponieren. »Sie ist wunderschön.«

»Ja«, gab ihm Kenan recht und fügte in seiner Muttersprache hinzu: »Sie sollte aber ein Kopftuch tragen, wie es sich für Frauen gehört.«

»Warum läuft sie auf Krücken?«, fragte Tan, zu Kenans Überraschung ebenfalls auf Türkisch.

»Frau von Poser hat eine schlimme Krankheit.«

Zu viert beobachteten sie das in der Ferne stattfindende

Gespräch. Kenan erkannte, dass seine Chefin die Stirn in Falten gelegt hatte. Schließlich humpelte sie auf den Krücken davon.

Schmieder blieb noch eine Weile unentschlossen stehen, dann fing sein Blick ausgerechnet den von Kenan auf, und er kam mit schnellen Schritten, die Arme in die Hüften gestemmt, auf ihn zu.

»Ach, da ist er ja, mein Lieblingstürke«, rief er.

Kenan grinste und zwinkerte seinem Sohn zu. »Was ich sagen? Ich beste Mann!«

»Und das ist dein Sohn?« Schmieder wuschelte Tan durch die Haare.

Der machte augenblicklich einen Schritt zurück, um den riesigen Händen des Vorarbeiters zu entkommen. Dennoch konnte er sich ein Grinsen nicht verkneifen. »In euren Blaumännern seht ihr aus wie Schlümpfe.« Er zeigte auf den roten Helm des Vorarbeiters. »Und du bist Papa-Schlumpf.«

Muhamet und Hans nutzten den Moment, um sich so unauffällig wie möglich vom Platz des Geschehens zu entfernen.

Schmieder sprach unbeirrt auf Kenan ein, der nicht einmal im Ansatz den Sinn der Worte verstand. Zu schnell drangen sie aus dem riesigen Mund des Vorarbeiters. Weil er sich vor Tan auf keinen Fall blamieren wollte, tat Kenan das, was er in solchen Situationen immer tat: Er lachte und nickte. Nickte und lachte. Meist klopfte der Vorarbeiter ihm dann wohlwollend auf die Schulter und ging seines Weges.

Doch diesmal wollte Schmieder mit dem Reden gar nicht mehr aufhören. Kenan kam mit dem Grinsen und

Nicken kaum noch hinterher. Für ihn klang die hölzern-holprige Sprache einfach zu absurd.

Schmieder zeigte neben sich. »Anlage steht!«, hörte Kenan schließlich aus dem Kauderwelsch heraus, worauf er stolz in Richtung seines Sohnes nickte.

»Tan! Anlage stehen wie Eins. Kenan selbst gebaut.« Er suchte den Blick seines Sohnes. Der sah ihn jedoch verunsichert an und schüttelte den Kopf.

Pah. Was verstand ein Sechsjähriger schon von Männergesprächen? Kenan wandte sich wieder Schmieder zu und reckte beide Daumen nach oben.

Doch nun schüttelte auch der Vorarbeiter den Kopf. Er ergriff Kenans Hand und drehte den Daumen nach unten. »Nix tippi-toppi! Die Anlage steht still!«

»Still?«, echote Kenan. Er neigte den Kopf, lauschte.

»Papa! Er meint, dass die Anlage nicht geht«, erklärte ihm Tan auf Türkisch. »Dass sie nicht funktioniert. Dass sie kaputt ist!«

»Kaputt?« Kenans Augen weiteten sich. »Oh!«

Schmieder klatschte lautstark in die Hände. »Der Muselmann hat's begriffen!«

Das war Kenan vor seinem Sohn nun doch ein wenig unangenehm. Er strich sich über den Schnäuzer und zog die buschigen Augenbrauen hoch, während er eine der Rohrleitungen mit fachmännischer Mimik verfolgte. »Nix kaputt. Gestern noch gut!«

»So so, gestern noch gut«, meinte Schmieder. »Aber heute kaputt! Verstehste?«

»Jorgos gestern letzte Mann an Anlage. Nicht ich.«

»Was ist mit mir?« Ein in der Nähe stehender breitschultriger Hüne streckte bei der Erwähnung seines

Namens den Kopf in die Höhe. Als er erkannte, mit wem Kenan sich gerade unterhielt, ließ er alles stehen und kam auf sie zugestürmt. »Was willst du damit sagen, eh?«

Kenan setzte sich über den Protest des ungeliebten Kollegen hinweg und erklärte Schmieder unter aller Anstrengung auf Deutsch: »Hat reingemacht in Anlage!«

Der Grieche bekam einen knallroten Kopf. »Was soll ich gemacht haben? In die Anlage gepinkelt?« Sein Temperament glich einem brodelnden Vulkan. Es war nicht das erste Mal, dass Kenan mit selbigem Bekanntschaft machte.

Der Vorarbeiter stürzte sich zwischen die beiden, damit der Grieche nicht auf Kenan losging.

»Was ist los?«, fragte der völlig perplex, da er Jorgos' Wut nicht im Ansatz verstand.

Schmieder schüttelte den Kopf. »Könntet ihr eure nationalen Konflikte bitte zu Hause lassen?«

»Aber er sagt, dass ich in die Anlage gepinkelt habe!«, beschwerte sich Jorgos.

Nun verstand auch Kenan. »Nein, nein, nein.« Beschwichtigend hob er die Arme. »Alle falsch verstehen. Du haben *rein gemacht.*«

Die Hände des Griechen ballten sich zu Fäusten, doch da stieß Tan einen spitzen Schrei aus. »Jetzt weiß ich, was Papa meint!« Abwechselnd betrachtete er seinen Vater, dann die beiden Männer daneben. »Er meint, dass Jorgos die Maschine gestern Abend *sauber* gemacht hat.«

Jorgos und Schmieder sahen sich eine Sekunde lang schweigend an, dann brachen sie in ein grollendes Lachen aus, das Kenan in der Seele brannte. Auch Tan kicherte – und das verletzte Kenan am meisten. Er fühlte sich dumm und gedemütigt zugleich, nur weil er diese komplizierte Sprache nicht richtig beherrschte. Wütend richtete er sich an Tan.

»Was hast du ihnen gesagt, du Sohn eines Esels?«, fluchte er auf Türkisch und drohte dem Jungen eine Ohrfeige an, woraufhin dieser sofort mit dem Kichern aufhörte, dann aber mutig das Kinn hob.

»Wenn ich der Sohn eines Esels bin, bist du aber der Esel!«, antwortete Tan trotzig auf Deutsch.

Jorgos und Schmieder bekamen sich vor Lachen überhaupt nicht mehr ein.

Kenan spürte, wie ihm die Schamesröte ins Gesicht stieg. Er packte seinen Sohn am Arm und schleifte ihn mit sich. Bloß raus hier!

Außerhalb der Hörweite der beiden zischte er Tan zu: »Sprich gefälligst Türkisch mit mir! Ich habe dich nicht dazu erzogen, dich wie ein Deutscher zu benehmen.«

Tan rief: »Aua, Papa, du tust mir weh!« Er versuchte, sich aus dem Klammergriff zu winden.

Aber Kenan zog ihn weiter, raus aus der Firmenhalle, zum Fahrrad. Dort angekommen, ließ er ihn los. Immer noch schimpfend, wandte er sich dem Fahrradschloss zu und machte sich daran zu schaffen.

»Ich weiß gar nicht, womit ich das verdient habe«, meckerte er unaufhaltsam in seiner Muttersprache weiter. »So ein undankbarer Junge … Verleugnest deine Heimat. Hab ich dich nicht zu etwas Besserem erzogen? Bist du nicht stolz auf die Türkei? Du willst ein Deutscher sein wie alle anderen hier, dabei verstehst du gar nicht …«

Ein Geräusch drang an sein Ohr und ließ ihn innehalten. Es klang merkwürdig. Fremd. Als wenn es in dieser

Situation nichts zu suchen hätte. Er lauschte noch einmal. Hatte er es sich nur eingebildet? Nein. Da war es wieder. Ein Kratzen. Und da, schon wieder. Aber nein, es war kein Kratzen, eher ein … Röcheln. Schnarchte da jemand? Tan etwa? Er ließ vom Fahrradschloss ab und richtete sich auf.

In diesem Moment erkannte er, dass er in seinem Bett lag, mit einer dünnen Bettdecke zugedeckt. Und dann hörte er wieder das Geräusch.

Es war eindeutig ein Schnarchen.

KAPITEL 2

Verwirrt sah Kenan sich um. Er war in seinem Zimmer. Die Digitalanzeige seines Weckers auf dem Beistelltisch neben dem Bett tanzte vor seinen Augen. Er blinzelte, um sie zumindest kurz zu fassen zu bekommen. 5.58 Uhr. Für einen Mann in seinem Alter zu früh, um wach zu sein.

Schemenhaft nahm er die beiden anatolischen Teppiche an der Wand gegenüber wahr, die Mosaikhängelampe, die tief über der Raummitte baumelte. Verschiedene Sitzkissen und Poufs auf dem Boden, in der Mitte der hübsche Tisch mit der Mamorplatte und den gedrechselten vergoldeten Beinen. An der Wand hinter dem Bett hingen die Cümbüş und die Tanbur, zwei osmanische Zupfinstrumente, die Kenan nicht beherrschte, die aber zu ihm gehörten wie sein Schnäuzer. Alles war an seinem Platz in seinem Reich. Sechzehn Quadratmeter Heimat. Anatolien, so weit es auch von München-Laim weg war.

Aber dieses Schnarchen. Es klang so falsch. Vor allem klang es nach …

Tan. Es konnte nur sein Sohn sein. Niemand anderes in diesem Haus schnarchte so laut und gleichzeitig so unmännlich – eben typisch deutsch.

Kenan riss die Augen auf und spürte sein Blut unter Hochdruck durch die Venen jagen. Er setzte sich auf und fluchte in seiner Muttersprache: »Mein verdorbener Sohn schnarcht nicht einmal wie ein Türke!« Dann warf er sich mit Schwung wieder zurück auf die Matratze, drehte sich ungehalten auf die linke Seite und hielt sich mit beiden Händen die Ohren zu.

Das Schnarchen wurde leiser, aber es war immer noch zu hören. *Rrrrraaapschü, rrrraaapschü* … Und dabei war er so schwerhörig! Kenan lauschte intensiv und spürte mit jedem weiteren Atemzug die Taktzahl seines Pulses ansteigen. Wie konnte ein Türke nur derart falsch schnarchen? Gut, Tan war in Deutschland geboren, aber musste er deshalb klingen wie ein Deutscher? Bei Allah! Unfassbar.

Das Geräusch trieb ihn in den Wahnsinn. Er nahm das Kopfkissen zu Hilfe und drückte es sich auf die Ohren. Doch das Schnarchen war zu laut, als dass er wieder hätte einschlafen können. Dabei hatte er so einen schönen Traum gehabt. Von damals, als Tan noch klein gewesen war und sie beide sich noch gut verstanden hatten …

Kenan hielt es nicht länger aus, hob das Kopfkissen an und blinzelte noch einmal in Richtung des Weckers. 5.59 Uhr.

Mühsam setzte er sich wieder auf und schwang die Beine über die Bettkante. Er wartete, bis die Rückenschmerzen nachließen und sich seine Kniegelenke von der ersten Bewegung nach dem Schlaf erholt hatten. Es waren eben jene Wehwehchen, mit denen ein alter Mann vom neu anbrechenden Morgen begrüßt wurde. Er tastete nach der Brille neben dem Wecker und setzte sie auf.

Augenblicklich wurde alles um ihn herum deutlicher – wenn auch nicht so scharf wie früher. Aber das war zum

Glück schon so lange her, dass er sich kaum daran erinnern konnte.

Er sah die Cordhose, die er am Tag zuvor getragen hatte, unordentlich auf dem Boden liegen. Anscheinend war sie über Nacht von der Stuhllehne gerutscht. Kenan stand vorsichtig auf und kam unbeholfen auf die Beine. Ein paar tapsige Schritte in Richtung des Stuhls, dann versuchte er, sich nach der Hose zu bücken, doch ein scharfer Schmerz im Knie ließ ihn innehalten. Also begann er mit dem Hemd, das sich glücklicherweise noch auf dem Stuhl befand und somit in greifbarer Nähe war. Umständlich schlüpfte er in die Ärmel und tastete dann nach der Knopfleiste. Vorsichtig ging er ein Stück in die Knie. Er hatte Glück, der jäh aufkommende Schmerz, den er beim Bücken verspürt hatte, war weg. Etwas, das man von dem Schnarchen aus dem Zimmer nebenan nicht behaupten konnte.

»Tan, verdammt!«, fluchte er auf Türkisch. »Schnarch endlich wie ein echter Mann.«

»*Baba*, du weckst noch das ganze Haus.«

Kenan bemerkte aus den Augenwinkeln, dass sich die Tür geöffnet hatte und jemand in den Raum getreten war. Eine weibliche Hand schob sich in sein Blickfeld und strich ihm die Haare glatt.

Er sah von den Knöpfen auf, die er wegen seiner zittrigen Finger nur schwer in die winzigen Löcher bekam, und bedachte seine Frau mit dem ersten Lächeln des Tages.

»*Canim*. Liebste. Da bist du.«

»Warum bist du denn schon wach?« Gül schob seine Hände beiseite und begann, ihm das Hemd zuzuknöpfen, dabei betrachtete sie ihn mit diesem sanftmütigen Blick, in den er sich damals als Erstes verliebt hatte.

»Tan. Ich ertrage es nicht länger«, setzte er an, doch Gül unterbrach ihn.

»Hatten wir nicht vereinbart, dass du mehr Deutsch sprichst, Kenan?«

Er seufzte. »Schnarchen von Tan«, begann er dann vorwurfsvoll in dieser Sprache zu erklären, die sich in seinem Mund immer noch so fremd anfühlte wie eine rohe Kartoffel. »Du nicht hören? Ist Schande für Türke, so zu schnarchen.« Während er redete, gestikulierte er wütend mit den Händen.

Gül schnalzte mit der Zunge. »Halt still, *Dede*! Sonst sind wir morgen früh noch nicht fertig.«

Kenan ließ seine Frau gewähren. Er mochte es, wenn sie ihn *Dede* nannte. Großvater. Es klang so liebevoll, wenn sie es sagte. Er betrachtete ihr Gesicht, während sie ihm mit den Knöpfen half. Es war umrahmt von langen grauen Haaren, die von weißen und schwarzen Strähnen durchzogen waren. Gül hatte trotz ihres Alters noch rosige Wangen und strahlend braune Augen, die in all den Jahren nichts von ihrem Glanz verloren hatten.

»Du gute Frau«, flüsterte er. »Beste, die Mann sich können wünschen.«

Güls Hände hielten in der Bewegung inne. Sie sah ihn lächelnd an. »Die Männer in deiner Familie haben einfach Glück mit den Frauen.«

Kenan nickte. »Stimmt.« Gül lächelte sanft und knöpfte weiter. »Stell dir vor, dein Eltern hätten genommen an Angebot von Familie Günal.« Er lachte auf. »Dann du würden heute neben Özer stinkende Ziege treiben auf Berge von Karbiyik.«

»Ach, Kenan …« Nun seufzte seine Frau. Ihre schlanke

Hand strich ihm liebevoll über die Wange. »Gül ist nicht mehr da. Sie ist vor drei Jahren gestorben. Erinnerst du dich?«

Kenan schloss die Augen und versuchte, seine Gedanken zu sortieren. Es passierte ihm nicht zum ersten Mal, dass er Personen miteinander verwechselte. Aber dass es ihm ausgerechnet bei seiner geliebten Gül geschah …

Als er die Augen wieder öffnete und die Frau vor sich anblickte, war die dunkle Farbe in das eben noch graue Haar zurückgekehrt. Eine braune Strähne hing in einem hübschen, nahezu faltenfreien Gesicht, dessen nunmehr blaue Augen lediglich von einem sanften Fächer aus Lachfalten umgeben waren.

»Ina.« Er stöhnte ergeben auf.

»Ich weiß, sie fehlt dir sehr.« Kenans Schwiegertochter berührte ihn zärtlich am Arm. »Hast du wieder von ihr geträumt?«

»Ich immer träumen von Gül. Sie in meine Träume immer bei mir. Gute Gül.« Er versuchte, sich noch einmal das Gesicht seiner Frau ins Gedächtnis zu rufen. Doch es gelang ihm nicht. Rasch warf er einen Blick auf das Porträt von ihr, das wie immer auf seinem Nachttisch stand, und betrachtete es zärtlich. Doch mit jedem weiteren Schnarcher seines Sohnes wurde sein Geduldsfaden kürzer.

»TAN!« Ungeachtet seiner aufschreienden Gelenke, riss Kenan in einer zornigen Geste die Arme hoch und machte einen Schritt nach vorn.

»*Dede*, bitte!«

Ina versuchte, ihn aufzuhalten, doch Kenans brodelnde Wut war unbändig, sie musste ein Ventil finden. Verärgert stürmte er aus seinem Zimmer, dem einzigen Ort im Haus, der zumindest im Ansatz an die türkischen Wurzeln seiner Familie erinnerte, und humpelte durch den engen Flur in Richtung Schlafzimmer seines Sohnes und seiner Schwiegertochter. Mit jedem Schritt, den er zurücklegte, wurde das Schnarchen lauter.

»Tan!« Er riss die Tür auf, doch sein Sohn rührte sich nicht. Kenan positionierte sich neben dem Bett und rüttelte an seiner Schulter. »Du bist eine Schande! Für mich und deine gesamte Familie. Ach was, für die gesamte Türkei und alle Türken!«, schrie er in seiner Muttersprache, was seine Wirkung nicht verfehlte. Mit einem Ruck richtete Tan sich auf.

»Ich bin wach! Ich bin wach! Ich bin wach!« Orientierungslos sah er sich um, dann fiel sein Blick auf Kenan. »Papa?«, fragte er sichtlich überrascht. »Was ist passiert? Wo ist deine Hose?«

»*Baba!* Es heißt *baba*, verdammt! Wie oft muss ich noch sagen?«

Sein Sohn schaute blinzelnd an ihm vorbei. Kenan folgte seinem Blick und sah Ina im Türrahmen stehen.

»Dein Schnarchen hat ihn gestört«, erklärte sie ihrem Mann mit einem Grinsen im Gesicht.

»Mein …?«

»Dein Schnarchen!« Kenan fauchte ihm die Antwort förmlich entgegen. Immerhin auf Deutsch. Das war er seiner Schwiegertochter, die kein Türkisch sprach, sich aber dennoch liebevoll um ihn kümmerte, schuldig. »Du mich wecken.«

»Aber … du schnarchst doch selbst.«

»Ich schnarchen richtig«, stellte Kenan klar. »Du

schnarchen *rrrrraaapschü, rrrraaapschü*. Echter Türke schnarchen *rapapapapapa, rapapapapapa*!«

Tan fuhr sich mit der Hand über das Gesicht. »Ich schnarche, wie ich schnarche. Es gibt keine türkische Art zu schnarchen.«

»Wohl! Ich müssen wissen, ich Türke. Und du auch Türke. Obwohl … Ich nicht wissen, wo du hast versteckst deine Türke! Schau um dich. Tapete. Warum hängen kein Teppiche an Wand? Und was das sind für Berge?«

»Die Alpen«, erklärte Ina unaufgefordert.

»Eine Fototapete. Mittlerweile solltest du sie kennen. Wir wohnen ja schließlich schon lange genug in München.«

»Warum da nicht kleben Tapete von Taurus? Türkische Berge viel mächtiger als Alpen. Und schöner!«

Mit einem herzhaften Gähnen schälte sich Tan aus dem Bett, ohne auf die Frage seines Vaters einzugehen, und warf einen genervten Blick auf den Wecker. »Himmel, es ist gerade mal kurz nach sechs. Ich hätte noch eine Stunde schlafen können. Aber nein, ich werde von meinem Vater geweckt, der mir wieder einmal sagt, dass ich nicht türkisch genug bin!«

Er klaubte ein paar Klamotten vom Boden auf, drückte seiner Frau einen Kuss auf die Wange und verschwand dann in Richtung Badezimmer, ohne auf Kenans Vorwurf weiter einzugehen.

Kenan spürte, dass Inas Blick auf ihm ruhte.

»Ein Streit um diese Uhrzeit ist selbst für euch neuer Rekord«, sagte sie, die Arme vor der Brust verschränkt.

»Er haben angefangen«, meinte Kenan verteidigend.

»Er hat geschlafen, *Dede*.« Ina sah ihn genervt und müde an. »Ach, weißt du was? Denk doch, was du willst.«

Kopfschüttelnd verschwand sie aus dem Zimmer, und plötzlich war Kenan allein. Im Spiegel des wandbreiten Einbauschranks betrachtete er nachdenklich seine eigene Gestalt, als Gül neben ihm auftauchte. Auch sie schüttelte missbilligend den Kopf.

»Du kannst ihm nicht vorschreiben, wie er sein Leben zu leben hat«, sagte sie auf Türkisch.

Kenan entgegnete: »Ich schreibe ihm nichts vor, ich finde lediglich …«

Die Frau im Spiegel erhob ihren Zeigefinger. Eine Geste, die Kenan wie immer sofort verstummen ließ.

»Du sagst ihm, wie er schnarchen soll, *aslanim*, mein Löwe.«

Kenan machte eine abfällige Handbewegung. »Das Schnarchen war nur die Tropfen, der das Fass zum Überlaufen gebracht hat. Er nennt mich nicht mal *baba* zu mir! Und seinen Familiennamen hat er einfach weggeschmissen.«

Süper. Er kam einfach nicht darüber hinweg, dass Tan den Namen seiner deutschen Frau angenommen hatte. Dabei klang er noch nicht mal besonders deutsch! Hätte er auch seinen Familiennamen behalten können …

Die Frau im Spiegel lachte gutmütig auf. »Dein Nachname ist aber auch fürchterlich.«

Kenans buschige Brauen schoben sich zusammen. »Was?«, fragte er scharf. »Was ist mit Ümniyazici nicht in Ordnung? Das ist ein ehrenhafter türkischer Name!«

»Ach, Kenan. Sei nicht immer so engstirnig.«

Er schlug die Augen nieder. Als er wieder aufblickte, sah er nur noch sich selbst im Spiegelbild. Gül hatte ihn allein gelassen.

»Frauen …«, nuschelte er und kratzte sich verlegen am Bart.

Unter wehklagendem Protest seiner Knie verließ er das künstliche Bergpanorama der Alpen, dieser mickrigen Imitation des türkischen Taurus. Missmutig warf er einen letzten Blick zurück in den Raum, betrachtete die Kommode, das Doppelbett, den Schminktisch, den Schrank. Alles funktional und in Weiß. Sogar die Bettwäsche sah aus wie im Krankenhaus. Nein, in diesem Zimmer war wirklich nichts Osmanisches zu finden. Und schon gar nicht der Mann, der darin schlief.

»Geht bitte wer Tobias wecken?«, hörte Kenan in diesem Moment Inas Stimme aus der Küche im Erdgeschoss.

Kenan schlurfte los. Als er vor der Zimmertür seines Enkels ankam, bog gerade sein Sohn um die Ecke. Offenbar hatte er dasselbe vor.

Tan musterte ihn kritisch. Dann zischte er: »Zieh dir endlich 'ne Hose an!«

»Und du lernen richtig schnarchen!«

Dann machten beide auf dem Absatz kehrt.

Kenan quälte sich die Treppe hinunter und suchte die Abstellkammer neben der Küche auf. Dort befand sich in der Tiefkühltruhe sein einziger wahrer Schatz, das Letzte, was ihm in diesem Leben noch etwas bedeutete: Güls Ayran.

Er öffnete den Deckel. Damals, nach Güls Tod, hatte er den gewaltigen Vorrat an Flaschen, den seine Frau in den letzten Monaten ihres Lebens zubereitet hatte, eingefroren und sich vorgenommen, nur in Notsituationen eine Portion aufzutauen. Nun sah er auf den letzten Rest des Nationalgetränks seiner Heimat hinunter, der übrig geblieben war. Gerade mal eine Handvoll Flaschen. Und dabei war Gül erst seit drei Jahren tot.

Ein Grund mehr, sobald wie möglich den Abgang zu machen, dachte Kenan grimmig und warf einen misstrauischen Blick an die Zimmerdecke. Er war bereit. Er könnte jeden Augenblick abtreten. Er wartete nur auf das göttliche Zeichen, und dann würde er von der Bühne gehen. Aus, Ende. Doch bislang hatte sich Allah noch nicht blicken lassen, um ihn ins Paradies zu geleiten, wo hoffentlich nicht zweiundsiebzig Jungfrauen, sondern nur eine einzige Frau auf ihn wartete – Gül.

Kenan bückte sich und nahm eine der Flaschen aus der Tiefkühltruhe, dann öffnete er den Kühlschrank und stellte sie in die Schranktür. Daneben stand eine bereits aufgetaute Flasche, die er nun herausnahm. Auch wenn er sich vorgenommen hatte, sparsamer mit dem Ayran umzugehen – dies war so ein Tag, da würde es nicht ohne gehen.

Er drehte den Schraubverschluss auf und setzte zu einem tiefen Schluck an. Als das Getränk seine Zunge berührte, spürte Kenan beinahe augenblicklich, wie die Lebensgeister in seinen altersschwachen Körper zurückkehrten. Der erfrischende Geschmack nach Joghurt und Säure ließ ihn laut seufzen.

Er dachte: Gül hat einfach den besten Ayran der ganzen Türkei gemacht. Dann fiel ihm ein, wie wenige Flaschen nur noch in der Tiefkühltruhe lagen. Wenn die aufgebraucht waren, würde auch die letzte Erinnerung an Güls Rezept unweigerlich fort sein. Für immer.

Und dann? Das Leben rauschte nur so an ihm vorbei, in einem Tempo, bei dem er einfach nicht mehr mithalten konnte. Er hörte die Dusche im Obergeschoss rauschen, jemand betätigte die Toilettenspülung. Irgendwo klingelte ein Wecker, den niemand ausstellte. Schubladen wurden aufgezogen, Schranktüren geknallt, etwas fiel klirrend zu Boden. Der allmorgendliche Wahnsinn im Haus.

Alle hatten ihre Aufgabe, ihren Platz, wussten, wo sie hinmussten. Nur er hatte nichts außer diesen vier Wänden und den Erinnerungen an ein Leben, das längst vorbei war. Für ihn gab es nichts weiter als Warten. Darauf, endlich wieder bei seiner geliebten Gül zu sein.

»Männer! Was ist denn jetzt mit Tobias?«, beschwerte sich Ina in diesem Moment aus der Küche. »Könnte sich vielleicht mal jemand erbarmen?«

Na ja. Immerhin etwas, das er tun konnte.

Zum Glück war die Luft rein, denn Tan war immer noch im Bad. Mit der Ayran-Flasche in der Hand marschierte Kenan wieder die Treppe hoch in den ersten Stock und ging auf das Zimmer zu, auf dessen Tür ein riesiges Schild prangte. Darauf stand: ACHTUNG: TEENAGERGEBIET. ERWACHSENE MÜSSEN DRAUSSEN BLEIBEN! ELTERN HAFTEN FÜR IHRE KINDER!

Er ignorierte den Hinweis geflissentlich und klopfte zweimal an, während er die Klinke herunterdrückte. »Mert! Aufstehen. Neue Tag. Neue Glück«, rief er und betrat den Raum.

Durch die Ritzen der heruntergelassenen Jalousien drückten sich vereinzelte Sonnenstrahlen und beleuchteten wie Scheinwerfer das Chaos. Überall auf dem Boden lagen Actionfiguren, Comichefte und Klamottenberge herum. Aus einer Ecke starrte ihn ein überlebensgroßer Pappaufsteller an. Der Mann darauf war grün und muskelbepackt und blickte grimmig drein. Von seinem Enkel wusste Kenan, dass er Hülk hieß. Oder so.

»Mert?« Eigentlich hieß sein Enkel mit dem Erstnamen Tobias und nur mit dem Zweitnamen Mert. Aber Kenan brachte es nicht über sich, seinen Enkel bei seinem deutschen Namen zu nennen. Der hatte glücklicherweise nichts dagegen. Wenn er schon so schlecht die Sprache seines Großvaters sprach – auch etwas, das Kenan ganz massiv gegen den Strich ging –, sollte er sich wenigstens mit seinem türkischen Namen ansprechen lassen.

»Mert! Du wach?«

Unter der Bettdecke, auf der Kenan einen Mann mit langen schwarzen Haaren in einem eng anliegenden gelben Kostüm mit dem Schriftzug *Deli Knight* auf der Brust erkennen konnte, vernahm er etwas, das so klang wie: »Rottenemürüh.«

»Deine Mama sagen, du sollen aufstehen. Du jetzt aufstehen!«

Der lockige Schopf seines Enkels kam unter der Bettdecke zum Vorschein. Er blickte auf den Wecker, der einem schwarzen Plastikmännchen mit schwerem Helm und rotem Leuchtstab nachempfunden war. Alle paar Sekunden machte die Figur einen metallisch klingenden Atemzug. Kenan lachte leise auf. Sogar der Wecker klang türkischer als sein eigener Sohn.

»Ist doch noch viel zu früh«, beschwerte sich der Junge, drehte den Kopf herum und betrachtete seinen Großvater. »Warum hast du keine Hose an?«

»Ich, äh …«

Merts Blick fiel auf die Ayran-Flasche. »Bäh! Wie kannst du das Zeug nur am frühen Morgen schon trinken? Das ist drei Jahre alt! Oma hat das noch gemacht, das kann doch nicht mehr gut sein.«

Kenan betrachtete die Flasche in der Hand. »Ist gefroren tief. Ist gut. Müssen du probieren.« Er hielt seinem Enkelkind die Flasche hin.

»Danke, nein.« Der Junge strich sich die Haare aus dem Gesicht. Plötzlich erhellten sich seine Züge. »Ich hatte einen tollen Traum, *Dede*. Ich habe geträumt, dass ich eine Million Follower auf meinem YouTube-Channel habe.« Sein Mund verzog sich zu einem breiten Grinsen.

Kenan nickte matt. Seit Monaten gab es für seinen Enkel kein anderes Thema mehr als diesen komischen Kanal mit dem englischen Namen, auf dem er in regelmäßigen Abständen Videos präsentierte, in denen er in die Rolle seines absoluten Lieblingscomichelden schlüpfte: Deli Knight, der Mann auf der Bettdecke. Kenan verstand Merts Begeisterung dafür nicht – nicht für den Helden und nicht für die Videos. Wer guckte sich die an? Offenbar verstanden auch andere nicht, was Kenans Enkel damit ausdrücken wollte, denn soweit er es verstanden hatte, gab es nicht so viele Leute, die sich die Videos ansahen.

»Wir müssen Gas geben, damit mein neues Kostüm auch wirklich perfekt wird«, ermahnte sein Enkel ihn. »Hast du zufällig Doris getroffen? Die hat mir versprochen, dass es Ende der Woche fertig ist.«

Kenan schüttelte matt den Kopf. »Nein.«

Er wusste nicht, was ihn geritten hatte, als er Mert vor ein paar Wochen versprochen hatte, ihm bei den Vorbereitungen für ein neues Video behilflich zu sein, mit dem sich sein Enkel den großen Durchbruch erhoffte.

Na ja, ganz so war es natürlich auch nicht. Kenan ahnte, dass seine Hilfe bei der Videoproduktion – von der er so viel verstand wie von Quantenphysik – etwas mit seinem Sohn zu tun hatte. Der interessierte sich nämlich nicht die Bohne für Merts Hobby. Und auch wenn es Kenan da ganz ähnlich ging: Es bereitete ihm eine kleine Genugtuung, dass er seinen Enkel besser kannte und mehr Zeit mit ihm verbrachte als sein eigener Vater.

»Im Traum hatte ich auch eine Spitzenidee für meinen Monolog. Den schreib ich gleich mal auf, bevor ich ihn wieder vergesse!«

Mit einem Schwung, um den Kenan ihn beneidete, sprang Mert aus dem Bett und hüpfte in seinem silbergrauen Pyjama an ihm vorbei in Richtung Erdgeschoss. Kenan folgte ihm langsam, die mittlerweile leere Ayran-Flasche in der Hand.

Als er im Flur ankam, hörte er Tan, der seine Frau gerade fragte: »Hast du meinen Gürtel gesehen?«

Dann die gut gelaunte Stimme von Ina. »Im Schrank.«

»Und die Mütze?«

»An der Garderobe, mein Schatz.«

Durch die Gitterstäbe des hölzernen Geländers konnte Kenan sehen, wie sein Sohn auf einer der untersten Treppenstufen saß und sich einen Schnürsenkel zuband.

»Ich hätte noch eine ganze Stunde schlafen können«, sagte Tan seufzend und zog die Schleife zu.

»Dann bist du eben ausnahmsweise mal pünktlich auf der Wache, Liebling. Hier, die Uniformjacke.« Kenan sah, wie sich Ina zu Tan hinunterbeugte und ihm einen Kuss auf die Stirn drückte. »Und denk dran, heute Abend zeitig nach Hause zu kommen. Schließlich ist *Dedes* großer Tag.«

Tan erwiderte etwas, das Kenan nicht verstand. Dann sah er plötzlich nach oben, direkt in die Augen seines Vaters.

»Was?«, fragte sein Sohn gereizt und reckte das Kinn auffordernd nach vorn. »Was hab ich jetzt schon wieder falsch gemacht? Hab ich mir die Schnürsenkel zu deutsch zugebunden?«

»Echt, nicht schon wieder, Jungs!«, tadelte Ina.

Kenan antwortete auf Türkisch: »Dein alter Herr hätte auch eine Stunde länger schlafen können, wenn du wie ein richtiger Mann schnarchen würdest.«

Tan stöhnte. »Das darf doch nicht wahr sein.« Er wandte sich seiner Frau zu. »Er ist verrückt. Verrückt!« Dann schüttelte er den Kopf, erhob sich und verschwand aus Kenans Sichtfeld. »Mach's gut, mein Schatz.« Kenan hörte ein schmatzendes Geräusch.

»Bis später, Liebling«, rief Ina.

Mit einem lauten Rums fiel die Haustür ins Schloss. Kenan sah weiter durch die Gitterstäbe nach unten, wo in diesem Moment der Kopf seiner Schwiegertochter auftauchte.

Missmutig murmelte er: »Siehst du! Er mich nicht respektieren. Niemand mich respektieren.«

»So ein Quatsch, alle respektieren dich.« Ina kam die Treppe hoch, trat auf ihn zu und berührte seine Hände. »Warum sonst würde Poser Pharma heute eine Feier veranstalten, nur um dich zu ehren, hm, *Dede*?«

Kenan versuchte sich an einem Lächeln, um Ina glücklich zu machen. Sie arbeitete ja auch für Poser Pharma. Genau wie er. Einer der vielen Gründe, warum er fand, dass Ina viel besser zu seiner Familie passte als Tan.

Immerhin hatte Kenans Sohn diese *eine* Sache richtig gemacht. Er hatte sich eine Frau gesucht, die ein prima Kerl war. Selbst wenn sie arbeitete wie ein Mann und viel mehr Geld verdiente als sein Sohn.

»So.« Ina straffte sich. »Ich mache mich dann auch fertig. Ausnahmsweise mal etwas früher im Labor aufzukreuzen kann sicherlich nicht schaden. Darf ich vor dir ins Bad?«

Kenan nickte und sah seiner Schwiegertochter hinterher, die im Badezimmer verschwand. Als er sich mit der Hand über den Bart fuhr, spürte er die Müdigkeit zurückkehren.

»Verdammter Sohn eines Esels«, murmelte er auf Türkisch. »Selbst wenn er die Tür zuknallt, klingt er wie ein Deutscher.«

KAPITEL 3

»Es ist Rooot!«

Tan schreckte auf. Er stieg in die Bremsen und umklammerte das Lenkrad fester. Unter lautem Quietschen kam der Streifenwagen nur wenige Zentimeter vor einer älteren Dame mit violett gefärbtem Haar, die ihrem vermeintlichen Ende trotzig entgegengesehen hatte, zum Stehen.

Er hielt das Lenkrad immer noch so fest, dass die Knöchel weiß hervortraten, selbst wenn der Wagen längst stehen geblieben war. Mehr oder weniger mitten auf dem Fußgängerüberweg. Tan bemerkte die wütenden Blicke der Passanten und duckte sich instinktiv.

»Verdammt! Was ist denn los mit dir?«, fuhr ihn jemand von rechts an.

Er blickte zum Beifahrersitz und lächelte unsicher. Seine Kollegin Paula hatte die Hände auf das Armaturenbrett geklatscht, um die Wucht der Vollbremsung abzufangen. Ärgerlich fuhr sie sich über ihren Pony, um die Strähnen wieder zu ordnen, und ließ sich zurück in den Sitz fallen.

Tan schaute wieder nach vorn, um Paulas vorwurfsvollem Blick zu entgehen, den er hinter ihrer verspiegelten Sonnenbrille zwar nicht sehen, aber erahnen konnte. Doch durch die Windschutzscheibe fixierte ihn die ältere

Dame auf dem Überweg. Sie bedachte ihn mit einer eindeutigen Geste. Dann schlurfte sie weiter, einen kunstledernen grünen Einkaufstrolley hinter sich herziehend.

»Hat die mir gerade den Mittelfinger gezeigt?«, fragte er sich selbst. »Das ist Beamtenbeleidigung.« Er beugte sich aus dem offenen Fenster und rief der alten Frau hinterher: »Dafür könnte ich Sie anzeigen!«

»Du hast sie doch nicht mehr alle«, grollte es neben ihm. Paula schnallte sich ab, riss die Beifahrertür auf und kam um das Auto herum. Durch das offene Fenster fauchte sie ihn an: »Los, aussteigen! Ich fahre. In deinem Zustand kann man dich ja nicht auf die Straße lassen.«

»Unsinn. Alles gut.«

»Sei kein Chauvi, lass mich fahren!«

»Ich bin kein Chauvi!«, rief Tan.

»Alle Türken sind Chauvis.«

»Ich bin kein Türke!«

»Tan Süper?«, fragte sie mit spotttriefender Stimme.

Er schnaufte verärgert. »Süper ist der urdeutsche Nachname meiner Frau. Er stammt aus Ostwestfalen, und es gibt über hundert Familien, die so heiß ...« Weiter kam er nicht.

»Das interessiert mich nicht die Bohne!«, rief Paula. »Mich interessiert, was mit dir los ist, Kumpel. Du bist total unkonzentriert.«

Tan seufzte. »Sorry, kommt nicht wieder vor.« Die Ampel sprang auf Grün, was dafür sorgte, dass Nervosität in ihm aufstieg. Sie waren als Polizisten ja immer den Blicken aller Verkehrsteilnehmer ausgesetzt. Deswegen war es in diesen Momenten besonders wichtig, sich an die Regeln zu halten. Zum Beispiel, dass man bei Grün anfuhr.

»Ich bin in Ordnung«, sagte er deshalb schnell. Seine Kollegin wirkte wirklich beeindruckend, wie sie da vor seiner Tür stand, die blonden Haare zu einem Dutt hochgesteckt, die Arme in die Hüften gestemmt, die Ärmel ihres blauen Uniformhemds hochgekrempelt, sodass man die Ausläufer ihrer zahlreichen Tattoos sehen konnte. Er ahnte, wie man sich fühlte, wenn man bei Paula in eine Verkehrskontrolle geriet und die Papiere nicht dabeihatte. Paula zuckte nicht einmal mit der Wimper. »Ehrlich. Du kannst dich wieder setzen«, meinte Tan.

Hinter ihnen hupte ein Auto. Er hörte jemanden brüllen: »Hat der Bulle keinen Führerschein dabei, oder was?«

Paula riss den Kopf hoch und entsandte einen tödlichen Blick in Richtung des Autos hinter ihnen. Dann stiefelte sie betont gelassen um den Polizeiwagen herum, ließ sich auf den Beifahrersitz fallen und schloss die Tür. Sofort fing der Wagen an zu piepsen.

Behutsam fuhr Tan an. Er warf Paula einen unsicheren Seitenblick zu und sah, dass sie nicht angeschnallt war, doch er sagte nichts. Er wollte Paula nicht noch mehr verärgern … Gleichzeitig kam er nicht damit klar, dass sie sich so offensichtlich einer der wichtigsten Verkehrsregeln widersetzte.

»Also, was ist los mit dir, Süper?«, wollte Paula schließlich wissen. Das vorwurfsvolle Piepsen des Autos schien sie nicht zu stören. »Du hättest die Alte beinahe über den Haufen gefahren.«

Tan hörte, wie der Gurt einrastete. Gleichzeitig stoppte auch das nervige Piepsen. Gott sei Dank …

»Ist doch nichts passiert«, murmelte er verlegen.

Er mochte Paula, auch wenn sie ein echt harter Brocken

und cool wie die Arktis war – und damit das genaue Gegenteil von ihm selbst. Optisch entsprach sie dem Klischee eines superharten Cops aus der Bronx. Stets Kaugummi kauend, mit einem lockeren Spruch auf den Lippen und immer eine Spur zu lässig. Und dann diese Sonnenbrille! Es war eines jener Modelle, wie sie amerikanische Kampfjetpiloten in den Achtzigerjahren populär gemacht hatten. Silbern verspiegelt, in Tropfenform und so groß, dass sie beinahe das halbe, auffallend hübsche Gesicht seiner Kollegin verdeckte.

Er grinste Paula hoffnungsvoll an. Sein Versuch blieb unerwidert, dafür fühlte er geradezu ihren stechenden Blick hinter der Brille.

»Paula …« Tan deutete einen Schulterblick an und ordnete sich auf der Linksabbiegerspur ein. »Es ist nix«, meinte er ausweichend.

»Erzähl keine Märchen. Den ganzen Morgen bist du schon so unaufmerksam. Ausgerechnet du, Mr. Super-Perfect.« Sie lachte auf. Es war ein alter Konflikt zwischen ihnen: Paula nahm es mit dem Gesetz oft nicht so genau, während Tan jeden Paragrafen auswendig herunterbeten konnte und sich lieber die linke Hand abschlug, als gegen eine Regel zu verstoßen. »Also: Welche Laus ist dir über die Leber gelaufen?«

Er seufzte. »Eine mit dichtem Schnurrbart und ohne Hose.«

»Bitte *was*?«

Tan schnaubte. »Mein Vater. Der raubt mir noch den letzten Nerv. Er ist so … so …« Er suchte nach den richtigen Worten.

»Alt?«, schlug Paula vor.

»Ja, das auch. Aber ich meine, er ist anstrengend. Ehrlich, mich schaudert der Gedanke, dass ich auch mal so werden könnte wie er. So verbohrt.«

Paula zuckte die Achseln. »So sind viele alte Leute.«

»Mein Vater ist aber wirklich etwas ganz Besonderes, glaub mir.« Er schaute kurz zur Seite und erblickte sich selbst im verspiegelten Glas von Paulas Sonnenbrille. Er sah müde aus. »Kannst du dir das vorstellen? Heute Morgen hat er mich aus dem Bett gescheucht, weil ich seiner Ansicht nach falsch geschnarcht hab. Zu deutsch, wie er findet.«

Sie zog die Augenbrauen über der Pilotenbrille zusammen. »Du bist deinem alten Herrn also nicht türkisch genug.«

»Dem ist niemand türkisch genug!«

»Aber du schon mal gar nicht.«

»Genau«, sagte Tan entschieden, drehte sich dann aber doch noch einmal kurz zu Paula um. »Wie meinst du das?«

Er hörte sie tief Luft holen.

»Seien wir doch ehrlich. Dein Vater ist ein Macho der ganz alten Schule, und du bist ein Pantoffelheld sondergleichen.«

»Ich bin kein Pantoffelheld!«

»Nee, is' klar.« Paula grinste süffisant, was Tans Wut nur noch mehr anstachelte. »Nach allem, was du mir schon so über ihn erzählt hast, scheint dein Vater ein Mann mit traditionellen Werten zu sein. Vermutlich tut es ihm weh zu sehen, wie verweichlicht sein Sohn ist.«

»Ich bin überhaupt nicht verweichlicht!« Tan sog hörbar die Luft ein und ließ sie ganz langsam wieder entweichen. »Bloß weil ich den Namen meiner Frau angenommen habe, bin ich doch kein Weichei.«

»Stimmt, bist ein knallharter Kerl.«

»Natürlich.«

»Ein echter Macho.« Sie sah gelangweilt aus dem Fenster.

Er schüttelte bestimmt den Kopf. »Ich bin kein Macho.«

»Dann lass mich fahren.«

»Kommt überhaupt nicht infrage!« Dennoch setzte er den Blinker und manövrierte das Auto in drei perfekt ausgeführten Zügen in die Parklücke, die er auf der rechten Seite ausgemacht hatte.

»Und was wird das jetzt, Kollege?«

»Essen fassen«, entgegnete Tan und kramte nach dem Kleingeld in der Mittelkonsole, um ein Parkticket kaufen zu gehen. »Ich hatte heute noch kein Frühstück.«

Während er das Ticket am nahe gelegenen Automaten zog, fühlte er die Blicke Paulas in seinem Rücken. Schon hunderttausend Mal hatten sie darüber diskutiert, ob es notwendig war, bei einem kurzen Zwischenstopp während der Schicht Parkgebühren zu bezahlen. Tan hatte keine Lust auf diese Diskussion, weswegen er kurz darauf den kleinen Zettel hinter die Windschutzscheibe klemmte und den Einsatzwagen abschloss.

Dann betrat er die Bäckerei, die nur wenige Meter vom Parkplatz entfernt lag. Der Duft nach Frischgebackenem ließ ihm das Wasser im Mund zusammenlaufen.

»Während des Dienstes? Herr Süper, so lax kenne ich Sie ja gar nicht«, murmelte Paula ironisch, als sie vor der riesigen Ladentheke standen.

Tan beachtete sie nicht weiter. Sein einziges Interesse galt den Leckereien hinter der Glasscheibe.

»Bittschön, was darf's denn sein?«, fragte die junge Frau

mit blondierten Haaren und rehbraunen Augen hinterm Tresen.

»Für mich bitte eine Semmel«, kam es aus Tans Mund wie aus der Pistole geschossen. »Mit *zwei* Scheiben Lyoner, wenn es geht.«

Paula räusperte sich. Tan drehte sich zu ihr um. Sie hob gerade die Sonnenbrille an und steckte sie sich ins Haar.

»Das ist Schweinefleisch.«

Tan blickte sie ungläubig an. »Und?«

Paula reckte das Kinn vor. »Und du bist Türke.«

Tan zuckte die Schultern. »Und?«

»Türken essen kein Schweinefleisch.«

»Und?«

»Na ja. Du beschwerst dich doch, dass du mit deinem Vater andauernd Streit hast – zumindest Konflikte. Ich möchte ihn nicht in Schutz nehmen, aber auf ihn muss es schon ein wenig merkwürdig wirken, wie sein Sohn sich verhält.«

Tan schnaufte erbost. »Ich verstehe mich als modernen Türken, der in beiden Welten zu Hause ist. Im Orient und im …« Er kniff die Augen zusammen, während er nach dem richtigen Wort suchte.

»Oxidantien?«, kam es von der Rehäugigen hinter der Theke.

Er nickte gedankenverloren. »Genau das meine ich.«

Paulas Stirn legte sich in Falten. »Ein komischer Türke bist du.«

Er stöhnte. »Fang du jetzt nicht auch noch an!«

Sie hob verteidigend die Hände. »Ich meine ja bloß. Wenn meine Kinder – die ich Gott sei Dank nicht habe –

alles, was ich ihnen im Leben vermitteln wollte, mit Füßen treten würden …«

»Ich trete doch gar nichts mit Füßen«, ereiferte sich Tan. »Aber es ist nicht so leicht, wenn man zwischen zwei Kulturen aufwächst. Einerseits soll man sich in die deutsche Gesellschaft integrieren, andererseits wird zu Hause nur Türkisch gesprochen. Man soll sich selbst verwirklichen, aber bitte nur so weit, wie es die Traditionen der Familie zulassen. Das ist doch scheiße!« Er schüttelte den Kopf. »Und für ein Einzelkind ist es besonders heftig. Da gibt es ja niemanden, der einen unterstützt.«

Die Bäckerin meldete sich zu Wort. »Einzelkind? Das ist ja mal echt untypisch für eine türkische Familie.«

Sie lachte kurz auf, verstummte aber sofort, als Paula sie mit einem Blick strafte, der ihr klarmachte, dass dies nicht ihre Unterhaltung war.

»Stimmt«, sagte Paula dann jedoch an Tan gewandt. »Warum hast du eigentlich keine Geschwister?«

»Wenn es nach meinem Vater gegangen wäre, hätten meine Eltern bestimmt nicht nur ein Kind bekommen«, räumte Tan ein. »Aber meine Mutter hatte Krebs, kurz nachdem ich auf die Welt kam. Irgendwas mit dem Unterleib. Und danach konnte sie keine Kinder mehr bekommen.«

»Oh.« Paula wirkte nun doch ein wenig betroffen. Und das war etwas, was Tan sehr an ihr schätzte: Obwohl sie der taffeste Cop südlich des Weißwurstäquators war, galt bei ihr die alte Regel »harte Schale, weicher Kern«. Sie war eine loyale Partnerin und sehr gute Freundin und stand ihm immer wieder mit Rat und Tat zur Seite, wenn zu Hause der Haussegen schiefhing. Was, seitdem Tans Vater bei ihnen eingezogen war und seine Mutter Gül als Pufferzone fehlte, leider immer häufiger der Fall war.

Tan winkte ab. »Ist schon echt lange her. Sie wurde wieder gesund, und ich blieb einziger Sohn der Ümnyazicis.«

»Gesundheit«, kam es prompt von der anderen Seite der Theke.

»Siehst du.« Tan nickte zum Reh. »Deshalb hab ich den Namen meiner Frau angenommen. Meinen kann ja kein Mensch aussprechen, geschweige denn buchstabieren.« Er legte einen Fünf-Euro-Schein auf den Tresen und biss gierig in die Semmel, während er auf das Wechselgeld wartete. »Haft du eine Ahnung, wie fwer daf für mif war?«, fragte er mit vollen Backen.

»Was genau? Deinen Familiennamen abzulegen?«

Er schluckte den Bissen runter. »Nein. Ich meine, den Erwartungen meines Vaters gerecht zu werden. Sein einziges Kind, der Stammhalter zu sein. Du kannst dir nicht vorstellen, welche Ansprüche er an mich hatte. Nichts konnte ich ihm recht machen, nie war ich gut genug.«

Paula sah ihn abwägend an. »Und dann hast du lieber ganz damit aufgehört, es deinem Alten recht zu machen, und es auf die leichte Art versucht?«

»Leicht?« Tans Augenbrauen schoben sich zusammen. »Wachs du mal als Gastarbeiterkind in den Siebzigern in Bayern auf! Wie einen Außerirdischen haben die mich behandelt. Ich hatte gar keine andere Wahl, als mich schnellstmöglich anzupassen.«

»Das kenn ich«, pflichtete das Reh eifrig nickend bei. »Ich bin als Kind aus Nürnberg hierhergekommen.«

Sie schaute schnell nach unten, als Paula sie erneut mit

ihrem Blick tötete, und schlug eine neue Rolle Ein-Euro-Stücke auf.

»Und mein Vater?«, sprach Tan unbeirrt weiter. »Es war beinahe so, als hätte er es sich zur Aufgabe gemacht, die ganze Türkei nach Deutschland zu verlegen.« Er schüttelte den Kopf. »Wohnt nun schon seit Jahrzehnten hier und beherrscht die Sprache noch immer nicht. Himmel, er weiß noch nicht mal, wie die Alpen aussehen!«

Paula sah ihn lange und eindringlich an, dann schnalzte sie abschätzig mit der Zunge. »Vielleicht hat er sich damit lediglich eine Schutzzone aufbauen wollen, um mit den Veränderungen klarzukommen. Kann mir vorstellen, dass so ein Kulturwechsel durchaus etwas mit der Psyche eines Menschen anrichtet.«

Tan sah sie bestürzt an. »Wer bist du? Freud?«

Sie zuckte die Schultern und lächelte. »Des einen Freud, des anderen Leid.«

Er öffnete den Mund und schloss ihn wieder, sichtlich perplex. Dann griff er hastig nach dem Wechselgeld und wandte sich demonstrativ von Paula ab. Irgendwie mochte er ihre Stimmung an diesem Tag nicht.

Frauen!

Sie waren gerade wieder in den Wagen gestiegen, als ein Funkspruch die spannungsgeladene Atmosphäre zerriss. »Achtung, an alle Einsatzwagen! Juwelier Ehrhardt, Überfallalarm in der Weißenburger Straße. Alle verfügbaren Einheiten in der Nähe bitte melden!«

Paula sah ihn an. »Das ist unser Viertel.«

Sie griffen gleichzeitig zum Funkgerät, doch Tan war schneller.

»Wagen 4-0-2 fährt an.«

»Wagen 4-0-2, alles klar. Weißenburger Straße 3. Fahrt unter Beachtung! Denkt aber dran, rechtzeitig das Signal auszuschalten, damit die Täter nicht gewarnt werden.«

Während er mit der einen Hand das Blaulicht und das Martinshorn aktivierte, zwinkerte er Paula zu und fädelte sich dann ordentlich auf der Linksabbiegerspur ein.

Er war kein Weichei. Und erst recht kein Pantoffelheld!

Tan machte einen U-Turn, natürlich ließ er dabei den Verkehr hinter sich nicht aus den Augen. Dann fuhr er geradeaus und beschleunigte sogar auf siebzig, obwohl sie innerorts waren – dank des Blaulichts durfte er das.

»Äh«, meldete sich Paula zu Wort, als sie die nächste Kreuzung passierten. »Du weißt schon, dass wir hier links hätten abbiegen müssen …«

Tan reagierte nicht auf sie. Er war mit Fahren beschäftigt, und er nahm seine Sache sehr ernst. Außerdem würde sich Paula sowieso nur bei ihm beschweren, weil er ihr zu langsam fuhr. Die alte Leier kannte er schon.

Als sie noch einen Kilometer vom Ort des Geschehens entfernt waren, schaltete Tan das Martinshorn aus. Eine halbe Minute später hatten sie das Ziel erreicht. Jetzt musste es schnell gehen, es war Gefahr in Verzug! Tan ließ den Motor an, sprang aus dem Wagen und riss den Verschluss seines Pistolenhalfters auf, während er sich mit Schwung gegen die gläserne Ladentür warf. Ein Glöckchen über seinem Kopf bimmelte. Mit einer beherzten Vorwärtsbewegung enterte Tan den Verkaufsraum, kam auf einem Knie auf und riss die Waffe mit beiden Händen nach oben. »Hände hoch!«

Die Aufforderung galt dem Erstbesten, der vor ihm

saß. Es war ein gepflegt aussehender junger Mann, der vor Schreck eine Nagelfeile fallen ließ. Riesige kajalumrandete Augen starrten Tan an. Langsam öffnete sich der Mund des Mannes.

»Haben Sie einen Maniküretermin?« Er warf einen Blick auf Tans Hände, die die Pistole immer noch fest umschlossen. »Nötig hätten Sie's ja.«

Hinter sich hörte Tan Paula in den Laden stürmen. Sie schrie: »Tan!«

Irritiert drehte er den Kopf nach hinten und musterte seine Kollegin, die ihn äußerst befremdet ansah. Überhaupt nicht angespannt, und ihre Waffe steckte auch noch im Halfter. Langsam wanderte sein Kopf wieder nach vorn. Er betrachtete den dünnen Mann in dem viel zu engen glänzenden Hemd mit erhobenen Händen und hörte erneut dessen näselnde Stimme.

»Bin ich jetzt verhaftet?«

Hatte er ihm gerade amüsiert zugezwinkert?

»Was … was ist hier los?« Allmählich wurde Tan wütend. »Wo sind wir?«

»Im Nagelstudio NAUGHTY NAILS«, sagte der Mann, wobei er das Wort »naughty« derart anzüglich betonte, dass Tan schlucken musste.

»Was?«

»Du Idiot!« Paula trat neben ihn und entriss ihm die Waffe. »Pack die Knarre weg, bevor du noch jemanden verletzt.«

»Aber …« Tan verstand die Welt nicht mehr. »Hausnummer 3 …«

»Weißen*burger* Straße, du verdammter Trottel. Nicht Weißenfelder!«, giftete Paula genervt. Sie griff nach dem

Funkgerät an ihrem Gürtel. »Achtung! Wagen 4-0-2 *nicht einsatzbereit*. Wiederhole: Wagen 4-0-2 *nicht einsatzbereit*.«

Sie musste nichts weiter sagen. Tan kapierte auch so, dass er sich mit dieser Aktion zum Gespött der ganzen Wache gemacht hatte. Für Monate.

KAPITEL 4

Irgendwo über ihm zwitscherte ein Vogel. Kenan legte den Kopf in den Nacken, schloss die Augen und lauschte. Damals, vor drei Jahren, war er froh gewesen, als ihm die Friedhofsverwaltung den Platz unter der großen Eiche zugewiesen hatte. Eigentlich hätte er Gül nämlich lieber in der Türkei beerdigen lassen, in ihrem Heimatdorf. Aber Tan hatte darauf bestanden, dass seine Mutter in Deutschland ihre letzte Ruhestätte fand, wo sie den größten Teil ihres Lebens verbracht hatte und wo auch ihr einziges Kind für immer leben wollte. Hitzig waren die Diskussionen gewesen. Kenan hatte einfach nicht verstanden, was sein Sohn gegen sein Heimatland hatte – warum er nicht auch wollte, dass Gül in türkischer Erde beerdigt werden sollte. Tan jedoch hatte nicht nachgegeben, wie er es normalerweise tat. Seine Mutter habe Deutschland geliebt, es sei ihre Heimat gewesen, und deswegen würde sie auch hier beerdigt werden, basta.

Auf eine merkwürdige Art, die er selbst nicht so recht verstand, war Kenan am Ende sogar stolz auf seinen Sohn gewesen, weil er sich nicht wie sonst hatte breitschlagen und überreden lassen. Er hatte Rückgrat bewiesen und Stolz, wenn auch auf eine ganz andere Art, als Kenan sich das eigentlich gewünscht hätte. Natürlich hatte er das Tan nie gesagt. Zu verhärtet waren damals schon die Fronten zwischen Vater und Sohn gewesen, zu tief die Verletzungen, die sie sich im Laufe der Jahre gegenseitig zugefügt hatten.

Mittlerweile war Kenan froh, dass Gül auf dem Neuen Südfriedhof in München beerdigt war, ganz in der Nähe des Viertels, wo sie bis zu ihrem Tod in der kleinen Zweieinhalbzimmerwohnung gelebt hatten. In Ramersdorf-Perlach hatte die Münchner Stadtverwaltung Anfang der Siebzigerjahre zahlreiche Sozialwohnungen für Gastarbeiter gebaut, hässliche Hochhäuser mit papierdünnen Wänden und Aufzügen, die nie fuhren. Aber Kenan und Gül waren glücklich gewesen und hatten sich nie nach einer anderen, vielleicht sogar besseren Bleibe umgesehen. Als dann seine geliebte Frau gestorben war, hatte Kenan eingesehen, dass er es allein in der Wohnung, die sie sich über vierzig Jahre lang geteilt hatten, nicht aushielt. Zu viel erinnerte ihn an ein Leben, das längst vergangen war.

Er war nach Berg am Laim gezogen, ein freundliches Wohnviertel mit vielen Einfamilienhäusern und kleinen Villen, nördlich von Ramersdorf, in dem Tan und seine Frau Ina ein Häuschen hatten. Das konnten sie sich nur leisten, weil Ina in der Pharmafirma, in der sie arbeitete, so gut verdiente – Tan würde als Polizeiobermeister bis zum Ende seiner Karriere nur noch wenige Gehaltssprünge machen.

Kenan schüttelte unweigerlich den Kopf, während er hinter seinem Rollator her um die Ecke in Reihe 17 bog, wo Güls Grab beheimatet war. Er hätte niemals zugelassen, dass seine Frau mehr verdiente als er. Gül war irgendwann auch arbeiten gegangen, das schon. Aber für Kenan war es eine Frage der Ehre gewesen, dass er als Mann den Großteil des familiären Einkommens erwirtschaftet hatte.

Immerhin hatte Gül auch Tan großgezogen, und Erziehung war doch eine wirklich wichtige Aufgabe.

Kenan würde nie verstehen, warum all die deutschen Frauen so viel Wert darauf legten, arbeiten zu gehen, anstatt sich ausschließlich um ihre Kinder zu kümmern. Die jungen Leute von heute warteten Ewigkeiten auf den oder die vermeintlich »Richtigen«, dann wurde irgendwann, nach Jahren des Zusammenlebens, geheiratet, und wenn es einigermaßen gut lief, bekam man mit Ende dreißig ein Kind. Da war es dann natürlich zu spät, um noch ein zweites oder drittes zu bekommen, und so blieben die Kinder einzeln, und die Mütter gingen nach zehn Monaten schon wieder arbeiten, um Geld zu verdienen, damit sie die Krippe bezahlen konnten, in der andere Leute ihr Kind erzogen. Das war doch Wahnsinn!

Natürlich missfiel ihm das auch in der Familie seines Sohnes. Er fand, dass es nicht richtig war, dass Mert kein Geschwister hatte. Auf der anderen Seite war Ina eine ehrgeizige Frau, und Kenan wollte sich gar nicht vorstellen, mit welch militärischem Ernst sie womöglich das Zepter zu Hause schwingen würde, wenn sie sich beruflich nicht zehn Stunden am Tag verwirklichen könnte.

In der Familie Ümnyazici war alles anders gewesen. Tan war von Gül erzogen worden, und sie hatte sich erst einen Nebenjob gesucht, als er das Gymnasium besucht hatte und aus dem Gröbsten raus gewesen war.

Kenan seufzte. Sie hätten nicht nur ein Kind bekommen sollen. Seine Gül war die perfekte Mutter gewesen, nachsichtig und gütig, liebevoll und herzlich und mit einem Talent in der Küche gesegnet, dass ihm heute noch der Magen knurrte, wenn er an ihre selbst gemachte Baklava dachte. Aber Allah hatte einen anderen Plan für sie bereitgehalten. Und Kenan hatte als gläubiger Muslim gelernt, dass es besser war, sich in diesen Dingen seinem Schicksal zu fügen. Er konnte ja sowieso nichts daran ändern.

Langsam kam er dem Grab seiner verstorbenen Frau näher. Wie immer, wenn er die Ruhestätte nebenan passierte, nickte er den Gebeinen irgendwo tief in der Erde freundlich zu und begrüßte den Verstorbenen auf Türkisch. Denn Kenan war sich sicher, dass es auf gute Nachbarschaft ankam, egal ob in ihrem türkischen Heimatdorf in Anatolien, in der Schrebergartensiedlung oder auf dem Münchner Südfriedhof.

»*Iyi günler, gülüm!*«, grüßte er als Nächstes Gül. Guten Tag, meine Rose.

Er trat näher und hielt erschrocken inne.

Das Grab seiner Frau sah aus wie ein Schlachtfeld. Nicht nur, dass die Stiefmütterchen, die er gemeinsam mit seiner Schwiegertochter ein paar Wochen zuvor gepflanzt hatte, alle ausgerissen waren und ihre nackten Wurzeln hilflos in den Himmel streckten. Auch Güls Grabstein war umgefallen. Umgestoßen, verbesserte sich Kenan in Gedanken und spürte, wie der Zorn unkontrolliert in ihm hochstieg.

Es war nicht das erste Mal, dass dies passiert war. Immer wieder zogen Jugendgangs über die Friedhöfe, manchmal sogar diese fürchterlichen Rechtsradikalen, und wenn sie den Namen Ümnyazici auf dem Grabstein erspähten, gab es meist kein Halten mehr. Eigentlich gab es nichts, aber auch gar nichts, was dafür sprach, dass man den wohlklingenden, althergebrachten Namen Ümnyazici gegen das schnöde Süper eintauschen sollte.

Nur die Tatsache, dass Gül die einzige Ausländerin in Reihe 17 zwischen all den Meiers und Müllers und Schmidts war.

Kenan stellte seinen Rollator neben dem intakten Nachbargrab ab und schlurfte auf den umgekippten Grabstein zu. Es war kein großer Stein, deshalb war er sicher, dass er ihn wieder aufrichten können würde.

Als er in die Knie ging, knackten seine Gelenke, und irgendwo in seinem unteren Rücken schrie der Ischias vor Schmerz auf. Aber das war ihm egal. Kenan umfasste die Steinplatte und versuchte, sie anzuheben.

Nichts. Das blöde Ding bewegte sich nicht mal.

Er holte noch einmal tief Luft, sandte stille Befehle an alle Muskeln in seinem Körper, presste die Augen zusammen und versuchte es erneut.

Er hob die Platte genau zwei Zentimeter an, dann musste er einsehen, dass er keine Chance hatte.

Verflucht! Kenan richtete sich stöhnend auf und rieb sich die Lendenwirbel, die sich ob der ungewohnten Bewegung lautstark beschwerten. Er hasste das Alter. Fast noch mehr als Deutschland. Früher war er jeden Tag mit dem Rad die vier Kilometer bis zu Poser Pharma gefahren, sommers wie winters, egal bei welcher Witterung, manchmal sogar zweimal am Tag, wenn er die Mittagspause mit Gül verbringen wollte. Heute war er froh, wenn er es zu Fuß bis zur Bushaltestelle schaffte, ohne Erfrierungen oder einen Sonnenstich zu bekommen.

Aus Wut darüber, dass er nicht in der Lage war, den Grabstein selbst wiederaufzurichten, trat Kenan mit dem Fuß dagegen. Ein scharfer Schmerz schoss ihm in den Zeh, und er schnappte nach Luft.

»Diese elenden Randalierer!«, drang in diesem Moment eine Stimme an sein Ohr.

Kenan wandte sich verwirrt um, und für einen Augenblick vergaß er sogar den Schmerz in seinem Fuß. »Ah, hallo, Doris«, sagte er, als er die rothaarige dralle Frau erblickte.

Doris war in Güls Alter. Sie hatten sie mehr als dreißig Jahre zuvor kennengelernt, als sie ihren kleinen Schrebergarten mit der heruntergekommenen Hütte im Kleingartenverein München Südost 59 e.V., nur wenige hundert Meter vom Friedhof entfernt, erstanden hatten. Doris war eine der Ersten gewesen, die ihnen zum »Einzug« gratuliert hatten, und zwischen Gül und ihr war eine tiefe und herzliche Freundschaft entstanden. Dank Doris hatte Kenans Frau auch so gut Deutsch gelernt – viel besser als Kenan selbst, der in der Firma tagtäglich fast nur mit Türken, Italienern, Kroaten und Griechen zu tun hatte (oder Hans, dem Bayern, den aber auch niemand verstanden hatte). Kenan hatte niemand korrigiert, und irgendwann hatte er aufgegeben, besseres Deutsch zu erlernen. Er war bis zum heutigen Tag damit durchgekommen. Das genügte.

Doris kam auf ihn zu und zog ihn in eine sanfte Umarmung. »Wie geht es dir, alter Freund?« Ihr Blick fiel auf Güls Grab. »Ich wette, nicht gut, wenn ich das so sehe.« Sie schüttelte den Kopf.

Kenan seufzte. Seit dem Tod seiner Frau war es für ihn ein kleiner Trost, dass er Doris hin und wieder auf dem Friedhof traf, wo sie das Grab ihrer Familie pflegte und das ihres verstorbenen Mannes, der seit mehr als fünfzehn Jahren hier lag. Immer, wenn sie sich sahen, nahm sie sich

Zeit für ein kleines Schwätzchen – und das war etwas, das Kenan mehr fehlte, als er es vor irgendjemandem auf der Welt zugegeben hätte.

»Muss wiederkommen«, meinte er nachdenklich, bückte sich erneut mit schmerzverzerrtem Gesicht und hob ein entwurzeltes Stiefmütterchen hoch. »Ist Schweinerei.«

Doris nickte. »Das ist es. Ich würde dir ja gern helfen, den Grabstein wiederaufzurichten, aber ich befürchte …« Sie legte eine Hand auf ihre kräftige Taille.

Kenan wusste, dass Doris erst im vergangenen Jahr ein neues Hüftgelenk bekommen hatte. Außerdem fand er, dass es sich für Frauen nicht gehörte, sich mit derlei Tätigkeiten die Hände schmutzig zu machen.

»Kommen wieder mit Tan«, sagte er, obwohl es ihn fuchste, ausgerechnet seinen ansonsten so nutzlosen Sohn um einen Gefallen bitten zu müssen.

Tan, der nur einmal im Jahr ans Grab seiner Mutter kam, und zwar an ihrem Geburtstag – wenn es gar nicht anders ging, weil Kenan ihn sonst enterbt hätte. Ob er, Ina und Mert ihn auch nur so selten besuchen kommen würden, wenn er einmal abtrat? Kenan warf einen Blick in den strahlend blauen Sommerhimmel. Wenn es nur bald so weit sein könnte!

Dann sah er auf die Uhr. Schon so viel Zeit vertrödelt? Er schüttelte den Kopf. Es war ihm ein Rätsel, wo die Stunden blieben. Seit elf Jahren, seitdem er in Rente war, hatte er viel weniger zu tun als früher, und trotzdem raste der Tag nur so an ihm vorbei. Jetzt war es kurz nach drei. Um vier musste er spätestens zu Hause sein, weil er seinem Enkel noch bei diesem Videodreh helfen und an seiner Rede für die Feier arbeiten musste. Und um sechs waren sie alle miteinander verabredet, um gemeinsam mit dem Auto zu Poser Pharma zu fahren. Zu diesem elenden Termin, den Kenan am liebsten ganz abgesagt hätte. Aber das machte man nicht. Nicht, wenn einen der alte Arbeitgeber zur Ehrung einlud …

»Musst du schon wieder los?«, fragte Doris, der sein Blick auf die Armbanduhr offenbar nicht entgangen war, mitfühlend. »Wann kommst du denn mal wieder in den Schrebergarten?«

Kenan zuckte schlecht gelaunt mit der Schulter. »Weiß nicht. Bald.«

Er verspürte keine Lust mehr, im Schrebergarten zu sein, seitdem Gül nicht mehr da war. Alles dort erinnerte ihn so sehr an sie … Und doch brachte er es nicht übers Herz, den Gartenplatz zurückzugeben. Dann hätte er nämlich noch weniger, das ihn an Gül erinnerte. Immerhin zahlte er keine Miete mehr, seitdem er bei seinem Sohn und der Schwiegertochter wohnte, nur deswegen konnte er sich einen solchen Luxus in München überhaupt leisten. Aber es stimmte: Er müsste sich unbedingt mal wieder um den Garten kümmern. Neulich hatte er sogar einen Brief von der Schrebergartenverwaltung bekommen, die ihn aufforderte, sich mehr um seine Parzelle zu kümmern. Elende Paragrafenreiter!

»Richtest du deinem Enkel bitte aus, dass sein Kostüm fertig ist? Er kann es jederzeit abholen.« Kenan nickte unbestimmt, den Blick immer noch auf das Chaos auf dem Grab gerichtet. »Ich würde mich freuen, wenn du mich bald mal im Garten besuchen könntest«, plauderte Doris unbeirrt weiter und klemmte sich eine Strähne ihres roten Haares hinters Ohr. »Es gibt da etwas, das ich dir gern zeigen würde.«

»Aha.« Kenan nickte wieder. Wenn er ehrlich war, interessierte es ihn nicht besonders, was Doris ihm zeigen wollte. Er mochte sie, aber er war einfach nicht in der Stimmung, ihre Buchsbaumhecke zu bewundern. Außerdem musste er wirklich nach Hause.

Also verabschiedete er sich von Doris, die ihn wieder in eine Umarmung zog – für seinen Geschmack etwas zu forsch. Dann schob er sich mitsamt Rollator von dannen. Erneut warf er einen Blick auf die Uhr. Mist! In zwei Minuten kam der Bus. Wenn er sich jetzt nicht beeilte, würde er ihn verpassen. Dann musste er entweder eine halbe Stunde warten oder laufen – und beides würde unweigerlich eine Verspätung nach sich ziehen, die er unbedingt vermeiden musste. Immerhin war er mit Mert verabredet. Da wollte er pünktlich sein.

Er schob sich, so schnell er konnte, mit dem Rollator die Straße entlang auf die Bushaltestelle zu, die zweihundert Meter weit weg lag. Früher hätte er diese Strecke in Sekunden zurückgelegt. Früher … als alles besser gewesen war. Er fing an zu schwitzen, so schnell lief er. Dennoch war er ungehalten. Für einen Außenstehenden sah es sicher so aus, als würde er vorankriechen. Kenan schnaubte, dann versuchte er, die Beine noch hastiger voreinanderzusetzen. Ein weiterer Blick auf die Uhr – schon eine Minute vorbei. Er blieb kurz stehen und wischte sich den Schweiß von der Stirn.

In diesem Moment hörte er ein Motorengeräusch. Mit aufsteigender Panik drehte er sich um und sah den Bus, seinen Bus, der die Straße hinter ihm entlanggebrummt kam. Verdammte deutsche Pünktlichkeit! Kenan fluchte laut und streckte die Hand in die Luft, um dem Busfahrer zu signalisieren, dass er mitfahren wollte. Der Mann hinter dem Lenkrad nahm ihn sogar zur Kenntnis und hielt an – allerdings erst einhundert Meter weiter. An der Bushaltestelle. Wie nicht anders zu erwarten. Im Einhalten von Regeln waren diese deutschen Sesselfurzer nämlich unschlagbar.

Kenan umfasste die Griffe seines Rollators fester und konzentrierte sich aufs Laufen. Ein Fuß vor den anderen. Immer voran. Und noch einen Schritt. Und noch einen Schritt.

Als er den Kopf hob, sah er, dass der Busfahrer aus der geöffneten Tür des Busses in seine Richtung guckte.

»Wird's bald, Opa? Ich kann hier nicht ewig stehen!«, brüllte er.

»Komme!«, rief Kenan atemlos.

Er hatte mörderisches Seitenstechen, aber er legte noch einen Zahn zu, auch wenn er nicht gedacht hätte, dass das überhaupt möglich war.

Der Busfahrer blickte auf sein Handgelenk. »Sorry! Muss weiter!« Dann verschwand er im Inneren des Wagens.

Kenan rief: »Nein! Warte, du … du …!«

Doch da hatten sich die Türen des Linienbusses schon wieder zischend geschlossen. Der Fahrer setzte den Blinker und fuhr zurück auf die Straße. Das Einzige, was Kenan einen Augenblick später noch sah, war die Rußwolke, die der Auspuff des Busses in die Sommerluft gespuckt hatte.

Vor Anstrengung und Entrüstung keuchend, blieb Kenan stehen. Es gab so vieles, das ihm in diesem Moment durch den Kopf ging. Er starrte in den Himmel, zum hundertsten Mal an diesem Tag, schloss die Augen und flehte im Stillen: *Allah, ich bin so weit. Du kannst mich mitnehmen.* Dann lauschte er. Aber niemand antwortete. Nur der Verkehr rauschte an ihm vorbei. Wieder bat er Allah: *Ich habe meine Angelegenheiten auf der Welt erledigt. Ich bin bereit für den Himmel. Hörst du mich?*

Doch keiner kam auf einer Wolke oder einem geflügelten Pferd oder von ihm aus auch in einem Porsche 911 dahergeflogen und nahm ihn mit. Es stach nicht in Kenans Brust, er ging nicht in die Knie, sah kein Licht am Ende des Tunnels, auf das er zulaufen konnte. Stattdessen spürte er, dass sich seine Atmung etwas beruhigte. Na wunderbar.

Als er wieder einigermaßen Luft bekam, machte er sich auf den langen Weg nach Hause. Er hatte keine Lust, eine halbe Stunde an der Bushaltestelle zu warten. Dann lieber den Spaziergang – auch wenn der für einen sportlichen Menschen schon mehr als eine Dreiviertelstunde dauerte. Egal. Er würde es irgendwie schaffen, und wenn er erst am Abend zu Hause ankam. In der Gratlspitzstraße. Selbst in Gedanken blieb Kenan an diesem schrecklichen deutschen Wort hängen. Gratlspitz. Wieso Tan ausgerechnet in diese Straße gezogen war … Na ja.

Anstrengende fünfundvierzig Minuten später hatte er endlich den Eingang des Ostparks erreicht. Es wehte ein lauer Wind zwischen den hochgewachsenen Laubbäumen ringsum. Auf der Wiese lagen, wie immer im Sommer, Menschen und sonnten sich (die Frauen – *aman Allahım!* – zum Teil mit entblößter Brust), einige spielten Frisbee, andere picknickten. Kenan schob sich weiter, dem nördlichen Eingang des Parks entgegen.

Als er etwa die Hälfte des Wegs durch den Ostpark hinter sich gebracht hatte, hielt er erschöpft inne und atmete tief durch. In diesem Augenblick hörte er eine

Stimme. Er sah sich um. Es klang beinahe so, als würde jemand um Hilfe rufen … Und kam ihm die Stimme nicht bekannt vor? Kenan langte sich ans linke Ohr und drehte am winzigen Rädchen seines Hörgeräts. Sofort wurden alle Umgebungsgeräusche lauter – auch die Stimme, die er gehört hatte.

»Gebt sie wieder her!«, schrie jemand, und wenn Kenan sich nicht täuschte, war das Mert, sein Enkel.

Dann hörte er jemand anderen sagen: »Und wenn nicht? Machst du uns dann mit deinen Superkräften platt?«

Kenan drehte sich einmal um die eigene Achse. Dann erkannte er, dass ein kleiner Trampelpfad links von ihm quer durchs Buschwerk und in einen von Blicken verborgenen Teil des Parks führte. Mit dem Rollator voran stürzte er auf den Pfad zu, kämpfte sich durchs Gebüsch, immer der Stimme lauschend. Die Zweige schlugen ihm ins Gesicht, aber er spürte es nicht. Mert war in Gefahr!

»Ihr sollt sie wieder hergeben, hab ich gesagt!«, hörte Kenan seinen Enkel in dem Moment brüllen, als sich die Büsche vor seinen Augen lichteten und er auf einer kleinen Lichtung zum Stehen kam.

»Was hier los?«, polterte er, froh, überhaupt noch Luft zum Reden zu haben. Sein Herz pochte wie wild in seiner Brust, und der Schweiß lief ihm in Strömen den Rücken hinunter.

Er sah Mert, umgeben von drei finster dreinblickenden Gestalten in seinem Alter – oder ein bisschen älter. Wenn man erst mal über siebzig war, sahen alle Menschen jenseits der fünfzig jung aus. Kenan erkannte, dass es sich um zwei Jungen und ein Mädchen handelte. Einer der Jungen schien ebenfalls kein Deutscher zu sein, jedenfalls war seine Haut von einer ähnlichen dunklen Färbung wie die von Kenan. Der Kerl hatte eine wilde Frisur. Ein Teil seiner Haare war in einem komplizierten Muster ausrasiert, der andere mit viel Gel an den Kopf geklatscht worden. Direkt neben ihm stand ein Bursche, der erheblich größer und kräftiger war. Er hatte etwas an, das Kenan an die Trikots eines Basketballspielers erinnerte. Die Hose hing so schrecklich weit unten, dass er die Unterhose sehen konnte. Dann war da das Mädchen. Oder war es schon eine junge Frau? Sie hatte einen grauen Kapuzenpullover an und ihr hübsches Gesicht mit vielen silbernen Ringen zerstochen. Ihre Haare waren abrasiert, weshalb sie auf den ersten Blick ebenfalls wie ein Junge wirkte. Am ausgestreckten Arm hielt sie Mert am Schlafittchen. Mert, der viel kleiner war als die drei Jugendlichen. Und wo war eigentlich seine Brille?

»Was ist hier los?«, fragte Kenan den Jungen, der am ehesten wie einer von seinen Landsleuten aussah, auf Türkisch. Er erhoffte sich, dass der junge Rowdy aus Respekt vor dem Alter die anderen dazu auffordern würde, Mert gehen zu lassen. »Drei gegen einen! Ihr seid solche Hosenscheißer.«

Der Jugendliche, dessen pubertäre Oberlippenbehaarung so dicht war, dass sie in ein paar Jahren sicher einen hübschen Schnäuzer abgeben würde, guckte Kenan irritiert an. »Lern erst mal Deutsch, Opa«, murmelte er.

»Deine Mutter würde sich schämen für einen Sohn wie dich!«, fluchte Kenan auf Türkisch.

»Was will der Alte?«, fragte das Kapuzenmädchen.

»Keine Ahnung, was der labert«, entgegnete der Oberlippenbart. »Ich kann kein Türkisch.«

»Was los?«, wiederholte Kenan nun auf Deutsch und

versuchte, alle Kraft in seine Stimme zu legen, um den dreien möglichst viel Respekt abzunötigen. Anscheinend ohne Erfolg.

»Was los? Was los?«, imitierte ihn der Typ in der Mitte, der im Basketballtrikot. »Kannst du kein Deutsch, Mann?«

»Lasst ihn in Ruhe!«, forderte Mert und zappelte erneut im Klammergriff des Mädchens. »Das ist mein Opa.«

»Na und?«, blaffte das Mädchen, dann schüttelte es Mert noch einmal, sodass ihm die Zähne aufeinanderschlugen. »Mir doch egal, wer dein Scheißopa ist.«

Der Oberlippenbart musterte Kenan skeptisch. »Alter, lass abhauen.«

»Wieso? Was soll der alte Sack schon machen?«, fragte der in der Mitte.

»Weiß nicht«, murmelte der Oberlippenbart. »Aber er guckt mich so komisch an.«

Das Mädchen seufzte, dann zog es Merts Brille aus der Bauchtasche seines Pullovers und hielt sie Mert vor die Nase. »Willst du die wiederhaben, Loser?«, fragte es gehässig. »Kostet 'nen Fuffi.«

»Was?«, mischte sich Kenan, der dem Treiben recht fassungslos gefolgt war, da wieder ein. »Du verkaufen Brille nicht an mein Enkel!«

»Ach so?«

Das Mädchen betrachtete Merts Brille einen Moment, dann ließ es sie fallen und trat darauf. Es knirschte, und Kenan hörte Glas brechen.

Die drei Jugendlichen lachten. Das Mädchen ließ Mert los, verpasste ihm noch einen heftigen Schubs, der ihn taumeln ließ, und ging mit den beiden Jungen davon. Lachend.

Kenan blickte seinen Enkelsohn an, der sich gerade

bückte, um die Brille aufzuheben. Er bebte vor Wut. Dass Mert Opfer einer gewalttätigen Jugendbande geworden war, war das eine. Aber dass er selbst nichts hatte ausrichten können, um ihm zu Hilfe zu eilen, sondern es im Gegenteil sogar noch schlimmer gemacht hatte – das ertrug er nicht.

»Hallo, Opa.« Mert setzte die Brille wieder auf die Nase. Ein Glas war gesplittert, die Bügel waren so schief, dass das Gestell ihm immer wieder runterrutschte. »Danke für deine Hilfe.« Er zuckte hilflos mit den Schultern. »Immerhin haben sie diesmal das Geld nicht bekommen.« Kenan wusste nicht, was er sagen sollte. Mert sah ihn eindringlich an. »Wäre es okay, wenn du Mama nichts davon erzählst?«, fuhr Mert fort. »Die regt sich dann immer so auf und marschiert direkt zum Schulleiter. Und was danach los ist, kannst du dir denken.«

Kenan fehlten die Worte. Es war also nicht das erste Mal, dass Mert diesen Anfeindungen ausgesetzt war? Er nahm das so gelassen hin, obwohl er beinahe verprügelt worden wäre? Kenan schnaufte angestrengt. Dann aber sah er in das Gesicht seines Enkels, der ihn mit fragenden Augen bittend ansah. Und schließlich nickte er.

»Ist gut«, sagte er leise.

Als Mert sich umdrehte, guckte Kenan wütend in den Himmel und hob den Zeigefinger. Dann drängte er: *Allah! Die Zeit ist gekommen. Du kannst mich von meinem Elend befreien.* Und als nichts passierte, schob er hinterher: *Wird's bald?*

Doch sein Gott antwortete nicht. Offenbar war auch dessen Hörgerät zu leise eingestellt.

KAPITEL 5

»Hallo! Wir sind zu Hause!«, rief Tobias laut und ließ den Haustürschlüssel in die kleine metallene Schale fallen, die auf der Anrichte neben der Eingangstür stand.

Schnell zog er die Schuhe aus, da er wusste, dass seine Mutter fuchsteufelswild wurde, wenn er mit Sneakers durchs Haus latschte. Im Großen und Ganzen war seine Mum ganz okay, aber was Straßenschuhe im Haus anging, hatte sie einen echten Schatten.

Er hielt seinem Opa die Tür auf und half ihm über die Schwelle. Dann führte er ihn an der Hand bis zu der kleinen Bank, auf die er sich immer setzte, wenn er oder ein anderer ihm half, die Schuhe an- und auszuziehen.

Tobias musterte seinen Großvater stirnrunzelnd. *Dede* wirkte vollkommen erschlagen. Die Schweißperlen standen ihm auf der Stirn, und er keuchte immer noch. Dabei war es an diesem Julitag nicht einmal besonders warm, und den Weg aus dem Park nach Hause hatten sie im Schneckentempo hinter sich gebracht. Jedenfalls war es Tobias so vorgekommen, selbst wenn er das niemals zugegeben hätte, nicht vor seinem Opa und vor niemandem sonst.

»Warte, ich stell schnell den Rolli unter.« Tobias sprang mit einem Satz auf Socken durch die noch immer offen stehende Haustür, schob den Rollator in den kleinen Verschlag neben der schwarzen Mülltonne und schloss ihn mit dem Fahrradschloss an, das dort nur zu diesem Zweck an einer Stange baumelte. Dann hüpfte er wieder ins Haus und schloss die Tür.

»Hallo?«, rief er erneut in die Stille hinein, aber niemand antwortete. Er zuckte mit einer Schulter. »Sind wohl noch alle auf der Arbeit«, meinte er mehr zu sich selbst als zu seinem Opa.

Umso besser. Wenn sein Vater sich noch ein bisschen Zeit ließ mit dem Nachhausekommen, gab es zumindest eine minimale Chance, dass sie sich nicht gleich wieder in den Haaren lagen. Dann würden er und *Dede* nämlich schon längst oben in seinem Zimmer sein und an der Rede für die Feier …

In diesem Moment schob sich ein Schlüssel ins Schloss der Haustür, gleich darauf wurde die Tür geöffnet. Sein Vater stand da und guckte schlecht gelaunt in den Flur. »Was ist denn hier los? Eine Versammlung?«, wollte er miesepetrig wissen.

Tobias seufzte – aber nur innerlich. Er wusste genau, was als Nächstes passierte. Wenn sein Vater nämlich mit schlechter Laune nach Hause kam und auf *Dede* traf, der meist, wenn sein Sohn anwesend war, sofort ebenfalls in schreckliche Stimmung verfiel, flogen immer die Fetzen. Als würden die beiden einem jämmerlich geschriebenen Drehbuch folgen – jeden Tag dasselbe. Tobias fand das einfach nur nervig. Und albern war es noch dazu, denn es war ja nicht so, als ob sein Vater und sein Opa jemals zu einer Lösung ihres Konflikts gekommen wären. Nein, sie folgten immer dem gleichen Schema. Einer sagte etwas, darauf erwiderte der andere etwas, dann wieder der Erste, so ging es immer weiter, bis die Türen knallten. Seine Mutter und er waren sogar in der Lage, manche der Sätze, die fielen, vorherzusagen.

Aber was konnte er dagegen unternehmen? Nichts. In der meisten Zeit war sein Ziel, keinem der beiden Streithähne in die Quere zu kommen. Und das bedeutete unwillkürlich, dass er fast ununterbrochen damit beschäftigt war, nicht aufzufallen – weder positiv noch negativ. Durchsichtig, das war sein liebster Aggregatzustand. Sowohl in der Schule als auch zu Hause.

»Hallo, Papa«, begrüßte er seinen Vater freundlich, in der Hoffnung, den Streit, der sich unweigerlich anbahnte, beilegen zu können, bevor er entbrannte.

Sein Vater trat auf ihn zu und wuschelte ihm durch die Haare, ohne ihn allzu genau dabei anzusehen. Geistesabwesend murmelte er: »Hallo, Sohnemann. Wie war die Schule?«

Dem Tonfall konnte Tobias entnehmen, dass sein Papa eigentlich gar keine ehrliche Antwort auf die Frage haben wollte. Und das war ihm gar nicht so unrecht. Immerhin würde er so nichts erklären müssen.

»Hmhm«, murmelte er, schob mit dem Fuß seine Schuhe unter die Sitzbank und schnappte sich seinen Rucksack. Dann wandte er sich an seinen Großvater. »*Dede*, wollen wir gleich hoch?«

Aber Opa Kenan würdigte ihn keines Blickes. Stattdessen fing er auf Türkisch zu meckern an: »Was bist du nur für ein Vater! Ich schäme mich. Siehst du nicht, was sie mit deinem Sohn gemacht haben?«

Tobias stöhnte. Na ganz toll. Jetzt würde Opa Papa

brühwarm erzählen, was im Park passiert war. Und dann würde sein Vater zum Direktor rennen, und dann ging es erst richtig los mit Faisal, Maik und Jill, diesen Deppen. Typen wie die drehten nämlich erst richtig auf, wenn sie Widerstand spürten. Auch ein Grund, warum der dringende Wunsch nach einem Unsichtbarkeitsserum in Tobias von Tag zu Tag stärker wurde.

»Wieso?« Tan sah ihn verwirrt an. »Was denn?«

»Nix«, meinte Tobias hastig und schob sich peinlich berührt die Brille höher auf die Nase.

»He, was ist mit deiner Brille los?«, wollte sein Vater wissen und zog ihm das Gestell von der Nase. »Ist das im Sportunterricht passiert?«

Bevor Tobias nicken konnte, keifte Opa Kenan los: »Im Sportunterricht passiert? Hat dich ein Esel getreten? Und du willst auf der Polizeischule gewesen sein?«

»Opa, es ist okay. Wirklich.« An seinen Vater gewandt, sagte Tobias: »Alles halb so wild. Zahlt bestimmt die Versicherung.«

Aber weder sein Vater noch sein Opa nahmen von ihm Notiz. Wie zwei Boxer kurz vor der ersten Runde funkelten sie sich an.

Tobias' Opa kam mühsam auf die Beine, indem er sich am Treppengeländer hochzog. »Ein feiner Polizist bist du. Du bist sogar zu dumm, um deinen eigenen Sohn zu beschützen!«

Tobias' Vater brauste auf: »Von dir lass ich mir gar nichts sagen, gar nichts! Hast du überhaupt eine Ahnung, was für einen beschissenen Tag ich hatte? Auf dem Revier halten sie sich die Bäuche vor Lachen. ›Haha, Tan hat das Nagelstudio überfallen.‹«

Tobias verstand nur Bahnhof. Was hatte sein Vater mit einem Nagelstudio zu tun? Aber weiter konnte er nicht darüber nachdenken, denn sein Großvater fuhr zu alter Größe auf. *»Allah kahretsin!«*, rief er. »Was bist du nur für ein Waschlappen!«

Oje. Tobias seufzte. Jetzt ging das wieder los …

»Hadini kacirma, yasli!«, entgegnete Tan in diesem Moment auf Türkisch, »übertreib es nicht, alter Mann!«

So ging es eine Weile hin und her. Immerhin musste Tobias nicht mehr erklären, wie die Brille kaputtgegangen war, denn mittlerweile stritten sich sein Opa und sein Papa nicht mehr darum, sondern beschimpften sich wie üblich mit Vorwürfen, die Tobias im Schlaf runterbeten konnte: Was bist du nur für ein mickriger Türke? Misch dich nicht in mein Leben ein! Du bist eine Schande für die Familie! Wenn Mama dich so sehen könnte, würde sie sich im Grab umdrehen …

Und so weiter, und so weiter. Wenn es nicht so nervtötend gewesen wäre, hätte es komisch sein können.

»Ich geh schon mal hoch«, sagte Tobias zu niemand Bestimmtem, schulterte seinen Rucksack und ging nach oben.

Solange er denken konnte, hatte es zwischen den Männern in seiner Familie Streit gegeben. Und richtig schlimm war es, seit Oma nicht mehr lebte. Dabei wusste er im Grunde gar nicht, was sein *Dede* und sein Papa gegeneinander hatten. Eigentlich waren sie sich nämlich ziemlich ähnlich, sah man davon ab, dass sein Großvater noch viel weniger Geduld als sein Vater hatte. Im Anschreien standen sich die beiden wirklich in nichts nach.

Der einzige Vorteil, den die permanenten Auseinandersetzungen im Hause Süper-Ümnyazici mit sich brachten, war, dass Tobias mehr oder weniger unter dem Radar der Erwachsenen flog. Denn wen man nicht sah, den konnte man nicht treffen.

Nur sein liebstes Hobby hätte er gern mit seinen Eltern geteilt, auch wenn ihm mittlerweile klar war, dass sie nicht mal ansatzweise begriffen, was ein YouTube-Channel war und wieso man ihn betrieb. Tobias stand total auf Comics. Sein Zimmer war vollgestopft mit allem, was auch nur im Entferntesten an seine gezeichneten Helden erinnerte, egal ob es nun Superman, Spidy oder der unglaubliche Hulk waren. Jeder Quadratzentimeter der Wand hinter seinem Bett war mit einem Plakat beklebt.

Vor allem der Superheld Deli Knight hatte es ihm angetan.

Tobias öffnete die Tür zu seinem Zimmer und ließ den Blick über das Chaos darin schweifen. Zwischen Klamottenbergen, Comicheftstapeln und allerlei anderem Kram führte ein Trampelpfad bis zu seinem Schreibtisch, neben dem auf einem Stativ sein wichtigster Besitz auf ihn wartete: seine digitale Videokamera, die er sich zum letzten Geburtstag hatte schenken lassen. Für den Nachmittag des kommenden Tages war der Termin für den Videodreh angesetzt, auf den sich Tobias seit Wochen vorbereitete. Gemeinsam mit Doris, der Nachbarin aus der Schrebergartensiedlung, hatte er das Kostüm von Deli Knight entworfen.

Er war ein bisschen traurig, dass weder seine Mama noch sein Papa Zeit hatten, beim Dreh dabei zu sein. Wenn er ehrlich war, wusste er nicht einmal, ob sie den Termin überhaupt noch auf dem Schirm hatten. Vor ein paar Wochen hatte er sie gefragt, ob sie sich vielleicht freinehmen könnten, um ihm zu helfen, und beide hatten genickt und etwas Zustimmendes gemurmelt, aber dann war die Einladung zur Ehrung von *Dede* durch die Poser Pharma gekommen, und irgendwie war Tobias' Videodreh da wieder in den Hintergrund gerückt.

Egal. Hauptsache, *Dede* kam mit.

Tobias hörte ein Keuchen hinter sich und wandte sich um. Sein Großvater stand kurzatmig im Türrahmen und sah sich im Zimmer seines Enkels um.

»Hier wie in Schweinestall«, meinte er streng, aber seine Augen waren von Lachfältchen umgeben. »Lass bloß nicht sehen deine Mama.«

Tobias grinste. Er mochte seinen Opa. Auch wenn er manchmal ganz schön blöd zu seinem Papa sein konnte. Aber das beruhte ja auf Gegenseitigkeit.

Opa Kenan kam näher und lief auf unsicheren Beinen bis zu seinem Schreibtisch, und Tobias zog ihm schnell einen Stuhl heran. Sein Großvater ließ sich darauf sinken und stöhnte. In diesem Moment fand Tobias, dass er ganz schön alt aussah.

»Ist alles okay?«, fragte er vorsichtig. »Mit dir und Papa, meine ich …«

Opa Kenan winkte ab. »Dein Vater ist ein sturer Bock.«

»Wie du«, meinte Tobias und grinste vorsichtig.

Der Großvater lachte kurz auf. »Ja.« Dann straffte er die Schultern und wandte sich dem schwarzen Bildschirm zu, der umgeben von Heften, Stiften, schmutzigen Teetassen, Colaflaschen, leeren Süßigkeitenverpackungen und Comicbüchern auf dem Schreibtisch stand. »Wo wir sind?«

Mit einem Klick auf die Tastatur erweckte Tobias den

Rechner zum Leben. Der PC fuhr surrend aus dem Ruhemodus hoch, dann erschien das Bild einer nichtssagenden Landschaft auf dem Monitor, in dessen Mitte eine leere Zeile darauf wartete, das Passwort zu empfangen. Tobias gab es ein, und der Bildschirm klärte sich.

»Was ist denn das?«, wollte Opa Kenan wissen, den Blick fest auf den Monitor gerichtet.

O nein! Tobias wollte so schnell wie nur irgend möglich das Browserfenster schließen, das von der letzten Sitzung offen geblieben war. In großen, fetten Buchstaben, die sein Großvater garantiert auch ohne Sehhilfe entziffern konnte, stand da: *SENIORENRESIDENZ ZUR GUTEN SEELE – in Würde altern.* Darunter ein bildschirmfüllendes Foto von einem älteren Herrn mit weißem Haarschopf, der neben einer rüstigen Rentnerin auf einer Parkbank saß und über etwas lachte, das dem Betrachter verborgen blieb. Um sie herum fielen rote und gelbe Blätter zu Boden.

»D … das …«, stammelte Tobias, konnte aber die Maus nicht finden, die sich irgendwo unter all dem Krimskrams befand, der sich auf seinem Schreibtisch türmte. Zum ersten Mal in seinem Leben verfluchte er sich für seinen fehlenden Ordnungssinn. Hastig kramte er zwischen den Gegenständen auf der Tischplatte herum, aber die Maus war wie vom Erdboden verschluckt. »Nichts. Das ist … für die Schule«, flunkerte er.

Leider war sein Opa zwar alt, aber alles andere als schwer von Begriff. Er fragte ihn auf Türkisch: »Das glaubst du doch selbst nicht!« Dann starrte er seinen Enkel mit weit aufgerissenen Augen an. »Wieso guckst du dir Bilder von Seniorenheimen an, he?«

»Weil … weil …«

Tobias wusste nicht, was er sagen sollte. Dass sein Vater ihn darum gebeten hatte, die Adressen einiger Altersheime in der Umgebung herauszusuchen? Dass er der Meinung war, dass es Zeit für seinen alten Herrn wurde, aus dem gemeinsamen Haushalt auszuziehen? Tobias fand die Idee total bescheuert. Er wollte nicht, dass sein Opa wegzog. Er fand es schön, dass jemand zu Hause war, wenn er von der Schule heimkam. Dass sein *Dede* ihm beim Videodreh zur Hand gehen wollte.

Aber sein Vater hatte ihn nun mal darum gebeten. Und er wollte doch keinen Ärger bekommen …

»Dieser Dummkopf!«, rief Opa Kenan in diesem Moment erbost. »Er will mich loswerden, deine *baba,* ja?«

Mit vor Wut glühenden Augen fixierte der Großvater ihn.

Tobias schlug die Augen nieder. »Ich glaube …« Er verstummte, nahm noch einmal Anlauf. »Es ist ja nicht ab sofort«, meinte er dann ausweichend. »Nur ab irgendwann.«

»Irgendwann.« Opa Kenan seufzte tief. »So ist das also.« Dann beobachtete Tobias, wie sein Großvater an die Zimmerdecke starrte und zu irgendwem, den wohl nur er sehen konnte, in seiner Muttersprache sagte: »Ich habe doch gesagt, es wird allerhöchste Zeit!«

KAPITEL 6

Die Drehtür, die ins Innere von Poser Pharma führte, war definitiv nicht dafür gemacht, dass zwei Personen sie gleichzeitig passieren konnten. Kenan und Tan blieben davor stehen, und Kenan sah seinen Sohn streng an. Seufzend überließ Tan seinem alten Herrn den Vortritt, der ihn zum Dank übellaunig anbrummte.

»Wieso hast du eigentlich so schlechte Laune, hm?«, wollte Tan wissen.

»Zu gute Seele, hä?«, meckerte Kenan, aber Tan verstand kein Wort.

Wovon faselte der alte Mann? Sei's drum.

Er zählte in Gedanken bis drei, dann folgte er dieser Gewitterwolke auf zwei Beinen in gebührendem Abstand, vorbei an einer Menge fast genauso schlecht gelaunt dreinschauender Security-Typen, die mit ihren schwarzen Bomberjacken und den dunklen Sonnenbrillen auf der Nase irgendwie deplatziert wirkten.

Auch wenn die Laune seines Vaters zu wünschen übrig ließ, musste Tan zugeben, dass er richtig schick aussah. In seinem dunklen Anzug mit der ebenso dunklen Krawatte und dem weißen Hemd erinnerte er an ein verschollenes Mitglied der legendären Rat Packs. Diese Vorstellung brachte ihn nun doch zum Grinsen.

Der Casanova Dean Martin, Mr. Blue Eyes Frank Sinatra, Sammy Davis Jr., das Stimmtalent, und Kenan Ümnyazici, nun ja, Türke.

Das Lächeln gefror ihm jedoch im Gesicht, als er einen Blick auf die vereinzelten Gäste warf, die im Foyer von Poser Pharma herumstanden und an ihren Champagnergläsern nippten. Augenblicklich kam sich Tan underdressed vor und fühlte sich mit einem Mal gar nicht mehr wohl in seiner Haut. Er bereute es, Inas Rat in den Wind geschlagen und sich anstelle einer Anzughose für eine Jeans entschieden zu haben – eine verwaschene mit vielen Löchern. Tan blickte sich um, während seine Nervosität wuchs. Allem Anschein nach war er tatsächlich der einzige Trottel in Freizeitkleidung. Himmel, sogar sein Sohn war feierlicher gekleidet als er.

Mit seinem Vater als Taktgeber schoben sie sich im Schneckentempo auf den großen Festsaal zu, den man durch eine breite zweiflügelige Tür am Ende des Foyers erreichte. Tan wurde immer unruhiger, und sein Unwohlsein erreichte einen neuen Höhepunkt, als sie den festlich geschmückten Saal betraten. Sie waren zu spät. Verdammt! Es war schon alles verdunkelt. Nur die Bühne war beleuchtet, auf der Ina an einem Multimediatisch stand und ihre Forschungsreihe vorstellte.

Tan hielt einen Moment inne, als er sie sprechen hörte: »Viren können zehntausendfach kleiner sein als eine menschliche Zelle.«

Die sonst eher weiche Stimme seiner Frau klang selbstsicher und souverän und für Tan dennoch merkwürdig fremd über das Mikrofon.

»Wir müssen da hin«, entschied sein Vater in diesem

Moment. »Ich Ehrengast.« Mit seiner knochigen Hand zeigte er in Richtung Bühne.

In eine der vordersten Reihen, ausgerechnet!

Tan folgte seinem alten Herrn widerwillig. Tobias marschierte ihnen folgsam hinterher.

Tan spürte den mahnenden Blick der anderen Gäste, als sie sich durch die dritte Reihe drängten, um auf den für sie reservierten Stühlen Platz zu nehmen. Ob sie wegen seiner löchrigen Jeans oder der Verspätung so missmutig guckten, vermochte er nicht zu sagen. Peinlich war ihm beides.

Er lächelte einige der um ihn herum Sitzenden entschuldigend an, dann sah er zur Bühne. Ina war einfach … wow! Er wollte den Blick gar nicht mehr von seiner Frau nehmen. Sie sah atemberaubend aus in ihrem zitronengelben Abendkleid, das ihre noch immer tolle Figur perfekt zur Geltung brachte. Er spürte eine Welle von Stolz in sich aufbranden. Das da oben war seine wunderschöne Frau.

»… dennoch kann ein einziges winziges Virus die menschliche Zelle komplett unter seine Kontrolle bringen. Viren haften auf allen Oberflächen. Auch an winzigen, für uns unsichtbaren Wassertröpfchen, mit deren Hilfe sie durch die Luft fliegen können, zum Beispiel, wenn wir niesen. Infizieren wir uns auf diese Weise, nennt man das Tröpfcheninfektion. Viren sind in der Lage, menschliche Zellen zu imitieren, um sich zu tarnen. Ihre genetische Wandlungsfähigkeit ist ihre Überlebensstrategie.«

Tan korrigierte sich: seine wunderschöne und hochintelligente Frau. Er sah gebannt dabei zu, wie sie in einer beiläufig wirkenden Geste ihre Finger über das vor ihr stehende Board wandern ließ, woraufhin eine Grafik an die

Wand hinter ihr projiziert wurde. In einer Animation flogen Hunderte kleine giftgrüne Kugeln wild umher, veränderten ihre Farbe und hefteten sich an eine größere blaue Kugel, deren Gestalt und Färbung sie nun nach und nach annahmen.

Weil Tan so stolz war, konnte er nicht anders, als die Hand seines Jungen und seines Vaters zu drücken. Seine Familie! Tobias, der rechts von ihm saß, erwiderte den Händedruck und strahlte ihn an. Sein Vater entzog ihm die Hand und strafte ihn mit einem missmutigen Blick ab. Egal, davon würde er sich seine gute Laune nicht verderben lassen.

Womöglich aber von dem Mann, der nun ebenfalls die Bühne betrat und in einer viel zu selbstverständlichen Geste den Arm um Inas Hüfte legte. Um die Hüfte *seiner* Frau!

Die Welle des Stolzes ebbte ab, und an ihre Stelle trat ein unruhiges, ja brodelndes Meer, das voller Zorn an die Ufer schwappte.

»Wer ist denn der Mann?«, fragte Tobias leise, aber nicht weniger überrascht als Tan.

»Inas Boss«, erwiderte er schmallippig und musterte den Kerl eingehend.

Veit Hai. Ina hatte schon einiges von ihm erzählt, und Tan hatte ihn bereits zwei-, dreimal gesehen. Er mochte ihn nicht. Vom ersten Tag an hatte er den Eindruck gehabt, dass dieser Veit ein Schleimer und Widerling war. Und ein seltsames Gefühl sagte ihm, dass seine Antipathie auf Gegenseitigkeit beruhte.

Wie diese Luftpumpe da schon stand, in einem teuren Anzug und mit Donald-Trump-Sturmfrisur, den Arm besitzergreifend um Ina gelegt!. Veit Hai hatte ein breites Siegerlächeln aufgesetzt, als hätte er soeben die amerikanischen Präsidentschaftswahlen gewonnen. Tan musste zugeben, dass ihn dieser Mann ein kleines bisschen einschüchterte. Inas Vorgesetzter war nur wenige Jahre älter als er selbst, doch schon der stellvertretende CEO eines riesigen Konzerns. Dahingegen wirkte seine eigene Laufbahn als Polizeiobermeister eher ein wenig …

»Bedauernswert«, hörte er seinen Sohn neben sich aufbegehren. »Die Auflösung des Beamers ist ja wohl ein schlechter Witz.« Tan sah ihn irritiert an. »Ernsthaft. Das hier ist ein Millionenkonzern, und da kommen die tatsächlich mit so einem schwachen Teil ohne Laserleistung daher. Guck doch, das ist noch nicht mal ein Markengerät!«

»Hai ist gute Mann«, erklärte Kenan unaufgefordert und komplett am Thema vorbei und nickte sich dabei selbstbestätigend zu.

Darauf erwiderte Tan nichts. Sein Vater hätte vermutlich auch Trump gewählt. Und eine Mauer ums Land gezogen. Allerdings um seine ach-so-heiß-geliebte Türkei. Damit all die guten Werte drinnen blieben, während die moderne Welt vor der Tür im Chaos versank.

»Prägen Sie sich den Namen gut ein«, sagte in diesem Moment der Schmierlappen auf der Bühne in das Mikro. »Ina Süper ist Programm. Sie wird im Laufe der nächsten Jahre die Menschheit von der einen oder anderen unheilbaren Krankheit befreien.« Während ein Raunen durch den Saal ging und sich der Applaus der Zuschauer höher emporschraubte, beobachtete Tan Inas verkrampftes Lächeln. Er wusste nur zu gut, was sie davon hielt, mit

Vorschusslorbeeren bedacht zu werden. Veit bemerkte davon nichts. Er sprach unbeirrt weiter: »Unsere Studien am Virengenom werden die Genforschung von Grund auf verändern. Die Labore der Poser Pharma sind mit den höchsten Sicherheitsstandards ausgerüstet, denn wenn die genetisch veränderten Viren in die falschen Hände geraten …«

Plötzlich ging erneut ein Raunen durch den Saal, dessen Ursprung Tan zunächst nicht ausmachen konnte. Dann sah er, wie eine äußerst elegant gekleidete Dame im Rollstuhl auf die Bühne geschoben wurde. Obwohl sie saß, versprühte sie die Anmut einer Audrey Hepburn zu ihrer Glanzzeit. Sie trug einen blonden Bob, war sehr schmal gebaut und hatte ein elegant aussehendes Kostüm an, das aussah, als wäre es von Hand auf ihren zierlichen Körper genäht worden. Die Frau lächelte in einnehmender Zurückhaltung in das Publikum, selbst Tan hatte den Eindruck, ihr Lächeln würde nur ihm gelten.

»Meine Damen und Herren, darf ich herzlich willkommen heißen: Mathilda von Poser«, rief Veit Hai und begann zu klatschen.

Nach und nach erhoben sich die Zuschauer im Saal von ihren Plätzen und spendeten der Firmeninhaberin respektvoll Beifall. Auch Tan stand von seinem Stuhl auf. Und sogar Kenan ließ sich dazu hinreißen, ein Aufstehen zumindest anzudeuten.

Tan sah dabei zu, wie Inas schmieriger Vorgesetzter mit dem Mikrofon auf Mathilda von Poser zugeeilt kam und ihr treu ergeben das Mikro unter die Nase hielt, während er breit zu ihnen heruntergrinste. Tan hätte zu gern die Rede von Frau von Poser von Anfang an mitbekommen, aber ausgerechnet in diesem Augenblick nahm er eine Bewegung links von ihm wahr, und als er sich zur Seite drehte, sah er in das weißbärtige Gesicht von Muhamet, der sich gerade in die enge Sitzreihe schob, in der er selbst, Tobias und sein Vater saßen, sehr zum Unmut der Anwesenden neben und hinter ihnen.

Es gab also Gäste, die noch später dran waren als sie selbst. Trafen Türken, die einander kannten und mochten, aufeinander, grüßten sie sich lautstark – offizielle Feier hin oder her. Und tatsächlich schaffte es sein Vater nun doch mit dem Aufstehen.

»Danke, dass du gekommen bist«, sagte er für alle um sie herum gut hörbar auf Türkisch und ließ seinem alten Freund eine innige Umarmung angedeihen.

Muhamet lächelte milde. »Ist doch dein Ehrentag.«

»Ja, sehr schön«, zischte Tan leise. »Könnt ihr euch bitte hinsetzen? Die Leute gucken schon.«

»Lass sie doch gucken, *lan*!«, erwiderte sein Vater brummig.

Um sie herum setzte ein missmutiges Murmeln ein, und Tan warf entschuldigende Blicke in alle Richtungen.

»Was macht die ganze Security hier?«, flüsterte Muhamet auf Deutsch – und für Tans Verhältnisse immer noch viel zu laut. »Bist du jetzt Kenan-Superstar?« Sein grollendes Lachen war noch durchdringender als das Geflüster.

Tan zog Kenans besten Freund sanft, aber bestimmt, auf den freien Stuhl hinunter und bedeutete ihm, endlich still zu sein. Aber er hatte recht. Tatsächlich war auch ihm das große Aufgebot an Security-Mitarbeitern aufgefallen. Dann endlich war es still um ihn herum, und er konnte der Rede lauschen.

»… freue ich mich umso mehr, jemanden auf die Bühne bitten zu dürfen, der quasi von Anfang an dabei war. Unseren heutigen Ehrengast Kenan …«

Noch bevor Frau von Poser den Namen vollenden konnte, sprangen Tobias und Muhamet pfeifend und klatschend auf. Schließlich erhob auch er sich. Als er seinem Vater den Arm reichen wollte, damit er sich bei ihm einhaken konnte, drehte sich dieser demonstrativ von ihm weg, hievte sich allein hoch und schritt auf unsicheren Beinen zur Bühne.

Tan seufzte. Sein Vater war einfach unmöglich. Er liebte ihn, aber es war ihm ein Rätsel, wie man ausgerechnet einem alten Sturkopf wie ihm einen Preis für sein Lebenswerk überreichen konnte.

KAPITEL 7

Das hier war sein Moment.

Auch wenn er sich die ganze Zeit einredete, dass ihm diese Auszeichnung überhaupt nichts bedeutete, so tat sie es doch. Man konnte sein Lebenswerk nicht einfach ausblenden. Er, Kenan Ümnyazici, Erstgeborener des Ünal Ümnyazici – Allah sollte ihn selig haben –, war einmal ein wichtiges Mitglied der Gesellschaft gewesen. Deshalb beschloss er, diesen Moment zu genießen und den heutigen Tag immer in Erinnerung zu behalten.

Unter anhaltendem Applaus schleppte er sich in Richtung Bühne. Er bekam eine Schweißattacke, als er den Stufen nach oben immer näher kam. Wie konnte er sie vor all den Leuten so souverän wie möglich meistern? Doch seine Sorge war unbegründet. Gerade als er den Fuß auf die erste Stufe setzen wollte, trat jemand auf ihn zu, ergriff seinen Arm und begleitete ihn nach oben.

Er war ein Bär von einem Mann. Kräftige Muskeln zeichneten sich unter seinem eng sitzenden Jackett ab. Kenan nickte dem Kraftpaket dankbar zu, doch der Mann verzog keine Miene, sah nicht mal zu ihm herüber. Auch gut.

Auf der obersten Stufe angekommen, ließ der Muskelprotz ihn los und überließ ihm die Bühne. Ohne die stützende Hand des anderen ergriff die Unsicherheit dummerweise in jedem seiner Schritte erneut von ihm Besitz.

Der Applaus ebbte allmählich ab. Zu lange hatte er gebraucht, um sein Ziel zu erreichen. Doch die Frau im Rollstuhl lächelte ihn unbeirrt an. Ein wohlwollender Ausdruck lag auf ihren feinen Zügen.

Kenan musste an früher denken. Ihm kam wieder dieses Bild in den Sinn, wie sie als junge, bildhübsche Frau durch die Hallen gestreift war. Zu seiner Anfangszeit bei Poser lediglich auf einen edlen Gehstock gestützt. Kenan hatte ihn noch immer genau vor Augen: grazil und elegant mit schlankem Silbergriff, der zu einem Drachenkopf geformt war. Doch bald hatte Mathilda von Poser den Stock gegen ein Paar Krücken eintauschen müssen. Damals war schon klar gewesen, dass sie früher oder später im Rollstuhl enden würde. Sie hatte ihr Schicksal tapfer ertragen – wie eine Löwin. Dafür bewunderte Kenan diese Frau, seitdem er sie kannte.

Die Ansprache von Inas Chef, der wieder das Mikrofon übernommen hatte, drang nur bruchstückartig zu ihm durch.

»Ohne die fleißigen Gastarbeiter aus ganz Europa wäre Poser Pharma nie zu dem geworden, was es heute ist. Deshalb …« Gastarbeiter und fleißig. Das verstand Kenan sehr wohl. Und ob sie damals fleißig gewesen waren. Sie waren es gewesen, die dem Land zu dem verholfen hatten, was es heute darstellte. Veit Hai blickte ihn an, worauf er sein Kinn reckte und die Schultern straffte. »Deshalb möchten wir am heutigen Abend unseren ersten Gastarbeiter der Firma ehren.« In einer ehrfürchtigen Geste strich sich Kenan über die Brust. »Kenan Süper!«

Kenan hielt wie versteinert in der Bewegung inne und riss die Augen auf. Doch dieser Widerling von Hai strahlte ihn unbeirrt weiter an und klatschte dabei unablässig in die Hände. Das Geräusch ging im tosenden Applaus des Publikums unter.

Er schüttelte entschieden den Kopf: »Nein, nein, nein! Ich heißen Ümnyazici. Süper ist Name von deutsche Schwiegertochter. Süper Schwiegertochter.«

»Aber natürlich.« Hai trat an Kenan heran und klopfte ihm auf die Schultern. »Entschuldigen Sie bitte. Also, dürfen wir vorstellen: Kenan Ümyatsch … Ümnyitsch …« Hai schüttelte sich und grinste schließlich breit. »Ach, meine Damen und Herren: Kenan, unser Gastarbeiter der ersten Stunde, aus dem wunderschönen Griechenland!«

Kenans Mund klappte auf. In diesem Moment schlug ihm erneut frenetischer Beifall entgegen. Hatte er sich verhört?

»Herr Ümütschü ist im Jahre 1973 den weiten Weg von Thessalo …«

»Was?«, fragte Kenan irritiert. »Mein Hörgerät. Sie müsse sprechen lauter.«

Er hatte wirklich Mühe, sich auf die Worte des Mannes zu konzentrieren. Das Klatschen aus dem Publikum machte es nicht leichter, dem Gespräch zu folgen. Er drehte am Rädchen seines Hörgeräts, dann wandte er sich Frau von Poser zu, die hilflos mit den Schultern zuckte.

Wieder packte ihn der Vorgesetzte seiner Schwiegertochter an den Schultern und drehte ihn so, dass das Publikum ihn von allen Seiten betrachten konnte. Kenan fühlte sich wie auf dem Viehmarkt. Er lächelte trotzdem, auch als er spürte, wie die Hitze des auf ihn gerichteten Scheinwerfers ein Loch auf seine Stirn zu brennen schien.

Veit Hai erhob wieder die Stimme: »Kenan Ümüatschi hat 1973 den weiten Weg von Thessaloniki ...« Kenan sah den Mann in grenzenloser Verwirrung an. Hatte er Thessaloniki gesagt? Das Klatschen im Raum ebbte langsam ab, stattdessen meinte er, vereinzelte Lacher aus den Stuhlreihen zu vernehmen. Sein Blick suchte den Ort vor der Bühne, wo sein Sohn, sein Enkel und Muhamet saßen. Sie hielten sich die Hände vor den Mund vor Lachen, ihre Schultern zuckten. Hai sprach unbeirrt weiter: »... nach München angetreten, mit nichts im Gepäck als einem Glas griechischer Oliven und seiner Hoffnung.«

»Oliven?«, rief Kenan.

Jetzt lachten alle im Saal. Und Kenan kam sich vor wie ein Idiot. Durch das allgemeine Gelächter konnte er deutlich das Brummen seines Freundes Muhamet heraushören. Die Hitze der Scheinwerfer wurde jetzt schier unerträglich, und er wischte sich den Schweiß von der Stirn.

Sein Blick fand noch einmal den von Mathilda von Poser, die ebenso irritiert zu sein schien wie er selbst. Doch dann lächelte sie ihn flehentlich an. Sie bat ihn sichtbar um Verzeihung für diesen Fauxpas.

Er versuchte sich ebenfalls an einem Lächeln. Immerhin war sie die Chefin des Unternehmens, für das er jahrzehntelang gearbeitet hatte ... Doch innerlich bebte er vor Zorn. Wie konnte man ihn, Kenan Ümnyazici, mit einem *Griechen* verwechseln? Ausgerechnet.

»Poser Pharma hat ihm eine Zukunft geboten«, sprach Veit Hai generös weiter. »Und so hat er vor vielen, vielen Jahren seine Verlobte Nephele nach Deutschland geholt.«

Kenans Augen verengten sich zu Schlitzen. Er erinnerte sich daran, dass Jorgos' Frau Nephele hieß. Sie verwechselten ihn doch nicht etwa mit diesem elendigen Tsatsiki-Fresser? Ein missmutiges Grollen drang über seine zu einem angestrengten Lächeln verzogenen Lippen. Sein Sohn hatte recht. Dieser Mann war ein Idiot!

»Und auch wenn Kenan das hausgemachte Moussaka seiner Mama bis zum heutigen Tag vermisst, hat er hier in München sein Zuhause gefunden. Poser Pharma ist froh und dankbar, ein Teil seines Lebens sein zu dürfen. Meine Damen und Herren: Kenan Ümziziki.«

Hai wandte sich ihm demonstrativ zu und klatschte wieder in die Hände. Auch das Publikum applaudierte erneut, während er auf das Mikrofon zuschwankte.

»Kenan, der Grieche!«, hörte er jemanden im Publikum rufen. Es klang verdächtig nach Muhamet.

Kenan schloss die Augen, atmete tief ein, drückte seine vor Anstrengung pochende Brust durch und faltete das Blatt mit der Rede auseinander. Kurz tanzten die Buchstaben vor seinen Augen, dann jedoch klärte sich sein Blick.

»Erstes, ich muss sagen, ich bin geboren in …«

Bevor er weitersprach, drehte er sich noch einmal zu Mathilda von Poser um, die ihn tatsächlich immer noch anlächelte. Sie war stets so nett gewesen. So hilfsbereit. Hatte ihm eine Chance gegeben, als keiner an ihn geglaubt hatte. Kenan spürte, wie er innerlich zusammensackte. Schließlich schluckte er all seinen Stolz hinunter und faltete das Stück Papier wieder zusammen. »Ich bin geboren in Thessaloniki und mag Olive. Ich wirklich stolz, arbeiten dürfen, all die Jahre für diese tolle Firma.«

Den Rest seiner Rede bekam er selbst kaum mit. Als

wäre er in die Gestalt eines Vogels geschlüpft und würde sich selbst von oben betrachten, sah er sich auf der viel zu großen Bühne stehen und zusammenhanglose Brocken von sich geben, die selbst in seinen Ohren keinen Sinn ergaben. Nach der Hälfte seines einstudierten Textes brach er mit einem beherzten türkischen Gruß ab und bedankte sich noch einmal auf Deutsch bei allen. Bei Frau von Poser. Bei seinen Kollegen, seinem Enkel. Seinen Freunden. Erst als das Mikrofon an Mathilda von Poser überreicht wurde, fiel ihm auf, dass er seinen Sohn vergessen hatte zu erwähnen.

»Bitte noch einmal einen großen Applaus für unseren genialen Tüftler, der mit geschickten Händen unserer Firma einen großen Dienst erwiesen hat«, rief seine ehemalige Chefin ins Publikum, das prompt mit einem weiteren Klatschen reagierte. Kenan drehte sich unbeholfen zu Frau von Poser um. Sie strahlte ihn an, und er sah hastig wieder auf seine zitternden Hände. »Kenan und ich kennen uns nun schon seit mehr als vierzig Jahren«, sprach sie weiter und ließ ihn nicht aus den Augen.

Er wusste den Blick nicht zu deuten. Aufrichtige Sympathie erkannte er darin, aber noch etwas anderes. Vielleicht eine Spur von … Mitleid?

»So lange ist es auch her, dass Poser Pharma mit der Erforschung von Viren begann. Kulturell bedingt, kennen wir Viren nur als gefährliche Krankheitserreger. Viren müssen als Feinde des Lebens bekämpft werden.« Mathilda von Poser legte eine Kunstpause ein und betrachtete eine stille Sekunde lang ihre Beine. »Ich selbst bin als Kind am Polio-Virus erkrankt.« Sie hob das Kinn, lächelte und sah wieder ins Publikum. »Doch Viren sind besser als ihr

Ruf. Heute steht Poser Pharma kurz davor, mithilfe von genetisch veränderten Viren Körperfunktionen des Menschen zu verbessern. Es ist uns im Tierversuch gelungen, mit speziell veränderten Viren Krebstumore vollständig zu zerstören.«

Ein ungläubiges Raunen ging durch den Saal. Mathilda von Poser sprach weiter, doch das bekam Kenan schon nicht mehr mit. Das Muskelpaket war wieder an seiner Seite erschienen und führte ihn nun von der Bühne. Zurück an seinem Platz, nahm ihn Freund Muhamet in den Arm und klopfte ihm tröstend auf den Rücken.

»Lass dich von denen nicht ärgern. Scheiß auf die Idioten«, sagte er auf Türkisch.

Kenan nickte nur und heuchelte Interesse an dem Vortrag seiner ehemaligen Chefin. Obwohl er nicht alles verstand, was sie sagte, hatte er genug gehört. Das hier war keine Feier zu seinen Ehren. Er, Kenan Ümnyazici, war nichts weiter als schmückendes Beiwerk, damit Poser Pharma noch mehr Investoren beeindrucken konnte. Ein alt eingesessener Gastarbeiter kam da gerade recht. Es spielte keine Rolle, ob aus der Türkei oder Griechenland.

Er verspürte nicht die geringste Lust dazu, sich noch länger vor diesen heuchlerischen Karren spannen zu lassen. Also stand er wieder auf, um sich durch die Stuhlreihe zu kämpfen.

»Wo willst du hin?«, flüsterte Tan ihm zu.

Kenan hielt in der Bewegung inne und sah seinen Sohn fest an. »Mich betrinken.«

»Aber du bist doch Moslem!«, erwiderte Tan fassungslos.

»Du hast es doch gehört. Heute bin ich Grieche«, knurrte er in seiner Muttersprache. »Und als Grieche darf ich mich betrinken.«

Da erhob sich auch Muhamet. »Da ich bin dabei!«

Kenan bekam kaum mit, dass sich das Foyer allmählich leerte. Der letzte Vortrag war schon seit einer Weile vorbei. Die Zeit hatte er damit verbracht, sich den Frust der letzten Stunden schönzusaufen. Mit halbherzigem Erfolg, woran hauptsächlich Muhamet Schuld trug, da sein alter Freund keine Gelegenheit ausließ, ihn zu foppen.

»Auf das Moussaka deiner Mutter!«, rief Muhamet, hob sein Glas, das bis zum Rand mit klarem Raki gefüllt war, und prostete ihm zu.

Alle um ihn herum brachen in lautes Gelächter aus. Selbst sein Sohn Tan lachte mit und sagte: »Auf Nephele.«

Wieder schwappte eine Welle aus Lachern zu Kenan rüber. Er grinste verbissen mit und bemerkte trotz seines Zustandes, wie einige Gäste um sie herum missmutig die Nase rümpften. Angriff ist die beste Verteidigung, dachte er, drehte sich zu den Umstehenden um und musterte sie.

»*Şerefe!* Prost!«

Er erntete einige zögerliche Reaktionen. Die meisten sahen einfach schnell weg. Tan und Muhamet war die peinliche Situation nicht entgangen. Sie guckten zu Boden und betrachteten ihre Schuhspitzen.

Mit einem vollen Teller kam Ina auf Kenan und seine beiden Begleiter zu und stellte ihn direkt vor ihm auf dem runden Stehtisch ab. »Für dich.«

Er verzog das Gesicht. Ihm war nicht entgangen, dass sie

die Raki-Flasche skeptisch gemustert hatte, die zwischen ihren Gläsern stand. Halb leer.

»Du solltest etwas essen«, sagte sie vorwurfsvoll.

Kenan winkte ab.

»Ah, da ist ja unser Gastarbeiter!« Veit Hai trat ebenfalls an den Stehtisch und legte seinen Arm um Kenans Schultern. Und um Inas Hüfte, die jedoch sofort unter ihm durchtauchte.

Kenan beobachtete die Reaktion seines Sohnes. Seine Brauen hatten sich zusammengezogen, aber er sagte nichts. Dafür Ina.

»Das war doch nicht dein Ernst«, fuhr sie ihren Vorgesetzten an. »Aus Thessaloniki?«

Veits Schultern zuckten kurz nach oben. Es sollte wohl entschuldigend wirken. »Es tut mir so leid, Herr Ümü …« Er ließ es bei dem einen Versuch. »Ich wurde nicht darüber informiert, dass Herr Papadakis abgesagt hat.« *Jorgos!*, schrie Kenan innerlich auf. Hatte er also richtig vermutet. Eigentlich hatten sie seinen griechischen Kollegen für den Festakt eingeladen. Nicht ihn, den Türken. Er war versucht, diesem Widerling Hai vor die Füße zu spucken. »So spontan konnte ich die Rede natürlich nicht mehr umschmeißen. Da hätte ich uns beide bloß blamiert«, meinte der gerade und schenkte Kenan ein falsches Lächeln. »Herzlichen Dank, dass Sie so wunderbar mitgemacht haben. Sie haben mich wirklich gerettet.«

Kenan funkelte ihn scharf an. »Und nur mich blamiert, is' besser, ja?« Bevor Hai etwas zu seiner Verteidigung sagen konnte, stellte ihm Kenan ein Schnapsglas vor die Nase. »Trinken«, befahl er.

»Was ist das?«

Kenan starrte ihn an, ohne mit der Wimper zu zucken. »Ouzo.«

Muhamet brach erneut in schallendes Gelächter aus, als Kenan auf ex sein Glas leer trank und zur Raki-Flasche griff. Doch bevor er sich ein weiteres Glas einschenken konnte, nahm Tan die Flasche an sich.

»Ich denke, du hast genug, Papa. Bitte, reiß dich zusammen.«

»Aber das mein Party«, erwiderte Kenan trotzig und nahm seinem Sohn die Flasche wieder weg.

Dann wandte er sich vom Stehtisch ab. Er wollte allein sein. Doch als er den Tisch losließ, an dem er sich die ganze Zeit festgehalten hatte, taumelte er und kam ins Straucheln. Ina konnte ihn gerade noch auffangen. Alle um ihn herum schrien erschrocken auf.

Er wollte kein Mitleid. Weder von den anderen, die er nicht kannte, noch von Ina. Und schon gar nicht von seinem Sohn. Er riss sich von seiner Schwiegertochter los und taumelte im Seemannsgang davon. Das war seine Feier, und er bestimmte, wann er sie verließ. Außerdem konnten sie ihn alle kreuzweise, diese Eselsöhne!

KAPITEL 8

Mit der halb leeren Flasche Raki in der Hand schlurfte Kenan ziellos durch die leeren Gänge der Poser Pharma. Auch wenn er sich dank des Alkohols fühlte, als ob die Welt in Watte getaucht wäre, war er überrascht darüber, wie vertraut ihm alles vorkam. Er war schon lang nicht mehr in der Firma gewesen, doch das Gebäude hatte sich nicht besonders verändert. Man hatte einigen Fluren, Türen und Bereichen einen neuen Anstrich verpasst – aber das war's.

In Erinnerungen an die gute alte Zeit schwelgend, setzte Kenan einen Fuß vor den anderen. Jede Ecke hielt eine andere Erinnerung für ihn bereit. Der dunkle Fleck an der Tür zu den Toiletten zum Beispiel. Da hatte sich sein damaliger Kollege Luigi ein Loch ins Bein gebrannt, als er gestolpert war und beinahe die Chemikalienprobe hätte fallen lassen. Was hatten sie gelacht damals. Nur Luigi nicht, dem sämtliche Farbe aus dem Gesicht gewichen war. Er hatte dafür eine Abmahnung erhalten, weil er zu lax mit den Sicherheitsvorschriften umgegangen war. Wobei niemand hatte wissen wollen, was Luigi mit der hochgiftigen Chemikalie vorgehabt hatte – zum Glück. Kenan hatte er später anvertraut, dass er damit seine verstopfte Toilette hatte wieder freibekommen wollen – und

Kenan hatte keine Sekunde daran gezweifelt, dass dieser Plan funktioniert hätte.

Was wohl aus ihm geworden ist?, fragte sich Kenan jetzt. Er wusste es nicht. Die Menschen kamen und gingen. So war das Leben. Nur wenige begleiteten ihn bis zum Schluss. Nicht mal seine geliebte Gül.

Derart in Gedanken versunken, bekam er zunächst gar nicht mit, dass er sich mittlerweile in einem Komplex befand, mit dem er so gar keine Erinnerung verband. Da hier alles sehr neu aussah, ging er davon aus, dass er in dem Forschungsbereich war, der nach seinem Renteneintritt eröffnet worden war.

Das weckte seine Neugier, und er setzte den heimlichen Rundgang fort – mit jedem weiteren Schluck, den er aus der Flasche nahm, wankender und unsicherer auf den Beinen. Je weiter er in den Labortrakt vordrang, desto unheimlicher und faszinierender wurde die Umgebung. Das freundliche Licht der Flure veränderte sich, war bald nur mehr ein kaltes Blau, das sich überall in den Glasfronten spiegelte. Kenan kam es vor, als befände er sich in einem Raumschiff und nicht mehr in dem ihm eigentlich vertrauten Poser-Gebäude.

Als er an einer breiten Scheibe vorbeischlurfte, schob sich ein gläsernes Seitenteil auf. Kenan dachte nicht lange nach und trat ein, angezogen von einem grünlich schimmernden Licht am anderen Ende des Raumes hinter einer dicken Glasscheibe. Bald schon stellte er fest, dass es ein Licht war, das pulsierte wie ein Herzschlag, beinahe so, als würde es …

… *leben*, vervollständigte Kenan den Satz in Gedanken. Bei der Vorstellung breitete sich Gänsehaut auf seinen Unterarmen aus.

Wie von magischer Hand geleitet, ging er dem grünen Lichtschein folgend auf die merkwürdig anmutende Apparatur zu, die hinter dem Panzerglas verborgen lag. Kenan kannte sich nicht sonderlich gut im labortechnischen Forschungsbereich aus, wusste aber, dass es sich um eine Zentrifuge handelte. Allem Anschein nach eine hochmoderne und äußerst komplexe, in deren durchsichtiger Glasrotunde eine Armada von Reagenzgläsern darauf wartete, im Kreis geschleudert zu werden.

Kenan gönnte sich einen weiteren Schluck Raki und betrachtete fasziniert die pulsierende Flüssigkeit in den schmalen Zylindern. Sie war von einem intensiven Grün, das er mit nichts vergleichen konnte. Beinahe so, als wäre es nicht von dieser Welt.

Plötzlich hörte er ein Geräusch hinter sich, ein hohes Lachen vom Flur her. Hastig nahm er die Flasche vom Mund, woraufhin der kostbare Raki auf Hemd und Jackett kleckerte. Er fluchte und riss den Arm hoch, daraufhin spritzte der Schnaps in alle Richtungen, auch in sein Gesicht. »*Kahretsin!*«, schrie er auf, als der Hochprozentige seine Netzhaut in Feuer tauchte.

Mit vor Schmerzen verzerrtem Gesicht rieb er sich über das rechte Auge und riss sich dabei die Brille von der Nase. Weil seine Finger aber nicht mehr so greifen wollten wie er, fiel das Gestell mit einem lauten Scheppern auf den glatt polierten Boden. Kenan hielt die Luft an und blieb stocksteif stehen.

»Was war das?«, hörte er eine weibliche Stimme, die mit einem Mal viel näher war als das Lachen von gerade eben.

»Was war *was*?«, fragte ein Mann, der Kenan irgendwie vertraut vorkam.

Das Klacken von Stöckelschuhen war nun deutlich zu hören. Kenan schnaufte vor Entsetzen. Er war im Labor! Hier durfte er nicht sein. Nicht mal als Ehrengastarbeiter. Das Adrenalin mischte sich mit dem Alkohol in seinem Blut und ließ ihn ein wenig klarer denken: dass er sich hier herumtrieb, würde ihm garantiert Ärger bringen.

»Ach, nichts«, meinte die Frau, »vermutlich hab ich es mir nur eingebildet.« Sie kicherte. »Und hier wird also an tödlichen Viren geforscht?«

Das Geklacker kam noch näher. Kenan musste sich verstecken. Sein Blick fiel auf einen Schreibtisch. Er hob den linken Fuß und setzte ihn torkelnd vor den anderen, dann hörte er ein Knacken und das Knirschen von zersplitterndem Glas. Seine Brille. Er stöhnte innerlich auf.

Allah, steh mir bei, dachte er.

Die kaputte Brille außer Acht lassend, steckte Kenan die Raki-Flasche in seine Jackentasche, tauchte unter der Schreibtischplatte ab und kauerte sich mit zusammengefalteten Beinen darunter – eine äußerst unbequeme Sitzposition. Er spürte, wie seine alten Knochen aus Protest aufschrien. Darauf konnte er nun keine Rücksicht nehmen. Er wusste schon jetzt, dass sich sein Körper spätestens am kommenden Morgen bitterböse an ihm rächen würde. Und zwar nicht nur wegen des Kunststücks, sich in seinem Alter unter einem Schreibtisch zu verstecken. Auch der Raki würde mit all seiner Heimtücke zurückschlagen …

»All diese Schilder …«, hörte er die Frauenstimme sagen. »Was bedeuten sie?«

»Biohazard«, erwiderte der Mann.

Sie mussten sich ganz in der Nähe befinden, nur wenige

Meter von ihm entfernt. Er traute sich nicht mal mehr zu atmen.

»Was … was heißt das?«

»Biogefährdung«, hörte Kenan den Mann sagen. Wieso nur kam ihm diese Stimme so vertraut vor? Wer zum Teufel war das? »Aber das Schild ist nur eine Vorsichtsmaßnahme. Hier ist alles absolut sicher.«

»Und Sie forschen wirklich an *tödlichen* Viren?« Die Frau klang ganz aufgeregt.

»Ja. Beziehungsweise kann man bei manchen genetisch veränderten Viren nicht genau sagen, welche Schäden sie am menschlichen Körper anrichten würden. Deshalb ist ein Höchstmaß an Vorsicht geboten.«

»Das klingt gefährlich.«

Kenan bemerkte, dass sich der Tonfall der Frau verändert hatte. Sie klang irgendwie … rauer. Und noch etwas fiel ihm auf: die Stimme des Mannes. Er wusste wieder, woher er sie kannte. Es war Veit Hai. Er klang nicht mehr ganz so überheblich wie auf der Bühne, aber er war es. Eindeutig. Wie zur Bestätigung traten zwei Paar Beine in sein verschwommenes Blickfeld. Das eine Paar steckte in einer grauen Hose und dunklen Lackschuhen mit Lochmuster. Das andere war nackt oder in durchsichtigen Strumpfhosen und endete in hochhackigen Frauenschuhen.

»Hier stinkt es aber nach Alkohol.« Kenan konnte hören, wie die Frau schnüffelte. »Riecht das hier immer so?«

»Vermutlich vom Desinfektionsmittel des Reinigungstrupps«, antwortete der Widerling. »In diesem Bereich der Firma muss alles superhygienisch sein. Schließlich investieren wir viel Geld in die neueste Technik, um

Konkurrenzfähigkeit mit dem internationalen Markt zu gewährleisten.«

»Mein Geld«, schnurrte die Frau.

»Das auch, ja. Als Großaktionärin sind Sie schließlich daran interessiert, Ihre Kapitalanlage mit einem entsprechenden Return of Invest …« Er verstummte.

Dann erklang wieder die Frauenstimme. »Einen Vorschuss können Sie mir auch in Naturalien ausbezahlen.«

Kenan hörte das anzügliche Grinsen aus ihrer Stimme und sah, wie die Frau den Fuß aus einem der Schuhe löste und am Unterschenkel des Mannes rieb. Er schluckte, unangenehm berührt.

Veit Hai räusperte sich. »Wie meinen Sie das?«

»Sie wissen ganz genau, wie ich das meine …«

Das anzügliche Lachen der Frau erklang erneut. Der Fuß ohne Schuh und der verbliebene Stöckelschuh traten noch näher an die auf Hochglanz polierten Budapesterschuhe heran.

Bei Allah, sie würden es doch nicht hier vor seinen altersschwachen Augen miteinander treiben? In diesem Augenblick wünschte sich Kenan Blindheit und Taubheit. Doch er hatte Glück. Allah segnete ihn nicht mit dem Verlust der Sinne, sondern trug das Wollüstige von ihm fort.

»Nicht hier«, sagte Veit Hai.

Er entfernte sich mitsamt seiner Lackschuhe, und der nackte Fuß schlüpfte wieder in den Stöckelschuh. Kenan sah, wie die hohen Absätze mit kleinen klackernden Tippelschritten den Lackschuhen hinterher aus dem Raum gingen.

Er atmete erleichtert auf. Dann hörte er, wie sich

jemand an etwas zu schaffen machte, das klimperte wie ein Schlüsselbund. Als Nächstes vernahm er ein mechanisches Klicken, gefolgt von einem Piepen. Direkt im Anschluss erklang ein Zischen, das sich so anhörte, als würde man etwas öffnen, das unter Druck stand.

»Hier entlang«, sagte Veit Hai, woraufhin die Stöckelschuhe ein letzte Mal klackerten und dann etwas surrend zugezogen wurde.

Kenan lauschte in die Stille.

Nichts.

Er war wieder allein.

Mühsam kroch er auf allen vieren aus seinem Versteck und tastete den spiegelglatten Boden weiter nach seiner Brille ab. Nur wenig später fand er sie – oder vielmehr das, was davon übrig geblieben war. Er hatte ganze Arbeit dabei geleistet. Das Gestell war völlig verbogen, beide Gläser aus der Fassung gesprungen. Auch nach angestrengtem Suchen fand er nur eines wieder, von dem anderen waren sicher nur Glassplitter übrig. Das Suchen auf Knien fiel ihm nicht gerade leicht, weil sich immer noch alles um ihn herum drehte. Um wenigstens etwas zu sehen, hielt er sich das eine Glas vors Auge und kniff das andere zu. Doch der Raki trug seinen Teil dazu bei, dass er nicht nur alles doppelt, sondern auch noch doppelt unscharf sah.

Mist! So würde er es nicht bis nach Hause schaffen. Außerdem, wenn sie am kommenden Morgen das Glas fanden, würden sie wissen, dass jemand im Labor gewesen war. Und dass er von der eigenen Party in Richtung Firmengebäude weggetorkelt war, konnte nicht nur sein nutzloser Sohn bezeugen – der garantiert niemals für ihn lügen würde. Dieser Taugenichts.

Verzweifelt tastete Kenan den Boden nach dem zweiten Brillenglas ab. Er robbte in alle Richtungen. Es musste doch irgendwo hier sein! Sein schmerzender Rücken zwang ihn, sich aufzusetzen, also suchte er so weiter – und schreckte zusammen, als er gegen eine Art Knopf stieß, der sich wie von selbst nach innen drückte. Über sich hörte er wieder das zischende Geräusch – als würde jemand Luft aus einem Autoreifen lassen.

Kenan dachte sich nichts dabei, ging erneut auf die schmerzenden Knie, die Hände tastend vor sich ausgestreckt, und kroch weiter über den Boden, der sich nach einigen Metern jedoch irgendwie anders anfühlte. Kälter und rauer. Er richtete sich wieder auf und erkannte, dass er in einem anderen Raum war. Also musste er, ohne es bemerkt zu haben, durch eine Tür gekrochen sein.

Er fluchte innerlich auf, kämpfte mit der Orientierung und hatte auf einmal panische Angst, sich ernsthaft verirrt zu haben. In diesem Trakt kam ihm überhaupt nichts bekannt vor! Daran waren natürlich wieder die Deutschen schuld, mit ihrer Gier nach Hightech und Innovation. Was war mit den Dingen von früher? Mechanik? Handarbeit? Galt das alles nichts mehr? War das nicht mehr wert als …

Als er ein unerwartetes Geräusch hörte, fuhr er hektisch herum und blieb mit seinem Hemdsärmel an etwas hängen, dass erst nachgab, als er ruckartig daran zog.

Ein Fehler, den er in dem Moment bemerkte, als er die Umrisse der Zentrifuge erkannte, die er eben noch durch das dicke Panzerglas hatte sehen können. Nun wusste er wenigstens, wo er war. Im Inneren des Glaskastens, aus dem das merkwürdige Glimmen kam. Die Erkenntnis wurde von dem grünlich schimmernden Licht begleitet, das er zuvor schon gesehen hatte.

Kenan war verwirrt. Stand das Ding nicht schief? Es sah so aus, als hätten sich die Reagenzgläser aus der Halterung gelöst. Sie würden jeden Augenblick herunterfallen! Er wollte danach greifen, die schmalen Behälter mit der seltsamen Flüssigkeit auffangen. Doch dank seiner verschwommenen Sicht und der Tatsache, dass vor seinen Augen alles doppelt erschien, griff er ins Leere und konnte mehr hören als sehen, wie ein Reagenzglas klirrend auf den Boden fiel.

So ein Mist!

Kenan richtete sich auf. Dabei stieß er gegen die Zentrifuge, die sich urplötzlich geräuschvoll zu drehen begann. Aber dafür hatte er keine Augen. Er tastete nach dem heruntergefallenen Reagenzgläschen. Als er es endlich in die Finger bekam, stieß er einen Seufzer aus. Es war noch heil, und zum Glück war die Öffnung durch eine Art Korken gesichert. So konnte die grüne Flüssigkeit nicht auslaufen. Erleichterung machte sich in ihm breit. Nicht auszudenken, er hätte das Gefäß zerstört und den Inhalt verschüttet. Er steckte es wieder an seinen Platz.

Hinter ihm wurde das Geräusch der sich drehenden Zentrifuge immer lauter. Kenan wandte sich hastig um. Wie stellte man das Gerät aus? Der Deckel stand offen, und die Halterung mit den verbliebenen Reagenzgläschen darin kreiste immer schneller. Da musste es doch irgendwo eine Steckdose …

In diesem Moment wurde ein weiteres Reagenzglas aus der Halterung geschleudert. Schmerz explodierte auf Kenans Stirn, als ihn der Glaszylinder mit voller Wucht traf. Das Glas zersprang. Dann spürte er eine brennende Flüssigkeit sein Gesicht hinunterlaufen. Zunächst dachte er, es wäre Blut, doch als er mit der Hand darüberfuhr, sah er grüne Schlieren an seinen Fingerkuppen.

»Was zum …?«

Das Zeug hatte sich überall auf seinem Gesicht verteilt. In den Augen. In der Nase, im Mund. Ein grässlicher Geschmack breitete sich auf seiner Zunge aus. So schlimm, dass er nicht anders konnte, als mit einem großen Schluck Raki nachzuspülen. Allah sei Dank hab ich die Flasche in meine Jackentasche gesteckt, dachte er.

Immerhin war er wieder Herr über seine Sinne. Als Erstes stoppte er die Zentrifuge, indem er einfach den Stecker zog. Das surrende Geräusch hörte schlagartig auf. Dann dachte Kenan darüber nach, wie er den Zwischenfall vertuschen konnte. Er stand auf, tastete sich voran und fand in einem der Regale an der Wand leere Reagenzgläser. Er wackelte zurück zur Zentrifuge, nahm eines der intakten Reagenzgläser aus der Halterung, entkorkte es und schüttete die Hälfte der grünen Flüssigkeit darin in das neue Reagenzglas. Dann füllte er beide halb vollen Behälter mit Schnaps auf. Anschließend verkorkte er die Gläschen, schüttelte sie gut durch und platzierte sie in ihren angestammten Plätzen in der Zentrifuge.

Er spürte, dass ihm der Alkohol nicht mehr ganz so schlimm zu schaffen machte wie noch ein paar Minuten zuvor, also hastete er zum Waschbecken neben der Tür und zog eine Handvoll Papiertücher aus dem Spender. Damit säuberte er den Boden unter der Zentrifuge, so gut er konnte. Auch die Scherben des zersprungenen Reagenzglases sammelte er ein. Schließlich betrachtete er sein Werk. Gut. Niemand würde merken, dass er hier gewesen war. Niemand würde merken, dass etwas fehlte. Er belohnte sich mit dem letzten Rest Raki, dann rülpste er einmal laut und warf die Papiertücher, die leere Flasche und die Scherben in eine Klappe in der Wand, auf der die Aufschrift »Sondermüll« stand. Kaum hatte er die Klappe wieder geschlossen, vernahm er ein tiefes saugendes Geräusch, wie wenn man einen gigantischen Staubsauger anschaltete. Zur Vorsicht sah er noch einmal in den Hohlraum hinter der Klappe. Er war leer. Sehr gut. Alle Spuren beseitigt.

Jetzt hatte Kenan endgültig die Nase voll von seiner nächtlichen Exkursion. Er wollte nur noch nach Hause und sich das eklige Zeug aus dem Gesicht waschen. Nicht dass er davon einen Ausschlag bekam.

Immer noch unsicheren Schrittes und mit ausgestreckten Armen mühsam vor sich hin tastend, fand er den Weg aus dem merkwürdigen Raum. Als sich die Tür hinter ihm mit einem satten Geräusch schloss, atmete er auf.

KAPITEL 9

Kenan benötigte sieben Anläufe, um den Schlüssel ins Schloss zu bekommen. Drei weitere, um ihn in die richtige Richtung zu drehen und die Tür aufzuschließen. Als er polternd versuchte, seine Jacke abzustreifen, wäre er beinahe hingefallen. Der Garderobenständer war sein rettender Anker. Er legte schnell den Zeigfinger auf den Mund und ermahnte sich selbst, leise zu sein.

»Pscht … Familie schlafen!«, murmelte er.

Ihm ging es überhaupt nicht gut. Lag das am überreichlichen Schnapskonsum? Seine Knochen schmerzten mehr denn je und zwangen ihn in eine gebückte Haltung. Außerdem brannte es in seiner Kehle, er konnte kaum schlucken.

Was war das doch nur für ein grässlicher Tag gewesen. Von irgendwoher hörte er das leidige Schnarchen seines Sohnes. Er war aber zu müde, um sich darüber aufzuregen.

Kenan schob sich durch den Flur und öffnete die Tür zwischen Gäste-WC und Küche, wo sich die kleine Abstellkammer befand, in der er seinen Ayran aufbewahrte. Er riss die Tür des Kühlschranks auf, der darin stand und leise vor sich hin brummte. Die ihm entgegenschlagende Kälte legte sich wohlig auf sein ungewöhnlich erhitztes Gesicht. Mit zittrigen Fingern griff er nach der nächstbesten Ayran-Flasche, die er beinahe fallen gelassen hätte, da er kaum noch Kraft in den Gliedmaßen verspürte. Eine mörderische Hitze hatte sich binnen weniger Minuten in ihm ausgebreitet, als würde er von innen heraus verglühen. Sein Körper war schweißgebadet.

Kenan wischte sich über den feuchten Nacken und war kurz irritiert, als er grüne Schlieren in seinen Handflächen erkannte. Vermutlich hatte ihn das Zeug aus dem Labor doch mehr eingesaut, als er zunächst gedacht hatte.

Und wenn schon, dachte er. Um seine verschmutzten Klamotten konnte er sich auch am kommenden Morgen noch Gedanken machen. Zunächst galt es, den barbarischen Durst zu löschen und endlich ins Bett zu kommen.

Vorfreudig machte er sich an der Flasche zu schaffen – aber er versagte jämmerlich. Mit wachsender Verzweiflung dämmerte Kenan, dass er nicht einmal mehr die Kraft hatte, den Verschluss aufzudrehen. Er war kurz versucht, um Hilfe zu rufen, sah dann aber das Gesicht seines Sohnes vor dem geistigen Auge, der schlecht gelaunt auf ihn herabsah und ihm sagte, was er davon hielt, mitten in der Nacht wegen einer Flasche Ayran geweckt zu werden.

»Nein«, entschied Kenan und wankte in Richtung Küche, um den Glasöffner in der Krimskramsschublade zu suchen. Sofern er das Glück hatte und dieser noch dort war.

Das Schnarchen aus dem Obergeschoss wurde lauter. Kenan kommentierte es mit eindeutigen Gesten. Er hielt in der Bewegung inne, als er durch die geöffnete Wohnzimmertür eine Gestalt auf dem Sofa liegen sah. Er dachte nach, lauschte. Das Schnarchen kam doch aus dem ersten Stock. Also konnte das nur eines bedeuten.

»Ina?«, fragte er überrascht, worauf die Person auf dem Sofa zusammenzuckte.

»Kenan.« Die Stimme seiner Schwiegertochter klang überhaupt nicht vorwurfsvoll, obwohl er sie geweckt hatte. Müde zwar, aber eher resigniert.

»Ich dich geweckt?« Eine dumme Frage, natürlich hatte er das.

Sie setzte sich aufrecht hin, die Decke um ihren Körper geschlungen, und sah ihn lange an. »Gerade erst nach Hause gekommen?«

Kenan nickte. »Wollte nicht wecken. Ich nur Durst auf Ayran. Aber Flasche …« Er hielt ihr die Glasflasche hin. »Gehen nicht auf.«

Im Licht des Mondscheins, das mühelos den Weg durch die halb zugezogenen Gardinen fand, glaubte er, Ina lächeln zu sehen. »Gib her.«

Unsicher trat Kenan auf seine Schwiegertochter zu. Er wollte nicht, dass sie sah, wie betrunken er war. Irgendwie war ihm das peinlich vor ihr. Also versuchte er, so gut es ging, das Zittern seiner Hände zu unterdrücken und überreichte ihr die Flasche.

»Warum du schlafen auf Sofa und nicht bei deine Mann, der falsch schnarcht?«

Während sie sich am Flaschenverschluss zu schaffen machte, verzog Ina das Gesicht. »Wir haben uns gestritten«, sagte sie. Dann machte es leise *Plopp*, und der Deckel war offen. »Hier.« Sie reichte ihm die Flasche.

Kenan stand eine Weile unschlüssig da. Er hatte Durst und wollte nur noch ins Bett. Aber er konnte seine Schwiegertochter nicht einfach so allein da sitzen lassen.

»Warum ihr gestritten?«

Ina schnaubte verächtlich. Sie setzte zum Reden an, doch dann sah sie ihn eindringlich an und schüttelte den Kopf. »Er war eifersüchtig wegen meines Chefs.«

»Diese Veit?«

»Genau.« Ina nickte. »Dein Sohn meint eben, dass sich alles um ihn drehen muss und nur er Probleme hat. Außerdem findet er, dass du …« Sie brach mitten im Satz ab und machte eine wegwerfende Handbewegung. »Ach, echt nicht so wichtig.«

»Vielleicht doch?«

Er sah, dass sie sich unter seinem Blick wand.

»Tan meint eben«, sie unterbrach sich selbst, schaute hinaus zum Fenster, holte tief Luft und setzte erneut an. »Du … also, er. Ich meine, du und er, ihr streitet so viel. Bekommt euch wegen jeder Kleinigkeit in die Haare.«

Kenan stand einfach nur da und sah auf sie hinunter. »Er schwierige Sohn.«

»Nein, ihr *beide* seid schwierig.«

»Also ich Grund für eure Streit?«

Kenan sah seine Schwiegertochter forschend an. Ohne seine Brille kam er zwar im Haus klar, das er in- und auswendig kannte, aber die feinen Regungen, die ihm verraten hätten, ob sie die Wahrheit sagte, konnte er nicht erkennen.

Er sah, dass sie den Kopf schüttelte. »Es war einfach ein langer Tag. Für uns alle.« Sie gähnte, doch es wirkte gespielt.

»Ah …«

Kenan dachte zurück an den Nachmittag und die Internetseite vom Altersheim, die er auf dem Computerbildschirm seines Enkels gesehen hatte. Er konnte sich denken, dass sein Auszug ein großes Thema beim Streit seines Sohnes und seiner Schwiegertochter gewesen war – nicht Veit Hai, der sich anscheinend an Ina ranschmiss.

Sie räusperte sich. »Möglich, dass ich dann auch etwas unfair geworden bin und Dinge gesagt habe, die vielleicht nicht ganz so nett waren.« Sie zuckte mit den Schultern. »Morgen ist ein neuer Tag, und dann ist bestimmt wieder alles gut.«

Seine Schwiegertochter bedachte ihn erneut mit einem wohlwollenden Lächeln. Sie stand auf und kam zu ihm. An ihrer Stimme erkannte er, dass irgendetwas nicht in Ordnung war.

»Himmel, du schwitzt ja wie verrückt!« Sie streckte einen Arm aus, wollte ihn berühren, doch Kenan wich zurück.

»Bin ganzen Weg gegangen zu Fuß. Waren sehr anstrengend. Ich jetzt gehen schlafen. Gute Nacht.« Damit machte er, dass er aus dem Wohnzimmer kam.

»Gute Nacht«, hörte er Ina verdutzt sagen, als er so schnell, wie er konnte, den Flur hinunterhastete, um die Treppe nach oben in Angriff zu nehmen.

Prompt verfehlte er die erste Stufe und landete auf allen vieren. Er konnte gerade so die Ayran-Flasche retten, damit sie ihm nicht aus der Hand glitt und auf dem Boden zerschellte. Hoffentlich sah Ina ihn nicht so! Er kroch die Stufen hinauf. Seit wann hatte er eigentlich diese Rückenschmerzen? Er fühlte sich fürchterlich. Seit ein paar Minuten schien seine Wirbelsäule in Flammen zu stehen. Er war kaum in der Lage, sich aufzurichten. Als hätte man ihm mehrere Wasserkästen aufgeschnallt und ihn damit in eine gebeugte Haltung gezwungen.

Noch auf dem Weg in sein Zimmer setzte er endlich die geöffnete Ayran-Flasche an die Lippen und nahm einen geringen Schluck von der herrlich kühlen Köstlichkeit, die erfrischend und beruhigend zugleich seine Kehle hinunterrann. Es kam ihm vor, als ginge es ihm in diesem Augenblick schon besser.

Als er in seinem Zimmer ankam, war die Flasche leer, und er fühlte sich spürbar wohler in seiner Haut. Dennoch konnte er nichts gegen die bleierne Müdigkeit tun, die an ihm zerrte wie ein kleines Kind am Rockzipfel seiner Mutter. Er schaffte es gerade noch, sich das Hemd abzustreifen, und ließ sich dann wie ein Zementsack aufs Bett fallen. Bevor ihm die Augen endgültig zufielen, betrachtete er das Foto seiner verstorbenen Frau auf dem Nachttisch und schenkte ihr ein letztes Lächeln.

»Gute Nacht, geliebte Gül.«

KAPITEL 10

Es war laut. Viel zu laut. Das war das Erste, was Kenan am nächsten Morgen dachte. Irgendwo in der Nähe hatte jemand eine Maschine angelassen, und die ratterte jetzt in einer unmöglichen Lautstärke über Kenans Kopf hinweg.

Ratatatattatatatat …

Er drehte sich auf die andere Seite. Auf dem linken Ohr war er etwas schwerhöriger als auf dem rechten. Wenn er so rum im Bett lag, mit dem Gesicht zur Wand, hörte er in der Regel gar nichts – nicht einmal das falsche Schnarchen seines lausigen Sohnes.

Ratatatattatatatat …

Kenan öffnete erst das eine Auge ein wenig, dann das andere. Vor sich sah er nur Raufasertapete. Er fasste sich mit der Hand ans linke Ohr, um das Hörgerät auszuschalten. Oder noch besser: es auszuziehen. Er war am Abend zuvor so müde gewesen, dass er das ganz vergessen hatte. Genauso wie Zähne putzen. Und prompt kassierte er die Quittung für seine Gedankenlosigkeit.

Er fühlte mit den Fingern an seiner Ohrmuschel entlang. Hm. Merkwürdig. Wo war das Hörgerät? Wieder wälzte er sich auf der Matratze herum, öffnete die Augen ein bisschen weiter. Es war taghell im Zimmer. Und immer noch so laut, dass es ihn bald rasend machte.

Als ob er neben einem Düsenjet sein Nachtlager aufgestellt hätte.

Ratatatattatatatat …

Kenan warf einen Blick auf den Nachttisch. Da lagen seine Hörgeräte. Hm. Waren das dann die Kopfschmerzen, die in seinem Schädel für einen derartigen Krach sorgten? Es war wirklich spät geworden am Vorabend, und bei Allah, nie wieder würde er Alkohol anrühren!

Ratatatattatatatat …

Ah! Jetzt wusste er das Geräusch einzuordnen. Es war ein Rasenmäher. Vermutlich hatte sich Jens, der Nachbar, endlich den großen Aufsitzmäher gekauft, den er schon so lange haben wollte. Aber musste dieses verfluchte Ding so dermaßen laut sein?

Hinter den Hörgeräten und dem Pillendöschen aus Anatolien, in dem Kenan seine Blutdrucksenker aufbewahrte, stand das Bild von Gül. Für einen Moment versank er im Anblick ihrer gütigen Augen. Das Foto war etwa drei Jahre vor ihrem Tod entstanden. Weder Gül noch er hatten zu diesem Zeitpunkt geahnt, dass es ihr letztes Porträt sein würde. Sie lächelte breit, die Hände hatte sie vor dem üppigen Busen überkreuzt. Auf dem Foto trug sie die Bluse, die Kenan nie hatte leiden können, weil sie ein fürchterliches Muster in Violett, Braun und Orange gehabt hatte. Heute hätte er alles dafür getan, Gül noch einmal in dieser Bluse sehen zu dürfen.

»Ach, *gülüm* …« Kenan seufzte.

Dann stutzte er. Und rieb sich die Augen. Er versuchte, sich daran zu erinnern, wann er das letzte Mal direkt nach dem Aufstehen das Bild seiner geliebten Gül angesehen und scharf wahrgenommen hatte. Scharf. Nicht nur ein bisschen klarer und weniger verschwommen als sonst, sondern gestochen scharf.

Er dachte an seine Brille. Die war doch kaputt. Hatte er sie nicht selbst zertreten? Dann fiel ihm der Raki wieder ein, und er seufzte erneut. Dachte an Poser Pharma ... Das Labor ... Den grünen ...

Mit einem Ruck setzte sich Kenan senkrecht auf. Er griff nach der Bettdecke, warf sie von sich und schwang sich aus dem Bett. Als er auf den Füßen stand, hielt er für einen Moment inne und wartete ... Ihm wurde nicht schwindlig. Hastig ließ er sich wieder auf die Bettkannte sinken, nur um eine Sekunde später wieder aufzustehen. Hoch, runter. Hoch, runter. Einfach so.

Kenan spürte, wie sich Energie, die aus seinem Inneren zu kommen schien, über den ganzen Körper ausbreitete. Alles fühlte sich anders an. Als wäre er in einen Jungbrunnen gefallen. Mal abgesehen von den Augen, die plötzlich scharf sahen, und den Ohren, die plötzlich alles hörten, taten ihm die Gelenke nicht mehr weh. Kein Knochen schmerzte, kein Muskel zitterte. Erneut sprang er auf die Füße und ließ sich wieder aufs Bett fallen, dann versuchte er sich aus lauter Übermut an ein paar Kniebeugen. Sie gelangen ihm mühelos.

Kenan war sprachlos. Das musste der Ayran seiner Gül gewesen sein, den er vor dem Schlafengehen getrunken hatte! Und der Raki, irgenwie ...

Er legte sich bäuchlings auf den Boden. Früher hatte er jeden Morgen fünfzig Liegestütze gemacht. Ob er heute auch noch welche schaffte? Wie viele würden ihm wohl gelingen? Fünf? Er stemmte sich auf die Hände und kniff die Pomuskeln so zusammen, dass sein ganzer Körper angespannt war. Dann begann er, sich hochzustemmen und wieder runterzulassen. Eins, zwei, drei … Kenan war verblüfft. Er hatte seit Jahren keine Liegestütze mehr gemacht, ja nicht einmal mehr an Liegestütze gedacht, weil sie sich außerhalb seiner Möglichkeiten befanden. Und jetzt? Er war mittlerweile bei fünfzehn angekommen.

Sechzehn, siebzehn, achtzehn …

Er hörte Schritte auf der Treppe. *»Baba?«*

Das war seine Schwiegertochter. Hastig kam Kenan auf die Beine und ließ sich auf den Rand der Matratze fallen. Ina klopfte an die Tür und öffnete sie gleich darauf.

»Alles okay bei dir?« Sie sah ihn skeptisch an. »Was war denn das für ein Geräusch?«

»Geräusch?« Kenan gab sich Mühe, möglichst unschuldig zu wirken.

»Ja.«

Er kratzte sich am Ohr. »Weiß nicht …«

»Und wo ist deine Brille?«, wollte Ina wissen.

Kenan blies die Backen auf und ließ die Luft wieder entweichen. Dann zuckte er entschuldigend mit den Schultern. »Weiß auch nicht.«

»Aha.« Ina sah sich in Kenans Zimmer um. »Ohne deine Brille bist du doch aufgeschmissen.«

Es tat ihm leid, dass sie sich unnötig Gedanken machte. Schließlich brauchte er die Brille gar nicht mehr. Deswegen sagte er zu ihr: »Allah mir wiedergeben Augenlicht!«

»Ja, das wäre schön. Aber Träume sind Schäume.«

»Nein«, hakte er nach und zeigte mit dem Finger auf seine Augen. »Ich sehen!«

Sie warf ihm einen besorgten Blick zu und öffnete die

oberste Schublade seines Nachttisches. »Bist du immer noch benebelt, *baba*? Wie viel Raki habt ihr denn gestern getrunken?« Sie kramte in der Schublade herum. »Ah, da ist sie ja. Deine Ersatzbrille.« Ina hielt ihm das Gestell ihn. »Das ist zwar nicht mehr deine Stärke, aber besser als gar nichts.«

Er setzte sie auf. Die Welt verschwamm vor seinen Augen. Kenan wollte sich die Brille gerade wieder von der Nase nehmen, da sagte seine Schwiegertochter: »Nichts da. Die bleibt auf. Wir sehen uns gleich beim Frühstück.« Dann drehte sie sich um und verschwand aus dem Zimmer.

Er stand auf. Jetzt war er doch wieder wacklig auf den Beinen, aber nur, weil er rein gar nichts mehr erkannte. Sein Blickfeld war massiv eingeschränkt und wurde an den Seiten so weit verzogen, als würde er durch den Boden einer Flasche auf die Welt blicken. Er tastete sich voran, am Stuhl vorbei bis zur Tür, an der sein Bademantel hing. Schnell schlüpfte in das weiche Frottee und schob sich aus dem Zimmer. Dann schlurfte er durch den Flur und mit weichen Knien die Treppe hinunter, immer den Stimmen entgegen, die aus der Küche kamen.

Aber Moment, das waren doch nicht Ina und Tan, die wieder einmal stritten. Kenan blieb stehen und spitzte die Ohren. Nein, das war Jens, der doofe Nachbar, der seine Umwelt gerade noch mit dem Aufsitzrasenmäher terrorisiert hatte. Worum ging es in dem Streit? Kenan hörte genauer hin, vollkommen fasziniert von den neuen Sinneseindrücken, die sich ihm offenbarten. Normalerweise hatte er ja schon Probleme, Menschen zu verstehen, die direkt vor ihm standen und laut und deutlich in seine Richtung sprachen. Jetzt hörte er, dass Jens mit seiner Frau Sylvia diskutierte. Es ging um ein Blumenbeet, das er mit seinem Rasenmäher über den Haufen gefahren hatte. Natürlich konnten diese beiden Idioten das nicht wie normale Leute klären, sondern keiften sich an wie zwei alte Waschweiber.

Kenan betrat die Küche. »Immer streiten!«, sagte er an seinen Sohn gerichtet.

Tan sah ihn mit großen Augen an. »Was hab ich denn jetzt schon wieder verbrochen?« Er warf seinem Sohn einen Hilfe suchenden Blick zu. »Ich bin seit zehn Minuten wach. Was hab ich diesmal falsch gemacht, Papa, hm? Zu deutsch die Zähne geputzt?«

»Nix machen als streiten«, erklärte Kenan erneut.

»Wer? Ich?«

»Nein. Nachbarn. Jens und Sylvia.« Kenan schüttelte den Kopf und blickte seinen Sohn an, weil er erwartete, dass Tan ihm zustimmen würde. Der aber sah ihn nur regungslos an. »Du taub?«, fragte Kenan.

Anstelle einer Antwort schob sich Tan den Rest seines Toastbrots in den Mund und stand auf. Er schüttelte den Kopf, als er die Küche verließ, und ließ Kenan mit seinem Enkel allein, der am Tisch saß, Müsli in sich hineinstopfte und irgendetwas sehr Lautes über seine riesigen Kopfhörer hörte.

Kenan ließ sich auf den Stuhl fallen und griff nach der Kaffeekanne. Während er sich eine Tasse einschenkte, lauschte er der Musik. Merts Kopfhörer ließen ihn wie eine überdimensionierte Mickey Mouse aussehen. Es war … Nein, diese Art der Musik kannte er nicht. Jemand sagte etwas in einem sehr schnellen Sprechgesang, und es reimte sich.

Er griff nach der Milch, drehte den Plastikdeckel ab und wollte sich gerade einen Schluck in die Kaffeetasse eingießen, als er die Stimme seiner Schwiegertochter gedämpft durch die Wand vernahm.

»Redest du jetzt mit ihm, oder nicht?«, wollte sie wissen.

Kenan drehte sich um, die Milchtüte immer noch in der erhobenen Hand. Nein, sie war nicht in der Küche. Sie konnte also nur mit Tan sprechen. Und wenn das wahr war, ging es ganz eindeutig um ihn selbst, Kenan. Er hielt die Luft an und hörte genauer hin. Sein Sohn und seine Schwiegertochter schienen im Bad zu sein. Das war zwei Räume weiter und ein Stockwerk höher.

»Ich muss in den Dienst.«

»Tan, du *musst* mit ihm reden!« Ina klang nun gar nicht mehr so nett. »So geht das nicht weiter.«

»Endlich siehst du es ein.«

»Das meine ich nicht«, keifte sie. »Euer Streit geht so nicht weiter. Rede mit ihm. Es ist deine Entscheidung, also solltest du sie ihm auch mitteilen. Ich habe kein Problem damit, wenn er hier wohnen bleibt.«

Kenan spürte, wie eine Welle der Zuneigung für seine Schwiegertochter in ihm aufbrandete. Ina war ein feiner Kerl. Nicht so ein Dummkopf wie sein Sohn.

»Das ist nicht fair«, erwiderte Tan in diesem Moment. »Du kannst dich nicht einfach raushalten. Ich meine … ich habe deinen Namen angenommen!«

Kenan musste sich hüten, nicht auf den Boden zu spucken. Warum hatte Tan das nur getan? Und jetzt hielt er es seiner Frau auch noch vor.

»Darum habe ich dich nie gebeten«, zischte Ina.

»Hättest du vielleicht Ümnyazici heißen wollen?«

Wenn Tan das so sagte, klang es wirklich hässlich. Dabei war es ein altehrwürdiger türkischer Name, den man mit Stolz tragen – und aussprechen – sollte.

Ina bemerkte: »Darum geht es doch überhaupt nicht.«

Kenan nickte bestätigend.

»Für meinen Vater schon«, sagte Tan. »Dem Alten ist nichts recht, was ich mache. Nichts.«

»Dann wird es Zeit, dass du endlich mit ihm redest, anstatt hinter seinem Rücken ein Altenheim für ihn zu suchen.«

»In Ordnung. Ich kümmere mich darum.«

»Wann?« Inas Stimme klang lauernd.

»Sobald ich Zeit habe.«

»Tan …«

»Diese Woche noch.«

»Heute!«, forderte sie.

»Nein, heute auf keinen Fall. Ich muss erst mal die Sache auf dem Revier wieder gradebiegen. Die halten mich für einen totalen Idioten nach der Geschichte mit dem Nagelstudio.«

Ina rief: »Heute, Tan! Ende der Diskussion. Ich hab wirklich keine Lust mehr, dass es immer nur um *deine* Probleme geht. Ich habe auch Probleme.«

Kenan hörte, dass Ina aus dem Badezimmer trat und wütend durch den Flur und die Treppe hinunterstapfte. Sie kam in die Küche. Er sah auf und ihr ins Gesicht, dann folgte er ihrem Blick auf den Frühstückstisch – wo alles in Milch schwamm! Er hatte nicht aufgepasst, sondern einfach weitergegossen, weil er so aufmerksam hatte zuhören müssen, was sein Sohn und seine Schwiegertochter zu streiten hatten.

Mist!

»Och, *baba,* was hast du denn jetzt schon wieder gemacht?« Ina sah wirklich ein wenig verzweifelt aus und nahm ihm die fast leere Milchtüte aus der Hand. »Und du?«, schnauzte sie ihren Sohn an, der endlich die Kopfhörer abgenommen hatte und seinen Opa staunend ansah. »Du hockst auch nur daneben und glotzt Löcher in die Luft, was?«

KAPITEL 11

Tobias stand hinter der Hausecke und wartete. Er warf einen Blick auf die Uhr. Gleich Viertel vor acht. Wenn er noch pünktlich zum Unterricht kommen wollte, musste er sich ranhalten.

Er lugte um die Ecke und spähte in den Vorgarten des Hauses, in dem er mit seinen Eltern und Opa Kenan wohnte. Vor fünf Minuten war er pfeifend aus der Tür gegangen und hatte sich mit einem lauten »Bis heute Abend!« von allen verabschiedet. Aber anstatt nach links zu gehen und zur Bushaltestelle abzubiegen, war er rechts um die Ecke verschwunden und hatte sich auf dem Grundstück auf der Straße gegenüber versteckt. Das Ehepaar Müller war drei Wochen auf Kreuzfahrt im Mittelmeer, deswegen konnte er sich relativ unbesorgt hier herumtreiben.

Er wollte, dass seine Mutter endlich zur Arbeit fuhr. Dann würde er sich auf sein Hyperboard schwingen und zur Schule flitzen, ohne den beknackten Bus zu nehmen, in dem Faisal, Maik und Jill, die ihn schon seit Anfang des Schuljahres auf dem Kieker hatten, nur darauf warteten, ihn wieder herumzuschubsen.

Im Großen und Ganzen war es Tobias gewohnt, der Fußabtreter für die Stärkeren zu sein. Und ein bisschen war er der Meinung, dass das schon in Ordnung ging. Immerhin war er klein und dünn, sah drei Jahre jünger aus, als er war, trug eine Brille, interessierte sich für Superhelden und Computer und tat auch ansonsten nichts, was ihm irgendwelche Coolness-Punkte eingebracht hätte. Er war schlecht in Sport, schlecht im Armdrücken und schlecht im Fertigmachen von anderen. Genau deswegen stand er am Ende der schulinternen Hackordnung und trug ein dickes, fettes OPFER-Schild um den Hals. Wann immer die Cliquen aus Schlägern, Schulschwänzern und manchmal sogar Strebern jemanden brauchten, an dem sie sich austoben konnten, war er der ideale Kandidat dafür.

In Bio hatten sie vor Kurzem Darwinismus durchgenommen. Er hatte das sehr interessant gefunden, denn die Theorie hatte ihm zum ersten Mal in seinem Leben erklärt, warum er das perfekte Opfer war, während es andere gab, die als Helden geboren wurden. Er würde nie als Erster ins Sportteam gewählt werden. Oder Klassensprecher werden.

Für jemanden wie ihn war es auch aussichtslos, einem Mädchen wie Leni zu sagen, dass man es toll fand. Und das war okay. Denn Leni gehörte zu den Besten der Besten, er hingegen stand am Ende der Nahrungskette. Er würde Leni niemals ansprechen, würde sie nur aus der Ferne bewundern, sich ausmalen, wie es wäre, mit ihr an einem Nachmittag im Herbst ins Kino zu gehen, ihr eine Tüte Popcorn zu kaufen und dann, in der Mitte des Films, nach ihrer Hand zu greifen. Aber das waren Träume, und mehr konnte jemand wie er nicht erwarten. Die Natur hatte eben einen übergeordneten Plan, an den sie sich ziemlich genau hielt, und die Vereinigung von jemand ganz, ganz Tollem und jemand ganz, ganz Uncoolem war darin nicht vorgesehen. Immerhin ging es um nichts Geringeres als das Überleben der menschlichen Spezies.

Obwohl er wusste, dass er ein Nobody war, hatte Tobias beschlossen, den Konfrontationen, die ihm unweigerlich auch in der Zukunft bevorstanden, aus dem Weg zu gehen. Es zumindest zu versuchen. Man musste sein Schicksal ja nicht heraufbeschwören. Deshalb wartete er hier, bis seine Mutter endlich zur Arbeit gefahren war. Denn würde sie ihn irgendwo unterwegs auf der Straße sehen und somit erfahren, dass er *nicht* in den Schulbus gestiegen war, wäre Schicht im Schacht. Seine Mutter hatte nämlich zwar einige echt merkwürdige Erwachsenenansichten, aber auf den Kopf gefallen war sie nicht. Und so verrafft wie sein Vater schon mal gar nicht. Er könnte wild winkend auf der Straße direkt neben dessen Auto stehen – sein Vater würde mit sturem Blick durch die Windschutzscheibe an ihm vorbeifahren.

Tobias seufzte. Viertel vor acht. Jetzt musste sie doch aber langsam mal los, oder?

In diesem Moment ging die Haustür auf, und seine Mutter erschien. Sie trug ein leichtes Sommerkleid, dessen Saum ihre braun gebrannten Beine umspielte, in der Hand die Aktentasche, die sie wie einen Augapfel hütete. Er stellte sich immer vor, dass sich darin eine supergeheime Formel befand, mit der man die Welt retten konnte. Oder vernichten.

Seine Mutter drehte sich noch einmal um und sagte zu jemandem, der im Hauseingang stand: »Ich kann dich auch fahren.«

Opa Kenan erschien. »Gehen schon, gehen schon«, murmelte er und winkte Ina zu. Er zog die Tür hinter sich zu und watschelte auf den Holzverschlag zu, in dem sein Rollator stand.

»Sicher?«, hakte seine Mutter nach.

Opa Kenan nickte und gab ihr mit Gesten zu verstehen, dass sie fahren solle. Sie lief mit raschen Schritten zum Auto, sprang hinein und brauste aus der Einfahrt.

Sein Großvater sah ihr vorn am Gartenzaun stehend nach. Kaum war sie um die nächste Ecke gebogen, richtete er sich plötzlich auf, stellte mit zackigen Schritten den Rollator in den Verschlag zurück und spazierte beschwingt durch den Vorgarten auf die Straße.

Tobias stand der Mund offen. Veräppelt er uns?, fragte er sich und dachte an die Szene am Küchentisch. Zittrig und wacklig war ihm sein Großvater vorgekommen. Das hatte er doch nicht etwa gespielt, oder? Fassungslos wurde er Zeuge, wie Opa Kenan die Gratlspitzstraße entlangschlenderte, gut gelaunt und pfeifend wie ein junger Mann. Sah man ihn von hinten, würde man niemals denken, dass er schon Mitte siebzig war.

Was war nur mit Opa los? Tobias hatte keine Erklärung für das, was er da sah. Aber schon beim Frühstück war er ihm merkwürdig vorgekommen. Er hatte den Eindruck gehabt, als würde er den Streit seiner Eltern belauschen – obwohl er doch eigentlich so schlecht hörte. Dieser Streit dauerte schon seit Wochen an, weswegen er eigentlich nur noch mit Kopfhörern zu Hause rumlief. Seitdem er von morgens bis abends Sido, Kool Savas und andere Rapper hörte, wusste er wenigstens, wovon seine Klassenkameraden palaverten, wenn sie sich in der

Schule die neuesten Playlists oder Videos auf YouTube zeigten.

Ein weiteres Mal warf Tobias einen Blick auf seine Armbanduhr, in deren Ziffernblatt ein winziger Spiderman hockte und seine Spinnenfäden verschoss. Zehn vor acht. Pünktlich würde er garantiert nicht mehr kommen. Und an diesem Morgen hatten sie die Leitmeyer in Chemie. Die würde ihm was flüstern, wenn er zu spät in ihren Unterricht reinstolperte.

Nein.

Tobias beschloss, dass er sich irgendwie eine Entschuldigung für die erste verpasste Stunde besorgen (vielleicht später am Tag bei seinem Vater – wenn der in Gedanken versunken war, setzte er seine Unterschrift unter alles) und zunächst einmal Opa Kenan folgen würde.

Er musste sich ranhalten. Sein Großvater war schon Häuserblocks weiter. In solch einem Tempo hatte er ihn noch nie laufen sehen. Hastig schnappte er sich sein Hyperboard, klemmte es sich unter den Arm und rannte auf die Straße. Er schob sich eng an den Mauern, Zäunen und Büschen entlang, die die Grundstücke der hübschen Einfamilienhäuser im Viertel einfassten. Doch er hätte gar nicht so vorsichtig sein müssen, denn Opa Kenan sah sich kein einziges Mal um. Sein Großvater lief auf die Bushaltestelle in der Rofanstraße zu, einer Querverbindung zur Gratlspitzstraße. Von hier ging es in die Innenstadt und zum Hauptbahnhof, wo sich, das wusste Tobias, jeden Dienstag Kenans Kumpels aus alten Zeiten zum Kartenspiel trafen. In diesem Moment sah er den Bus die Rofanstraße entlangfahren und den Blinker setzen, um an der Haltestelle um die Ecke anzuhalten.

Mit Staunen erkannte Tobias, dass auch Opa Kenan seinen Bus erblickt hatte und nun zu einem Spurt ansetzte. Schneller, als er gucken konnte, war sein Großvater am Ende der Straße angekommen und flitzte um die Ecke, um den Bus noch zu erwischen.

Tobias schüttelte den Schock ab, stellte sich auf sein Hyperboard und beschleunigte. Binnen Sekunden war er ebenfalls an der Straßenmündung angekommen. Links von sich sah er den Bus, der gerade wieder blinkte, um sich in den Verkehr einzufädeln. Dahinter Opa Kenan, wild fuchtelnd und fluchend und immer noch verdammt schnell unterwegs.

Der Bus fuhr los. Tobias' Großvater erreichte ihn genau in dem Augenblick, als der große Wagen wieder auf die Straße einbog. Er klopfte gegen die Scheiben der hinteren Tür und rief: »He!« Dabei wurde er nicht langsamer – er konnte mit dem Tempo des Busses sogar mithalten! Tobias wäre fast vom Hyperboard gefallen, als er das sah. Er beeilte sich, den Bus und seinen nebenherrennenden Opa zu erreichen.

Dann, als der Wagen schon ein paar Meter gefahren war, beobachtete Tobias etwas vollkommen Unglaubliches. Nicht dass all die anderen Merkwürdigkeiten des Morgens nicht bereits dafür gesorgt hatten, dass er sich gern die Augen gerieben hätte. Nein, es sah so aus, als würde die Hand, mit der Opa Kenan gerade noch gegen die Bustür gehämmert hatte, kleben bleiben!

Tobias stockte der Atem, er raste in einem Affenzahn hinter dem Bus her. Seinen Großvater hatte es mittlerweile von den Füßen gerissen. Mit an der Scheibe festklebender Hand wurde er hinter dem Bus hergeschleift.

Aber das Allerseltsamste war, dass es ihm gar nicht wehzutun schien. Er versuchte zwar verzweifelt, seine Hand von der Scheibe zu bekommen, und zeigte den nach draußen glotzenden Fahrgästen einige sehr unschöne Gesten, weil sie dem Fahrer nicht sagten, dass er anhalten solle, aber ansonsten wirkte Opa Kenan quietschfidel.

Tobias verstand die Welt nicht mehr. Trotzdem musste er seinem Opa zu Hilfe eilen. Schließlich war er so schnell, dass er auf dem Bürgersteig am Bus und seinem daran klebenden Großvater vorbeisausen konnte. Auf Höhe des Fahrerfensters fing er an zu winken, um die Aufmerksamkeit des Fahrers auf sich zu ziehen. Es klappte. Der Busfahrer guckte ihn aus großen Augen an, dann verlangsamte er den Wagen und blieb schließlich stehen, dreihundert Meter vor der nächsten Haltestelle.

Zischend öffneten sich die Türen. »Du kannst hier vorn einsteigen!«, schnauzte ihn der Fahrer an. »Aber nicht mit dem Brett da.«

»Ich will nicht einsteigen«, stieß Tobias keuchend aus, ohne seinen Großvater aus den Augen zu lassen, der wieder auf die Beine gekommen war und nun versuchte, seine Hand von der Karosserie des Gefährts zu lösen. »Ich will meinem Opa helfen. Er hat sich … eingeklemmt.«

Er lief die paar Schritte nach hinten und stellte sich neben seinen Opa. Der schnaufte schon, so heftig bemühte er sich darum, die Hand vom Bus loszubekommen. Es sah beinahe so aus, als wäre sie mit der Karosserie des Busses verschmolzen. Oder mit Sekundenkleber festgeklebt. Oder …

Tobias' Blick fiel auf seine Armbanduhr. Spiderman. Ihm kam ein Gedanke, der sich so fremd, so merkwürdig und unerhört anfühlte, dass er sich gar nicht traute, ihn richtig zu denken. Konnte es sein, dass sein Großvater ein … Nein. Das war zu abwegig.

Oder?

»Hör mal auf zu ziehen, Opa«, riet er. »Je mehr Kraft du aufwendest, desto weniger kommst du los.«

»Was?«, blaffte sein Großvater.

»Stell dich grade hin.«

Nach einem Moment des Zögerns tat sein Großvater, worum Tobias ihn gebeten hatte.

»Gut. Schließ die Augen.«

Opa Kenan seufzte. Von oben, aus dem Bus, gafften die Leute auf sie runter. Ein paar hatten ihre Handys gezückt und filmten, andere winkten ihm zu. Zum Glück war das nicht der Bus, der in die Schule fuhr – ansonsten würde sich Tobias nie wieder auf dem Pausenhof blicken lassen können.

»Los, die Augen zu!«, wies er seinen Opa an.

Der schloss die Augen.

»Und jetzt denk an was anderes. An …« Tobias zögerte. Woran sollte sein Großvater denken? Irgendetwas, das ihn entspannte … »Genau, an Omas Ayran. Ja?«

Er sah, dass sich ein breites Grinsen auf dem Gesicht seines Opas ausbreitete. »Hmmmm«, machte der, und Tobias berührte ganz leicht sein Handgelenk und zog es ohne Widerstand vom Bus weg. Einfach so. Als hätte es niemals etwas gegeben, das die Hand an die Außenwand gehaftet hätte.

»Wie hast du …?«, setzte Opa Kenan an, doch dann machte er einen Satz nach hinten, denn mit einem Zischen glitt die vordere Tür des Busses wieder zu, und der Fahrer gab Gas.

Sein Opa und er standen da und schauten dem wegfahrenden Bus hinterher.

»Tja«, murmelte Tobias. »So was aber auch.«

Sein Großvater nickte mit verlegenem Gesichtsausdruck. »Komm, ich dich bringen Schule«, sagte er.

Tobias seufzte, dann nahm er sein Hyperboard unter den Arm, und gemeinsam liefen sie die Straße in die entgegengesetzte Richtung entlang.

Nach einer Weile des Schweigens bemerkte er: »Kennst du Spiderman, Opa?«

»Schpeidermän?« Er schüttelte den Kopf. »Wer ist das?«

»Das ist ein Superheld.«

»Ah.«

»Also eigentlich heißt Spiderman Peter Parker.« Er hob das rechte Handgelenk in die Höhe und zeigte seinem Großvater die Uhr. »Das ist er. Als Peter Parker ist er eigentlich ein Niemand. Er fotografiert für eine Zeitung und liebt ein Mädchen, das er nicht haben kann.« Opa Kenan nickte unbestimmt, sagte aber nichts. »Jedenfalls wird Peter Parker von einer Spinne gebissen, deren DNA gentechnisch verändert wurde. Daraufhin verwandelt er sich in eine Spinne.« Jetzt hatte er die Aufmerksamkeit seines Opas, der ihn erschrocken ansah. »Nein, er *wird* keine Spinne«, beeilte er sich zu sagen, um seinen Opa zu beruhigen. »Er kriegt nur ihre Fähigkeiten. Er kann Wände hochklettern und Spinnennetze verschießen und solche Sachen. Verstehst du?«

»Hmhm.« Opa Kenan nickte, aber Tobias hatte nicht den Eindruck, dass er wirklich begriffen hatte, was er ihm erklärte.

»Auf jeden Fall rettet Spiderman immer wieder die

Menschheit. Genau wie Superman. Und der unglaubliche Hulk. Und Batman.«

»Ich nix Süperman«, murmelte Opa Kenan.

»Nein?« Tobias guckte ihn an. Das war ein wenig enttäuschend. »Okay, wenn du meinst …« Dennoch hatte er das Gefühl, dass ihm sein Großvater sehr genau zugehört hatte. Und wer wusste schon, wie Opa Kenan erst reagieren würde, wenn er sah, was Superhelden den lieben langen Tag so alles trieben … Ihm wurde kurz schwindlig, als er an den bevorstehenden Videodreh für seinen YouTube-Channel dachte. Wenn sein Opa wirklich ein Superheld war, dann …

»Wenn du magst, zeige ich dir heute Abend mal ein paar Hefte«, schlug Tobias vor. »Da stehen die Abenteuer von Spiderman drin.«

Sein Großvater zuckte unbestimmt mit den Schultern. Das war wohl so was wie ein Ja.

Tobias sah sich um. »Ich kann von hier aus allein weiterlaufen.« Wenn er sich auch nur vorstellte, was passierte, wenn die anderen mitbekamen, dass er von seinem Großvater in die Schule gebracht wurde, war die Hölle los. Schlimm genug, dass Faisal, Maik und Jill ihm schon im Park begegnet waren. Das hatte sicher bereits die Runde gemacht. Tobias Süperschwächling braucht Hilfe von seinem Großvater, haha. Nein, danke.

»Sehen wir uns später?«

Opa Kenan nickte abwesend, ohne Tobias' Armbanduhr aus den Augen zu lassen. »Ja, ja.«

KAPITEL 12

Der beißende Geruch eines Desinfektionsmittels hatte sich tief in seiner Nase eingenistet. Matthias Korben blickte sich ratlos um. Die Schwester hatte ihn in ein geräumiges, hell erleuchtetes Zimmer geführt, in dem sich nichts weiter befand als ein weißer Behandlungsstuhl, auf dem er nun saß. Die Lamellen der Jalousien standen schräg und ließen kaum Tageslicht in den Raum. Es gab zwei Türen. Die eine, durch die ihn die überaus attraktive junge Frau geführt hatte und an der nun ein Mann in einer Security-Uniform stand. Die zweite Tür befand sich am anderen Ende des Raumes und wirkte wie das Schott eines U-Bootes, mit kleinem Guckloch und einem merkwürdigen Drehknauf anstelle einer Klinke.

Matthias hatte sich nie Gedanken über den Ablauf einer solchen Prozedur gemacht. Aber das Szenario hier wirkte selbst auf ihn äußerst eigenartig.

Es gab so vieles, das er nicht verstand. Unter anderem, wie er so schnell in diese ausweglose finanzielle Situation hatte kommen können. Dabei war doch eigentlich alles glatt gelaufen. Das Jonglieren an der Börse, die Investitionen in vielversprechende Start-ups auf dem High Risk Market, für den er wie geboren zu sein schien. Oder der Buy-in in eine Zwillingscastingagentur, die Good News

App oder den internationalen Catsitter-Service. Er hatte stets den richtigen Riecher gehabt und seine Rendite vergoldet.

Zumindest zu Beginn. Als er einen Erfolg nach dem anderen verbuchen und seinem Bankkonto beinahe stündlich beim Wachsen zuschauen konnte. Immer wieder war es ums Ganze gegangen. Alles oder nichts. Und bei Gott, er, Matthias Korben, war ein echter Zocker.

Vielleicht war es ein Fehler gewesen, blindlings auf seine ausgelegten Karten auf Astro TV zu vertrauen. Aber die Sterne irrten doch nie. »Gehen Sie aufs Ganze!«, hatte der Mann mit der grobporigen Haut einer Orange durch den Fernseher zu ihm gesprochen. »Ihre Sternkonstellation ist günstig. Der Mars steht so gut, wie er nie zuvor gestanden hat, im dritten Haus des Mondes.«

Matthias hatte genickt, sich bedankt und das Telefonat beendet. Gleich darauf hatte er sein sündhaft teures MacBook Pro hochgefahren und das getan, was ihm die Sterne geraten hatten. Er war aufs Ganze gegangen.

Und hatte binnen achtundvierzig Stunden alles verloren.

Dabei hatte die Idee der Taschentoilette fürs große und kleine Geschäft doch so vielversprechend geklungen. Seiner Meinung nach. Allem Anschein nach war er der Einzige gewesen, der in dieses Start-up investiert hatte.

Es war der Anfang vom Ende gewesen.

Was tat also ein Mann in den besten Jahren, der nie gelernt hatte, mit den Händen zu arbeiten? Richtig. Er spendete Samen. Seinen vorzüglichen Samen, wie er selbst fand. Er war gesund, in Form und halbwegs clever. Gut, sein Haar wurde auf dem Hinterkopf bereits etwas lichter. Doch alles in allem verfügte er über durchaus vorzeigbares Genmaterial, das sein Geld wert war. Das würde ihm zwar nicht zu neuem Reichtum verhelfen, aber zum Aufladen seines Prepaidhandys, um zumindest noch dem Orangengesicht auf Astro TV live die Meinung zu geigen.

Dennoch. Irgendetwas stimmte hier nicht. Eine Samenbank hatte er sich irgendwie anders vorgestellt. Warum wurde eine der Türen von einem stiernackigen Testosteronbullen bewacht? Doch nicht etwa, weil sein Sperma so hochklassig war …

Hm. Er rutschte nervös auf dem Plastikstuhl herum. Ein eisiger Luftzug kroch unter sein hinten offen stehendes Patientenhemd. Als sich die U-Boot-Tür auf der gegenüberliegenden Seite öffnete, dachte er noch einmal über ebenjenes Hemd nach. Selbst das war merkwürdig. Wäre es für seinen Zweck nicht logischer gewesen, wenn es vorn offen stünde?

Ehe er länger über diese Absurdität grübeln konnte, trat ein Mann im blütenweißen Laborkittel in den Raum und kam auf ihn zu. Er war groß und trug einen Mundschutz, was es Matthias unmöglich machte zu bestimmen, ob er freundlich lächelte oder grimmig dreinblickte. So oder so: Samenspenden schien eine ziemlich ernste Angelegenheit zu sein.

»Herr …«, begann der Mann mit gedämpfter Stimme.

»Korben. Matthias Korben.« Er wollte sich erheben, doch der Mann bedeutete ihm mit einer lässigen Handbewegung, sitzen zu bleiben.

»Herr Korben. Sind Sie bereit?«

Matthias zuckte erschrocken zurück. »Was? Hier und jetzt?« Er blickte sich suchend um. Keine Trennwand. Kein

Fernseher. Nichts. Nur er. Der Plastikstuhl. Und die beiden Männer.

»Natürlich.«

Das gefiel ihm nicht. Er konnte sich nicht helfen, aber irgendetwas sagte ihm, dass hier etwas gründlich falsch lief. Oder hatte er sich vertan? Immerhin hatte er sich nicht nur für Sperma- und Blutspende, sondern auch für einige Medikamententests angemeldet ... Nein, er war sich sicher, dass er an diesem Tag den Termin für die Samenspende hatte.

»Ich ... äh ...« Er schluckte angestrengt, setzte noch einmal an. Sein Blick fiel auf das aufgenähte Namensschild auf dem Kittel des Mannes vor ihm. Drei Buchstaben, die zusammen das unheilvolle Bild eines brandgefährlichen Raubtieres hervorriefen: HAI. »Wo ist denn der Becher? Und ... haben Sie nicht wenigstens Hefte ... oder so?«

Der Mundschutz zog sich auseinander. Definitiv ein sich abzeichnendes Lächeln. Und mit diesem zauberte der Arzt hinter seinem Rücken eine riesige Spritze hervor, die mit einer schimmernden grünlichen Flüssigkeit gefüllt war.

Er starrte die Spritze an. Im Geiste ging er noch einmal durch, was in dem Schreiben gestanden hatte, das er am Tag zuvor aus dem Briefkasten gefischt hatte. Poser Pharma, das war der Absender des Briefes gewesen, und was hatte da noch gestanden? Nein. Jetzt, da er so darüber nachdachte, fiel ihm nicht ein, ob er das Wort »Samenbank« oder »Spermaspende« irgendwo gelesen hatte. Also war er doch in einer Versuchsreihe für Medikamente gelandet. Sei's drum. Die wurde wenigstens besser bezahlt.

Aber die Spritze, die war wirklich groß. Sehr, sehr groß.

Und was war das für eine grüne Flüssigkeit? Sollte er nicht wenigstens über seine Rechte aufgeklärt werden oder so?

Der Mann trat noch einen Schritt auf ihn zu. »Sind Sie bereit?« Er schien jetzt breit zu grinsen.

»Was wird das?« Matthias drückte sich tiefer in den Behandlungsstuhl und konnte den Blick nicht von der spitzen Nadel nehmen.

»Reine Routine«, kam es hinter dem Mundschutz hervor. »Nur einen Piks in die Pobacke, und das war's auch schon. Wenn Sie sich bitte umdrehen würden.«

Matthias spannte reflexhaft die Pomuskeln an. Der Mann mit dem Nachnamen Hai schüchterte ihn ein. Die Umgebung. Die riesige Spritze. Beinahe überkam ihn so etwas wie Angst.

»Aber ich dachte ... ich sollte ... Nun ja, mir einen von der Palme wedeln und ...«

»Das können Sie gern tun.« Die Schultern des Arztes zuckten kurz. »Danach.« In den Augen des Mannes stand ein Ausdruck der Entschlossenheit, der Matthias bis ins Mark erschütterte. »Je weniger Sie sich wehren, desto weniger schmerzhaft wird es werden.« Matthias spürte einen eiskalten Schauer über seinen Rücken rieseln. »Linke oder rechte Pobacke?«

Die Panik ergriff Matthias vollends und ließ ihn vom Stuhl auffahren. In Windeseile stürzte er an dem Mann mit der Spritze vorbei und stürmte auf den Ausgang zu. Zu spät fiel ihm der Stiernacken an der Tür ein, der sich ihm bereitbeinig und mit verschränkten Armen vor der Brust entgegenstellte. Matthias lief prompt gegen ihn und prallte an ihm ab wie an einer Betonwand. Benommen ging er zu Boden.

Dann spürte er eine tonnenschwere Last auf sich. Der Security-Mensch hatte sich kurzerhand auf ihn gesetzt und seine Handgelenke sowie die zappelnden Beine fixiert. Matthias lag bäuchlings auf den kalten Marmorfliesen und spürte mit Entsetzen, dass sich jemand an seinem blank liegenden Hintern zu schaffen machte.

»Also die linke«, säuselte der Arzt.

Matthias spürte, wie sich die Nadel tief in sein Fleisch bohrte.

Nur einen Augenaufschlag später hatte er das Gefühl, als würde sich ein ganzer Stamm Amazonenameisen durch seine Venen fressen. Er schrie. Aus Angst und vor unsäglichem Schmerz. Er schrie, bis sein Sichtfeld von innen heraus in ein grünliches Licht getaucht wurde und ihn die gnädige Ohnmacht erlöste.

KAPITEL 13

Veit riss sich den Mundschutz vom Gesicht und starrte auf den Mann, der sich vor ihm auf dem Boden krümmte und zappelte wie ein Aal, den man an Land gezogen hatte. Grüner Schweiß rann aus seinen Poren und bekleckerte das Patientenhemd ein. Der Security-Mann, dessen Namen Veit vergessen hatte, trat angewidert einen Schritt zurück und wischte sich die Hände an der Hose ab.

Veit erhob sich und ließ die leere Spritze achtlos fallen. Er warf einen Blick auf seine Rolex. Er musste los. »Bringen Sie ihn auf die Station«, wies er den Security-Mann an und trat ohne ein weiteres Wort aus dem Zimmer. Im Gehen streifte er sich den Arztkittel ab und drückte ihn der nächstbesten Laborangestellten in die Hand, die seinen Weg kreuzte.

Zwei Minuten zu spät erreichte er den Konferenzraum. Vertretbar, wie er fand. Er strich die Krawatte gerade, ging sich sachte durchs Haar, atmete exakt zweimal tief durch und öffnete die Tür.

Ein Dutzend Augenpaare richteten sich auf ihn, als er das geräumige Zimmer betrat. »Meine Damen und Herren«, begann er, während er sich mit seinem charmantesten Lächeln auf den Kopf der Tafel zubewegte. »Es freut mich außerordentlich, Sie heute bei Poser Pharma begrüßen zu dürfen, um gemeinsam mit uns die Weichen für die Zukunft des Unternehmens – und damit vielleicht der gesamten Menschheit – stellen zu dürfen.« Er legte die Handflächen auf die auf Hochglanz polierte Platte des Mahagonitisches und ließ seine Worte wirken. Doch es waren keine zufriedenen Gesichter, die ihm entgegenstarrten. Er erkannte Sorge und Misstrauen in den Zügen der Aktionäre. »Sicherlich stehen wir noch vor der einen und anderen Herausforderung«, setzte er wieder an und dachte dabei an den Probanden, der die Injektion allem Anschein nach nicht ganz so gut vertragen hatte. »Aber ich kann Ihnen versichern, dass wir auf dem richtigen Weg …«

»Das gefällt uns nicht, Herr Hai.« Ein älterer Mann mit gräulichem Haarkranz und einer olivenförmigen Figur erhob sich. Seine kleinen dunklen Augen musterten Veit argwöhnisch. Der versuchte inbrünstig, sich den Namen dieses Großaktionärs in Erinnerung zu rufen, aber es gelang ihm nicht.

»Wir haben es schwarz auf weiß.« Die Olive nickte dem vor sich liegenden Ausdruck zu. Der Geschäftsbericht, wie Veit erkannte. »Frau Posers Forschungen haben bereits horrende Summen verschlungen, und noch immer kann uns kein Profit garantiert werden.«

Zustimmendes Gemurmel der anderen Aktionäre ertönte.

Veit kam es vor, als würde sich der Grantchester-Knoten um seinen Hals wie von allein fester zuziehen. Er widerstand dem Drang, nach der Krawatte zu greifen und ihn zu lockern.

»Meine Damen und Herren, ich bitte Sie.« Veit hob

beschwichtigend die Hände, kam aber nicht gegen die Geräuschkulisse an, die von Sekunde zu Sekunde lauter wurde.

»So, wie ich das sehe«, der Mann mit dem Haarkranz hob den Geschäftsbericht an und ließ ihn dann humorlos auf den Tisch fallen, »gleicht das Ganze einem Fass ohne Boden. Hier wird Geld verbrannt. *Unser* Geld.«

Sein Blick suchte die Reihe der anderen Großaktionäre nach Zustimmung ab. Er bekam sie ausnahmslos. Selbst von der Frau, mit der Veit erst neulich im Labor …

Er sah die Felle davonschwimmen und musste schnellstmöglich einlenken. Also hob er seine Stimme über das Gemurmel an und kramte die letzten Reste seiner Souveränität zusammen.

»Ich kann Ihnen versichern, dass dies nicht der Fall ist. Es wird kein Geld verbrannt. Ganz im Gegenteil: Wir, Poser Pharma, werden Sie alle zu reichen Männern und Frauen machen.« Mit dem Zeigefinger machte er die Runde im Raum. Jedem einzelnen der Anwesenden sah er dabei in die Augen. »Erst gestern konnten wir einen entscheidenden Durchbruch verzeichnen. Und schon bald können wir Ihnen das imposante Ergebnis präsentieren. Und dann, meine Damen und Herren, werden Sie sehen, dass sich Ihre Investitionen mehr als gelohnt haben. Wir sind etwas ganz Großem auf der Spur, das alles bisher Dagewesene verändern wird. Versprochen!«

Er blickte in die Runde und konnte förmlich spüren, dass ihm die Aktionäre glauben wollten. Ihnen allen ging es ausschließlich um den Profit. Die Rettung der Menschheit? Pustekuchen. Es ging ums Geld. Um nichts anderes. Alle im Raum wussten nur zu gut, dass sie Risiken eingehen mussten, um den ganz großen Wurf zu machen. Und genau das stellte Veit ihnen in Aussicht.

»Wir wollen Ergebnisse«, stellte die Olive klar, der Rädelsführer der Runde. Wenn auch weniger bissig als noch vor einer Minute. Allem Anschein nach hatten Veits Worte ihre Wirkung nicht verfehlt.

»Sie bekommen Ergebnisse«, versicherte Veit. »Schon sehr bald. Sie haben mein Wort.«

Der ältere Mann nickte. »Das wollen wir hoffen. Um Ihretwillen. Wenn nicht, ziehen wir unsere Gelder zurück und liquidieren diesen Forschungszweig. Endgültig.«

Die anderen Aktionäre nickten zustimmend.

Veit lächelte verkrampft, konnte aber nicht verhindern, dass eine Hand nach dem festen Knoten an seinem Hals griff und dieses Mal tatsächlich daran zog.

KAPITEL 14

Einmal mehr war Kenan sich sicher: Man hatte ihm die schlechtesten Karten, seitdem er Batak spielte, ausgeteilt. Er liebte es, hatte bestimmt schon Millionen Stunden damit verbracht. Doch er konnte sich nicht erinnern, jemals ein derart jämmerliches Blatt ausgeteilt bekommen zu haben.

Dafür schien sein Freund Muhamet die Hand voll Trümpfe zu haben, was er feierte, indem er jede ausgespielte Karte laut vernehmlich auf den Tisch knallte, gefolgt von einem triumphalen Aufschrei, der jedes Mal aufs Neue Kenans Trommelfell zu durchlöchern drohte. Hinter ihm stand Muhamets Neffe Halil, der bei jeder Karte, die er, Kenan, auf den Tisch legte, scharf die Luft einsog.

Es war Dienstagnachmittag, und wie immer um diese Zeit war Kenan mit seinen Freunden in Cans Teehaus. Schon damals, als Cans Vater – Allah sei seiner Seele gnädig – noch das Teehaus geführt hatte, war Kenan immer hier gewesen. Can war klein, sein winziges, feistes Gesicht wurde von einer viel zu großen Brille eingenommen, und er trug keinen Bart. Dennoch war Can das, was Tan wohl niemals werden würde: ein waschechter Türke.

Auch hatte Kenan Respekt davor, wie Can es geschafft

hatte, arabische Männer aller Nationen, egal ob jung oder alt, in seinem Teehaus zusammenzubringen. Nicht nur für Kenan war das Teehaus eine Enklave in der deutschen Großstadt, ein Ort, wo er er selbst sein konnte. Hier war er unter seinesgleichen. Unter Gestrandeten aus anderen Kulturen, die sich nur schwer in der westlichen Welt zurechtfanden. Dabei waren sie nicht mehr als ein Haufen muslimischer Männer, der zumindest für ein paar Stunden am Tag unter sich bleiben wollte. Und das gelang Can nicht mit trendigen Lounge-Möbeln, einem ausgeklügelten Beleuchtungssystem und einer Hightech-Kaffeemaschine, die dreiundzwanzig verschiedene Espressosorten auf Knopfdruck ausspuckte. Can brauchte dafür einzig und allein guten Tee, echte Liebe und bedingungslose Hingabe.

Und Sky Sport.

Kenan blickte auf und verfolgte mit mäßigem Interesse das Pokalspiel Galatasaray gegen Konyaspor, das auf dem 55-Zoll-Fernseher übertragen wurde. Sein Club, Karabük, war bereits in der Vorrunde ausgeschieden.

Obwohl der Ton ausgestellt war, wurde jeder Ballkontakt mit Jubel oder Buhrufen im Gastraum kommentiert. Je nachdem, wer zu wem hielt. Normalerweise mochte Kenan diese ausgelassene Stimmung. Aber an diesem Tag war es eindeutig zu voll und zu laut bei Can. Schwerer Zigarettendunst hing über den Tischen und vermischte sich mit dem intensiven Geruch von frischer Pfefferminze und Granatapfel, der von den dampfenden Teetassen aufstieg. Das Teehaus mochte von innen nicht viel hermachen, aber die Heißgetränke waren absolute Spitze. Bessere orientalische Teesorten suchte man in München vergebens.

Die Lautstärke um ihn herum setzte Kenan zu – und das, obwohl er sein Hörgerät nicht trug. Denn dank seiner neuen Fähigkeiten brauchte er es nicht mehr. Am Nachbartisch saß eine Handvoll türkischer Halbstarker, die beim Kartenspiel kein gutes Haar an den Müttern ihrer Mitspieler ließen. Es wurde laut gegrölt und noch lauter geflucht.

Kenan versuchte, ihnen nicht zu viel Aufmerksamkeit zuteilwerden zu lassen, und konzentrierte sich wieder auf sein eigenes Spiel. Das klappte genau so lange, bis ihn ein inbrünstig gebrüllter ordinärer Fluch vom Nebentisch aus seiner zurechtgeschmiedeten Spielstrategie riss.

Kenan seufzte. »Hat die Jugend denn keinen Anstand mehr?«, beschwerte er sich bei niemand Bestimmtem. Doch man beachtete ihn ohnehin nicht. Muhamet zog mit seinem fantastischen Blatt die komplette Aufmerksamkeit auf sich und spielte sich auf, dass es Kenan einfach nur anwiderte.

Er blickte griesgrämig in die Runde. Etwas war merkwürdig. Er konnte nicht nur sehen, wie seine Mitspieler die Köpfe zusammensteckten und sich beratschlagten, er konnte auch hören, was sie sich hinter den vorgehaltenen Händen in die haarigen Ohren flüsterten. Nicht dass es etwas daran geändert hätte, dass er ein mieses Blatt auf der Hand hatte. Dennoch … Beschissen sie ihn etwa? Und fiel ihm das heute zum ersten Mal auf?

Lang konnte sich Kenan darüber aber keine Gedanken machen. Denn am Nebentisch kippte plötzlich die Stimmung. Aus dem ausgelassenen Gegröle entwickelte sich ein Streit. Die Schimpfwörter wurden derber und bösartiger. Kenan lauschte den Worten, immer auf der

Hut. Wenn es zu einer Prügelei kam, musste er schnell in Deckung gehen.

»Kenan, was ist los? Du bist dran! Konzentrierst du dich bitte mal auf das Spiel? Sag deine Stiche an.«

»Bei dem Blatt?«, antwortete Halil, der immer noch hinter Kenans Stuhl stand, an seiner Stelle.

Der Junge war schnell. Zu seinem Glück. So entging er gerade noch Kenans ausholender Hand nach hinten, was die anderen nur noch mehr zum Lachen brachte.

Mit zusammengekniffenen Augen inspizierte Kenan seine Karten. Halil hatte recht. Kein einziger Stich würde ihm mit diesem Blatt gelingen.

»Ich kann mich nicht konzentrieren bei dem Krach hier«, redete er sich heraus.

»Hast du dein Hörgerät nicht richtig eingestellt?«, wollte Muhamet wissen.

Kenan winkte ab. »Ich trage heute kein Hörgerät.«

»Deine Stiche!«, hakte der alte Marokkaner Asil nach, während er lautstark an seinem dampfenden Apfeltee schlürfte. Er verschluckte sich, als einer der Halbstarken am Nebentisch wütend aufsprang und die Lehne seines Stuhls gegen Asils Rücken knallte. Der kam ebenfalls auf die Beine und schimpfte mit dem Einsatz beider Hände. »Was soll das hier?«, radebrechte er in seinem schlechten Deutsch, das dem von Kenan in nichts nachstand. »Benehmen euch, wie sich gehört für anständige Teehaus!«

Einer der Jugendlichen drehte sich langsam um und taxierte Asil von oben herab. Der Marokkaner sah mit hüpfendem Kehlkopf zu dem Größeren auf. Der junge Mann mit der rasierten Glatze war nicht nur hochgewachsen, sondern auch extrem breit gebaut. Er hatte ein ausladendes Kinn, dicke Lippen und eine viel zu hohe Stirn, unter der sich die eng zusammenliegenden kleinen Augen beinahe verloren. Sein Körper wirkte aufgrund der Muskelberge viel zu unproportioniert.

Kenan schüttelte missbilligend den Kopf. Hatten diese Eselssöhne von heute wirklich kein anderes Hobby mehr, als sich die Muskeln in den Fitnesscentern bis zum Platzen aufzupumpen?

Die Augen des Halbstarken zogen sich jetzt zu Schlitzen zusammen. »Ey, Alter! Redest du mit mir?«

Kenan beobachtete, wie der Blick des Marokkaners den muskelbepackten Körper entlangglitt. Seine Augen blieben auf Brusthöhe des Halbstarken hängen. »Bitte Respekt«, forderte er. Wenn auch nicht mehr ganz so laut und eindringlich wie eben. »Tee heiß, ich fast an Zunge verbrennen.«

Ohne Vorwarnung schossen die schaufelartigen Hände des Muskelprotzes nach vorn und packten Asil am Schlafittchen. »Was interessieren mich dein Tee und deine beschissene Zunge, Opa? Quatsch mich nicht voll, oder ich schieb dir das Teekännchen in den haarigen Hintern!«

Asil tat intuitiv das, was jeder ehrwürdige Mann in diesem Moment getan hätte: Er spuckte dem Halbstarken ins Gesicht.

Die Zeit schien sich zu verlangsamen. Augenblicklich wurde es mucksmäuschenstill im Teehaus. Selbst das Pokalspiel im Fernsehen nahm sich eine Auszeit. Wie in Zeitlupe wischte sich der junge Kerl den Speichel von der Wange, ohne auch nur für eine Millisekunde den Blick von Asil zu nehmen.

Während alles um Kenan herum den Atem anhielt, waren seine Sinne scharf wie ein Samurai-Schwert. Er sah, wie sich die rechte Hand des Halbstarken zur Faust ballte und er die Schultern hob.

Er wusste, dass er sich einmischen musste. Asil war kein Kämpfer, er war eine Seele von einem Mann. Nicht einmal einer Fliege konnte er etwas anhaben. Vermutlich würde ihm der junge Kerl die Nase brechen. Oder das Jochbein. Oder Schlimmeres. Und Kenan wusste, dass er in der Lage war, das zu verhindern. Auch wenn er keine Ahnung hatte, woher er diese Gewissheit nahm: Er würde nicht einfach so dasitzen und dabei zusehen, wie einer seiner Freunde verprügelt wurde.

Noch ehe der Glatzkopf zum Schlag ausholen konnte, war Kenan von seinem Sitz gesprungen und hatte sich zwischen die beiden Streithähne gedrängt. Irritiert nahm der Schläger wahr, dass auf einmal er und nicht Asil vor ihm stand.

»Was zum …?«

Kenan schüttelte gutmütig den Kopf, umschloss mit der Hand die Faust des jungen Mannes und drückte sie mühelos nach unten. »Du keine Ärger machen«, sprach er beschwichtigend auf den jungen Mann ein. Langsam und leise. Beinahe so, als gälte es, einen tollwütigen Stier zu zähmen.

»Geh mir aus dem Weg, Alter!«, forderte der andere. »Oder ich mach euch beide platt.«

Kenan schüttelte milde lächelnd den Kopf. »Hier keiner plattmachen andere.« Er hielt dem eisigen Blick des verdutzt dreinblickenden Kerls stand und drückte dessen Hand nach unten. Erst sanft, dann immer fester, als der andere sich zur Wehr setzte, aber Kenan hielt dagegen, bis seinem Gegenüber die Gesichtszüge entglitten.

»Sieh mich an.« Kenans Unterkiefer knirschte bedrohlich, als er die Zähne zusammenbiss.

Der junge Mann gehorchte, während sich seine Miene vor Schmerz immer weiter verzerrte.

»Du dich umdrehen und hinsetzen und alles gut. Verstanden?«

Dem Halbstarken stand der blanke Hass in den Augen, doch er gehorchte – offensichtlich eingeschüchtert von der Kraft, die von Kenan ausging. Mit einem Fluch auf den Lippen, in der ein Esel, Ziegen und Kenan vorkamen, wendete er sich ab und nahm wieder Platz an seinem Tisch, wo er sogleich von seinen Kameraden in die Mangel genommen wurde.

»Warum lässt du dir so was von den Alten bieten?«, blaffte einer.

Kenan war das schnuppe. Er setzte sich ebenfalls wieder hin und nahm die Karten auf. Leider war sein Blatt nicht besser geworden. Schade.

»Also, was ist jetzt mit deinen Stichen?«, fragte Muhamet, als wäre nichts passiert.

Kenan sah ihn an, strich sich über den Bart. »Nichts.«

Er pfefferte die Karten auf den Tisch und stand erneut auf. Seine Blase drückte vom vielen Pfefferminztee.

Unter schadenfrohem Gelächter verließ er die Runde und zog sich zu den Toiletten zurück, wo er sich lange und ausgiebig erleichterte, während er die bunten Mosaikkacheln an der Wand zählte. Wie schon so viele Male zuvor. Bei Allah, er war wirklich ein mieser Batak-Spieler.

Die Tür zur Toilette öffnete sich, jemand trat ein und

verschwand in der einzigen Kabine. Kenan stand noch immer am Pissoir und wartete geduldig darauf, dass sein Strahl endlich versiegte. Vierundvierzig türkisfarbene, dreißig grasgrüne und sechsunddreißig lilafarbene Quadrate später war er fertig und wusch sich die Hände. Er fühlte sich müde und hellwach zugleich. Etwas ausgelaugt, aber doch waren seine Sinne so scharf wie schon lange nicht mehr. Vielleicht sogar seit Jahren. Oder gar wie nie zuvor?

Er senkte den Kopf und schaufelte sich eiskaltes Wasser ins Gesicht. Einmal und noch einmal. Eine Wohltat. Etwas ließ ihn aufhorchen. Als wäre da ein kleiner stechender Schmerz in seinem Kopf, der ihn vor etwas … warnen wollte.

Kenan richtete sich auf und betrachtete sein Spiegelbild. Aus seinem dichten Schnurrbart tropfte das Wasser. Dann sah er die andere Gestalt in seinem Rücken. Der Hüne vom Nachbartisch. Er musterte ihn scharf in der Reflexion des Spiegels. Kenan drehte sich langsam um und war einmal mehr von der Größe dieses jungen Mannes überrascht.

»Das war nicht gerade schlau, was du eben gemacht hast«, sagte dieser.

»Ich nix wollen Ärger.« Kenan hob beschwichtigend die Hände.

»Das hättest du dir überlegen sollen, bevor du dich eingemischt hast.«

Kenan horchte in sich hinein. Er war ganz allein mit dieser brutalen Erscheinung. Niemand würde ihm zu Hilfe eilen können. Und doch verspürte er nicht den Hauch von Angst. Im Gegenteil. Vielmehr war da der Anflug von Wut, den er nur mühsam unterdrücken konnte.

»Keine Ärger«, sagte er noch einmal. Dann streckte er seine Hand aus und suchte den Blick seines Gegenübers.

Der junge Mann griff zu und legte sofort sämtliche Kraft in den Händedruck. Kenan konnte beobachten, wie sein Unterkiefer vor Anstrengung mahlte, und schüttelte resigniert den Kopf.

»Du nicht können lassen, richtig?«

Dann, einer inneren Eingebung folgend, schloss er die Augen und stellte sich die hässliche Visage des Glatzkopfs vor. Die dicht beieinanderstehenden, tief liegenden Augen. Die hohen Wangenknochen, das ausgeprägte Kinn. Die Berge von Muskeln, die sich unter dem weißen Feinripp-Shirt abzeichneten.

Er spürte etwas tief in sich drinnen, das er noch nie zuvor empfunden hatte. Es war beinahe so, als hätte er über den Kontakt der Handfläche einen Zugang zu seinem Gegenüber gefunden. Als durchströmte dessen Energie seinen eigenen Körper. In seinem Rücken spannte es. Er spürte ein Stechen in der Brust – ja, beinahe so, als würden seine Brustmuskeln plötzlich anwachsen. Seine Schultern bäumten sich auf, die Arme wurden aufgepumpt, als würde jemand Luft hineinblasen. Und irgendetwas passierte mit seinen Wangenknochen. Erschrocken öffnete er die Augen und zuckte zusammen, als er sein Gegenüber wimmern sah.

»Was zum …«, stammelte der Glatzkopf. »Was bist du?«

»Ich bin Kenan.«

»Du bist ich!« Die Stimme des Hünen klang ungewöhnlich hoch. Doch ehe Kenan etwas halbwegs Sinnvolles auf diese Sinnlosigkeit erwidern konnte, zeigte der Glatzkopf in den Spiegel. »D-d-du bist ich«, stammelte er wieder.

Kenan drehte sich zum Spiegel um und war überrascht, als er erkannte, dass es den hässlichen Hünen plötzlich zweimal gab.

Er schrie auf. Inbrünstig. Markerschütternd.

Aus dem Schrei wurde ein Lachen. Schrill und laut. Abgehackt. Hysterisch. Mit der Hand fuhr er sich über das Gesicht und konnte fühlen, was er sah. Die glatte Haut, die hohen Wangenknochen. Er trat näher an den Spiegel heran und musterte sich ausgiebig.

»*Wallah*, sind wir beide hässlich!«

Der Halbstarke, den es nun zweimal gab, antwortete mit einem grellen Fiepen. Er sprang weg von Kenan und schloss sich in blanker Panik in der Toilettenkabine ein.

Auch Kenan wurde mulmig beim Anblick seines Spiegelbildes. Er bekam es mit der Angst zu tun, als er erneut seine hässliche Erscheinung musterte. Natürlich konnte er nicht vor sich selbst weglaufen. Dennoch wollte er es versuchen.

Es war ein Albtraum! Er wusste nicht, warum er sich in diesen Glatzkopf verwandelt hatte, und vor allem hatte er keine Ahnung, wie er es rückgängig machen konnte. Panik schwappte in ihm hoch. Er wollte nicht für den Rest seines Lebens so aussehen! Hektisch riss er die Tür zum Gastraum auf und stürmte durch das Teehaus, vorbei an seinen Freunden, ohne sie eines Blicks zu würdigen.

»He, warum trägst du Kenans Klamotten?«, hörte er Asil rufen.

Doch Kenan beachtete ihn nicht. Mit schnellen Schritten stürzte er in Richtung Ausgang. Um ihn herum brandete Jubel auf. Galatasaray hatte ein Tor geschossen. Nichts wie raus.

Draußen vor der Tür atmete er erst mal durch. Er legte die Hände auf die Knie und erschrak erneut, als er die riesigen Pranken erblickte, die gar nicht so aussahen wie die Hände, die ihm in den mehr als siebzig Jahren einen guten Dienst erwiesen hatten. Langsam hob er die zitternden Hände … Es waren nicht seine Hände! Er war … ein anderer.

Kenan rannte, so schnell er konnte los, ohne Ziel. Es kam ihm vor, als würde er durch einen Tunnel rennen – dem Licht entgegen.

KAPITEL 15

Kenan wusste nicht, wie lange er gelaufen war. Aber irgendetwas sagte ihm, dass er genügend Distanz zwischen sich und das Teehaus gebracht hatte. Also blieb er stehen und blickte sich um. Er keuchte und atmete schwer. Sein Herz pochte.

Aber nicht vor Anstrengung, wie er feststellte. Nein, er war nicht einmal ins Schwitzen gekommen, obwohl er soeben einige Kilometer im Sprint zurückgelegt hatte. Was seinen Puls so sehr in die Höhe trieb, war das Adrenalin, das mit Hochdruck durch seine Venen gepumpt wurde. Mit Recht, wie Kenan fand. Schließlich hatte er einfach so die Gestalt eines anderen Menschen angenommen.

Mit angehaltenem Atem hielt er sich die Hände vors Gesicht. Er stieß einen Seufzer der Erleichterung aus, als er feststellte, dass es wieder seine eigenen waren. Kenan konnte sich nicht daran erinnern, sich jemals so sehr darüber gefreut zu haben, seine behaarten und faltigen Altherrenhände zu erblicken. Er fuhr sich über das Gesicht – und es fühlte sich alles wie immer an. Seine Fingerkuppen ertasteten den dichten Schnäuzer, die buschigen Augenbrauen, die markante Nase, auf die er immer schon so stolz gewesen war.

Er, Kenan, war wieder er selbst.

Und doch war er es nicht. Denn etwas war mit ihm geschehen. Er hatte die Gestalt eines anderen Menschen angenommen. Eines anderen Menschen! Die geschärften Sinne, die Kondition, die Tatsache, dass er kein Zipperlein mehr spürte – alles schön und gut. Aber ein Gestaltwandel? Das war zu viel für ihn. Es musste mit dem Unfall im Labor zu tun haben. Diese Flüssigkeit, die ihm ins Gesicht gespritzt war. Was auch immer das für ein Teufelszeug gewesen war, seitdem war er nicht mehr der Alte.

Optisch war er zwar nach wie vor eine gebrechlich wirkende Erscheinung. Aber davon abgesehen, waren jegliche unangenehmen Nebenwirkungen fort, die das hohe Alter mit sich brachte. Wie weggefegt. Ihm fiel ein, dass er in der letzten Nacht nicht einmal aufgestanden war, um zu pinkeln. Er fühlte sich jugendlich und frisch. Eigentlich fühlte er sich sogar so gut wie noch nie zuvor in seinem Leben. Als wäre er eine Art …

Unwillkürlich musste er an Mert und seine bunten Comichefte denken, in denen Menschen besondere Fähigkeiten hatten, mit deren Hilfe sie das Verbrechen bekämpften. Da war dieser Typ, der Spinnennetze aus seinen Händen schießen konnte. Oder der Mann, der so schnell laufen konnte wie der Blitz. Wie hieß er noch gleich? Roter Donner? Rotes Gewitter? Kenan konnte sich nicht mehr erinnern. Denn leider war sein Gedächtnis von den Wunderkräften ausgeschlossen.

Dafür fiel ihm wieder ein, dass die meisten der Helden durch Zufall an ihre Superkräfte gelangt waren. Ein Spinnenbiss, eine radioaktive Verseuchung, ein missglücktes wissenschaftliches Experiment … Genau dieser Gedanke nistete sich nun in sein Hirn ein. Was, wenn diese Flüssigkeit auch ihn zu einer Art Superman gemacht hatte? Zu *Süperman*?

Er lachte in sich hinein – oder sich selbst aus. Ganz sicher war er sich da nicht. Bei Allah, in überhaupt nichts war er sich mehr sicher! Es klang aber auch alles zu abwegig. Andererseits …

Kenan blickte sich um. Er hatte keine Ahnung, wo er sich befand. Dieses Gässchen kam ihm überhaupt nicht bekannt vor. Eine unscheinbare schmale Stichstraße, wie sie sich in jeder Ecke Münchens befinden konnte. Sie mündete in den Innenhof eines mehrstöckigen Mietshauses. An den Wänden standen große Müllcontainer, die überfüllt waren, davor stapelte sich ein halbes Dutzend blauer Müllbeutel. Vor ihm ragte eine Mauer empor, die seitliche Backsteinfront eines Kaufhauses. Ganz oben erkannte er eine verblasste Bierwerbung, die direkt auf die Hauswand gemalt worden war. Vermutlich stammte sie aus einer Zeit, als selbst Werbung noch Kunst gewesen war.

Kenan trat auf die Wand zu und legte die Hand auf den Backstein, der noch warm war vom Tag. Während er den Blick nach oben schweifen ließ, fragte er sich, über welche Superfähigkeiten er wohl noch verfügte. Konnte er vielleicht die Wände hochklettern? Ihm kam wieder in den Sinn, wie er am vorbeifahrenden Bus haften geblieben war. Als wäre aus seinen Handflächen eine Art Superkleber gekommen.

Er ließ es auf einen Versuch ankommen und presste eine Hand gegen den Stein. Sie hielt bombenfest. Er hüpfte ein bisschen nach oben und schlug auch die andere Hand gegen die Wand. Sie hielt. Mit in der Luft baumelnden Füßen hing er einen halben Meter über dem Boden.

Kenan blickte sich betreten um. Hoffentlich sah ihn niemand. Die Situation wäre wirklich außerordentlich schwer zu erklären.

Er beschloss, aufs Ganze zu gehen. Er wollte nach oben und einen Blick über die Dächer Münchens riskieren. Das war allerdings alles andere als leicht. Nur unter großer Anstrengung gelang es ihm, die linke Hand von der Mauer zu lösen. Die komplette Handinnenfläche war mit einer grünlichen Flüssigkeit bedeckt. Vermutlich handelte es sich hierbei wirklich um eine Art Superkleber. Nur hatte er noch nicht raus, wie er die Flüssigkeit so regulieren konnte, dass das Festpappen kontrollierbar war.

Er holte noch einmal aus und presste die glitschige linke Handfläche einen halben Meter über sich an die Wand. Sie hielt bombenfest. Kenan lachte begeistert auf und rief im Überschwang der Gefühle: »Ich bin der Leguanmann!«

Als Nächstes versuchte er, die rechte Hand von der Wand zu lösen. Auch dies gelang ihm nur unter Aufbringung erheblicher Kraft. Aber es klappte, und nur wenig später hing er mehrere Meter über dem Boden an der Wand. Bald würde er das Dach erreichen.

Doch etwas stimmte nicht. Seine Hände produzierten immer mehr von der grünlichen Flüssigkeit und ließen sich zunehmend schwer von der Wand lösen. Er stützte sich mit den Füßen von der Wand ab und stemmte sich mit seinem ganzen Gewicht dagegen, doch vergebens. In einem Akt der Verzweiflung legte er seine gesamte Kraft in einen letzten und entschiedenen Ruck, und – endlich!

Er hatte seine Hände frei. Doch mit ihnen hatte er auch ein paar Backsteine aus der Mauer gerissen, die nun an seinen Innenflächen klebten. Überrascht von dem zusätzlichen Ballast, der mit einem Mal an ihm zerrte, verlor er das Gleichgewicht.

Kenan kippte nach hinten, überschlug sich und stürzte kopfüber hinunter. Er schrie verzweifelt auf, als er den Gehweg auf sich zukommen sah. Beim Aufprall würde er sich sämtliche Knochen brechen, so viel war klar. Sofern er diesen Sturz überhaupt überlebte.

Doch als der Boden nur noch wenige Zentimeter von ihm entfernt war, geschah das Unglaubliche. Als könnte er mit seinem bloßen Willen die Schwerkraft bezwingen, schoss er in die Höhe wie von einer unsichtbaren Sprungfeder gespannt und zum Abschuss freigegeben. Erblickten seine geschärften Augen eben noch den nassen, grobkörnigen Asphalt, sah er nun den wolkenverhangenen Himmel in seiner grenzenlosen Weite vor sich.

Pfeilschnell und ohne dass er bremsen konnte, schraubte er sich immer höher hinauf in Richtung Wolken. Die Häuserwand entlang, über die Dächer der Stadt, die unter ihm kleiner zu werden schien. Er sah die Isar, die sich durch München schlängelte. Die Wagen auf der Autobahn, die bald schon wie Spielzeugautos aussahen. Den Flughafen. Die Alpen.

Ein eisiger Wind zerrte an ihm, doch die Kälte machte ihm nichts aus. Er nahm sie zwar wahr, doch sie drang nicht wirklich zu ihm durch. Er genoss seinen Flug. Er konnte fliegen! Fliegen! Wie eine Rakete raste er auf die Wolken zu, während das Blau um ihn herum langsam, aber stetig dunkler wurde.

Auf einmal bekam Kenan es mit der Angst zu tun. Er musste seinen Flug abbremsen, irgendwie. Sonst durchbrach er womöglich noch die Stratosphäre und landete im Weltall.

»Stopp«, schrie er. »Bei Allah! Anhalten!«

Und tatsächlich. Sein Auftrieb endete sofort, und er blieb mitten in der Luft stehen. Nun schwebte er zwischen Erde und Himmel. Er drehte sich langsam nach rechts und merkte, dass er sich so gemächlich voranbewegte. Die Arme fest an den Körper gepresst und den Kopf nach vorn gestreckt, wurde er wieder schneller. Er nahm erneut Fahrt auf und sauste schon bald wieder durch die Luft. Dann streckte er die Arme nach vorne aus, spreizte die Handflächen und bremste die Geschwindigkeit ab, bis er schließlich gänzlich zum Stillstand kann.

»*Wallah!* Ich kann fliegen. Bin ich ein Vogel?« Kenan stieß einen spitzen Schrei aus. Er lachte hysterisch auf und konnte sich gar nicht mehr einkriegen. »Ich flieeeeeege!«

Er drehte eine Runde nach der anderen und testete seine Flugfähigkeiten aus. Bald schon hatte er den Dreh raus. Es war beinahe so einfach wie zu schwimmen. Nur eben ohne Wasser und weitaus weniger anstrengend. Er musste sich nur auf die Richtung konzentrieren, und schon ging es im Raketentempo los. Alles andere erledigten seine Arme. Es war so simpel, dass es ihm schon bald vorkam, als hätte er sein Leben lang nichts anderes getan.

Beindruckt von seinen neuen Fähigkeiten, richtete er seinen Blick nach oben und sah die Wolken auf sich zukommen, bis er sie schließlich durchstieß und hinter sich ließ. Über sich erkannte er nun tatsächlich das klare Kobaltblau der Stratosphäre.

Dann schwebte er. Über den fluffigen Wolkenteppich hinweg, der sich unter ihm ausbreitete. Kenan ließ sich einige Meter hinabsinken und dachte an einen Kindheitstraum. Einmal über den Wolken zu sein. Nein. Auf den Wolken herumzuspazieren.

Warum nicht?, dachte er und ließ sich noch weiter hinunter. Und gerade als er befürchtete, durch das Wolkenbett hindurchzugleiten, spürte er einen Widerstand unter seinen Füßen.

Er stand. Auf Wolken!

Verwundert blickte Kenan sich um. Rings um ihn war nichts als diese Zuckerwattelandschaft, in der seine Füße bis zu den Knöcheln versanken. Vorsichtig hob er einen Fuß an und machte einen Schritt nach vorn. Nebelartige Schlieren stiegen auf und umspielten seine Beine bei jeder Bewegung. Es fühlte sich an, als würde er auf einer superweichen Matratze spazieren gehen.

»*Wallah*, ich gehe auf Wolken!«, rief er.

Nur dass er nun nicht mehr ging, sondern sprang. Wie ein kleines Kind in einer überdimensionalen … nun, ja: Hüpfburg.

»Kenan!«

Hatte er gerade seinen Namen gehört? Verblüfft fuhr er herum und sah tatsächlich eine andere Gestalt auf den Wolken stehen. Sie kam auf ihn zu.

»Gül?« Vor Erstaunen riss er die Augen auf. »Bist du das?«

Sie gab ihm keine Antwort. Aber das musste sie auch nicht. Ihr sanfter Gang, ihre Silhouette … Er hätte sie unter Millionen von Menschen erkannt.

Als sie unmittelbar vor ihm stehen blieb, begann Kenan am ganzen Körper zu zittern. »Du bist es.«

Sie quittierte seine Feststellung mit diesem milden, warmherzigen Lächeln, das er mehr als alles andere vermisst hatte.

»Gül … Ich …«

Er konnte nicht verhindern, dass ihm Tränen in die Augen schossen. Endlich war sein größter Wunsch wahr geworden! Allah hatte ihn zu sich genommen. Er hatte ihn sterben lassen und in den Himmel geholt, wo seine geliebte Gül auf ihn gewartet hatte. Und der Tod hatte noch nicht einmal wehgetan. Im Gegenteil, es war ein wilder Flug gewesen, der auf den Wolken geendet hatte, hier, wo er seine Frau endlich wieder in die Arme schließen konnte …

»Was machst du hier?«

Das Lächeln in Kenans Gesicht erstarb jäh. Er betrachtete Gül nachdenklich.

»Was soll das heißen?«

»Dass du hier oben nichts verloren hast!«, schimpfte Gül und stemmte die Hände in die Taille. »Hast du alle Aufgaben auf der Erde erledigt? Mit allen Menschen reinen Tisch gemacht? He?«

Kenan schluckte betreten und wandte den Blick ab. »Also … also ich …«, setzte er an, verstummte aber jämmerlich. In diesem Moment fiel ihm auf, dass Gül dieselbe fürchterliche Bluse wie auf dem Foto trug, das auf seinem Nachttisch stand. »Ich … wollte dich wiedersehen«, sagte er vorsichtig.

»Tzzz!« Gül schnalzte mit der Zunge, schüttelte energisch den Kopf und hob den Zeigefinger. Mahnend, wie sie es immer getan hatte, wenn sie mit etwas nicht einverstanden gewesen war.

»Aber *gülüm* …«

»Du hast hier oben nichts verloren!« Ihre Stimme klang hart und unnachgiebig. Doch dann erhellte das sanfte Lächeln wieder ihr wunderschönes Gesicht. »Noch nicht, geliebter Mann«, sagte sie liebevoll.

Kenan machte einen Schritt nach vorn. Er wollte Gül anfassen, spüren. Nach all den Jahren endlich wieder ihren weichen, warmen Körper berühren. Sich vergewissern, dass sie wirklich vor ihm stand. Hier, in diesem Meer aus Wolken. In diesem Gebirge aus Zuckerwatte …

Doch sie wandte den Blick ab. »Geh.« Ihr Tonfall klang so, als ob sie keinen Widerspruch duldete. »Er braucht dich. Jetzt!«

Kenan hielt in der Bewegung inne und lauschte. Doch er hörte nichts, trotz seines neuen Supergehörs.

»Du kannst ihn nicht mit den Ohren hören«, meinte Gül schließlich. »Nur mit dem Herzen. Hör genau hin. Unser Enkel braucht dich.«

Kenan sah seine Frau an, sah, wie sie ihm zunickte, sich vor seinen Augen ganz langsam auflöste und mit den Wolken verschmolz.

Dann spürte er es ganz deutlich: Jemand war in unmittelbarer Gefahr. Mert!

KAPITEL 16

Ohne eine Sekunde länger darüber nachzudenken, schoss Kenan mit ausgestreckten Armen voran auf die Erde zu. Dieser merkwürdige neue Sinn, den er bislang nicht gekannt hatte, sagte ihm, dass er sich beeilen musste.

Er stürzte dem Boden entgegen, konnte sehen, wie die Stadt Konturen annahm, je näher er ihr kam. Alles unter ihm wurde größer und detailreicher, und schon bald waren im symmetrisch wirkenden Gittergeflecht der Straßenzüge und bewirtschafteten Äcker einzelne Gebäude zu erkennen. Kenan machte die grün schimmernden Zwillingstürme der Frauenkirche aus, den riesigen Englischen Garten und den parallel verlaufenden Isarkanal. Genau dort lotste ihn sein neuer Sinn hin – wie ein in seinem Kopf integriertes Navigationssystem. Immer deutlicher zeichnete sich das grüne Herz der Großstadt unter ihm ab. Kenan erkannte die einzelnen Bäume, die verschachtelten Wege, den Chinesischen Turm.

Und dann sah er ihn, seinen Enkel, der sein Board unter die Arme geklemmt hatte und sich hastig einem Mädchen näherte, das ihn noch nicht bemerkt zu haben schien.

Kenan bremste in der Luft ab und musste über sich selbst den Kopf schütteln. Gar nichts war hier in Gefahr! Außer vielleicht, dass sich sein Enkel einen Korb einfangen würde. Und wenn schon, dachte er. Auch er hatte vor Gül mit der einen und anderen Abfuhr leben müssen. Und? Hatte es ihm geschadet?

Er wollte gerade abdrehen, als er drei Gestalten vor Mert aus einem Gebüsch treten sah. Selbst aus der Vogelperspektive konnte Kenan sehen, dass sie sich seinem Enkel bedrohlich in den Weg stellten. Kenan erkannte die drei Jugendlichen sofort. Es waren das Mädchen und die beiden Jungen, die Merts Brille kaputtgemacht und ihn vor seinem Enkel bis auf die Knochen blamiert hatten.

Der neu erworbene Sinn in seinem Kopf schlug plötzlich so heftig aus, dass er einen stechenden Schmerz in den Schläfen spürte, der sich nach oben zu schrauben schien.

»Ja, schon gut«, murmelte er auf Türkisch. »Ich habe verstanden!« Er schüttelte den Kopf, um das Stechen zu vertreiben, und setzte seinen Sturzflug fort.

Leider hatte er die Landung noch nicht geübt, weshalb er ein paar hundert Meter von Mert entfernt mit viel zu viel Schwung auf dem Boden aufkam und einen tiefen Krater in der grünen Wiese verursachte, aus dem er hustend und umhüllt von einer dicken Staubwolke emporstieg. Es scherte ihn nicht, dass ein Fußgängerpärchen erschrocken stehen geblieben war und ihn mit offenen Mündern anstarrte. Sein Enkel war in Gefahr! Das war das Einzige, was für ihn zählte.

Dennoch hielt er kurz inne, denn er sah, dass Mert nicht schreiend davongelaufen war, sondern seinen Gegnern die Stirn bot, obwohl es so aussichtslos war. Offenbar hatte er die Ankunft seines Großvaters nicht mitbekommen. Breitbeinig stand er da, das Board in der Hand, den Blick nach vorn gerichtet.

»Lasst uns in Ruhe!«, rief Mert der Gang zu, und seine Stimme zitterte nicht einmal dabei.

Eine Welle des Stolzes durchfuhr Kenan. Sein Enkel war ein mutiger Junge mit Ehrgefühl. Ein kleiner Schwächling zwar, dafür clever, wie Kenan erleichtert feststellte. Clever genug, um zu wissen, wann er den Abgang zu machen hatte, um sich in Sicherheit zu bringen. Kenan beobachtete, wie sein schmächtiger Enkel das Board vor seinen Füßen auf die Wiese warf, Anlauf nahm und …

Was tat er denn da? Warum haute er nicht ab, sondern nahm frontal Kurs auf die Gang? War er verrückt geworden? Oder wollte er dem Mädchen imponieren, das ein wenig abseits stand und die Kamikazeaktion mit weit aufgerissenen Augen verfolgte?

Kenan schrie auf, doch noch war er zu weit weg, als dass sein Enkel ihn hätte hören können. Er rannte auf die drei zu. Gütiger Himmel, was hatte er nur vor?

»Falsche Richtung!«, rief er Mert entgegen. Doch der hörte ihn nicht oder wollte ihn nicht hören.

Verdammter Mist! Es half alles nichts. Kenan musste dazwischengehen, bevor ein Unglück geschah.

Er sah erschrocken, wie Mert auf das Mädchen mit dem kahl rasierten Kopf zuhielt, das sich ihm breitbeinig in den Weg stellte. Es dachte nicht im Traum daran, dem heransausenden Board auszuweichen. Als Mert kurz davor war, in die Kahlköpfige hineinzuprallen, sprang sie zur Seite und streckte ein Bein aus. Seinen Enkel riss es vom Board, und er landete unsanft auf der angrenzenden Hundewiese – begleitet vom schallenden Gelächter der Jugendlichen.

»Jetzt ist es genug!«, knurrte Kenan.

Wie ein Blitz schoss er auf die kleine Gruppe zu und

kam mit einer weiteren aufwirbelnden Staubwolke vor dem Mädchen und den beiden Jungen zum Stehen.

Verwirrt und erschrocken zugleich, stolperten die drei ein paar Schritte zurück. Doch das eingeschüchterte Verhalten wich schnell typisch überlegenem Gehabe, als das Mädchen erkannte, wer sich da vor ihnen den Staub von der Cordhose klopfte.

»Opa!« Sie spuckte das Wort förmlich aus, triefend vor Verachtung. »Hast du noch nicht genug? Hat's dir neulich im Park nicht gereicht?«

»Wo hast du denn deinen Rollator gelassen?«, fragte der mit der dunklen Haut, den Kenan am Anfang fälschlicherweise für einen seiner Landsleute gehalten hatte. »Hast du den nicht aus dem Gebüsch gezogen bekommen, Opa?«

Kenan schüttelte amüsiert den Kopf. »Opa brauchen nix Rollator mehr.« Ehe der Dritte im Bunde etwas sagen konnte (vermutlich auch wieder nur geistlosen Blödsinn oder leere Drohungen), hob Kenan die Hand und blickte die drei nacheinander an. »Ihr in Ruhe lassen Mert.«

»Wen?« Die hohe Stirn des Größeren legte sich in Falten.

»Mich«, rief Mert von der Wiese aus und hob die Hand. »Mert ist mein zweiter Name.«

»Halt die Klappe, Opfer!«, fuhr ihn das Mädchen an.

»Du Klappe halten!«, rief Kenan erzürnt.

Der Große machte einen Schritt nach vorn und ballte die Hand zur Faust. »Vorsicht, Opa. So respektlos sprichst du nicht mit ...«

Weiter kam er nicht. In einer fließenden Bewegung umfasste Kenan das Handgelenk des Jungen und fuhr mit Schwung herum. Der hob trotz seines beachtlichen

Gewichts vom Boden ab und landete eine Sekunde später in einem nahe gelegenen Baumwipfel. Schreiend klammerte er sich ans Geäst und schaffte es irgendwie, sich so auf einen dicken Ast zu hangeln, dass er kurz darauf breitbeinig darauf saß. Ängstlich schaute er nach unten und begann zu wimmern.

»Alter«, kam es verblüfft aus dem Mund des Dunkelhäutigen, der aussah, als könnte er sich keine Klamotten in seiner Größe leisten. Doch anscheinend war er nicht dazu in der Lage, aus dem gerade Gesehenen eine Lehre zu ziehen.

Kenan hörte ein Klicken, und dann war da wieder dieses schmerzhafte Pochen in seiner Schläfe. Er erkannte den im Sonnenlicht aufblitzenden Gegenstand in der Hand des Jungen: ein Klappmesser. Es war winzig. Nicht mal so groß wie eine Nagelfeile.

Kenan lachte auf und schüttelte amüsiert den Kopf. »Jugend von heute ist so …« Er warf seinem Enkel einen belustigten Blick zu, der verkrampft zurücklächelte. Mit grenzenloser Lässigkeit schlug er das Messer aus der Hand des Jungen, griff ihm unter die Arme und schleuderte ihn in die Luft.

Alle Anwesenden folgten der Flugbahn des Jungen mit weit aufgerissenen Augen. Aus seinem Mund drang ein lang gezogener Schrei, der so lange anhielt, bis er ebenfalls in der Baumkrone landete. Es raschelte, dann war das Geräusch knackender Äste zu hören, gefolgt von einem dumpfen Aufprall und einem lauten »Aua!«

Kenan nickte zufrieden und richtete den Blick auf das Mädchen. »Wenn ich bitten dürfte …« Er streckte die Hand aus, als wollte er es zum Tanz auffordern.

Doch die Kahlköpfige lehnte die Einladung ab. Nur so war zu erklären, warum sie sich umdrehte und davonrannte, so schnell die Beine sie trugen. Zumindest versuchte sie es. Aber gegen Kenans Geschwindigkeit hatte sie nicht den Hauch einer Chance. Alles ging so schnell, dass binnen weniger Sekunden drei Jugendliche in den Wipfeln einer riesigen Eiche saßen und nach Hilfe riefen.

Kenan klopfte sich den unsichtbaren Staub von den Handflächen und ging auf seinen Enkel zu. »Alles gut?«

Mert nickte wie ein Wackeldackel. Es kam Kenan so vor, als wäre sein Enkel zu nichts anderem mehr imstande. »D … d … das …«, begann er zu stammeln, »das w … w … war …« Er brach ab.

»Allerhöchste Zeit, diesen Widerlingen eine Lektion zu erteilen«, sagte Kenan auf Türkisch.

»Mensch, Tobias!« Erst jetzt fiel Kenan auf, dass sein Enkel ja gar nicht allein war. Ein sehr hübsches blondes Mädchen kam langsam auf ihn zugelaufen, die Augen groß, der Mund war zu einem perfekten O geformt. »Das war ja endabgefahren! Ist das dein …?«

»Mein Opa. Ja.« Offenbar hatte Mert die Sprache wiedergefunden.

»Der ist ja krass, der Superheld!« Das Mädchen schien wirklich beeindruckt. Es stellte sich vor Kenan und streckte die Hand aus. »Hallo, Opa von Tobias. Ich bin Leni. Und das war … einfach toll!«

Kenan schüttelte die ihm dargebotene Hand vorsichtig. Dann drückte er das Kreuz durch und klopfte sich auf die Brust. »Ich weiß. Ich bin Süperman.«

»Nein.« Leni grinste breit, während sie Mert zuzwinkerte. »Sie sind ein Süperopa!«

KAPITEL 17

Irgendetwas stimmte nicht. Irgendetwas stimmte ganz und gar nicht. Auf dem Heimweg vom Englischen Garten in die Wohnsiedlung fühlte Kenan sich zunehmend matt. Die ganze Kraft, die ihn eben noch durchströmt hatte, schien literweise durch einen unsichtbaren Abfluss aus ihm herauszusickern. Die letzten hundert Meter musste er sich sogar auf seinen Enkel stützen.

Auf einmal zerrte eine unendliche Müdigkeit an seinen Gelenken und Muskeln. Auch das Luftholen fiel ihm zunehmend schwer. Dazu gesellte sich ein schier unstillbarer Durst, der seine Kehle trocken zu legen drohte. Anfänglich hatte sich Kenan noch rege mit Mert unterhalten und ihm versucht einzutrichtern, dass er der Gang zukünftig aus dem Weg gehen solle. Doch schon bald hatte er nur noch ein angestrengtes Krächzen zustande gebracht. Sein Hals kratzte und brannte, als hätte er eine Schaufel Sand geschluckt.

»Muss ich mir Sorgen machen, Süperopa?«, fragte Mert, als er die Haustür aufschloss.

»Du mich nicht so nennen! Aber du sein guter Junge und mir helfen Treppe hoch.«

Doch gerade als ihm sein Enkel unter die Arme greifen wollte, schreckte Kenan zurück. Er hatte einen Blick in den Spiegel über dem Schuhschrank erhascht, und er schob seinen Enkel von sich.

»Nein, doch nicht helfen. Ich schaffen allein.«

Mert zuckte irritiert die Schulter. »Okay, wie du meinst.«

Im engen Flur schälte er sich an ihm vorbei und rannte dann die Treppe hinauf, indem er jeweils zwei Stufen auf einmal nahm.

Die Gnade der Jugend, dachte Kenan im Stillen.

Als er sicher sein konnte, dass Mert verschwunden war, wandte er sich erneut dem Spiegel zu und betrachtete sich kritisch. Tatsächlich. Unter seinen Achseln hatten sich nasse Flecken ausgebreitet. Und sie waren grünlich. Das fand Kenan schon ein wenig … eklig. Zumal ihn diese Farbe zu deutlich an das Zeug aus dem Labor erinnerte.

Und dieser Durst.

Er schleppte sich mit letzter Kraft zur Vorratskammer, riss die Kühlschranktür auf und zog eine der Ayran-Flaschen heraus, die er zum Glück am Morgen aus der Tiefkühltruhe genommen hatte, damit sie auftauten. Wenigstens hatte er noch genügend Kraft, um den Verschluss allein aufzubekommen. Er trank die Flasche aus, ohne abzusetzen. Tatsächlich ging es ihm mit jedem Schluck besser, fühlte er die Lebensgeister zurück in seinen Körper strömen. Der Ayran schmeckte aber auch zu gut.

Als die Flasche leer war, nahm sich Kenan die nächste und trank sie ebenfalls in einem Zug aus. Währenddessen dachte er an seine wunderschöne Gül, die eben noch auf dem Wolkenteppich vor ihm gestanden hatte.

Gül …

Es war so wunderbar gewesen, sie zu sehen! So wie früher. Selbst die hässliche Bluse hatte schön ausgesehen nach all den Jahren, die er nun schon ohne seine geliebte Frau leben musste.

Apropos … Wie viele Ayran-Flaschen waren jetzt eigentlich noch übrig? Kenan öffnete die Tiefkühltruhe. Es sah sehr schlecht aus mit seinem Vorrat. Und er hatte Güls Rezept nicht. Kenan ärgerte sich. Er hatte sich nie dafür interessiert, wie Gül ihren Ayran herstellte, und jetzt war es zu spät, sie zu fragen. Es sei denn … Er könnte sie ja noch einmal in den Wolken besuchen, vielleicht verriet sie ihm dann ihr Geheimnis. Wenn er ganz lieb »Bitte« sagte …

Er erschrak zu Tode, als plötzlich Mert in der Tür stand und sich ihm mit einem inbrünstigen »Tada!« präsentierte.

»Bei Allah! Willst du bringen deine *Dede* in Grab?«

Kenan betrachtete seinen Enkel und bemerkte sogleich, dass etwas nicht mit ihm stimmte. Oder vielmehr mit dem, was er trug. Denn es war bunt und eng und glänzte auf eine Art, die Jungen und Männern nicht schmeichelte. Außer sie waren …

»Das ist mein neues Superheldkostüm.«

Merts Tonfall lieferte sich einen euphorischen Wettkampf mit dem breiten Grinsen in seinem Gesicht.

Kenan konnte den Stolz förmlich heraushören. Und es gab doch so wenig, mit dem Mert wirklich punkten konnte … Also wischte er sich den Ayran aus dem Schnurrbart und lächelte.

»Du sehen gut aus.« Er nickte anerkennend.

»Find ich auch.« Der Blick seines Enkels fiel auf die

beiden leeren Glasflaschen auf der Kühltruhe. »Hat der Ayran geholfen?«, fragte er. »Du siehst schon viel besser aus.«

»Danke, mir wirklich gehen bess …«

»Na, dann los!« Mert griff nach seiner Hand und zerrte ihn aus der Vorratskammer.

»Was los?«

»Na, die Filmaufnahmen. Du hast doch versprochen, mir dabei zu helfen.«

»*Wallah*, was denn für Aufnahme mit Film?«

»Für YouTube! Meinen Channel.«

»Jutjüb? Tschännel?«

»Mensch, Opa! Das musst du dir doch merken können. Mein Superheldenvideo. Mit dem ich voll groß rauskommen will.«

»Aber wir doch gerade kommen … von draußen.«

Mert schüttelte unbeirrt den Kopf und zog mit aller Kraft an Kenans Arm. »Komm, es dauert auch nicht lange.«

Kenan hatte keine Chance, sich dem fordernden Griff seines Enkels zu entziehen.

Mert schleppte sie aus der Vorratskammer und durch den Flur. »Ich hab mir schon voll die krassen Moves überlegt, mit denen ich …«

Doch bevor er weiter ausführen konnte, was er sich für das Video überlegt hatte, öffnete sich die Haustür, und Tan trat ein. Er trug seine Uniform mit gelockerter Krawatte und sah seinen Sohn überrascht an.

»Was trägst du denn da?«, fragte er Mert zur Begrüßung, aber offenbar wollte er die Antwort gar nicht wissen, denn er wandte sich gleich Kenan zu. »Wir beide müssen uns unterhalten, *baba*«, sagte er.

Baba. Kenan spürte, dass ein Lächeln seinen Mund verzog.

»Könnt ihr später«, unterbrach Mert die beinahe rührselige Stimmung. »Jetzt müssen wir dringend was erledigen.«

Er zerrte an Kenan, doch der blieb wie angewurzelt stehen und rührte sich nicht vom Fleck. Sein Sohn wollte mit ihm reden. Vielleicht wollte er sich entschuldigen. Für die vielen Auseinandersetzungen der letzten Zeit.

»Was jetzt, Opa? Komm!«

Kenan und Tan sahen sich lange und intensiv an. Und da war wieder etwas, das Kenan in den Augen seines Sohnes zu erkennen glaubte. Ein Gefühl, eine Zuneigung, eine Erinnerung an früher, ein …

Tan sagte: »Es geht um …« Er wandte betreten den Blick ab.

In diesem Moment fiel es Kenan wieder ein. Die Seniorenresidenz. Keine Entschuldigung. Keine Versöhnung. Sein Sohn wollte ihn rauswerfen. Abschieben. Er hob die Hand und nickte entschlossen. Er wusste nun, welches Gespräch sein Sohn mit ihm zu führen gedachte.

»Opa?« Mert ließ die Schultern hängen. Auch er schien zu begreifen, dass es heute keinen Videodreh mehr geben würde.

»Mir tun leid, Mert.« Kenan sprach langsam, ohne den Blick von Tan abzuwenden. Dann sagte er zu seinem Sohn: »Aber nicht bei Tan. Wir gehen in Küche.«

»Und mein Clip?«, protestierte sein Enkel matt.

Kenan wandte sich ihm zu und legte die Handflächen auf die schmalen Schultern seines Enkels. »Später. Versprochen.«

Mert guckte enttäuscht zu Boden. Aber er war ein guter Junge. Er schob die noch offen stehende Haustür zu und schleppte sich wieder die Treppe hoch zu seinem Zimmer. Kenan schaute ihm noch eine Weile mit einem Rumoren in der Magengegend nach. Es gefiel ihm gar nicht, dass er seinen geliebten Enkel so enttäuschen musste. Schwer seufzend, betrat er die Küche, wo sich sein Sohn gerade mit einem Löffel über einen Rest kalten Nudelauflauf hermachte.

»Alfo, Papfs …«

Kenan stöhnte innerlich auf. Wie er es hasste, von seinem Sohn so genannt zu werden!

Tan schluckte mühsam und räusperte sich. »Es geht darum, dass …«

Kenan hob die Hand. »Du nichts müssen sagen. Ich ziehen aus.«

Tan verschluckte sich. »Du tust *was*?«

»Ich ausziehen. Wollte sowieso reden mit dir.« Stellvertretend für das ganze Haus ließ er seinen Blick durch die Küche schweifen. »Mir hier werden alles viel zu eng und zu hektisch. Ich alter Mann. Brauchen mehr Ruhe. Nicht diesen Taubenschlag, wo kommen alle und gehen und Türen schlagen.«

Und falsch schnarchen, fügte er in Gedanken hinzu, fand es aber klüger, das nicht laut auszusprechen.

Den Löffel in der Hand, stand Tan wie angewurzelt da und starrte seinen Vater an. »Du ziehst *aus*?«

Kenan nickte entschlossen. »*Evet*. Ja. Heute noch.«

»Aber …« Tan rang sichtlich mit der Fassung. »Aber wohin?«

Kenan ließ sich Zeit mit einer Antwort. »Ich lange

nachgedacht«, gestand er schließlich. »Ich werde ziehen in Gartenhaus. Ich dort verbracht wunderschön Zeit mit Gül. Schönste Zeit in Leben. Und dort ich werde haben meine Ruhe.«

»Du willst in die Schrebergartensiedlung ziehen?« Tans Stimme überschlug sich vor Verblüffung. Kenan glaubte auch einen Hauch Bestürzung herauszuhören.

»*Evet.* Ja. Ist besser so. Und nun mich entschuldigen. Müssen packen Koffer.«

Er wandte sich ab, ohne seinem Sohn die Gelegenheit einer Erwiderung zu geben. Wozu auch? Es war ja alles gesagt.

Als er die Küche verließ, merkte er, dass er am ganzen Körper zitterte. Und doch fühlte er sich gut. Es war der richtige Entschluss. Noch länger in diesem kleinen Einfamilienhaus, und sie wären sich vermutlich an die Gurgel gegangen.

»Du ziehst wirklich aus?« Mert saß auf der ersten Treppenstufe. Anscheinend hatte er gelauscht und alles mitbekommen.

Da war er wieder, dieser tonnenschwere Kloß in Kenans Magengegend. »Ja. Ich ziehen aus.«

»Aber ich will nicht, dass du weggehst!« In Merts Augen glänzte es verdächtig.

Er wuschelte seinem Enkel durch die Haare. »Ist besser so. Für alle. So ihr haben mehr Platz.«

»Aber …«

»Nichts aber. Los, stehen auf. Du mir helfen packen.«

KAPITEL 18

Veit Hai starrte auf den kleinen Monitor seines Laptops, auf dem sich die hübschen Gesichter der Mädchen aneinanderreihten, die die Escort-Agentur Penelope der anonymen Masse feilbot. Nicht dass jemand wie er es nötig gehabt hätte, eine Frau dafür zu bezahlen, dass sie sich mit ihm abgab. Nein, keineswegs. Er konnte zehn an jedem Finger haben, wenn es darum ging.

Aber Frauen bedeuteten Ärger. Und Umstände. Frauen wollten erobert werden. Sie wollten Gefühle. Liebe gar. Und dafür stand Veit Hai so gar nicht der Sinn. Er wollte gut unterhalten werden. Einen netten Abend mit einer attraktiven Frau verbringen, mit ihr ins Bett gehen und sie danach, wenn es irgendwie möglich war, niemals wiedersehen. Natürlich könnte er einschlägige Etablissements aufsuchen, in denen all seine Wünsche, ohne mit der Wimper zu zucken, erfüllt werden würden. In München gab es vielleicht nicht mehr Rosi mit ihrem Telefon, aber an Angeboten mangelte es wahrlich nicht.

Und dennoch. Für Sex bezahlen? Nein. Das kam Veit irgendwie … unmoralisch vor. Was merkwürdig war, weil er erwiesenermaßen keine Moral besaß.

Er scrollte die Website hinunter. Neunzig Prozent der Damen von Penelope waren blond. Auf ihn übte diese

Haarfarbe normalerweise ebenfalls einen besonderen Reiz aus, doch an diesem Tag war er auf der Suche nach etwas anderem. Ihm stand der Sinn nach einer Brünetten, warum auch immer. Mit großen dunklen Augen, geschwungenen vollen Lippen und einem kurvigen Körper. Er wollte kein Klappergestell, auch keine Barockdame. Eine Frau mit Charme und Intelligenz, die erst mit ihm schick essen ging, ihm das Gefühl gab, der Größte zu sein, und ihn anschließend um den Verstand vögelte. Eine Frau wie …

Es klopfte, und er schlug hastig den Deckel des Laptops zu, während er hustete und »Herein!« rief. Vollkommener Blödsinn, dass er plötzlich nervös wurde. Immerhin war es *sein* Büro, und da konnte er sich so viele Bilder von Frauen auf dem Rechner anschauen, wie er wollte. Außerdem sah man von der Tür aus nicht auf den Monitor. Und zugeklappt war er auch.

Er verschlang die Finger ineinander und legte sie auf den geschlossenen Laptop. Dann spürte er voller Überraschung, dass sein Herz schneller schlug als gewöhnlich – beinahe so, als würde er gerade von seiner Mutter bei den ersten peinlichen (und vor allem frustrierenden) Versuchen der Selbstbefriedigung erwischt werden. Er schluckte trocken, als sich die Tür öffnete und er erkannte, wer ihm da gerade einen Besuch abstattete. Es war Ina, seine Mitarbeiterin, für die er auf kollegialer Ebene großen Respekt empfand. Sie war sehr schlau, pfiffig und geschäftstüchtig. Dass sie außerdem gar nicht so schlecht aussah, war ein netter Nebeneffekt.

Er dachte an die Blondinen, die sich noch irgendwo in seinem Rechner tummelten und ihn mit lasziven Blicken anschmachteten. Dann betrachtete er Ina eingehender. Sie trug ein hübsches Sommerkleid, das ihre schmale Taille und die Rundung ihrer Hüfte sehr vorteilhaft in Szene setzte.

Ina hatte den Kopf über einen Stapel Papier gesenkt und lief langsam auf ihn zu. Ihre Hüfte wiegte dabei gemächlich von links nach rechts, und mit einem Mal bemerkte Veit, dass ihm der Mund offen stand.

Hallo? Verdammtes Testosteron!

Er schüttelte sich innerlich kurz, konzentrierte sich und fragte dann: »Ina! Was kann ich für dich tun?«

Sie sah auf. »Deine Schrift ist die reinste Sauklaue, weißt du das?«

Er richtete sich in einer peinlich-verlegenen Geste den Krawattenknoten und räusperte sich. »Äh … ja. Habe ich schon mal gehört. Du bist aber nicht deswegen hier, oder? Um mich zu tadeln?« Er lachte gekünstelt. »Nicht dass ich am Ende eine schlechte Zensur in Schönschreiben bekomme.«

Aber Ina hörte ihm gar nicht richtig zu, sie hatte den Blick wieder auf das Klemmbrett in ihren Händen gerichtet.

»Ist das eine Drei oder eine Neun?« Sie hatte seinen Schreibtisch erreicht.

»Ich weiß nicht. Diese Aufzeichnungen …« Endlich sah Ina wieder auf. »Also, die Medikation, die du für die neue Probandenreihe aufgeführt hast …« Sie schüttelte den Kopf, während sie mit dem Finger über das Papier fuhr. »Ich kann wirklich nicht erkennen, ob es drei oder neun Komma vier Milligramm des neuen Wirkstoffs sein sollen. Außerdem habe ich gravierende Inventarbestandslücken …«

»Es ist eine Drei«, hörte er eine weibliche Stimme hinter Ina.

Die zuckte kurz überrascht zusammen, als sie Mathilda von Poser erblickte, die in ihrem Rollstuhl in den Raum gerollt kam. Die Firmenchefin kam auf den Schreibtisch zu und sagte zu Ina: »Es ist definitiv eine Drei. Wir wollen unsere Probanden ja nicht umbringen.«

Er lachte über den Witz, auch wenn der eigentlich gar nicht so besonders lustig war.

Ina schluckte sichtlich nervös. »Frau von Poser. Ich … äh … Entschuldigen Sie, dass ich …« Sie hob das Klemmbrett. »Ich wollte nicht … Ich wusste nicht, dass Sie …«

Die Frau im Rollstuhl winkte ab. »Keine Ursache, meine Liebe. Vertrauen ist gut, Kontrolle ist besser, nicht wahr?« Dann wandte sie sich an ihn. »Würden Sie später bitte noch einmal bei mir vorbeikommen?«

Er bedachte Mathilda von Poser mit einem angestrengten Lächeln, bevor er aus seinem Chefsessel sprang, um ihr zur Hand zu gehen. Sie ließ ihn gewähren und nickte Ina wohlwollend zu, während sie an ihr vorbeigeschoben wurde.

Als die Chefin das Büro verlassen und er die Tür hinter sich geschlossen hatte, lehnte er sich erschöpft dagegen und stöhnte. Mit einer Hand rieb er sich die zusammengekniffenen Augen.

Ina runzelte die Stirn. »Alles in Ordnung? Du kommst mir komisch vor. Schon seit ein paar Wochen.«

Er bedachte sie mit einem langen Blick. Er war in einer wirklich unangenehmen Situation. Auf der einen Seite die Anleger, die Ergebnisse und Renditen forderten. Dann die Chefin, die ihm deutlich zu verstehen gegeben hatte, was mit ihm passierte, wenn er die Sache nicht wieder geradebog. Und Ina, die in seinen Forschungen herumschnüffelte. Wenn sie doch nur ein bisschen weniger klug wäre und sich so einfach um den Finger wickeln ließe wie die anderen Weiber …

»Klar. Alles gut. Läuft wie am Schnürchen.«

Er nestelte an seinem Krawattenknoten herum und lief mit festem Schritt zurück zu seinem Schreibtisch, während er Ina mit einer fahrigen Handbewegung einen Platz davor anbot. Sie folgte der Einladung, und er sah, dass sie sich umsah und lächelte. Er wusste, warum. Sein Büro sah aus wie ein Kinderzimmer. Überall standen Legomodelle von Raumschiffen herum. Eines davon befand sich in einer Vitrine und sah aus wie eine überdimensionale Mottenkugel. *Todesstern* stand auf einer am Glas angebrachten Plakette. Die Wände des Raumes waren mit eingerahmten Bildern geschmückt, die die bekanntesten Charaktere aus Science-Fiction-Filmen zeigten. Boba Fett, Darth Vader und so weiter, vor allem diejenigen auf der dunklen Seite der Macht. Er selbst nannte sein Büro liebevoll die »Kommandozentrale eines imperialen Sternenzerstörers«. Darüber kicherten alle im Labor, und er wusste das.

»Also, was gibt es denn?«, wollte Veit wissen, nachdem er sich in seinen Chefsessel hatte sinken lassen.

Ina legte das Klemmbrett so auf den Tisch, dass er lesen konnte, was auf dem obersten Papier stand. »Irgendetwas stimmt nicht mit dem Laborbestand«, erklärte sie.

Er guckte erst sie an, dann warf er einen Blick auf das Klemmbrett. »Was für eine Sauklaue«, befand er schließlich. »Das kann ja kein Mensch lesen.« Er sah sie wieder an und lachte angestrengt über seinen eigenen Scherz.

Ina stimmte halbherzig in sein Lachen ein. Dann legte sie den Zeigefinger auf die Stelle mit der addierten Mengenangabe am Ende der Reihe. »Wenn das stimmt, was hier steht, wurde den Probanden der letzten Versuchsreihe die dreifache Menge des neuen Wirkstoffes injiziert.«

»So?«

Er musterte sie. Bemerkte Ina, dass er nervös wurde? Er war an diesem Tag wirklich nicht so richtig bei der Sache, sondern fahrig. Und unkonzentriert. Er musste sich jetzt wirklich zusammenreißen.

»Kurioserweise wurde die Wirkstofferhöhung nirgends im Testbericht festgehalten«, bemerkte sie.

»Ach ja?« Er hatte Schwierigkeiten, seine Stimme ruhig zu halten.

»Und diese voneinander abweichenden Zahlen.« Ihr Zeigefinger rutschte etwas weiter nach unten. »Es ist mir erst heute aufgefallen. Aber demnach werden Tests durchgeführt, die überhaupt nicht mit dem eigentlichen Forschungsprogramm übereinstimmen. Kannst du das nachvollziehen?«

»Nein«, erwiderte Veit schnell. Viel zu schnell, wie er sofort selbst feststellte.

Ina sah ihm zu, wie er unwirsch durch die Papiere blätterte, er schenkte jedem Blatt nur eine Millisekunde Aufmerksamkeit.

»Aber überall stehen deine Unterschriften«, fügte sie langsam hinzu.

Er hielt in der Bewegung inne und starrte sie an. Seine blassen Augen waren weit aufgerissen. »Das … das kann nicht sein«, stammelte er schließlich, obwohl er es besser wusste.

»Doch.«

Sie beugte sich vor und wollte ihm das Klemmbrett abnehmen, sicherlich, um ihm seine Namenskürzel zu zeigen, die auf jeder dritten Seite rechts unten standen. Er entriss es ihr sogleich wieder und ließ es rasch in einer offen stehenden Schreibtischschublade verschwinden, die er mit Karacho zuknallte. Ehe Ina reagieren konnte, klatschte er in die Hände, sprang auf und stellte sich, ihr den Rücken zugewandt, ans Fenster. Seine Gedanken rasten, und er spürte, wie ein dünnes Rinnsal Schweiß seinen Rücken hinablief.

»Ist wirklich alles in Ordnung mit dir?«, wollte Ina vorsichtig wissen. »Du kommst mir so anders vor als sonst.«

Veit antwortete nicht. Er stand eine ganze Weile so da, ohne etwas zu sagen. Auch Ina schwieg. Und er merkte, dass er die Stille kaum noch ertrug.

Denk nach!, schalt er sich selbst. Denk nach! Was will eine Frau wie Ina Süper? Mit den üblichen Komplimenten brauchte er ihr nicht zu kommen, das war klar. Aber vielleicht … Ja, genau! Das war es. Frauen wie Ina wollten Wertschätzung. Und Karriere machen. Damit würde er sie kriegen.

»Ina!«, rief er und drehte sich langsam zu ihr um. »Du arbeitest nun schon so lange für Poser Pharma.«

Sie nickte unsicher. »Bestimmt schon seit …«

»Und du leistest außerordentlich gute Arbeit.«

»Danke, ich …«

»Findest du nicht auch, dass es an der Zeit ist, dass Poser Pharma deinen Einsatz für dieses Unternehmen entsprechend honoriert?«

»Äh …« Ina rutschte nervös auf ihrem Stuhl herum. »Doch.«

Er grinste. Bingo.

»Deshalb möchte ich dir ein Angebot machen, das du nicht ablehnen kannst.«

Ina reckte das Kinn, und er erkannte, dass er sie am Haken hatte. »Und das wäre?«

Er spannte sie auf die Folter, indem er sich zunächst in Schweigen hüllte, sie nur nickend ansah. Schließlich ließ er die Katze aus dem Sack. »Wie wäre es mit einer eigenen Forschungsabteilung?«

Inas Mund klappte auf. Es war offensichtlich, dass sie damit nicht gerechnet hatte.

»Und?« Er neigte den Kopf und lächelte sie an. Es war dieses Lausbubenlächeln, das, wie er wusste, so gut zum Sternenzerstörer und den Legomodellen in seinem Büro passte. Das Lächeln, das jeder Frau gefährlich werden konnte, wenn sie nicht aufpasste. Er hatte es stundenlang vor dem Spiegel geübt. »Was sagst du dazu?«

»Ich … weiß nicht, was ich sagen soll.«

Als Ina zu lächeln begann, wusste er, dass er gewonnen hatte. Es war ein Angebot, das sie wirklich nicht ablehnen konnte.

KAPITEL 19

»Find ich echt klasse von dir, dass du das für mich getan hast.« Mert zeigte auf die Tüte, die er in der Hand hielt.

Doch Kenan schüttelte nur den Kopf. »Ehrensache. Wozu deine *Dede* sonst da?«

Er genoss es, ganz allein mit seinem Enkel unterwegs zu sein. Und den Gefallen, in seinem Namen einen Mobilfunkvertrag für den Enkel abzuschließen, tat er ihm gern.

»Das Geld für die Anmeldung bekommst du auch so schnell wie möglich zurück.«

Kenan winkte ab. »Ist Geschenk. Von deine alte Opa.«

Mert lächelte unsicher. »Danke, *Dede*. Das ist wirklich toll.«

Kenan trug eine Stofftasche unter dem Arm, in dem sich seine türkische Nationaltracht befand. Er müsste sie eigentlich zur Änderungsschneiderei bringen, da die Hose um den Bauch herum doch ein wenig zu eng saß. Nicht dass ihm die Vorstellung gefiel, das Kostüm anzuziehen. Aber er hatte seinem Enkel den Wunsch, in dessen neuestem Internetvideo mitzuspielen, nicht ausschlagen können. Damit ihn niemand erkannte, würde er sich kostümieren. Und wenn er sich schon in diesem Jutjüb-Tschännel der Lächerlichkeit preisgeben musste, dann doch wenigstens in einem Traditionsgewand, das er mit Stolz tragen konnte.

Mert drückte die Tüte mit dem neuen Smartphone fest an sich, als befände sich darin sein kostbarster Schatz. »Unglaublich. Das Samsung der neuesten Generation, damit werde ich der Held an der Schul …« Mert hielt mitten im Satz inne und blieb stehen. »Apropos Held.« Auch Kenan blieb stehen. Er schaffte es gerade noch, das Augenrollen zu unterdrücken, denn er wusste, was nun kam. Im Grunde hatte er den Mobilfunkvertrag für Mert abgeschlossen, weil er gehofft hatte, dass sein Enkel ihn dann endlich in Ruhe ließ mit diesem Superheldenquatsch. »An Gegenständen festkleben, weit werfen, fliegen …«, zählte Mert auf. »Wir müssen unbedingt herausfinden, was du noch so alles draufhast.«

Kenan knirschte mit den Zähnen. »Das alles.«

Doch Mert schüttelte den Kopf. »Glaub ich nicht, du hast bestimmt noch viel mehr Fähigkeiten, von denen wir beide noch nichts ahnen. Das ist bei Superhelden immer so.«

Kenan drängte darauf weiterzugehen. »Möglich. Vielleicht.«

»Ist dir denn noch etwas Ungewöhnliches an dir aufgefallen?« Sein Enkel wollte einfach keine Ruhe geben. Kenan antwortete nicht, sondern ging weiter. *»Dede?«*

Er wand sich innerlich, denn er war ein schlechter Geheimnisträger. Und noch weniger konnte er seinen Enkel anlügen.

»Nein. Vielleicht. Doch.«

»Also, raus mit der Sprache. Was noch?«

Er hob den Kopf, betrachtete den sich zusammenziehenden Himmel über der Stadt und dachte nach. »Hören«, sagte er schließlich. »Ich können süper hören.«

Mert streckte den nächsten Finger aus. »Was noch?«

»Sehen«, sagte Kenan. »Habe Augen wie Adler.«

»Okay.« Ein weiterer Finger ging nach oben. »Was noch?«

Kenan zögerte. »Eine Sache. Aber …« Er druckste herum, weil ihm dieser Umstand selbst am unheimlichsten von allen vorkam.

»Was denn, *Dede*? Sag schon!« Mert hüpfte vor ihm herum, die Tüte mit dem brandneuen Smartphone baumelte wild hin und her.

Nun war er es, der stehen blieb. Er blickte seinen Enkel eindringlich an. Dann drehte er sich kurz zur Seite, um sich zu vergewissern, dass ihnen niemand zuhörte. »Ich können nehmen Gestalt an von andere Menschen.«

Mert starrte ihn an, seine Augen wurden immer größer. Dann schrie er: »Du kannst *was*?«

Schnell presste er seine Hand auf Merts Mund. »Du mich haben genau verstanden«, flüsterte er eindringlich. »Ich können Körper verändern.«

Mert schüttelte wieder und wieder den Kopf, und Kenan nahm die Hand vom Mund des Enkels. Dessen Gesichtsausdruck wechselte von purem Staunen zu Ungläubigkeit und schließlich zu absoluter Fassungslosigkeit.

»Du bist echt der krasseste Superheld von allen!«, stieß Mert schließlich atemlos aus.

»Ich mir auch nicht können erklären«, murmelte Kenan und kratzte sich am Kopf.

Und noch mehr geisterte ihm durch den Kopf: Er spürte, dass er seine neuen Fähigkeiten gerade erst kennenlernte. Tief in seinem Inneren wusste er, dass noch weitaus mehr in ihm steckte, und das hielt er für sehr besorgniserregend. Aber er war bisher gut mit der Devise gefahren: Was von allein kommt, wird auch von allein gehen. Früher oder später. Wie beim Schnupfen. Dessen war er sich sicher.

»Kannst du mit deinen Superkräften auch eine Toilette oder so herbeizaubern?«

»Was?«

Irritiert und überrascht zugleich, sah er auf seinen Enkel hinunter, der immer noch ziemlich hibbelig von einem Bein aufs andere hüpfte.

»Ich muss ganz dringend auf Klo. Echt jetzt. Wenn nicht, passiert ein Unglück. Ich kann für nichts garantieren.«

»Du machen Scherz?«

»Überhaupt nicht«, flehte Mert und verzog das Gesicht. »Ist wirklich dringend.«

Kenan fasste sich an den Kopf. »*Wallah*, ich unterwegs mit Kleinkind, oder was?«

»Kannst du, oder kannst du nicht?«

»Was ich können oder nicht?«

»Na, eine Toilette herbeizaubern!« Mert blickte sich suchend um. »Ach, vergiss es, ich frag einfach bei dem Juweliergeschäft da vorne, ob ich bei denen mal aufs Klo darf.«

Ehe Kenan etwas erwidern konnte, drückte Mert ihm die Tüte mit dem Smartphone in die Hand und schoss in den Laden.

Da stand er nun mit seinem türkischen Traditionsgewand und dem Smartphone der neuesten Generation. Er sah in die Tüte und betrachtete das kleine Ding. Er konnte nur den Kopf darüber schütteln, dass ein derartig winziges

Gerät so viel Geld kostete. Ein Telefon war ein Telefon – mehr nicht. Warum musste man zweihundert Euro dafür bezahlen? Wehmütig dachte er an die guten alten Zeiten zurück. Er und Gül waren immer mit wenig glücklich gewesen. Und auch Tan hatte kein Hunderte Euro teures Handy besitzen müssen, um zufrieden zu sein. Die hatte es damals in Deutschland noch nicht mal gegeben. Ihm hatte ein neuer Fußball gereicht, dann war er wochenlang mit nichts anderem beschäftigt gewesen.

Kenan seufzte. Er vermisste seinen Sohn. Natürlich nicht die erwachsene Version – diesen überkorrekten Vorzeigedeutschen, in den Tan sich verwandelt hatte. Nein, ihm fehlte der kleine Junge, zu dem er eine innige Bindung gehabt hatte. Zumindest bis zu dem Zeitpunkt, als dieser beschlossen hatte, seine Wurzeln zu vergessen. Was war denn bloß passiert, dass sie sich derart weit voneinander entfernt hatten? Nun war es zu spät, das spürte er instinktiv. Kenan konnte nur hoffen, dass ihm dieses Schicksal nicht auch mit seinem Enkel bevorstand.

Ein stechender Schmerz in der Schläfengegend ließ ihn zusammenfahren. Er kam so unerwartet und heftig, als wäre ihm ein bengalischer Tiger gegen den Schädel gesprungen. Reflexartig presste er sich die Hände an den Kopf und keuchte. Der Schmerz trat augenblicklich in den Hintergrund. Dafür erreichte ihn die sichere Gewissheit: Sein Enkel war in Gefahr. Schon wieder.

Er verlor keine weitere Sekunde und stürmte auf die Glasfront des Juweliergeschäfts zu. Was er durch die Scheibe zu sehen bekam, irritierte und schockierte ihn gleichermaßen. Da waren sein Enkel und zwei weitere Personen auf der einen Seite. Sie hatten die Hände an die

Köpfe gelegt und sahen stur geradeaus. Auf der anderen Seite standen zwei Männer mit Schusswaffen, die Uhren, Ketten und anderen Goldschmuck zusammenrafften und in eine große Tüte warfen. Zunächst dachte er, es wären Zwillinge, dann erkannte er, dass sie Latexmasken trugen. Es war die Visage irgendeines Schönlings, den er mal in einem Film im Fernsehen gesehen hatte. Dunkler Teint, starker Bartschatten, zurückgegeltes Haar. Er kam beim besten Willen nicht darauf, wie der Schauspieler hieß. Der Film hatte etwas mit einem deutschen Dichter zu tun, das fiel ihm noch ein. Schiller oder so. War in diesem Moment auch egal.

Kenan zögerte nicht länger. Er musste seinen Enkel retten. Sofort. Panisch sah er sich um. Wie sollte er vorgehen? Sein Blick fiel auf die Handytüte und die Stofftasche. Nein, das nagelneue Telefon würde ihm nichts nützen.

Aber vielleicht das türkische Gewand …

Das war es! Er war nicht irgendjemand, er war Süperopa. Und als solcher würde er nun in Aktion treten. All seine Süpersinne waren schlagartig in Alarmbereitschaft. Er steckte die Tüte mit dem Smartphone in die Hosentasche und schoss in Ultraschallgeschwindigkeit in die nächste Seitengasse, streifte sich das Gewand über und stand Sekunden später neu eingekleidet wieder vor dem Juweliergeschäft. Er begutachtete einen Moment sein Spiegelbild in der getönten Schaufensterscheibe. Süperopa sah gut aus. Einfach süper!

Er war bereit. Mit einem beherzten Tritt verschaffte er sich Zugang zum Laden. Kenan unterschätzte jedoch seine Kraft. Die schwere Tür flog aus den Angeln und donnerte mit Karacho gegen die Ladentheke. Glasvitrinen zersprangen in tausend Scherben. Eine Frau kreischte mit der aufschrillenden Alarmanlage um die Wette.

»Spiel jetzt aus!«, brüllte Kenan über das Geschrei hinweg und trat in das Geschäft.

Er hätte mit allem gerechnet – von Kugeln durchsiebt zu werden, zum Beispiel –, aber nicht damit, dass der Ladenbesitzer mit offenen Armen auf ihn zugestürmt kommen würde, um sich überschwänglich bei seinem Retter zu bedanken. Kenan wusste gar nicht, wie ihm geschah, als sich die fleischigen Arme des kleinen dicklichen Mannes um seinen Körper legten. Er hatte alle Mühe, ihn loszuwerden. Schließlich ging es mit sanfter Gewalt und gutem Zureden. Jedoch zu spät. Als er herumfuhr, blickten seine adlergeschärften Augen ins Leere. Die Räuber waren auf und davon. Und auch Mert.

Dafür waren die klirrenden Schmerzen in seinen Schläfen zurück.

KAPITEL 20

»Bist du geisteskrank?«, schrie Tan wie von Sinnen. »Das ist eine Fußgängerzone und nicht die Nordschleife vom Nürburgring!«

Doch Paula beachtete den etwas zu schrill vorgetragenen Einwand ihres Kollegen nicht. Sie war viel zu sehr damit beschäftigt, scharf in die Bremsen zu steigen, um einem Jugendlichen mit Kopfhörern auf den Ohren auszuweichen, der von der Polizeisirene keinerlei Notiz genommen hatte. Umso erschrockener fuhr er herum, als ihn der Kotflügel des Streifenwagens beinahe touchiert hätte.

»Du hast es doch gerade selbst gehört«, entgegnete Paula ruhig. Immerhin hatte sie beide Hände am Steuer und fuhr nicht wie sonst einhändig. »Schwerer Raubüberfall mit Geiselnahme. Das hatten wir noch nie!«

»Dennoch würde ich gern noch meine Rente erleben.« Tan umklammerte den Haltegriff über der Tür und bremste für Paula mit. Warum in drei Teufels Namen hatte er erlaubt, dass sie an diesem Tag fuhr? Warum? Das hatte doch nur mit dem kleinen Missverständnis von neulich zu tun. Der Geschichte mit dem Nagelstudio. Er schnaufte entsetzt, als Paula ein weiteres Mal über einen Zebrastreifen bretterte, sodass den Omis auf dem Bürgersteig nur so die Luft wegblieb. »Echt jetzt, das ist noch lange kein Grund, unschuldige Passanten über den Haufen zu fahren!«

»Der Weg durch die Fußgängerzone ist aber kürzer.« Paulas Unterkiefer mahlte konzentriert. »Achtung, festhalten!« Mit einer entschlossenen Geste riss sie das Steuer herum und nahm den Postkartenständer eines Geschenkelädchens mit. Eine Karte mit der Aufschrift »Zuggaschneggal« blieb kurz auf der Windschutzscheibe haften und wurde schließlich vom Fahrtwind davongeweht.

Im Rückspiegel sah Tan eine wild gestikulierende Person aus dem Laden kommen und schüttelte missbilligend den Kopf. »Bin ja mal gespannt, wie du *das* in deinem Bericht erklären wirst.«

Sie ignorierte seinen Einwand. Tan schnaubte. Irgendetwas an diesem gerade über den Polizeifunk reingekommenen Einsatz ließ seine inneren Alarmsirenen aufschrillen. Und das hatte rein gar nichts mit Paulas Fahrstil zu tun, der sie alle noch ins Grab bringen würde.

Er versuchte, sich selbst beruhigend zuzusprechen, dann wurde er tiefer in den Sitz gedrückt, denn Paula trat in diesem Moment das Gaspedal noch etwas fester durch und schoss das letzte Stück durch die schmale Gasse, die den Streifenwagen auf die Hauptstraße beförderte. Noch einmal schwenkte sie nach links – und wäre beinahe in einen in der zweiten Reihe parkenden Möbelwagen reingefahren. Sie bremste mit vollem Körpereinsatz. Die Reifen quietschten. Hinter ihnen hupte ein Paketwagen auf, dessen gelbe Schnauze im Rückspiegel rasant näher kam. Ein unsanftes Ruckeln sagte ihm, dass das Heck des Polizeiautos vom Paketwagen gestreift wurde. Der Aufprall katapultierte sie beide nach vorn. Tan schaffte es gerade noch so, den plötzlichen Ruck mit seinen ausgestreckten Händen abzufangen.

»Verdammt, Paula! Echt jetzt!«

»Da sind sie!«

Paula fuhr langsam weiter und starrte auf die Straße vor ihnen. Tan folgte ihrem Blick und sah einen alten Mann in einem absurden Kostüm. Er jagte zwei Männern in Latexmasken hinterher, die eine schmächtige Gestalt mit sich zerrten. Er kniff die Augen zusammen und schaute genauer hin. Und dann erkannte er, dass die schmächtige Gestalt niemand anderes als sein eigener Sohn war.

»Was zum …«

Ihm verschlug es die Sprache. Er war nicht in der Lage, den Satz zu beenden.

Paula hob ihre verspiegelte Sonnenbrille an, als wollte sie sich davon überzeugen, was sie gerade sah. »Ist doch gar keine Faschingszeit, oder?«, fragte sie dann.

Tan schüttelte langsam den Kopf. »Das ist Tobias«, sagte er tonlos.

»Was?« Paula wandte sich zu ihm um. Die Irritation stand ihr im Gesicht geschrieben.

»Das da.« Tan wies auf die drei Gestalten, die von dem Mann in der merkwürdigen bunten Kutte verfolgt wurden. »Das da ist mein Sohn.«

»Sind das M'Barek-Masken?«, fragte Paula, die die Situation völlig zu überfordern schien. »Und wer ist dieser Typ in dem glitzernden Fummel?«

»Das ist eine osmanische Tracht«, erwiderte Tan immer noch ruhig.

Dann legte sich ein Schalter in seinem Gehirn um. Und mit einem Mal begriff er, was er da die ganze Zeit sagte:

Das da vorn war sein Sohn. In der Gewalt von Geiselnehmern. Verfolgt von einem Unbekannten in einer türkischen Tracht.

Geistesgegenwärtig riss er die Tür des Streifenwagens auf, gleichzeitig zog er seine Dienstwaffe aus dem Halfter. Er sprang hinaus und rannte dem Quartett hinterher, das sich vielleicht noch hundert Meter entfernt von ihm befand.

»Halt!«, schrie er. »Stehen bleiben! Polizei!« Einer der Maskenträger drehte sich tatsächlich kurz zu ihm um und rief: »Alter, die Bullen!« Was zur Folge hatte, dass er und sein Partner nur noch schneller liefen. Mert schleiften sie einfach hinter sich her. Der Trachtenträger folgte ihnen.

Tan rannte, als hinge sein Leben davon ab. »Halt! Polizei!«, versuchte er es noch einmal.

Ein blendendes M'Barek-Grinsen warf sich ihm entgegen, dann zeigte ihm einer der Räuber den Mittelfinger.

Tan riss die Pistole hoch und gab einen Warnschuss ab. Der Knall drohte, sein Trommelfell explodieren zu lassen. Immerhin blieben die Räuber stehen und drehten sich langsam um. Einer hatte Tobias, der schwer keuchte und seinen Vater mit weit aufgerissenen Augen ansah, ohne ihn zu erkennen, im Klammergriff, der andere hielt die Tasche mit der Beute.

Auch der Trachtenmann war stehen geblieben. Er schien weniger außer Atem zu sein als die beiden Kriminellen. Mit erhobenen Händen ging er langsam auf sie zu.

Tan nahm die Männer mit der Waffe ins Visier. Er war nahe genug, um sie zu treffen, und versuchte, seinen wild klopfenden Herzschlag zu beruhigen, indem er tief durchatmete und die vor seinen Augen tanzenden Sternchen ignorierte.

»Lasst den Jungen frei!«, befahl er. »Dann passiert euch nichts.«

Urplötzlich schob sich ein schwerer Autotransporter in sein Sichtfeld, der direkten Kurs auf die Räuber und seinen Sohn nahm. Hinter der riesigen Windschutzscheibe konnte Tan den Fahrer erkennen, der breit grinsend auf einem Smartphone herumtippte und die Personen auf der Fahrbahn gar nicht wahrnahm.

»Achtung!«, schrie Tan. Doch das Einzige, was passierte, war, dass die Verbrecher die Arme in die Höhe rissen und Tobias losließen.

Tan starrte entsetzt auf den Autotransporter, der immer näher kam. Der Fahrer blickte in dem Moment auf, als Tan ein weiteres Mal »Achtung!« schrie. Endlich schien er die gefährliche Situation, in die er sie alle mit seiner Unachtsamkeit brachte, zu bemerken. Gleichzeitig heulten die Druckluftbremsen des Lasters auf. Die Fahrerkabine ruckelte, und der Lkw verlangsamte quietschend die Fahrt, doch war er noch immer viel zu schnell. Ein Zusammenstoß mit den Menschen auf der Straße war unausweichlich. Mit den Kriminellen, dem Trachtenmann – und Tobias.

Aus dem Augenwinkel sah Tan zwei Mädchen am Straßenrand, die die Situation mit ihren Smartphones filmten, die Münder zu kugelrunden Ohs verzogen.

»Aus dem Weg!«

Tans Stimme überschlug sich vor Panik. Er fuchtelte wild mit der Waffe, wollte seinem Sohn klarmachen, dass er so schnell wie möglich zur Seite springen sollte. Doch

Tobias stand wie paralysiert da. Und dann trafen sich ihre Blicke.

»Papa!«, schrie Tobias ungläubig. Vermutlich wirkte er mit der gezückten Waffe in der Hand wie ein geisteskranker Rambo.

»Tobias!«

Nur noch einen Sekundenbruchteil bis zum Aufprall. Er spürte bereits den Luftzug, den der Lkw mit sich brachte.

Die Mädchen begannen synchron zu kreischen: »Eeeeelyyyyyaaaaassss!«

Tan verstand die Welt nicht mehr. Sein Sohn warf den Kopf wieder herum, blickte mit weit aufgerissenen Augen auf den Kühlergrill des Lastwagens. Ein schrilles Quieken schälte sich aus seinem Mund. Tan rannte weiter, mit weit von sich gestreckten Armen, als ob er damit den Aufprall abwenden könnte.

Doch es war zu spät.

Der Lkw-Fahrer und die beiden Räuber mit den M'Barek-Masken hielten sich schützend die Hände vors Gesicht. In der nächsten Sekunde gab es einen lauten Schlag, und Blechteile flogen durch die Luft.

Wieder kreischten die beiden Mädchen. Diesmal klangen sie aufrichtig entsetzt.

»Tobias! Nein!« Tan wusste nicht, wo er war. Er sah nichts. Staub wirbelte auf. Von irgendwoher kam Lärm. Dann legte sich eine dickwandige Käseglocke über seinen Kopf, und die Welt versank in Stille. »Toooobiaaaas!«, brüllte er erneut, doch das Einzige, was er hörte, war das ferne Echo in seinem Verstand, das den Namen seines Sohnes immer und immer wieder von seiner Hirnschale zurückwarf.

Er hörte nichts als Stille.

Totenstille.

Als er den Blick wieder hob und sich auf das Schlimmste gefasst machte, glaubte er, seine Augen würden ihm einen Streich spielen. Verblüfft riss er den Mund auf.

»Er hat den Lkw gestoppt, voll krass!«, hörte er eines der Mädchen rufen.

Mühsam verarbeitete er das Gehörte. *Lkw* drang zu ihm durch. *Gestoppt.*

Dann erst sahen seine Augen, was die Ohren an sein zentrales Denkorgan zu übermitteln versuchten: Tobias war am Leben.

Tatsächlich stand sein Sohn noch immer auf der Straße, doch unversehrt. Auch der Lastwagen stand – etwa einen halben Meter von Tobias entfernt, jedoch mit stark zerknautschter Front und komplett verzogen.

»Was zum …«

Es kam ihm vor, als wäre die Zeit stehen geblieben. Wie im Märchen von Dornröschen bewegte sich kein Blatt mehr. Keine Fliege summte. Kein Mensch rührte sich. Es war kein Laut zu hören. Einzig ein scharfer Geruch, der Tan entfernt an verbranntes Gummi erinnerte, ließ darauf schließen, dass die Bremsen des Lkw endgültig hinüber waren.

Nach einer ganzen Weile des reglosen Dastehens sahen die beiden Männer mit den Masken sich suchend um. Sie schienen mit Erstaunen festzustellen, dass die Tüte mit der Beute verschwunden war. Dann blickten sie zu Tan, dessen Waffe kraftlos auf den von der Mittagssonne aufgeheizten Straßenbelag zeigte. Er selbst starrte seinen Sohn an und konnte gar nicht mehr damit aufhören. Tobias lebte! Am Rande seines Bewusstseins bekam er mit, wie sich die beiden Kriminellen kurz zunickten und dann aus dem Staub machten. Im Lauf riss sich einer der beiden die Maske vom Gesicht, und eines der Smartphone-Mädchen rief: »Ey, das ist ja gar nicht Elyas!«

Und wenn schon. Völlig egal. Sein Sohn lebte.

Plötzlich hörte Tan ein einzelnes Klatschen. Ein weiteres erklang. Und noch eines. Und noch eines. Er sah auf und erschrak. Unzählige Passanten hatten sich um sie herum eingefunden und begannen zu applaudieren.

Doch der Applaus galt nicht ihm, dem Polizisten. Allmählich begannen seine überforderten Synapsen, das zu verarbeiten, was seine Augen in die Schaltzentrale sendeten: Vor dem Laster stand der alte Mann in dem osmanischen Gewand. Ihm galt der Beifall der Menschenmenge. Er hatte beide Hände gegen die Kühlerfront des Lkw gestemmt und so dafür gesorgt, dass sie komplett eingedellt war. Es wirkte beinahe so, als hätte er mit bloßer körperlicher Kraft das zig Tonnen schwere Ungetüm auf Rädern zum Stehen gebracht. Tan dachte eine winzige Sekunde lang an *Versteckte Kamera*. All das war einfach zu verrückt.

Während seine Gedanken um das kreisten, was er gerade live und in Farbe miterlebt hatte, trugen ihn seine Füße nach vorn. Zu seinem Sohn. Er warf schützend seine Arme um Tobias und konnte nicht verhindern, dass ihm die Tränen in die Augen schossen. »Tobias!« Tans Stimme brach, verkam zu einem Schluchzen. Sein Sohn erwiderte die Umarmung.

Nach einer Minute des erleichterten Weinens hob Tan den Kopf. Sein Blick fing den des alten Mannes auf, der ihn und Tobias stumm betrachtete.

Widerwillig ließ er von seinem Sohn ab und bewegte sich langsam auf den Mann zu, der endlich die Hände von dem Laster genommen hatte. Teile des Kühlergrills knallten auf den Asphalt. Die Tür der Fahrerkabine öffnete sich knirschend. Doch von dem aussteigenden Fahrer nahm Tan keinerlei Notiz. Er stand einfach nur da und starrte den merkwürdigen Kerl an, der – wie auch immer – seinen Sohn vor dem Tod gerettet hatte.

Die Situation an sich war zwar schon eigentümlich genug, doch der Mann wirkte in seiner Erscheinung vollkommen deplatziert. Tan betrachtete eingehend das Trachtengewand. Dann den Schnäuzer, der neben der Augenmaske das ganze Gesicht des Mannes einzunehmen schien.

»Ich … ich … weiß gar nicht, was ich sagen soll«, stammelte Tan. »Sie haben meinen Sohn gerettet.«

Der Trachtenmann hob die Schultern. Unter dem Schnäuzer zeichnete sich ein wohlwollendes Lächeln ab.

Tan griff nach der Hand des Mannes und küsste ehrfurchtsvoll und voller Respekt die Handfläche. »Danke!«

Dann musterten sie sich eine Weile wortlos. Schließlich nickte der Mann und zog die Hand zurück. Sein Blick richtete sich nach oben – und ehe Tan sich's versah, schoss der osmanische Held wie eine Rakete in die Höhe. Fassungslos sah er dem fliegenden Mann im wehenden Gewand hinterher.

KAPITEL 21

Mit viel Schwung kam Kenan in einer Seitengasse auf dem Boden auf. Seine Füße begannen zu kribbeln, als Pflastersteine unter der Wucht des Aufpralls zerplatzten. Granitsplitter stoben auf und trafen sein Gesicht. Ein paar davon bekam er zu schlucken, worauf er husten musste.

So schnell er konnte – und das war verdammt schnell! –, schlüpfte er aus seinem Trachtenkostüm und stopfte es in die Stofftasche, die er aus der Tasche seiner ausgebeulten Cordhose gezogen hatte. Unter der Tracht befand sich seine rentnerbeigefarbene Alltagskleidung, die ihn wieder wie Kenan, den alten Mann, aussehen ließ. Er musste kurz auflachen, weil er sich an diesen Superman erinnerte, der sich stets in einer Telefonzelle umzog.

Kenan fühlte sich großartig. So energiegeladen wie schon lange nicht mehr. Und lebendig. Er hatte seinen Enkel gerettet und dafür den bedingungslosen Respekt seines Sohnes geerntet. Er dachte angestrengt nach, doch er konnte sich nicht daran erinnern, wann Tan ihn zuletzt mit solch einem achtungsvollen Blick angesehen hatte. So gänzlich ohne Ablehnung, Unverständnis und Missmut. Er seufzte auf und war trotz des Stolzes ein wenig enttäuscht darüber, dass dieser ehrerbietige Blick nicht ihm persönlich, sondern Süperopa gegolten hatte.

Und wenn schon, dachte er dann. Er *war* schließlich Süperopa.

Doch nun hatte er wieder in die Rolle des Opas zu schlüpfen. Er streckte noch einmal sein Kreuz durch, bevor er eine gekrümmte Haltung annahm, dann bog er um die Ecke und schlurfte auf die zwei Streifenwagen zu, die auf dem Bordstein standen, gleich vor dem ausgeraubten Juweliergeschäft mit der kaputten Eingangstür. Mit langsamen Schritten und gespielt wackligem Gang näherte er sich der Menschentraube, die sich um eine Polizistin mit verspiegelter Sonnenbrille gebildet hatte, die gerade einem Paketauslieferer die Leviten zu lesen schien. Doch Kenan interessierte das nicht. Er hatte nur Augen für seinen Enkel und seinen Sohn, die vor dem Eingang des Geschäftes standen und sich unterhielten. Tan hatte den Arm um die schmächtigen Schultern des Sohnes gelegt und drückte ihn tröstend an sich.

Als er seinen Vater bemerkte, hielt er in der Bewegung inne und starrte ihn stumm an. Kenan konnte sich nicht helfen, aber dieses Gestarre wirkte irgendwie … feindselig.

»Wo warst du?«

Die Schärfe in Tans Stimme ließ ihn innerlich zusammenzucken.

In einer entschuldigen Geste tippte er sich aufs Ohr. »Batterie leer. Du müssen sprechen lauter.«

»WO! DU! WARST! WILL! ICH! WISSEN!«

Kenan schluckte angestrengt und stammelte: »Ah, jetzt … jetzt ich verstehen.« Er lächelte. »Ich war … äh … kurz Beine vertreten.« Er sah sich mit gespielter Unbeholfenheit um. »Was los? Viel Polizei hier.« Er musterte seinen Enkel, dann Tan. »Warum Polizei?«

»Warum?« Tan kam auf ihn zu und baute sich bedrohlich vor ihm auf. »Du fragst, warum?«

Er nickte. Diesmal war die Unsicherheit nicht vorgegeben.

»Dein Enkelkind wurde gerade von Verbrechern entführt und wäre um ein Haar von einem Laster erfasst worden. Und du fragst WARUM?«

Mit jedem Wort schraubte sich Tans Stimme höher. Er stand nun so dicht vor Kenan, dass die Spucketröpfchen nur so auf ihn herabregneten. Doch er wischte sie nicht weg, sondern ließ die Tirade anstandslos über sich ergehen.

Tan fuchtelte wild herum. »WO WARST DU, VERDAMMT NOCH MAL? DU HAST DEINE AUFSICHTSPFLICHT VERLETZT!«

Mert umfasste einen Arm seines Vaters und versuchte, ihn zu beruhigen. »Ist alles gut, Paps. Ich bin doch kein Kind mehr, das einen Babysitter braucht. Das ist wirklich nicht *Dedes* Schuld.«

Tan atmete tief ein und blieb erst mal stumm. Die Worte seines Sohnes schienen ihn tatsächlich ein wenig zu besänftigen.

Kenan senkte schuldbewusst den Kopf, auch wenn er eigentlich etwas ganz anderes tun wollte. »Tut mir leid.«

»Nein.« Tan versuchte, sich ein Lächeln abzuringen, doch es wollte ihm nicht so ganz gelingen. »Mir tut es leid. Vermutlich ist es wirklich nicht deine Schuld. Außerdem hättest du ohnehin nichts ausrichten können gegen die schweren Jungs.« Versonnen blickte er in den blauen Himmel über München. »Aber dieser Typ mit seinen Superkräften … Das hättest du sehen sollen, *baba*!«

»Süperkräfte?«, tat Kenan ahnungslos und zwinkerte seinem Enkel zu, der sich ein schelmisches Grinsen nicht verkneifen konnte.

Tan nickte energisch. »Der hätte dir gefallen. Sah aus wie ein osmanischer Kämpfer. Pumphose, Kaftan, Gürtelschärpe … Hat echt was hergemacht. Und er hat sich dem Lkw einfach in den Weg gestellt. Bäm! Einfach so.«

»Soso …«

»Ja. Ein Türke, wie er im Buche steht. Von so einem kannst selbst du dir noch eine Scheibe abschneiden.« Sein Sohn betrachtete ihn eingehend und schüttelte dann den Kopf. »Und jetzt entschuldigt mich, ich habe meinen Job zu erledigen.«

Gemeinsam sahen er und sein Enkel Tan nach, der sich mit geschäftigem Gang zu seiner Kollegin gesellte, die drauf und dran war, den Paketauslieferer in den Boden zu rammen.

»Wer auffährt, hat immer schuld!«, hörte Kenan sie in einer Lautstärke brüllen, bei der er auch vor seiner ominösen Verwandlung in einen Superhelden kein Hörgerät gebraucht hätte.

Er wandte sich Mert zu. »Du hören? Ich Held für deine *baba*.«

Mert lachte. »Ne, Süperopa ist der Held für Papa.«

Kenan winkte ab. »Genau. Und ich sein Süperopa!«

KAPITEL 22

Mit Schwung stieß Kenan am nächsten Morgen die Läden der kleinen Datscha auf. *Anayurt*, was auf Deutsch so viel wie »Heimat« bedeutete, war viel mehr als nur ein kleines Holzhäuschen in einer Schrebergartensiedlung. Seine *ana*, wie Kenan sie liebevoll nannte, war einst das Wochenenddomizil eines der Vorstandsvorsitzenden gewesen, weswegen sie recht groß und luxuriös war, wenn auch schon etwas in die Jahre gekommen. Sie hatte eine Gesamtfläche von vierzehn Quadratmetern, eine betonierte Bodenplatte und gemauerte Wände sowie ein nach hinten abfallendes Dach. Nicht ganz so groß wie sein Zimmer im Haus seines Sohnes, dennoch viel mehr sein Zuhause, als es das Einfamilienhaus in der für einen Türken unaussprechlichen Gratlspitzstraße jemals sein würde.

Er hatte fantastisch geschlafen. Was an den Ereignissen des vorangegangenen Tages liegen konnte. Sein Sohn hatte endlich zu ihm aufgesehen. Er hatte ihn bewundert, so wie es sich für einen echten Türken gehörte! Man hatte seine Eltern zu ehren und ihnen Respekt zu erweisen. Das war das Mindeste, das man als Vater von seinem Nachwuchs erwarten konnte. Und endlich, nach all den Jahren der Auseinandersetzungen und Streits, der Missverständnisse und ewig schwelenden Konflikte, war Besserung in Sicht.

Gut, es gab da einen klitzekleinen Fehler. Denn dass es sich bei Tans neu entflammter Begeisterung für seinen Vater um ein Missverständnis handelte, war ja nicht von der Hand zu weisen. Sein Sohn war nicht direkt von ihm selbst, sondern vielmehr von dem Superhelden in osmanischer Tracht begeistert, der Mert aus den Fängen der Entführer gerettet hatte.

Aber das war egal. Kenan war selig. Er hatte eine gute Tat vollbracht und das Verhältnis zu Tan merklich verbessert. Dass er sich außerdem wie ein Neunzehnjähriger fühlte, der meinte, Bäume ausreißen zu können, war ein angenehmer Nebeneffekt des Ganzen.

Er öffnete die Tür und hielt das Gesicht in die bereits hoch am Himmel stehende Sonne. Obwohl es noch früh am Morgen war, war es schon warm, keine Wolke war am Firmament zu sehen. Es würde ein sehr schöner Tag werden, dessen war er sich sicher. Er wandte sich um und ging wieder ins Innere seiner kleinen *ana*.

An der linken Wand neben der Eingangstür befand sich die Küchenzeile, die Gül und er in den Achtzigern eingebaut hatten. Sie war in dunklem Braun gehalten und alles andere als modern, aber er mochte sie, weil sie ihn an die gute alte Zeit erinnerte. Dahinter stand eine Eckbank mit zugehörigem Tisch und zwei dazu passenden Stühlen, die sie irgendwann von ihren Nachbarn in Ramersdorf-Perlach geschenkt bekommen hatten. Die Sitzgruppe hatte ihre besten Tage auch schon hinter sich, er wäre dennoch nicht auf die Idee gekommen, sie auszutauschen oder gar wegzuschmeißen. Sah doch noch hübsch aus mit den flauschigen persischen Kissen vor der Rückenlehne. Die braungelbe Lampe mit dem Stoffbezug und den Troddeln war zwar eher deutsch als türkisch, aber er hatte sich so an sie gewöhnt, dass auch sie mittlerweile zum Inventar gehörte. Rechts an der Wand stand ein schmales Bett mit unzähligen Kissen darauf, das sie seit Jahr und Tag als Couch verwendet hatten, wenn sie doch einmal in die Verlegenheit gekommen waren, drinnen sitzen zu müssen. In diesem Bett hatte Kenan die letzte Nacht geschlafen. Davor stand ein kleiner Beistelltisch in Eiche rustikal, links und rechts daneben befanden sich zwei plüschige Sessel in Pistaziengrün.

Am Abend zuvor, als er seit langer, langer Zeit wieder einmal in sein Schrebergartenhäuschen gekommen war, hatten er und Mert erst einmal sauber machen müssen. Zum Glück waren die Möbel mit Laken abgedeckt gewesen, sodass es genügt hatte, den Boden zu fegen, feucht durchzuwischen, die Läden aufzureißen und frische Luft hereinzulassen. Er war ja nicht penibel. Er war kein Deutscher! Ein bisschen Staub störte ihn nicht. Hier drin roch es nämlich nach Heimat.

Er setzte Kaffee auf und öffnete den kleinen Kühlschrank unter der Arbeitsfläche der Küchenzeile. Als er die H-Milch aus der Kühlschranktür nahm, fiel sein Blick auf zwei Ayran-Flaschen. Bis auf eine, die er zur Vorsicht in der Gratlspitzstraße im Kühlschrank und eine zweite, die er in der Tiefkühltruhe gelassen hatte – man wusste ja nie –, hatte er alle mit in sein Häuschen genommen. Oh … Sein Vorrat war schneller zur Neige gegangen, als er geglaubt hatte. Was sollte er tun? Er war am Herd in etwa so begabt wie ein Faultier beim Ballett. Sollte er Ina fragen, ob sie ihm neuen Ayran zubereitete? Aber was benötigte man dazu? Wie stellte man überhaupt Ayran her? Und warum hatte er Gül nie zugehört, wenn sie von ihrem Geheimrezept erzählt hatte?

Weil er ein Mann war. Und Männer interessierten sich nicht für die Küche – zumindest anatolische nicht. Fand er, Kenan, zumindest.

Da fiel ihm etwas ein. Er könnte Ina fragen, ob sie in ihrem Labor die Zusammensetzung des Ayran analysierte. Dann musste er nur noch jemanden finden, der ihm einen neuen Vorrat anlegte. Ja, das war eine gute Idee. Er brauchte bloß seine Schwiegertochter zu überzeugen … Hm. Seine Schwiegertochter, die an der Erforschung eines Virus arbeitete, der Krebs besiegen sollte. Kenan musste einsehen, dass sein Ayran da zwangsläufig den Kürzeren ziehen würde.

Als er sich das Frühstück zubereitet hatte (eine Tasse schwarzen Kaffee, zwei Scheiben Graubrot, dick mit Butter und sehr, sehr viel Honig bestrichen), nahm er das Tablett, auf dem er alles angerichtet hatte, und setzte sich draußen auf der Terrasse in die Sonne. Kaum dass er saß, sprang er wieder auf und flitzte zum Kühlschrank. Er würde sich viel besser fühlen, sobald er von dem köstlichen Gebräu getrunken hatte.

Er trank eine der beiden Flaschen, und gerade als er den letzten Schluck genommen hatte, hörte er eine Stimme aus der Nachbarparzelle.

»Kenan! Wie schön, dich zu sehen.«

Er setzte die Flasche ab und drehte sich zur Seite. Doris stand da, die roten Haare wie fast immer hochgesteckt. Sie trug ein weites und fürchterlich gemustertes T-Shirt, das ihn entfernt an die Bluse des Schreckens von Gül erinnerte. Doris stand auf der anderen Seite der niedrigen

Buchsbaumhecke und winkte ihm zu. Ein bisschen peinlich war es ihm schon, dass er nur ein Feinripphemd und die ausgebeulte Hose vom Vortag anhatte. Aber was sollte die falsche Scham? Er war auf seinem Grund und Boden, und da durfte er herumlaufen, wie er wollte.

Er setzte hastig seine Ersatzbrille auf, damit Doris keine dummen Fragen stellte, und lief die paar Schritte auf die Hecke zu. »Gute Morge. Wie dir gehen?«

»Sehr gut, jetzt, wo ich dich endlich mal wieder hier treffe.« Sie strahlte über das ganze Gesicht. »Kommst du jetzt wieder öfter her?«

Er nickte. Über die Brillengläser hinweg, durch die er viel zu unscharf sah, ließ er seinen Blick durch den kleinen Garten schweifen, über die Beete und den Rasen, und plötzlich fiel ihm auf, dass es hier ganz schön ordentlich aussah, dafür, dass er im letzten Sommer das letzte Mal da gewesen war.

»Doris, du haben …«

Kenan sah sie erstaunt an, doch sie wandte den Blick ab und wedelte abwehrend mit der Hand. »Ach, das ist doch selbstverständlich. Ich freue mich, wenn ich helfen kann. Bei der Gelegenheit will ich dir mal was zeigen. Ich hab da so ein Gewächs wieder aufgepäppelt, das hat Gül mal aus Anatolien mitgebracht und gehegt und gepflegt wie ihren Augapfel. Der Busch ist im letzten Sommer eingegangen, aber ich konnte einen Ableger ziehen. Das Ding wächst wie verrückt, und da ich weiß, dass es für Gül eine besondere Bedeutung hatte …«

Doris quasselte weiter, aber Kenan hörte ihr nicht mehr zu. Er war gerührt. Ja, sie war Güls beste Freundin gewesen, und ihr Tod hatte sie mindestens genauso aus der

Bahn geworfen wie ihn selbst. Aber dass sie hier im Schrebergarten so fleißig gewesen war, während er sich in seinem Schneckenhaus verkrochen hatte …

»Du gute Frau, Doris«, unterbrach er ihren Vortrag und nickte. »Gute Frau.«

Sie stand so nah bei ihm, dass er sah, dass sie errötete. Im Gesicht, aber auch auf dem Dekolleté bildeten sich Flecken. Verlegen wandte Doris den Kopf ab.

»Du weißt doch, Kenan«, sagte sie leise, »Gül war wie eine Schwester für mich. Und du …«

Er lächelte verständnisvoll. »Wie Bruder.«

Kurz meinte er, dass ihr Lächeln im Gesicht eine Spur matter wurde, doch sie fing sich schnell und nickte. »Kann ich denn sonst noch etwas für dich tun, Kenan? Wenn ich dir irgendwie helfen kann …«

Er dachte nach. Da war tatsächlich etwas, wobei er die Hilfe einer Frau brauchen konnte. Zum einen fiel ihm natürlich der Ayran ein – den konnte er ja unmöglich selbst zubereiten. Vielleicht würde Doris … Nein, ohne Rezept konnte sie nichts für ihn tun. Doch da war noch etwas anderes. Er dachte an den Vortag und an Merts Kostüm. Das, was seinem großen Helden Deli Knight nachempfunden war. Hatte das nicht Doris genäht? Er besaß zwar das osmanische Gewand, in dem er sich auch sehr wohlfühlte, aber es war nicht gerade praktisch für seinen Einsatz als Süperopa. Beim Fliegen flatterte es wie verrückt im Wind, und beim Kämpfen musste er aufpassen, dass er sich nicht in den vielen Falten des Stoffs verhedderte. Zudem war er noch immer nicht in der Änderungsschneiderei gewesen.

»Da geben es eine Sache«, fing er vorsichtig an.

»Ja?« Sie war sofort Feuer und Flamme.

»Du doch nähen Kostüm von Mert, ja?«

Doris nickte. »Aus Spandex und Elastan. Eine rutschige Angelegenheit, das kann ich dir sagen«, erwiderte sie lachend.

Er hatte keine Ahnung, was Spandex war. Es war ihm aber auch egal. »Du mir nähen auch so eine Anzug?«

Doris zog die Augenbrauen so hoch, dass sie beinahe den Haaransatz berührten. »Ich soll dir …«

»Für Mert«, meinte Kenan und breitete die Arme aus, als würde das irgendwas erklären. »Brauchen Unterstützung. Für seine Jutjüb-Tschännel.«

»Ach so!« Doris lachte erleichtert auf. Dann drehte sie sich kurz zu ihrem kleinen Gartenhäuschen um, überlegte und wandte sich ihm wieder zu. »Also, ich hab alles hier. Du weißt ja, ich nähe am liebsten im Garten, da hab ich die Ruhe. Und es ist auch noch Stoff von Tobias' Kostüm übrig. Wenn du also magst, kann ich gern Maß nehmen und mich gleich an die Arbeit machen.«

Eine Maß nehmen? Dass Doris Bier trank, bevor sie nähte, wunderte ihn zwar ein bisschen, aber ihm sollte es recht sein. Hauptsache, er musste nicht mittrinken. Er würde so schnell nämlich keinen Alkohol mehr anrühren nach seinem Absturz mit dem Raki. Auch wenn der ausschließlich Gutes bewirkt hatte.

Doris wuselte davon und kam nur kurze Zeit später mit einem Maßband, Zettel und Stift zurück. Sie schob ihren rundlichen Körper durch eine kleine Lücke in der Buchsbaumhecke und fing dann – zu seiner größten Überraschung – an, ihn von oben bis unten zu vermessen. Zuerst genierte er sich ein wenig, dann jedoch begann er, die

Zuwendung zu genießen. Es war lange her, dass ihm eine Frau so nahe gekommen war. Das fühlte sich … fantastisch an! Egal, was das grüne Zeug auch gewesen war, das ihm ins Gesicht gespritzt war: Es sorgte dafür, dass er sich nicht mehr wie ein impotenter, alter, vergesslicher Mann, sondern wie ein Jungspund fühlte, der voll im Saft stand.

Wieder blickte er in den Himmel und dankte seinem Schöpfer für die unerwartete Wendung in seinem Leben. Er versprach Allah, das Beste aus dieser zweiten Chance zu machen, bevor er für immer von der großen Bühne abtrat. Das war er der Welt schuldig.

KAPITEL 23

Veit Hai betätigte die Toilettenspülung und zog den Hosenschlitz zu. Dann schloss er den Gürtel, überprüfte noch einmal den Sitz seiner Hoden in der engen Boxershorts und trat vom Pissoir weg.

Auf dem Weg zum Waschbecken zog er sich die Jackettärmel ein wenig nach oben und dachte an die gestrige Sitzung der Investoren. Immer noch spürte er, dass sich seine Nackenhärchen aufstellten, wenn er sich in die Situation zurückversetzte. Wie sie ihn bloßgestellt hatten. Wie er so tief in die Trickkiste hatte greifen müssen, um sie zu beruhigen. Als er sich den Moment noch einmal ins Gedächtnis rief, spürte er erneut die Schweißperlen auf Stirn und Schläfen.

Er wusch sich bedächtig wie ein Chirurg, kurz bevor er in den OP trat, die Hände, dann trocknete er sie an einem der flauschigen lilafarbenen Handtücher ab, die zu Dutzenden neben den Waschbecken lagen.

Veit warf einen Blick in den Spiegel und kontrollierte seine Frisur. Die saß. Kein Härchen bewegte sich, dafür sorgte der Haarlack, den er sich Morgen für Morgen auf den Kopf sprühte. Er bleckte die Zähne, um zu überprüfen, ob sich in den Zahnzwischenräumen noch irgendwelche Essensreste vom Mittag befanden. Bis auf ein kleines

Mohnkörnchen in der unteren Frontreihe konnte er aber nichts entdecken, und das popelte er mit dem kleinen Finger aus dem Gebiss.

Dann rückte er den Anzug zurecht, lächelte sich einmal kurz gewinnend im Spiegel zu und verließ die Toilette. Der Blick auf die Uhr verriet ihm, dass er fünf Minuten früher dran war als sonst. Eigentlich konnte man die Uhr nach ihm stellen. Er stand immer zur gleichen Zeit auf, aß jeden Tag zur gleichen Zeit zu Mittag, trank seinen Nachmittagskaffee um Punkt vier und hatte es mittlerweile sogar geschafft, dass er immer zur gleichen Tageszeit Stuhlgang hatte. Nämlich kurz nach der Mittagspause. Ein guter Moment, denn so konnte er sich nach dem meist reichhaltigen Essen der Firmenkantine für einen kurzen Augenblick aufs stille Örtchen zurückziehen und in Ruhe die weiteren Schritte durchdenken, die anstanden.

Aber an diesem Tag war das anders. Er, Veit Hai, hatte nicht sein Geschäft wie sonst verrichten können – genau genommen, litt er schon seit zwei Tagen unter Verstopfung. Das hatte sicher etwas mit dieser schrecklichen Investorensitzung zu tun. Und natürlich mit Mathilda von Poser, seiner Chefin, die ihm danach deutlich zu verstehen gegeben hatte, dass er seinen Job los sein würde, wenn die Investoren ihre Gelder aus dem Projekt abzogen. Und dann auch noch Ina, die diese lästigen Fragen stellte …

Er bog um die Ecke in den Vorraum des Labors der Station IV. Angeblich wurden hier einfache Versuchsreihen an Grippeviren durchgeführt. Weil die aber als hochansteckend galten, hatte so gut wie niemand zu dieser Station Zutritt – sah man von einigen eingeweihten Mitarbeitern ab, die für ihr Schweigen das Dreifache ihres normalen Gehalts bekamen. Mit Geld bekam man sie doch alle.

Er schlüpfte in einen der weißen Kittel und streifte sich die Überschuhe über die Budapester. Dann gab er den zehnteiligen Code in das Nummernfeld neben der Tür ein und lauschte dem zischenden Geräusch der Schleuse. Er trat in den anonymen weißen Raum, der ihn von seiner geheimen Forschungsstation trennte.

Von wegen Grippeerreger. Seit Jahren schon arbeiteten sie an einem Virus, das wohl aus Südamerika oder so kam, so genau konnte er sich nicht mehr an die Geschichte erinnern, die ihm sein Vorgänger damals erzählt hatte. Das Virus verhalf Menschen, denen es injiziert wurde, zu unglaublichen Superkräften, die er niemals für möglich gehalten hätte. Mit eigenen Augen hatte er gesehen, wie Probanden die Lederfesseln, die sie ans Bett gekettet hatten, sprengten, wie ihre Adern am Hals wulstig hervortraten, wie ihre Augen schier aus den Höhlen zu springen schienen.

Nun ja. Nicht nur das konnte er bezeugen. Auch die Nebenwirkungen des Virus. Bis heute war es ihnen nicht gelungen, die heftigen Reaktionen, die es auslöste, zu unterdrücken. Was mehr als schade für die an der Versuchsreihe beteiligten Personen war.

Er stand in der Schleuse und wartete darauf, dass sich die Tür vor ihm öffnete. Währenddessen beobachtete er den weißen Dampf, der von irgendwoher in die sterile Kammer strömte und sich zischend in der Atmosphäre entlud. Vor ihm, direkt über der Schiebetür, leuchtete ein Lichtlein grün auf. Er zählte runter, in fünf Sekunden würde sich die Schleusentür öffnen. Fünf, vier, drei …

Plötzlich vernahm er ein Klopfen. Geistesgegenwärtig drückte er auf den roten Knopf links von sich in der Wand und hielt den Prozess damit sofort auf. Er drehte sich um und starrte durch das runde Bullauge in der Tür hinter sich. Dort stand … Ina. In der Hand hielt sie einen Stapel Papier. Sie sah völlig aufgelöst aus.

Herrgott. Diese Frau würde – so scharf er sie auch fand, das musste er zugeben – noch einer seiner Sargnägel werden. Hatte er nicht erst vor Kurzem mit ihr über ihre Beobachtungen gesprochen und ihr eine eigene Forschungsabteilung in Aussicht gestellt, in der Hoffnung, dass sie ihre nervigen Nachforschungen einstellte?

Er lächelte, so breit es ihm möglich war, drückte eine Tastenkombination im Nummernfeld in der Wand und ließ die Tür aufgleiten, durch die er eben erst getreten war.

»Ina!«, begrüßte er seine Mitarbeiterin mit weit ausgebreiteten Armen. »Schon aus der Mittagspause zurück?«

»Veit, ich muss dir etwas zeigen«, sagte Ina atemlos und hastete zu ihm in die Schleuse. Sie wirkte so aufgeregt, dass er gar nicht sicher war, ob sie begriff, wo sie sich gerade aufhielten. Hastig blätterte sie in den Papieren. »Ich bin die Laborbefunde noch einmal durchgegangen, und da ist mir etwas aufgefallen. Es klingt fast zu unglaublich, um wahr zu sein, aber …« Sie senkte die Stimme zu einem Flüstern. »Ich glaube, ich habe etwas entdeckt … etwas Unfassbares!«

Veit legte ihr behutsam die Hand auf den Rücken und schob sie unmerklich aus der Schleuse. »Soso«, bemerkte er, zog den weißen Kittel aus und hängte ihn an den Haken. »Na, dann zeig mal her.«

»Hier.« Ina hastete zu einem leer stehenden Tisch in der

Nähe und breitete die Papiere darauf aus. »Schau dir das an. In dieser Testreihe sind die Auswirkungen eines nicht näher klassifizierten Virus auf die Chromosomenpaare im Genom beschrieben.«

»Wo hast du die Papiere her?«, fragte Veit verblüfft.

Das waren streng vertrauliche Unterlagen, mit denen Ina da hantierte. Wie war sie an die gekommen, verdammt noch mal?

»Nebensächlich«, wischte sie seine Frage beiseite. »Ich kenne da jemanden im Archiv, und der … egal.«

Er wusste, wen sie meinte. Maik, den Dicken mit der Halbglatze. Im Geiste notierte er sich: *Fettsack aus dem Archiv feuern*. Das würde er noch vor Feierabend machen. In diesem Moment war Maik aber nicht sein größtes Problem. Ina war nicht dumm, genau genommen, war sie sogar alles andere als das. Bevor sie es aussprach, wusste er bereits, was ihr aufgefallen war.

»Sieh mal hier.« Sie fuhr mit dem Finger eine Zahlenreihe entlang. »Das Virus und die Mutationen an den Chromosomenpaaren.« Sie starrte ihn mit weit aufgerissenen Augen an. »Ich habe durchgezählt. Es sind dreiundzwanzig!«, hauchte sie dann.

Verdammte Scheiße.

Er schluckte trocken, stellte sich zunächst aber dumm. »Dreiundzwanzig?«, wiederholte er.

Ina nickte. »Ja. Angeblich werden die Versuche mit Rhesusäffchen gemacht, zumindest steht das hier in der Versuchsbeschreibung. Aber Rhesusäffchen haben nur …«

»… einundzwanzig Chromosomenpaare«, vervollständigte er Inas Satz. So ein verdammter Mist. Er hatte gleich gesagt, dass sie nicht die Rhesusäffchen vorschieben sollten, aber auf ihn hörte ja nie jemand! »Unglaublich«, meinte er in gespieltem Entsetzen und beugte sich tief über die Papiere. »Und du meinst …«

»Ich meine, dass Poser Pharma Virenversuche an Menschen macht«, flüsterte Ina so leise und angsterfüllt, dass er sie kaum mehr verstehen konnte.

»Das … das kann ich mir nicht vorstellen«, meinte er zögerlich.

Doch sie nickte entschlossen. »Veit, ich glaube, ich bin einer ganz großen Sache auf der Spur. Du bist der Einzige, dem ich vertrauen kann.«

Er konnte ihr ansehen, wie viel Angst sie hatte. Also legte er ihr erneut die Hand auf den Rücken und zog sie etwas zu sich heran.

»Keine Angst, ich halte dicht«, sagte er nun ebenfalls so leise, wie er konnte. »Und ich verspreche dir, ich werde mich darum kümmern.«

Er nahm die Hand von ihrem Rücken und schob die Unterlagen zusammen. Ina folgte seinen Gesten mit entsetztem Gesicht.

»Was machst du da?«

Plötzlich meinte er, Misstrauen in ihrer Stimme mitschwingen zu hören. Also rollte er den Papierstapel auf, steckte ihn in seine Jacketttasche und raunte ihr zu: »Diese Informationen sind hochbrisant. Ina, es geht hier um einen Skandal, der Poser Pharma vernichten kann. Du darfst mit den Unterlagen nicht in Verbindung gebracht werden, ansonsten …«

Sie starrte ihn an. »Ansonsten?«

In einer eher verzweifelten denn ernst gemeinten Geste

fuhr sich Veit mit dem Daumen über die Kehle. »Die schrecken vor nichts zurück!«

»Meinst du?« Ina sah sich hektisch um, als erwartete sie jeden Moment, dass ihre Verfolger hinter einem der silbernen Tische hervorkamen und sie abmurksten.

Er nickte. Dann legte er seine Hände auf ihre Schultern und sah sie eindringlich an. »Ina. Ich danke dir, dass du mich ins Vertrauen gezogen hast.« Plötzlich hatte er eine Idee. Er senkte die Stimme wieder und fügte an: »Mein Kalender hat mich vorhin daran erinnert, dass heute dein Geburtstag ist. Stimmt das?«

Ina schlug die Augen nieder und errötete. Er sah ihr an, dass sie verlegen wurde. »Ja … äh …«, stammelte sie, dann sah sie auf und schluckte. »Ja, heute ist mein Geburtstag. Das scheinen aber irgendwie alle vergessen zu haben … Bis auf dich.«

Treffer, versenkt.

»Alles Gute zum Geburtstag, Ina.« Er beugte sich zu ihr hinunter und hauchte einen Kuss auf ihre Wange. »Du bist eine wunderbare Frau und die beste Mitarbeiterin, die ich mir wünsche könnte.«

Ina wand sich. »Ach, Veit …« Es war ihr sichtlich unangenehm, derart mit Komplimenten überschüttet zu werden.

Das war seine Chance. Er zog sie ein Stück näher zu sich heran, was sie widerstandslos geschehen ließ. »Weißt du eigentlich, dass deine Augen wunderschön sind?«, fragte er.

»Meine … Augen?« Ina blinzelte verwirrt.

»Dein Vater muss ein Dieb gewesen sein«, schleimte er mit rauer Stimme, »denn er hat zwei Sterne vom Firmament gestohlen und sie dir als Augen gegeben.«

»Ich … äh …«

Zu seiner größten Freude erkannte er, dass sein Trick aufging. Auf Inas Hals und Wangen bildeten sich rote Flecken, und sie schlug erneut die Augen nieder.

In einer stürmischen Geste drückte er seine Lippen auf ihre. Als er seine Zunge in ihren Mund schob, spürte er nur einen kurzen Widerstand, doch schließlich gab Ina nach und erwiderte seinen Kuss. Allerdings nur wenige Sekunden lang, dann riss sie sich los, starrte ihn fassungslos an und hielt sich eine Hand an die Lippen.

»Veit …«

»Ich … Entschuldige.« Er legte die Stirn in Falten und versuchte, sie von unten anzusehen, was schwierig war, denn sie war kleiner als er. »Das hätte ich nicht tun sollen. Es ist nur so, dass ich schon so lange …«

Weiter musste er nichts sagen. Ina machte auf dem Absatz kehrt und hastete durch den Vorraum der Station IV davon. Den Versuchsbericht, der noch in seiner Jacketttasche steckte, erwähnte sie mit keinem Wort mehr. Sie hatte ihn wohl im Eifer des Gefechts vergessen.

KAPITEL 24

»Yeah, will da oben rein, mal sehen wie ich's mach. Ich will ja gut sein, auch wenn's nicht immer klappt …«

Tobias saß auf einer Bank im Schulhof. Es war große Pause, und er hatte seine Kopfhörer auf. Schon vor der ersten Stunde war er mit ein paar Älteren aus der Oberstufe zusammengerasselt. Was bedeutete: Er war ihnen im Schulhof begegnet, sie hatten ihn ein bisschen rumgeschubst, dann hatten sie sich verzogen. Das Übliche. Trotzdem hatte er keinen Bock auf noch mehr Stress.

Immerhin war er Faisal, Jill und Maik an diesem Morgen noch nicht begegnet. Ob die immer noch im Baum saßen? Nein, bestimmt nicht. Irgendjemand hatte ihnen sicher runtergeholfen. Auch wenn er sich fragte, wer das gewesen sein sollte. Man rief zwar die Feuerwehr, wenn sich ein Kätzchen zu weit nach oben ins Geäst verirrt hatte, aber galt das auch für jugendliche Schlägertrupps?

Wie dem auch sei. Tobias fürchtete sich ein bisschen vor dem ersten Aufeinandertreffen mit der Gang nach dem gestrigen Tag. Es war natürlich denkbar, dass sie ihre Lektion gelernt hatten und ihn zukünftig in Ruhe ließen, aber es konnte auch sein, dass sie auf Rache aus waren. Und dann würde er alt aussehen. Selbst wenn sein Großvater Superkräfte besaß, konnte er sich ja nicht den ganzen Tag um seinen Enkel kümmern. Superhelden hatten Größeres im Sinn, das wusste niemand besser als er selbst.

Also galt es, sich abzuschotten, solange ihm der Frieden vergönnt war. Gerade lief Marteria, einer von Tobias' Lieblingsrappern. Das Lied hieß *OMG!* und hatte einen echt coolen Beat. Mit dem Kopf nickte er im Rhythmus und sprach im Geiste die Lyrics mit. Selbstverständlich nicht laut. Das wäre nur ein weiterer Grund, ihn wieder zum Opfer zu machen. Und selbst wenn Jill und ihre beiden Kumpels nicht da waren, um ihn zu drangsalieren, gab es noch genügend andere in der Schule, die fanden, dass er einen hervorragenden Boxsack abgab.

Ah, cool, jetzt kam der Refrain. »*O mein Gott, dieser Himmel, wie komm ich da bloß rein? O mein Gott dieser Himmel, wo zur Hölle soll der sein?*«

Dank der Kopfhörer konnte Tobias nichts anderes als die Musik hören. Und wie immer, wenn er auf diese Weise Musik hörte, stellte er sich vor, wie sein Leben wohl wäre, wenn er zu den Coolen gehören würde. Wenn es immer einen Soundtrack gäbe, einen megalässigen, wenn möglich, der ihn begleiten würde, wo immer er hinging. Irgendwie wirkte alles besser, und man war selbstsicherer, wenn Musik im Hintergrund lief.

Als er gerade die Songzeilen der zweiten Strophe im Geiste mitsang, tippte ihm jemand auf die Schulter.

Tobias schreckte zusammen und wandte sich um, in der Erwartung, jeden Augenblick die Kopfhörer vom Schädel gezogen zu bekommen und eine Backpfeife zu kassieren. Doch nichts dergleichen geschah. Niemand zog ihm die Kopfhörer ab, niemand schubste ihn. Die Person, die vor ihm stand, war Leni. Das Mädchen aus seiner Klasse, das er über alle Maße begehrte. Ihr sah man an, dass sie schon fünfzehn war, ganz im Gegensatz zu ihm, der von jedem immer für zwölf gehalten wurde, obwohl er längst vierzehn war.

Tobias war fassungslos, dass Leni zu ihm gekommen war und ihn angetippt hatte. Er spürte nicht, wie ihm der Mund langsam aufklappte, während er sie anstarrte wie das achte Weltwunder. Marteria sang in seinem Ohr: *»Unsere Götter sind Freunde, warum sagen sie's uns nicht? Kommt einer vorbei, dann ertragen wir es nicht …«*

Sie lächelte. O mein Gott, sie lächelte! Und ihre wunderschönen Lippen bewegten sich. Aber Tobias konnte nichts hören, weil immer noch die Musik in seinen Ohren erklang. Hastig zog er die Kopfhörer ab und versuchte mit einer nervösen Handbewegung, sein Haar wieder in Ordnung zu bringen. Dann sah er vorsichtig auf, direkt in Lenis attraktives Gesicht, das von blonden langen Haaren eingerahmt wurde. Sie war so unfassbar hübsch …

»Hi«, sagte Leni und strahlte.

Tobias hob langsam die Hand, außerstande, etwas zu sagen – schon gar nicht etwas, das Sinn ergab. Er konnte nichts tun, als diese süße Maus anzustarren und sich zu fragen, was sie von ihm wollte.

Vielleicht war das ja ein mieser Scherz der anderen? Ganz sicher war es das. Bestimmt standen sie irgendwo und machten sich über ihn lustig, diesen Trottel, der tatsächlich dachte …

»Darf ich mich zu dir setzen?«, wollte Leni schüchtern wissen. Tobias bekam feuchte Hände, gleichzeitig spürte er, dass sein Herz schneller schlug, als es normalerweise der Fall war. Und plötzlich hatte er auch gar keine

Spucke mehr im Mund. Er nickte hastig und rutschte ein wenig zur Seite. Leni hockte sich neben ihn. Ziemlich nah neben ihn, wie er fand. »Ich …«, begann sie vorsichtig und zögerte. »Ich wollte mich bei dir bedanken. Wegen gestern. Im Park.« Sie schlug die Augen nieder und knetete die Hände.

Er konnte es nicht fassen. Entweder war Leni eine fantastische Schauspielerin oder sie war nervös. NERVÖS. Seinetwegen? Wohl kaum. Tobias sah sich unauffällig um. Aber es guckte niemand weit und breit in ihre Richtung. Nirgends konnte er Grüppchen entdecken, die mit dem Finger auf ihn zeigten oder ihn auslachten. Es war ein ganz normaler Tag in der Schule. Die Mädchen aus der Fünften spielten Gummitwist. Einige Neuntklässler hatten sich um ein iPhone versammelt und guckten Videos. Die aus der Oberstufe standen in der Raucherecke und qualmten. Und Leni saß neben ihm auf der Bank und bedankte sich.

Ob es diesen Allmächtigen, von dem Opa Kenan immer sprach, am Ende doch gab? Sicherheitshalber schickte Tobias ein kurzes Dankeschön in Richtung Himmel, wo er Allah am ehesten vermutete. Sicher konnte man da natürlich nicht sein.

»Dieser Maik«, fuhr Leni einen Moment später fort und riss ihn aus seinen überirdisch inspirierten Gedanken. »Der will mit mir gehen. Deswegen lauert er mir dauernd auf.« Sie seufzte. »Du hast mich auf jeden Fall vor ihm gerettet.«

»Äh …« Er wollte widersprechen. »Genau genommen, war nicht ich das, sondern mein Opa.«

»Dein *Süperopa*«, sagte sie, und ihr Lächeln wurde noch

breiter. »Ja, aber du hast dich ihnen zuerst in den Weg gestellt. Danke dafür.«

Wieder sah sie weg, peinlich berührt, wenn Tobias ihre Körpersprache richtig deutete.

»Kein Ding«, murmelte er. »Hab ich gern gemacht.« Dann fiel ihm etwas ein. »Mein Opa sagt immer, man muss jede Frau wie eine Prinzessin behandeln. So hat er das bei meiner Oma auch immer gemacht. Wie eine arabische Königin hat er sie auf Händen getragen. Und meine Oma war nicht gerade leicht.«

Als er die Worte hörte, die da so sinnlos aus ihm herausblubberten, hätte sich Tobias am liebsten selbst eine Ohrfeige verpasst.

Doch Leni schien aus dem Gebrabbel etwas herauszuhören, das ihr gefiel, denn sie sagte: »Türkische Männer wissen einfach, wie man eine Frau behandeln sollte. Du bist doch auch Türke, oder?«

Tobias blies die Backen auf. »Also, äh …« An ihm waren sein zweiter Vorname türkisch und seine Vorliebe für klebrige Süßspeisen, aber das war es auch. Die Sprache verstand er zwar, aber er beherrschte sie nicht wirklich gut. Und auch ansonsten war das Land seiner Großeltern eher ein Urlaubsziel denn Heimat für ihn. Trotzdem wackelte er abwägend mit dem Kopf. Wenn Leni auf türkische Männer stand, die ihre Frauen wie Prinzessinnen behandelten, würde er einen Teufel tun und auf seinem deutschen Pass bestehen. »Hm … Ja«, murmelte er.

»Toll.« Sie grinste wieder. »Was heißt denn ›Ich mag dich‹ auf Türkisch?«

Tobias hätte sich fast vor Schreck verschluckt. Passierte das gerade wirklich? Leni fragte ihn, was »Ich mag dich« hieß? Und bedeutete es das, was er dachte? Dass sie ihn … mochte? Warum? Doch sicher nur, weil sein Opa ein Superheld war, oder? Schließlich wusste Leni nichts über ihn. Sie hatte bislang nie mit ihm gesprochen, ihn höchstens mal freundlich im Klassenraum angelächelt.

»Ben senden hoşlanıyorum«, erwiderte er kraftlos.

Leni lachte. »Oje. Wie?«

»Ben senden hoşlanıyorum«, wiederholte er, diesmal langsamer.

»Bensend hoschlan …« Sie kicherte. »Gibt es da nicht auch einen einfacheren Ausdruck?«

Er starrte sie einen Moment lang an. Dann sagte er: *»Seni seviyorum.«*

»Seni seviyorum?« Leni grinste. Sie warf ihm einen schüchternen Blick zu und wiederholte: *»Seni seviyorum.«*

Nur mühsam konnte er ein Grinsen unterdrücken. Denn das hieß nicht »Ich mag dich«, sondern »Ich liebe dich«. Damit war der größte Traum seines Lebens in Erfüllung gegangen. Das Mädchen, das er seit Monaten aus der Ferne anschmachtete, hatte ihm gesagt, dass es ihn liebe.

Na gut. Sie wusste nicht, was der Ausdruck bedeutete, und außerdem war sie nur hinter ihm her, weil sie es toll fand, den Enkel eines Superhelden zu kennen.

Doch zu seiner größten Überraschung sagte sie: »Ich habe übrigens dein letztes Video auf Facebook geteilt. Hast du das gesehen?«

Sein letztes Video … Das hatte er vor zwei Wochen hochgeladen. Da war sein Opa noch nicht zum Superhelden mutiert, und er hatte Leni nicht vor dem schmierigen Maik »retten« können.

»Wann? Gestern?«, hakte er nach, weil er einfach nicht

glauben konnte, dass Leni schon vor dem gestrigen Tag Notiz von ihm genommen hatte.

»Nein. Direkt nachdem du es veröffentlicht hast. Hast du das nicht gesehen?«

»Nein …«

Er schüttelte langsam den Kopf und rang um Fassung. Leni teilte seine Videos. Sie likte ihn auf Facebook. Und sie likte ihn auch im *real life*. Sie kam zu ihm, um sich bei ihm zu bedanken. Und zwar nicht nur, weil sein Opa die Gang in die Baumwipfel befördert hatte.

Sein Herz schlug noch schneller, als Leni sich plötzlich an ihn lehnte und ihm einen Kuss auf die Wange drückte. Für einen Moment blieb sie so sitzen, ganz nah an seinem Gesicht, und er spürte ihren Atem auf der Haut. Dann zog sie sich zurück, die Backen knallrot leuchtend.

»Wir sehen uns dann«, sagte sie.

Tobias konnte erneut nichts anderes tun, als die Hand zu heben und leise zu murmeln: »Wir sehen uns.« Dann sah er Leni hinterher, die über den Schulhof davonging.

O mein Gott, dachte er. Ich bin im Himmel.

KAPITEL 25

Irgendwie wurde Tan das Gefühl nicht los, dass Ina sauer auf ihn war. Im Geiste ging er sein Sündenregister durch. Klodeckel offen gelassen? Nein. Biomüll rausgebracht? Ja. Ein nettes Kompliment zu Inas Äußerem gemacht am heutigen Tag?

Er taxierte seine Frau, auf der Suche nach etwas, das an diesem Tag anders war. Das Kleid? Hm. Für ihn sahen die alle gleich aus. Irgendwas am Gesicht? Nö. Die Frisur? Na klar! Die war neu. Deswegen war Ina so motzig, weil ihm nicht aufgefallen war, dass sie beim Friseur gewesen war.

»Hübsch, deine Haare.« Ina sah von ihrem Sektglas auf, in dem sie allem Anschein nach die Blubberbläschen gezählt hatte. »Die sind anders als sonst, oder?«, versuchte er es erneut.

Doch seine Frau seufzte nur schwer und versank wieder in der Betrachtung der sprudelnden Blasen.

Er hatte keine Ahnung, warum sie so schlechte Laune hatte. Es war ein wunderbarer sonniger Tag, und er hatte eigentlich frei, musste nur später noch einmal zu einer Besprechung auf die Dienststelle. Ina war schon früh von der Arbeit nach Hause gekommen, was ihn erstaunte, und sie saßen auf der Terrasse und tranken Sekt. Er hatte zur Feier des Tages eine Flasche gekauft, damit sie anstoßen konnten. Auf seine Heldentat am Tag zuvor. Keine billige, das wollte er festhalten. Nein, er war extra noch bei diesem schweineteuren Weindepot vorbeigefahren und hatte Trollinger besorgt. Eigentlich hatte er das für den Abend vorgesehen, aber ein kleines Gläschen am Tag machte ja nichts. Am vergangenen Abend hatten sie keine Gelegenheit mehr gehabt, miteinander zu reden. Er war erst sehr spät vom Dienst nach Hause gekommen. Und am Morgen war Ina schon bei der Arbeit gewesen, als er zum Frühstück heruntergekommen war.

Er hatte seiner Frau von seinem turbulenten Erlebnis erzählt, und immer noch kamen ihm neue Details in den Sinn, die er vergessen oder nicht erwähnt hatte.

»Und wie war dein Vormittag?«, fragte er, als ihm auffiel, dass er gerade vielleicht ein bisschen viel über sich sprach.

»Super, danke«, erwiderte sie müde, hob ihr Glas und trank es in einem Zug aus.

Er sah sie erstaunt an, stand jedoch hastig auf und schenkte ihr erneut ein – derart überschwänglich, dass die Flüssigkeit im Glas hochschäumte und über den Rand trat. Rasch riss er seiner Frau die Sektflöte aus der Hand und schlürfte den Schaum ab.

»Ich kann einfach nicht glauben, dass die zwei Typen sich Tobias geschnappt haben. Der Mann mit dem osmanischen Gewand ist ihnen einfach hinterher«, nahm er den Faden wieder auf, schenkte sich ebenfalls ein weiteres Glas ein und ließ sich wieder auf den Gartenstuhl plumpsen.

Er hatte keine Ahnung, welche Laus Ina über die Leber gelaufen war, aber der Sekt würde sie schon aufheitern.

»Ich weiß. Dieser Süperopa.« Ina verdrehte die Augen.

Er sah sie an. »Ich hab es vielleicht schon erzählt.«

»Mehrere Male.«

»Du hättest dabei sein müssen! Das war so abgefahren. Mit bloßen Händen und purer Körperkraft hat er den Laster zum Stehen gebracht.« Tan vollführte eine Handbewegung, als lehnte er sich gegen einen unsichtbaren Gegenstand.

Ina lächelte gequält und griff erneut nach ihrem Glas. Er begriff nicht, was mit seiner Frau los war. Eigentlich hätte sie glücklich sein müssen. Es war eine halbe Ewigkeit her, dass sie zuletzt in trauter Zweisamkeit auf der Terrasse gesessen und das Leben genossen hatten. Einfach mal für ein Stündchen die Pausetaste drücken und eine Runde in dem sich immer schneller drehenden Karussell aussetzen. Doch sie wirkte nicht glücklich. Sie wirkte genervt – oder eher stinksauer.

Dann war vielleicht jetzt der richtige Moment, die Bombe platzen zu lassen.

Er räusperte sich und erhob sein Glas. »An diesem besonderen Tag …«, setzte er an, ohne Ina aus den Augen zu lassen.

Sie blickte auf. Interessiert. »Ja?«

»… an diesem besonderen Tag gestern, als ich mithilfe von Süperopa den größten Triumph meiner Karriere einfahren konnte, wurde mir …«, er hielt inne, um die Spannung zu steigern, betrachtete seine Frau einen Moment ganz ernst und schloss dann: »… eine Beförderung angeboten!«

Inas Gesichtsausdruck – eben noch zuversichtlich und gespannt – fiel in sich zusammen. »Ah«, sagte sie desinteressiert, trank auch dieses Glas in einem Zug aus und knallte es auf den Tisch.

Okay. Langsam hatte er die Nase voll. »Was ist denn los mit dir?«, fragte er in schneidendem Tonfall. »Du könntest dich ruhig mal für mich freuen! Das sind immerhin hundertzwanzig Euro mehr im Monat.«

Ina drehte den Kopf in seine Richtung und funkelte ihn an. »Ach ja? Ich soll mich für *dich* freuen?«

»Äh …, ja? Wenn das nicht zu viel verlangt ist?«

»Wie wäre es, wenn du nicht nur von dir reden würdest, der Abwechslung halber?«

Er war irritiert. »Was meinst du?«

»Mir wurde gestern eine eigene Forschungsabteilung in Aussicht gestellt. Eine eigene Abteilung, verstehst du? Da geht es nicht um poplige hundertzwanzig Kröten, da geht es um viel, viel mehr. Verantwortung. Respekt. Der Lohn für meine Mühen. Aber du … Du redest nur von dir. Du hörst mir niemals zu!«, polterte es aus ihr heraus, so plötzlich, dass er nur staunen konnte.

Hatte seine Frau von einer eigenen Forschungsabteilung gesprochen? Hatte er wirklich nicht richtig zugehört oder es einfach vergessen? Au weia. Das wäre ja superpeinlich.

»Also, ich …«, setzte er zu einer Erklärung an, aber Ina war noch nicht fertig mit ihm.

»Es ist beinahe witzig, weißt du?«, giftete sie weiter. »Ich dachte, du hättest den Sekt meinetwegen geöffnet. Aber nein, es geht mal wieder nur um dich. Ich bin dir vollkommen egal. Und meine Arbeit ist es auch. Da merkt man dann eben doch, dass du Türke bist.«

»Was hat das denn damit zu tun?«, fuhr Tan hoch.

»Wenn du auch in Deutschland aufgewachsen bist, ist das patriarchische Gehabe doch tief in der DNA der Familie Ümnyazici verankert«, donnerte sie, nahm die Sektflasche und setzte sie direkt an. Dann trank sie einen großen Schluck.

Er konnte seine Frau nur anstarren. »Was um Himmels willen ist denn in dich gefahren? Ina, du machst mir Angst!«

Sie schloss die Augen und stieß einen tiefen Seufzer aus. Dann schüttelte sie den Kopf und sagte leise: »Entschuldige. Ich hatte einen sehr anstrengenden Morgen. Ich hab zurzeit eine Menge um die Ohren.«

Er beugte sich vor und betrachtete seine Frau eingehend. »Ist es wegen dieses Veit?«

»Was?« Sie zuckte zusammen.

Sofort schoss ihr das Blut in die Wangen, wie er überrascht bemerkte. Lag bestimmt am Sekt. Sie hatte ja wirklich ordentlich gebechert, obwohl sie noch arbeiten musste.

»Brummt er dir zu viel auf?«, fragte er verständnisvoll.

Hastig sagte Ina: »Nein. Das ist es nicht. Es sind diese Forschungsreihen, die …«

»Aha. Verstehe.« Er lehnte sich wieder zurück und streckte die Arme von sich. Alles wie immer. Ina hatte viel zu tun und war deswegen ein wenig empfindlicher als sonst. Und vielleicht bekam sie auch ihre Tage. Puh. Glück gehabt. Und er hatte schon gedacht, dieser Veit könnte sich ihr gegenüber irgendwie mies verhalten haben. Das hätte ihn vor ein echtes Problem gestellt, denn er war sich ziemlich sicher, dass er bei einer direkten Auseinandersetzung mit Inas Vorgesetztem den Kürzeren ziehen würde.

Obwohl … Wieder dachte er an den Tag zuvor und an die Rettungsaktion vor dem Juwelierladen. Er schüttelte den Kopf. »Dieser Süperopa … Hat mir kurz zugenickt und ist in den Himmel geschossen. Einfach so.« Seine Hand fuhr nach oben.

»Wie bitte?« Ina blickte ihn irritiert an.

»Na, Süperopa!«

Sie schüttelte den Kopf, stellte das Glas ab. »Echt jetzt, Tan? Ich will dir von meinen Problemen auf der Arbeit erzählen, und du quatschst mich mit dieser Superheldengeschichte voll?«

Tans Mund klappte auf. »Aber …«

»Glaubst du, du bist der Einzige in dieser Familie, dessen Job eine Rolle spielt?«

»Nein, aber …«

»Während du mit deiner Kollegin Räuber und Gendarm spielst, muss ich mich tagtäglich mit *wirklich* wichtigen Dingen herumschlagen. Und zu Hause muss ich mich um alles allein kümmern. Nie packst du mit an! Du hast nicht den Hauch einer Ahnung, was momentan bei uns im Labor los ist. Was ich aufgedeckt habe und was diese Entdeckung bedeuten könnte.«

»Hallo? Ich erzähle dir hier von einem Mann mit Superkräften, der unserem Sohn das Leben gerettet hat«, ereiferte er sich und lehnte sich vor.

»Zum hundertsten Mal, ja! Ich hab's begriffen.«

Er machte eine abfällige Bewegung. »Ich versteh dich wirklich nicht.«

»Genau das ist das Problem, Tan. Weil du überhaupt nicht auf mich und meine Bedürfnisse eingehst. Es gibt immer nur dich, dich und DICH! Sieh dich doch mal um.

Ich stecke mitten in den Vorbereitungen für heute Abend. Und dann kommst du, packst mich und zerrst mich auf die Terrasse, nur um …«

Tan sah sie trotzig an. Von welchen Vorbereitungen sprach sie? Vielleicht von einer kleinen Feier anlässlich seiner Beförderung? Aber davon hatte er ihr doch gerade erst erzählt.

»… nur um was?«, fragte er.

»Nur um mich dann mit deinem belanglosen Zeug vollzulabern!«, rief Ina nun sehr laut. Tan zuckte zusammen. »Weißt du was? Als du eben mit der Flasche Sekt gekommen bist und mich auf die Terrasse entführt hast, da dachte ich wirklich, dass …«

In ihre Augen trat ein feuchter Schimmer. Jetzt hatte er wirklich das Gefühl, dass es nicht mehr nur um die Probleme auf der Arbeit ging.

»Was dachtest du wirklich?« Er war verwirrt. Was war mit seiner Frau los?

»Da dachte ich wirklich für einen kurzen Moment, dass du meinen Geburtstag *nicht* vergessen hättest.«

Es dauerte, bis die Worte in seinem Gehirn einen Empfänger fanden. Dann jedoch entfalteten sie ihre volle Wirkung, und ihm dämmerte, dass er in der Tinte saß. Diesmal aber so richtig.

KAPITEL 26

Kenans Herz füllte sich mit Schwermut. Er saß auf den Dachziegeln des Einfamilienhauses seines Sohnes und hatte seinen Rücken gegen die Backsteine des Schornsteines gelehnt. Sein Blick schweifte in die Ferne über die Wipfel des Kirschbaumes, in dem ein Vogel in einer unangenehm hohen Frequenz trällerte. Er wollte den Streit seines Sohnes und seiner Stieftochter nicht belauschen. Doch das neue Supergehör stellte sich als Fluch und Segen zugleich heraus.

Er schämte sich für Tan und erkannte gleichzeitig sich selbst in ihm wieder. Wie oft hatte er so getan, als ob er nichts mitbekäme, wenn sich seine Gül darüber beschwert hatte, dass er nicht genügend auf sie einging, kein offenes Ohr für ihre Bedürfnisse hatte? Frauen hatten zu funktionieren und für den Mann da zu sein – dieser Überzeugung war er. So hatte er es schließlich von seinem Vater gelernt. Aber war das richtig? Er liebte und schätzte seine Stieftochter über alle Maßen. Sie hatte es nicht verdient, derart behandelt zu werden. Schon gar nicht von seinem Sohn. Und jetzt hatte Tan, dieser Trottel, auch noch Inas Geburtstag vergessen und die ganze Zeit nur von sich gesprochen.

Er schloss die Augen und dachte wehmütig an die Zeit zurück, in der das Leben noch einfach gewesen war. Das

Leben vor dem Umbruch, der mit der Reise von Anatolien nach Deutschland begonnen und irgendwie niemals geendet hatte. Er lebte so lange schon in einem Land, in dem alles anders war als in seiner Heimat, und er hatte es bis heute nicht geschafft, sich zurechtzufinden. Die Erziehung seines Sohnes in einer Kultur, die so gänzlich andere Werte vermittelte als die türkische, war ihm so schwergefallen. Und dann, als endlich so etwas wie Normalität Einzug in das Familienleben gehalten hatte, war seine Frau gestorben, und seine kleine Welt war noch einmal auf links gekrempelt worden. Ihm hatte die Kraft gefehlt, sich zur Wehr zu setzen, und er hatte sich von den Gezeiten tragen lassen – zumindest bis vor wenigen Tagen noch. Nun war alles anders.

Als er die Augen wieder öffnete, erschrak er nicht und wunderte sich noch weniger, als seine Gül vor ihm stand. Genau genommen, stand sie nicht, sondern schwebte einige Zentimeter über dem Giebel. Sie hatte die Hände in die Hüften gestemmt und sah auf ihn herab.

»Schön, dich wiedersehen«, sagte er in seiner Muttersprache, lächelte und schirmte die Augen mit der Hand gegen die Sonne ab, deren Strahlen den Anschein erweckten, als ginge von Gül eine Art Heiligenschein aus. Er fand dieses Bild sehr passend.

»Du musst es ihm sagen!« Sie bedachte ihn mit ihrem streng-liebevollen Lächeln. Und es lag ein vorwurfsvoller Ton in ihrer Stimme.

Er stellte sich dumm. »Wem muss ich *was* sagen?«

»Lass Tan wissen, dass du es bist, den er verehrt. Festigt endlich wieder euer Band!«

Er blinzelte gegen die Sonne an. »Ich muss gar nichts«,

erwiderte er. »Es ist nicht meine Schuld, dass dein Sohn so verbohrt ist.«

Das Lächeln in Güls rundem Gesicht wurde eine Spur breiter. »Das hat er wohl von seinem Vater geerbt. Merkst du denn nicht, dass sie dich brauchen? Tan, Ina. Und Tobias. Ohne dich sind sie nicht komplett. Sie sind keine richtige Familie.«

Er schüttelte den Kopf. »Ohne *dich* sind wir nicht komplett.«

Gül sah ihm tief und ernst in die Augen. »Nein, geliebter Ehemann, meine Zeit war gekommen. Deine Zeit ist noch nicht gekommen. Das habe ich dir schon das letzte Mal gesagt.« Ihr Zeigefinger richtete sich auf ihn. »Schließ Frieden mit deinem Sohn. Sag ihm, wer du wirklich bist, und kümmere dich um deine Familie, wie es deine Pflicht als Oberhaupt ist. Sie braucht dich.«

Er schnaubte verächtlich. »Niemand braucht mich. Sie wollen mich in ein Altersheim abschieben. Sie sind ohne mich besser dran!«

Gül seufzte tief und innig. »Kenan. Mein lieber Kenan. Nie kannst du über deinen Schatten springen.«

»Du irrst. Ich kann höher springen als jeder andere!«

Mit Schwung stand er auf, deutete mit dem ausgestreckten Zeigefinger nach oben und setzte zu einem Sprung an, der ihn hoch hinaus in den Himmel trug.

Dann jedoch fiel ihm Tan wieder ein. Der nur von sich gesprochen hatte, die ganze Zeit über. Wie ähnlich sie sich manchmal doch waren. Ein kurzer Blick nach unten zeigte ihm, dass Gül sich in Luft aufgelöst hatte. Würde er doch nur das gleiche Kunststück beherrschen. Alle wären ohne ihn um ein Vielfaches besser dran.

KAPITEL 27

Veit merkte Ina an, dass ihr überhaupt nicht zum Feiern zumute war. Und das lag keineswegs daran, dass er ein empathischer Mensch mit hoher emotionaler Intelligenz war. Nein, ein Mann wie er hatte definitiv andere Stärken! Vielmehr machte Ina es ihm außerordentlich leicht herauszufinden, dass der Haussegen bei Familie Süper mehr als schief hing.

Über die Jahre hinweg hatte er seine reizvolle Mitarbeiterin als eine stets gut gelaunte und gern drauflosplappernde Persönlichkeit kennen und schätzen gelernt. Aber nun blieb sie stumm wie ein Fisch. Sie lachte noch nicht mal über seine besten Witze, die er sich eigens für sie überlegt hatte. Um das Eis zu brechen. Denn irgendetwas hatte sich zwischen ihnen beiden verändert. Dieser Kuss, den er ihr aus Verlegenheit aufgedrückt hatte, und der von ihr erwidert worden war … Seitdem spukte sie in seinem Kopf herum.

»Unterhalten sich zwei Schneemänner. Meint der eine: ›Sag mal, riechst du auch Möhren?‹«

Da Ina ihm nur ein mattes Lächeln schenkte, lachte Veit eben für sie beide. Der Witz war aber auch zu gut. Er rempelte sie liebevoll an, während sie Seite an Seite die Gartentische deckten. Er hatte sich früher losgeeist, um ihr bei den Vorbereitungen für ihre Geburtstagsfeier zu helfen, und es war ein wundervoller Tag. Nicht zu heiß, nicht zu kühl. Nicht zu sonnig, nicht zu wolkig. Von allem alles und doch nichts Ganzes. So, wie er es am liebsten hatte.

»Oder der hier …«, setzte Veit zu einem neuen Vorstoß an. »Kriegen sich zwei Glatzen in die Haare.«

Nun lachte Ina doch ein bisschen. Aber selbst ihm fiel auf, dass es nicht aufrichtig klang. Er kannte ihr echtes Lachen. Dann nämlich zogen sich ihre Mundwinkel so weit auseinander, dass sich zwei Grübchen auf den Wangen bildeten. Und ihre Augen funkelten immer, als wären sie gefüllt mit flüssigem Bernstein, der von der Sonne angestrahlt wurde – oder von den sterilen Leuchtstoffröhren der Labordecken. Je nachdem, wo es ihm gelang, sie zum Strahlen zu bringen.

Merkwürdig, dass ihm früher nie aufgefallen war, wie hübsch Ina war, wenn sie lächelte. Und wie gut es ihm gefiel, wenn er sie zum Lächeln brachte.

Er baute sich vor ihr auf. »Was ist los?«, fragte er mit einer Stimme, die nach einer sofortigen Antwort verlangte.

Doch Ina blieb stumm.

Er fasste sie an den Schultern und fühlte ihre nackte, weiche Haut unter seinen Handflächen, von denen sich urplötzlich ein Kribbeln die Arme hinauf und bis in seinen Unterleib ausbreitete. Er konnte nicht verstehen, warum diese Frau auf einmal eine solche Anziehungskraft auf ihn ausübte. Eigentlich stand er auf Jüngere. Weitaus Jüngere. Doch Ina hatte alles, was er begehrte. Nach dem Kuss war ihm das irgendwie klar geworden. Er hatte angefangen, sie mit anderen Augen zu sehen.

Natürlich, sie war attraktiv. Hübsch und intelligent. Doch heute, an ihrem Geburtstag, sah sie besonders bezaubernd aus. Ihr dunkles Haar glänzte in der warmen Spätnachmittagssonne und passte perfekt zu ihrem figurbetonten zitronengelben Sommerkleid – und bei Gott, sie hatte eine Figur …

»Also?«, hakte er nach. Dabei legte er den Kopf ein wenig schief, weil er das mal in einem Film gesehen hatte und fand, dass es seiner Frage mehr Bedeutung verlieh.

Es schien zu wirken. Ina hielt seinem Blick stand und stieß einen tiefen Seufzer aus. »Tan … mein Mann … und ich haben uns gestritten.«

Etwas in ihm jubelte innerlich auf. Sein betroffenes »Oh!« war eine schauspielerische Meisterleistung.

Sie schaute an ihm vorbei, blinzelte. »Momentan läuft es nicht so gut.«

Er nickte verständnisvoll, geblendet von ihrer umwerfenden Schönheit. Die melancholisch-traurige Stimme verstärkte sie nur noch mehr. Am liebsten hätte er sie an sich gezogen und geküsst. Wie am Tag zuvor. Ob sie seinen Kuss noch einmal erwidern würde? Es juckte ihn in den Fingern, das herauszufinden. Doch er beherrschte sich.

Gern hätte er ihr gesagt, dass sie etwas Besseres verdient hatte als diesen Vorstadtbullen-Desperado. Dass er ihr ein Leben außerhalb der kleinkarierten Enge dieser erdrückenden Wohnsiedlung bieten könnte, in der einfach alles nach Gediegenheit und Spießertum schrie. Die Vorgärten. Der wöchentliche Beischlaf hinter heruntergelassenen Rollläden in einer der Werbepausen des Samstagabendfilms. Schnell und leise, damit die Kinder nichts mitbekamen – geschweige denn die vorwitzigen

Nachbarn von gegenüber. Allein die Vorstellung ließ ihn erschaudern.

Dabei könnten sie alles erreichen. Er und sie.

Sie war bildhübsch und überaus intelligent. Was hielt sie nur hier? Mit ihr an seiner Seite gäbe es keine Grenzen. Er musste nur zu ihr durchdringen und ihre moralischen Skrupel über Bord werfen, damit sie endlich das große Ganze sah.

»Er hat sich so verändert.«

Er hörte ihre Stimme, doch die Worte drangen nur gedämpft zu ihm durch. Zu sehr nahmen ihn seine eigenen Gedanken ein, die eine mögliche Zukunft zeigten. Eine, die ihm überaus gefiel.

»Männer«, sagte er nur, denn er wusste, dass er mit diesem einen Wort immer ins Schwarze traf.

Tatsächlich nickte Ina zustimmend. »Zuerst kommen er und seine Bedürfnisse. Dann kommt lange Zeit nichts, und dann irgendwann der Rest der Familie. Und ich …«

Veit wollte nach ihrer Hand greifen, doch er war zu langsam. Sie hatte sich von ihm abgewandt und widmete sich dem Arrangieren des Blumenstraußes, den er ihr mitgebracht hatte und der jetzt auf dem Buffettisch stand. Sie wirkte so verletzlich.

Doch in der nächsten Sekunde zeigte sie ihm eine Seite von sich, die er ebenso schätzte wie fürchtete. Diese Unberechenbarkeit, mit der ihre Gefühlswallungen umschlagen konnten wie das Wetter in den Bergen.

»Hast du dir angeschaut, was ich herausgefunden habe?«, wollte sie urplötzlich von ihm wissen.

»Bitte?« Seine eigentlich feste Stimme verkam zu einem heißeren Krächzen.

»Na, die abweichenden Genompaare, die …« Ihr Kopf schob sich vertrauensvoll in seine Richtung.

Veit winkte mit einem breiten Grinsen ab. »Und du?«, setzte er zum Gegenschlag an. »Hast du darüber nachgedacht, ob du dir als Leiterin deiner eigenen Abteilung gefallen könntest?«

Sie schnappte nach Luft, blickte ihn forschend an. Natürlich hatte sie das.

»Ich, äh …« Sie kratzte sich nervös am Hals, was auf ihrer zarten Haut rote Spuren hinterließ. »Das Angebot … Es ist dir wirklich ernst?«

Er sah sie nun wieder ernst an, nickte. »Todernst. Du bist die ideale Besetzung für diesen Job.«

Du bist die ideale Besetzung für mich.

Er griff nach ihrer Hand, hielt sie fest. Dann sagte er: »Und was die Sache mit den merkwürdigen Forschungsergebnissen angeht …«

»Welche merkwürdigen Forschungsergebnisse?«

Veits Eingeweide zogen sich zusammen, als er eine allzu vertraute Stimme hinter sich hörte. Ruckartig fuhr sein Kopf herum, und er sah seine Befürchtung bestätigt. Mathilda von Poser rollte auf sie zu. Auf dem Schoß ein hübsch verpacktes Geschenk mit riesiger rosafarbener Schleife.

»Frau von Poser!« Inas Hand löste sich aus seiner. Sie hastete an ihm vorbei und auf die Firmenbesitzerin zu. »Schön, Sie zu sehen!«

»Es hat niemand aufgemacht, da bin ich einfach ums Haus herum in den Garten gefahren.«

»Tut mir leid, wir haben die Klingel hier draußen nicht gehört. Und was diese Forschungsergebnisse betrifft …«

Sie warf Veit einen nervösen Blick zu. »Es ging bloß darum, dass ich neulich bei der Inventur festgestellt habe, dass bei der neuen Forschungsreihe eindeutig zu viele …«

»Ach herrje«, stieß Veit aus und ließ zwei Teller ins Gras fallen, die in zwei Teile zersprangen. Die beiden Frauen sahen ihn irritiert an. »Ich bin aber auch ungeschickt«, fügte er hinzu. »Sind mir einfach so aus der Hand gerutscht.«

Schulterzuckend wandte sich Ina wieder ihrem bedeutsamen Gast zu. »Wie schön, dass Sie es einrichten konnten vorbeizukommen.«

»Als würde ich es mir nehmen lassen, einer meiner besten Angestellten persönlich zum Geburtstag zu gratulieren.« Mathilda hielt Ina mit einem freundlichen Lächeln auf den Lippen das Geschenk entgegen.

»Für mich?«, fragte Ina unnötigerweise. »Aber das wäre doch nicht nötig gewesen.«

»Apropos«, fragte Veit, der sich mit den Scherben in der Hand zu den beiden gesellte. »Wo ist eigentlich dein Schwiegervater?«

Inas hob die Schultern. »Keine Ahnung. Anscheinend haben mich alle Männer in unserem Haus im Stich gelassen.« Er konnte ihr ansehen, dass sie sich zu einem Lächeln zwang. »Na ja, ich gehe dann mal die Bowle holen. Damit wir schon mal anstoßen können.«

Ihr bemühtes Grinsen wurde noch eine Spur bemühter, dann drehte sie sich entschlossen um und stapfte durch die Terrassentür ins Haus.

Eine merkwürdige Stille breitete sich zwischen ihm und seiner Chefin aus, als Ina im Inneren verschwunden war. Er drehte den Kopf und beobachtete Mathilda von

Poser, wie sie sich interessiert umsah. Auf ihn hatte es beinahe den Anschein, als würde sie einen Dokumentarfilm ansehen, der das Leben Normalsterblicher anschaulich einfing. In einem derartigen Umfeld wirkte eine Frau dieser Klasse einfach nur deplatziert.

Plötzlich erregte etwas über ihren Köpfen seine Aufmerksamkeit. Ein langer Schatten, der wie aus dem Nichts heraus über sie hinweghuschte. Er blickte nach oben, konnte aber nichts erkennen. Da war nur der klare azurblaue Himmel mit seinen kleinen fluffigen Wolken. Vermutlich hatte sich eine Wolke kurz vor die Sonne geschoben.

»Sie hat so eine nette Familie«, bemerkte Mathilda von Poser in diesem Moment mit einem Seufzen.

Er registrierte, dass sie ihn aufmerksam musterte. »Ich weiß nicht«, meinte er nachdenklich. »Finden Sie nicht auch, dass irgendetwas bei diesen Leuten … merkwürdig ist?«

Er wusste nicht, warum er das sagte. Vielleicht, weil er insgeheim die Hoffnung hegte, dass sein leiser Zweifel bei seiner Chefin hängen blieb. Dass sie ihn dann nicht mehr so sehr ins Visier nahm. In letzter Zeit hatte er den Eindruck, dass sie ihm etwas zu häufig über die Schulter sah. Ob sie einen Verdacht hatte?

»Sie meinen, so merkwürdig wie diese Forschungsergebnisse, von denen Ina gerade gesprochen hat?« Er schluckte trocken. Ups. Ja. Seine Chefin hatte eindeutig einen Verdacht. Mathilda von Poser betrachtete ihn lange, ohne ein weiteres Wort zu sagen. Nach einer gefühlten Ewigkeit löste sich ihr Blick von ihm. Sie setzte sich in Bewegung und rollte an ihm vorbei zur Terrassentür. »Ich werde mal schauen, ob ich der Gastgeberin zur Hand gehen kann.«

KAPITEL 28

Die Titelmelodie von diesem Süperman oder Superman vor sich hin summend, schoss Kenan durch das offene Fenster seines Zimmers im Haus seines Sohnes und landete unsanft auf dem Bettvorleger, der sich unter seinen Füßen selbstständig machte und ihn gegen den Nachttisch prallen ließ. Der Wecker und das Bild von Gül fielen zu Boden. Er fand sein Gleichgewicht wieder und hob den Bilderrahmen auf, strich liebevoll darüber und stellte ihn zurück auf seinen Platz.

»Wir nicht sollten so viel streiten«, erklärte er der Fotografie, die ihm jedoch nicht den Gefallen tat und zustimmte.

Schwungvoll richtete er sich auf und streckte sein Kreuz durch. Wenigstens das antwortete – mit einem kräftigen Knacken.

Er fühlte sich gut. Es ging doch nichts über einen nachmittäglichen Rundflug, um den Kopf freizubekommen und sich ein wenig zu sortieren. Allerdings hatte ihn der Trip einige Kraft gekostet. Er war klatschnass geschwitzt, und als er sich im kleinen Wandspiegel betrachtete, sah er, dass er wieder diesen merkwürdigen, unappetitlich aussehenden grünen Schweiß ausdünstete. Sein ganzes Shirt war durchtränkt.

Er hatte lange und intensiv darüber nachgedacht, was mit ihm passiert war. Mittlerweile war er ganz sicher, dass er seine neuen Superkräfte dem Unfall im Labor zu verdanken hatte. Diesbezüglich musste sein intelligenter Enkel recht haben. Es war wie mit all diesen Superhelden aus den Comics. Der Biss eines gefährlichen Tieres, eine radioaktive Strahlendosis, ein Chemieunfall oder ein Blitzeinschlag zur falschen Zeit am falschen Ort, und schwupp war man tot – oder eben ein Superheld.

Kenan schmunzelte, während er im Kleiderschrank nach einem frischen Hemd kramte. Ihn hatte dieser kleine Unfall nicht getötet. Im Gegenteil, er hatte ihn widerstandsfähiger gemacht. Gesunder. Jünger. Er fühlte sich so fit und agil wie noch nie zuvor in seinem Leben. Und wenn dieser unangenehme grüne Schweiß der Preis war, den er dafür zu zahlen hatte, nahm er dies gern in Kauf.

Er zog sich das Shirt über den Kopf, wusch sich und klemmte es sich unter den Arm. Er würde es gleich in die Waschmaschine stecken, dann drohten keine unangenehmen Fragen von Ina. Während er die Treppe hinunterlief, versuchte er im Gehen, die Knöpfe des Hemdes zu öffnen, das er eben aus dem Schrank gezogen hatte. In Gedanken versunken, hielt er auf halber Höhe inne, da er aus den Augenwinkeln unten im Flur etwas erkannte, das da nicht hingehörte.

Eine Frau. Im Rollstuhl.

»Äh … Frau von Poser! Ich … Sie hier? *Wallah*, in unsere Haus.«

Plötzlich war sich Kenan seines nackten Oberkörpers nur allzu sehr bewusst. Es war nicht so, dass er sich verstecken musste – für sein Alter war er wirklich gut in Form, vor allem, seitdem er mit diesem Schleim in Berührung gekommen war. Dennoch ... Seine ehemalige Chefin und er oben ohne? Das war nicht gut.

Frau von Poser sah zu ihm hoch und musterte ihn ohne Scham, was ihn nur noch verlegener machte. Unwillkürlich zog er den Bauch ein wenig ein.

»Hallo, lieber Herr Ümnyazici. Es freut mich, Sie zu sehen. Sie sind ... Sie sehen großartig aus.«

In diesem Moment fiel bei ihm der Groschen. Er erkannte mit einem Mal die Überraschung in ihrem Gesicht und nahm sofort eine gebückte Haltung ein. Übertrieben umständlich kämpfte er sich, das Treppengeländer umklammernd, die Stufen nach unten.

»Ja, mal so, mal so«, erwiderte er ächzend.

Frau von Poser nickte verständnisvoll. »Das kenne ich«, meinte sie gedankenverloren.

Ihr Blick blieb verdächtig lange an dem T-Shirt hängen, dass unter seinen Achseln klemmte. Er presste seinen Arm noch dichter an den Körper und wandte sich von ihr ab. Ob ihr der grüne Schweiß aufgefallen war?

»Ja, ich ... Äh ... wirklich schön, Sie hier zu sehen, in meine Haus, ich meine, in Haus von meine Sohn und seine ...«

Frau von Poser winkte ab. »Ich bitte Sie. Es ist mir eine Ehre, Ihrer Schwiegertochter zum Geburtstag zu gratulieren. Sie ist ein wertvolles Mitglied unserer Belegschaft, wenn nicht sogar eines der wertvollsten. So wie Sie es seinerzeit auch waren.«

»Ja, ja.« Kenan wurde verlegen. »Gute alte Zeit. Ich mich fragen immer wieder, wo so schnell hin, die Jahre.«

Sie lächelte ihn an, ohne wirklich zu lächeln. Kenan

spürte, dass sie ihn weiter interessiert musterte – auf eine Art, die er nicht deuten konnte. Er sendete ein Stoßgebet zum Himmel, als sich die Haustür öffnete und Mathilda von Poser endlich den Blick von ihm abwandte.

»Hallo, Familie, das Oberhaupt ist wieder zu Hau …« Sein Sohn hielt verdutzt inne, als er zunächst Frau von Poser am Treppenabsatz erblickte und dann seinen Vater auf den Stufen, den er wie einen Ölgötzen anstarrte. »… zu Hause.«

Zum ersten Mal seit einer Ewigkeit freute sich Kenan aufrichtig darüber, seinen Sohn zu sehen.

»Da kommt ja der Mann der Stunde«, begrüßte Frau von Poser Tan mit einem Lächeln, und Kenan fand, dass es viel aufrichtiger aussah als das, was sie ihm entgegengebracht hatte. »Ich habe von Ihrer Heldentat gehört. Ina muss ja so stolz auf Sie sein …«

»Äh … tja …«

Sein Sohn wusste offenbar nicht, wie er darauf reagieren sollte. Verlegen kratzte er sich im Nacken, dann zuckte er mit den Schultern und begann noch einmal zu erzählen, wie er die Räuber am vorangegangenen Tag zur Strecke gebracht hatte.

Das musste er sich nun wirklich nicht noch einmal anhören. Er nutzte die Gunst der Stunde und murmelte: »Ich müssen weiter, Dinge … erledigen.«

Rasch humpelte er sie letzten Stufen hinunter und stahl sich umständlich an seiner ehemaligen Chefin vorbei – als wäre sie ein Brennnesselstrauch, den es nackt zu passieren galt.

Er stieß einen Seufzer der Erleichterung aus, als er das verschwitzte Shirt in die Waschtrommel gestopft hatte. Es lagen schon ein paar andere Kleidungsstücke darin, also stellte er die Maschine gleich an. Wie das ging, hatte ihm Ina zum Glück irgendwann einmal gezeigt. Er beschloss, die Vorratskammer aufzusuchen, um sich ein gut gekühltes, wohltuendes Ayran einzuverleiben. Denn immer noch dünstete er diesen ekelhaften grünen Schweiß aus. Igitt.

Der kalte Luftschwall beim Aufziehen des Kühlschranks bescherte ihm eine wohlige Gänsehaut. Es fühlte sich an, als würde sein Körper glühen. Wie an einem dieser Tage am Strand von Antalya, wenn er und seine Gül wie die deutschen Touristen im aufgeheizten Sand gelegen und das Leben genossen hatten.

Er schnappte sich die letzte Flasche aus dem Kühlschrank mit einem beherzten Griff und trank sie in einem Zug leer. Sofort stellte sich das Gefühl der Erfrischung und des Wohlbefindens ein. Kenan konnte förmlich spüren, wie seine Energiereserven wieder aufgeladen wurden und sich die Lebensgeister durch seine Venen einen Weg bis in die entlegensten Stellen seines Körpers bahnten.

Er öffnete die Tiefkühltruhe, um den Vorrat im Kühlschrank wieder aufzufüllen, und hielt inne. Irgendetwas stimmte nicht. Er kramte sich durch den Inhalt und förderte eine Plastikschüssel mit der Aufschrift *Gulasch 2011*, mehrere angebrochene Packungen Fischstäbchen und eine Menge Beutel verschiedenster Gemüsesorten zutage. Aber keine weiteren Ayran-Flaschen. Und dann fiel es ihm wieder ein. Er hatte nur noch eine Flasche in der Tiefkühlung. Und nicht mal die fand er jetzt. War Güls Vorrat tatsächlich aufgebraucht? Die letzte Flasche aus dem Kühlschrank im Gartenhaus hatte er getrunken, nachdem Doris bei ihm Maß genommen hatte. Das hatte ihn fix und fertig gemacht, und er hatte dringend eine Stärkung gebraucht.

Die Angst näherte sich ihm raubtierartig und sprang ihm hinterrücks in den Rücken, wo sie sich festbiss. Er kramte und wühlte, doch ohne Erfolg. Die Hitze nahm erneut Besitz von seinem Körper. Und auch der Schweiß brach ihm wieder aus, diesmal jedoch nicht grün schimmernd, sondern eher von der panischen Sorte. Es war dasselbe Gefühl, wie wenn einem einfällt, dass man schon längst die Steuererklärung hätte einreichen müssen.

So viel war klar: Er stand vor einem Problem, das er allein nicht in den Griff bekommen würde. Und die Zeit lief ihm davon. Denn der grüne Schweiß würde ihm wieder ausbrechen, und dann hätte er kein Gegenmittel mehr, das half. Was würde dann passieren? Würde er …

In diesem Moment fragte er sich zum ersten Mal in seinem Leben, ob Superhelden überhaupt sterben konnten. Er wusste es nicht, doch er war sich ziemlich sicher, dass er es nicht auf einen Versuch würde ankommen lassen wollen …

KAPITEL 29

»Tja, was soll ich sagen?«, schloss Tan seine Erzählung von der Festsetzung der beiden Räuber ab, die den Juwelier ausgeraubt hatten. »Sie sind jetzt auf jeden Fall in Haft. Wie sich das gehört.«

Dann schwieg er verlegen. Die Chefin seiner Frau starrte ihn unverwandt an. Hatte er einen Fleck auf der Nase? So unauffällig wie möglich fuhr sich Tan mit der Zunge über die obere Zahnreihe. Ob da noch was vom Mittagessen hing? Nein. Warum guckte sie dann so? Und sagte nichts?

Themenwechsel.

Er weitete mit dem Zeigefinger den Knoten der dunklen Dienstkrawatte um den Hals und nickte der Frau im Rollstuhl halbherzig zu. »Frau von Poser, äh … haben Sie meine Frau gesehen? Frau … Süper?«

Sie lächelte ihn mit einem wohlwollenden Gesichtsausdruck an. »In der Küche, sie bereitet den Salat vor.«

»Ach, na dann.« Er schwieg, die Stille wurde zunehmend unangenehm. Tan entschied sich für den Angriff nach vorn. »Schön, dass Sie hier sind.«

Frau von Poser nickte und schloss für eine Sekunde die Augen, was ihr irgendwie etwas Erhabenes verlieh. »Ich bin wahrhaft froh, hier sein zu dürfen«, erwiderte sie mit all der königlichen Noblesse, die Frauen ihres Schlags nun einmal zu eigen war.

Tan kam sich in ihrer Gegenwart vor wie ein Trampeltier. Sie war elegant, attraktiv, charismatisch – und saß im Rollstuhl. In seiner Unbeholfenheit blickte er die Treppe hoch.

»Es tut mir wirklich leid, dass mein Haus nicht …« Er suchte krampfhaft nach einer wohlwollenden Alternative für das Wort *behindertengerecht*. »Dass es nicht für Menschen wie Sie geeignet ist.«

O Gott. O nein! Wäre er doch lieber still geblieben!

»Menschen wie mich?« Frau von Posers Kopf neigte sich zur Seite. Sie blinzelte Tan irritiert an.

»Himmel, ich … Es tut mir leid«, meinte er mit wachsender Verzweiflung, dann zeigte er in Richtung der Treppe. »Die Stufen, der Rollstuhl, es ist …«

Wieder verstummte er. Am liebsten wäre er im Boden versunken. Wie konnte man sich nur so zum Idioten machen? Und dann auch noch vor Inas Chefin!

»Sie meinen, Ihr Haus ist nicht behindertengerecht«, half ihm Frau von Poser mit charmant hochgezogenen Mundwinkeln auf die Sprünge.

Tan nickte hilflos. »Genau, ja.«

Gerade als er noch etwas vermutlich wieder vollkommen Sinnfreies hinterherschieben wollte, um es sich ein für alle Mal bei der Chefin seiner Frau zu verscherzen, drang ein hohes und leicht überdrehtes Kichern aus der Küche. Das klang doch wie Ina …

In das Gelächter mischte sich eine tiefere Stimme. Sie kam Tan auf unangenehme Art und Weise bekannt vor.

»Veit Hai ist bei ihr«, erklärte Mathilda von Poser, als hätte sie seinen Gedanken erraten.

Parallel dazu veränderte sich ihr Lächeln. Sie sah aus, als hätte sie in eine Zitrone gebissen. War das Schadenfreude? Für den Lapsus, den er sich gerade in Bezug auf die nichtbehindertengerechte Treppe erlaubt hatte? Nun ja, verübeln könnte er es ihr nicht.

Ohne auf eine weitere Entgegnung zu warten – die Sache mit der Höflichkeit war sowieso nicht mehr zu retten –, wandte sich Tan von Frau von Poser ab und näherte sich der Küche. Schleichend und in Habachtstellung, denn das Kichern, das Ina da ausstieß, gefiel ihm gar nicht. Es klang nicht nur überdreht, sondern auch viel zu … spaßig. Mit Schrecken fragte er sich, wann er seine Frau das letzte Mal so gelöst hatte kichern hören.

Tan lugte durch den offenen Türspalt in die Küche. Exakt einen Augenblick später setzte sein Herz aus. Er konnte nicht glauben, was er da sah. Genau genommen, war es nicht so, dass sein Herz tatsächlich aussetzte. Vielmehr fühlte es sich an, als wäre er mit Anlauf in ein offenes Messer gelaufen, das sich nun Zentimeter um Zentimeter in seinen Brustkorb bohrte und in aller Seelenruhe seine Herzklappen in zwei ordentliche Hälften schnitt.

Da stand sie, seine geliebte Frau, die Hände in einer großen silbernen Schüssel mit Blattsalat – er glaubte, es war Rucola –, während dieser schmierige Veit viel zu nah vor ihr stand und in ihrem Ausschnitt herumnestelte. Ina hielt den Blick gesenkt und beobachtete die flinken Finger ihres Vorgesetzten, die sich in diesem Augenblick unter den Stoff ihres Oberteils schoben.

Fummelt der Typ die Knutschkugeln meiner Ina an?, dachte Tan atemlos. Der Schreck war ihm so in die Glieder gefahren, dass er sich nicht in der Lage fühlte, sich zu bewegen oder irgendwie anders auf sich aufmerksam zu machen. Zu sehr nahm ihn der Anblick der beiden Personen in der Küche gefangen.

»Ich hab's gleich«, murmelte Veit Hai.

Die beiden blickten sich jetzt in die Augen. Während die Hand dieses Ekelpakets noch in Inas Dekolleté steckte. Und Ina in Zeitlupe den Salat in der Schüssel massierte.

»Hallo, Schatz«, presste Tan durch die zusammengebissenen Zähne und stieß mit einem beherzten Schwung die Tür auf. Seine Stimme klang, als hätte er eine Schaufel Sand gefressen.

Veit Hai schreckte zusammen, Ina sah überrascht auf, und er, Tan, wunderte sich mal wieder, wie schnell dieses zuckersüße Lächeln umschlagen konnte.

Ina funkelte ihn aus zusammengekniffenen Augen an. »Auch schon hier?«

Dass ihr widerlicher Vorgesetzter immer noch vor ihr stand und ihre Brüste betatschte, schien sie einfach vergessen zu haben. Oder es war schon so normal, dass es sie nicht einmal mehr störte, wenn ihr Mann dabei zusah.

»Ja, ich …« Tan schluckte angestrengt, weil ihm mit einem Mal wieder einfiel, dass er eigentlich versprochen hatte, früh genug zurück zu sein, um ihr bei den Partyvorbereitungen zur Hand zu gehen. Wie furchtbar, dass ihr Vorgesetzter das an seiner Stelle getan hatte – und jetzt einen Ort erforschte, den er, Tan, schon länger nicht mehr in die Finger bekommen hatte. »Hat länger gedauert, die Besprechung.«

Dann fiel sein Blick wieder auf Inas Vorgesetzten. Tan spürte die Ader auf seiner Stirn pulsieren. Sein Blick richtete sich auf den Messerblock neben der Spüle.

Veit Hais Gesicht erhellte sich plötzlich. »Hab ihn!«

Tan zuckte erschrocken zusammen. »Nimm deine Pfoten aus der Bluse meiner Frau, du Schmierfink. DAS SIND MEINE KNUTSCHKUGELN!«, donnerte er.

»Deine *was?*« Ina sah ihn entgeistert an.

»Knutschkugeln hat er gesagt. Hab's genau gehört. Hier, dein Ohrring.«

Veit Hai schien sich gar nicht weiter um Tans Anwesenheit zu kümmern und begann, Ina die Kreole ins linke Ohrläppchen zu friemeln.

»Was erlaubst du dir?«, rief Tan, alle Höflichkeitsfloskeln vergessend. Ihm blieb fast die Luft weg vor Entrüstung. »Hör sofort auf, an den Ohrläppchen meiner Frau rumzufummeln!«

Immerhin hatte er die Hände jetzt nicht mehr in ihrem Ausschnitt.

Veit Hai sah ihn mitleidig an, ohne seine allzu gierigen Finger wegzunehmen. »Du sagst mir gar nichts. Du nennst die Brüste deiner Frau Knutschkugeln.«

Die Röte stieg Tan ins Gesicht. Eine Mischung aus Scham und Wut. »Nein … ja. Ich meine, doch nur privat, also …«

Er hörte mitten im Satz auf zu reden. Was tat er da eigentlich? Er sah dabei zu, wie Veit den Ohrring verschloss und seiner Frau dann zunickte. Ina nahm die Hände aus der Salatschüssel, wusch sie sich und widmete sich, ohne auch nur zu ihm aufzusehen, einer Baguette-Stange, die sie in akkurate Streifen schnitt. Mit dem größten Messer aus dem Block.

In diesem Augenblick wurde ihm klar: Wofür und vor allem vor wem rechtfertigte er sich eigentlich? Er konnte die Brüste seiner Frau nennen, wie er wollte! Verdammt …

Er riss sich zusammen und fragte mit so ruhiger Stimme, wie es ihm möglich war: »Du … äh … Ina, kann ich dich vielleicht mal sprechen? Unter vier Augen?«

Sie sah ihn angriffslustig an, legte das Messer beiseite und verschränkte die Arme vor der Brust. Er wusste, was die Körpersprache bedeutete – sie dachte nicht im Traum daran, auf seine Bitte einzugehen.

Veit Hai, der nichts mehr zu tun zu haben schien, seitdem er Ina nicht mehr angrapschte, räusperte sich. »Ich kann gern gehen. Ich meine …«

»Gute Idee«, entschied Tan.

Sein Blick blieb an dem scharfen Messer hängen, mit dem Ina das Baguette klein geschnitten hatte. Wenn dieser Widerling nicht in den nächsten drei Sekunden verschwand, konnte er für nichts garantieren, dann würde er …

»Nichts da, du bleibst hier«, beschloss Ina – und zu seinem Entsetzen meinte sie damit Veit Hai. »Schließlich bist du Gast. Außerdem wolltest du mir doch bei der Salatsoße behilflich sein.« Tan konnte sich nicht helfen, aber irgendwie betonte sie dieses »behilflich sein« besonders. Ina klimperte ihren Vorgesetzten an. »Oder kannst du mir beim Raustragen zur Hand gehen?«

Fassungslos sah Tan dabei zu, wie seine Frau dem Widerling zwei Salatschüsseln in die Hand drückte und, ohne ihn auch nur eines Blickes zu würdigen, an ihm vorbeistakste. Dicht gefolgt von Veit Hai, der breit grinsend und mit einem Schulterzucken ebenfalls an ihm vorbeimarschierte.

Er folgte den beiden in den Garten. »Ina …« Er schloss zu ihr auf, doch sie zeigte ihm noch immer die kalte Schulter. »Wir beide sollten uns wirklich unterhalten.«

Sie lächelte ihn kühl an. »Schlechter Zeitpunkt, siehst du das nicht?«

Ina reckte den Kopf in Richtung der Gäste, die bereits eingetroffen waren und das Geburtstagskind mit glücklichen Gesichtern begrüßen wollten. Auch er setzte eine freundliche Miene auf, nickte den Freunden zu und beobachtete, wie seine Frau in der Menge verschwand – dicht gefolgt von dem aufgeblasenen Veit Hai.

»Hey, Paps!«

Ein beherzter Schlag auf die Schulter ließ Tan zusammenzucken.

»Tobias«, raunte er seinem Sohn zu. »Auch schon da.«

»Yep. Wie ich sehe, lässt sich Mum ordentlich feiern. Hat sie verdient, findest du nicht? Ist schließlich ihr Ehrentag.«

Er brummte etwas Undeutliches in seinen Bart. Plötzlich kam er sich wie sein Vater vor. Schlecht gelaunt und miesepetrig und irgendwie mit verpasstem Anschluss. Ein Kackgefühl war das. Und wenn die anderen dann auch noch besonders gute Laune hatten … Er musterte Tobias skeptisch.

»Und was ist mit dir los? Du bist heute wohl bestens gelaunt, was?«

Sein Sohn grinste so breit, dass er das Zahnfleisch sehen konnte.

»Ich bin super drauf, ja! Warum auch nicht? Ist ein toller Tag. Das Wetter ist genial. Die Gäste sind nett. Und ich bin umgeben von Familienmitgliedern, die sich allesamt lieben.«

Tan wandte sich um, packte seinen Sohn an der Schulter und sah ihm tief in die Augen. »Guck mich an, Tobias! Nimmst du Drogen?«

KAPITEL 30

Kenan stand noch immer vor der offenen Tiefkühltruhe. Er hatte den gesamten Inhalt aus der Truhe herausgenommen und dann ganz unten, eingebettet in einer dicken Schicht Tiefkühleis und einer ausgelaufenen Packung Zitronensorbet die letzte eingefrorene Flasche Ayran gefunden. Sie musste beim Kramen immer tiefer gerutscht sein. Er kam sich schon vor wie ein Forscher im ewigen Eis, der das letzte verbliebene Dinosaurierei zu retten versuchte …

Nun wog er den Ayran seiner geliebten Gül in der Hand und spürte, wie sein Herz in einen unruhigen Trab verfiel. Er war der Verzweiflung nahe. Nicht nur, dass er nicht wusste, mit was er sich da im Labor infiziert hatte. Allem Anschein nach hatte dieses grüne Zeug, mit dem er in Kontakt gekommen war, ziemlich starke Nebenwirkungen. Aus irgendeinem unerfindlichen Grund sorgte Güls Ayran dafür, dass diese verschwanden. Zumindest für eine gewisse Zeit. Wenn er dann wieder kämpfte und flog und seine Superkräfte einsetzte, kam der gruselige grüne Schleim, der dafür sorgte, dass er sich fürchterlich fühlte. Kurzatmig, kaltschweißig, schwach. Wieso hatte er sich bislang keine Gedanken darüber gemacht, ob die Infektion mit dem grünen Zeug ihm irgendwie … gefährlich werden konnte?

Na ja … Wegen des Ayran. Der jetzt bis auf eine Flasche aufgebraucht war, wie es aussah.

Er wollte sich nicht ausmalen, was als Nächstes passierte – jetzt, da es nichts mehr gab, mit dem er die Nebenwirkungen kurieren konnte. Sein Oberlippenbart begann zu zittern, so stark schnaubte er. Er würde sich den Inhalt der letzten verbliebenen Flasche gut einteilen müssen, so viel war klar. Keine Sonderflüge mehr in den Himmel. Die neu erworbenen Superkräfte mussten mit Bedacht eingesetzt werden, um das Unvermeidliche so lange wie möglich hinauszuzögern.

Aber wie lange würde das reichen? Einen Tag? Maximal zwei?

»Kommen Zeit, kommen Rat«, sagte er laut zu sich selbst, verfrachtete die Ayran-Flasche in den Kühlschrank, damit sie auftauen konnte, und knipste das Licht der Vorratskammer aus. Dann schloss er die Tür hinter sich zu und begab sich humpelnd und mit gebückter Haltung in den Garten.

Erst als er inmitten der Gäste stand, fiel ihm auf, dass etwas fehlte. Es war Doris, die es als Erste bemerkte.

»Meine Güte, Kenan! Du trägst ja gar keine Brille.«

»Oh, die ich haben oben vergessen.«

Er blinzelte mit gespielter Anstrengung und trat noch ein bisschen dichter an seine Nachbarin heran – so als müsste er zweimal überprüfen, wen er da vor sich stehen hatte. Dabei sah er sie gut. Gestochen scharf sogar. Sie trug ein Dirndl mit einer bordeauxfarbenen Schürze und einem straff geschnürten Miederteil, das ihre beinahe schon obszön große Oberweite gut zur Geltung brachte. Sicherheitshalber trat Kenan einen Schritt zurück. Aber

Doris beugte sich zu ihm herüber und kam seinem Gesicht dabei ganz nah.

»Jetzt sieht man endlich deine Augen. Die sind ja fantastisch blau. Und so klar! Beinahe wie das Meer am Strand von Dalyan …«

Er lächelte angestrengt. »Hm.«

Doris nickte. »Kein Grauer Star, kein dunstiger Schleier. Das sieht man bei Männern deines Alters ja äußerst selten.«

Hatte sie ihm gerade zugezwinkert?

»Ja? Kenan eben gut in Form«, versuchte er, sich aus der Affäre zu ziehen. »Trainieren Augen mit …«

Ja, mit was eigentlich? Er dachte verzweifelt nach. Doch ehe er den Satz halbwegs sinnvoll beenden konnte, begann sie an ihm zu riechen.

»Und was rieche ich da?« Sie schnupperte intensiver. Kenan sah, wie sich ihre Nasenlöcher aufblähten. »Frisch und würzig duftet das nach …«

»Ayran«, erklärte Kenan. »Frische, würzige Ayran.« Er leckte sich über die Lippen und strich sich über den Bauch. »Yam-yam.«

Doris lachte laut und herzlich. Es war ein ansteckendes Lachen, dem er sich nur zu gern anschloss.

Wie beiläufig berührte sie sein Handgelenk und strich seinen Arm entlang. »Ach, Kenan«, schnurrte sie und klimperte mit den Wimpern. »Ich weiß wirklich nicht, wann mich ein Mann das letzte Mal so zum Lachen gebracht hat.«

Er hob hilflos die Schultern. Man hatte ihm ja einiges im Laufe seines Lebens vorgeworfen, aber nicht, dass er ein humorvoller Mann war.

»Ich habe übrigens etwas für dich.«

Sie trat noch ein Stück näher an ihn heran, so nah, dass ihre pompöse Oberweite seinen Rippenbogen berührte. Er sah betreten geradeaus und vermied es, nach unten zu schauen. Als er es dennoch kurz tat, sah er eine silberne Enzianblüte verloren in einer tiefen Schlucht baumeln.

»F … für mich?«, begann er zu stottern und sah hastig hoch, direkt in ihre Augen, die nicht weniger klar wirken konnten als seine.

Sie waren grün. Das sah hübsch aus zu ihrem kupferroten Haar. Doch er konnte sich nicht lange darauf konzentrieren. Denn in seine Gedanken hatte sich die Silberkette eingebrannt.

»Dein Kostüm.« Ihre Stimme wurde zu einem Flüstern, und ihr Atem roch nicht unangenehm nach Minzpastillen.

Als würden sie Drogen austauschen, griff Kenan auffällig unauffällig nach dem Päckchen, das sie ihm hinhielt, und ließ es hinter seinem Rücken verschwinden.

»Schon fertig? Danke, Doris«, wisperte er.

»Bitte, Kenan. Für dich äußerst gern. Hab den ganzen Tag an der Nähmaschine gesessen.« Sie strahlte mit der Sonne um die Wette.

Betreten standen sie sich gegenüber. Er wusste nicht, was er noch sagen sollte, als es urplötzlich laut im Garten wurde. Sein Kopf ruckte nach links. Er sah seinen Sohn und diesen Vorgesetzten von Ina, der wild gestikulierte. Tan machte einen Schritt nach vorn und schubste den viel größeren Veit Hai.

»Lass die Finger von meiner Frau, hab ich gesagt!«, schrie er wie von Sinnen.

Kenan war überrascht. Derart in Rage hatte er seinen

Sohn nur sehr selten erlebt. Und meist war er, sein alter Vater, der Grund dafür gewesen.

»Aber ich hab sie doch gar nicht angefasst«, setzte sich Inas Vorgesetzter zur Wehr. Er grinste schleimig, fiel Kenan jäh auf. Beinahe so, als würde da doch was an Tans Vorwurf dran sein.

»Natürlich hast du!«, keifte Tan. »Denkst du, ich bin blöd? Glaubst du, dass ich nicht mitbekomme, wie du Schmierlappen keine Gelegenheit auslässt, sie zu betatschen?«

»Wie hast du mich genannt, Vorstadtbulle?«

Kenan sah, wie Veit Hai einen Schritt nach vorn machte. Unglücklicherweise war er einen Kopf größer als Tan und mit einem breiten Kreuz gesegnet.

»Tan!«, rief Ina, der wohl auch aufgefallen war, dass ihr Mann den Kürzeren ziehe würde, und drängte sich zwischen die beiden Streithähne, die sich wutentbrannt gegenüberstanden.

Sofort bildete sich um sie herum eine Traube Neugieriger. Gäste, in deren Gesichtern eine Mischung aus Entsetzen und Schadenfreude zu erkennen war. Kenan fühlte sich beim Betrachten dieser Szenerie an seine Schulzeit erinnert. Wie oft hatte er selbst im Inneren des Kreises gestanden und alle herausgefordert, die ihm blöd kamen und an seine Ehre wollten?

»Das ist doch lächerlich!«, echauffierte sich Veit Hai und machte eine wegwerfende Handbewegung.

»Ich gebe dir einen guten Rat.« Tan hob den Zeigefinger und hielt ihn dicht vor Veits Gesicht. »Lass meine Frau in Ruhe. Endgültig!«

Sein Gegenüber begann überschwänglich zu lachen.

»Du kannst mir nicht drohen. Außerdem ist Ina erwachsen! Sie kann tun und lassen, was sie will.«

»Ja. Und sie will mich. Ist das klar?«, knurrte Tan.

»Nein. Das ist nicht klar.« Veit Hai klang wieder vollkommen ernst, während er das sagte.

»Nein?« Tan neigte den Kopf zur Seite.

»Nein.« Veit reckte das Kinn nach vorn und zischte: »Du Versager.«

Tan begann zu grinsen. Kenan wunderte sich. Was war daran lustig? Dieser Veit hatte seinen Sohn aufs Übelste beleidigt! Und zwar nicht nur vor seiner Frau, sondern vor zwei Dutzend Partygästen!

Tan holte tief Luft. »Gut. Dann lass es mich anders ausdrücken.«

Blitzschnell holte er aus, ließ den Arm nach vorn schnellen und traf mit der Faust die Nase seines Widersachers. Sein Schlag hatte eine solche Wucht, dass der einen Kopf größere Veit das Gleichgewicht verlor und rückwärts gegen das Buffet taumelte. Haltsuchend streckte er die Arme aus und kippte dabei den Tisch um, der wiederum den Grill mit sich zog, und landete mit dem Hintern voran in einer der riesigen Salatschüsseln.

Mit seinem Sturz setzte er eine dramatische Kettenreaktion in Gang, die so schnell vonstattenging, dass selbst er, Kenan, nur staunen konnte. Binnen Sekunden fing die Tischdecke des Buffets Feuer, das sich gierig über die Platte fraß. Einer der weniger intelligenten Gäste kam auf die Idee, das Feuer mit seinem Whiskey zu löschen, woraufhin sich eine Stichflamme in den Junihimmel emporschraubte und an den bunten Papierlampions leckte. Plötzlich stand das ganze Buffet in Flammen und drohte, sich auf die

Büsche und Blumen im Terrassenbeet auszuweiten. Und es hatte seit Wochen nicht mehr richtig geregnet …

»Tan! Verdammt noch mal. Hast du vollkommen den Verstand verloren?«

Kenan sah, wie Ina auf seinen Sohn zugestürmt kam und ihn wegschubste. Das Feuer schlug weiter um sich und setzte nach und nach die Decken der anderen Tische in Brand, die in einer langen Reihe nebeneinander aufgestellt worden waren. Die Gäste liefen wild durcheinander, auf der Suche nach Möglichkeiten, das Feuer zu löschen. Plastikbecher schmolzen. Eine Glasschüssel sprang. Das Fässchen mit dem Weißbier fiel zu Boden, der Hahn löste sich und das Bier spritzte in alle Richtungen.

Das Fest versank im Chaos.

Veit hockte noch immer im Kartoffelsalat und rieb sich unter großem Wehklagen den Nasenrücken. Ina kniete sich neben ihn und entschuldigte sich für ihren Ehemann, der starr vor Schreck dastand und dem der Mund bis auf den Brustkorb aufgeklappt war.

Kenan beobachtete seine Schwiegertochter und den schmierigen Typen mit der geschwollenen Nase und konnte nur den Kopf schütteln. »Du mich entschuldigen«, erklärte er Doris, als er sich von ihr abwandte. Entschlossen drehte er sich zu seinem in Schockstarre verfallenen Sohn um und legte ihm die Hand auf die Schulter.

»Was hab ich getan?«, fragte Tan leise, ohne den Blick von dem Inferno abzuwenden, das sich vor ihnen wie eine biblische Plage ausgebreitet hatte.

»Du gut gemacht«, erwiderte Kenan im Brustton der Überzeugung. »Ich sehr stolz auf dich. Endlich du dich verhalten wie richtiger türkischer Mann.«

KAPITEL 31

Die Schmerzen waren extrem. Ein Wunder, dass er sich überhaupt noch auf den Beinen halten konnte. Mit wackligen Knien schleppte sich Veit aus dem Behandlungszimmer. Doch als er mit einem leisen Aufstöhnen die Tür zum Warteraum davor aufstieß, staunte er nicht schlecht. Ina hatte tatsächlich geschlagene fünfundfünfzig Minuten auf diesem unbequemen Plastikstuhl verbracht, um auf ihn zu warten. An ihrem Geburtstag.

Wenn das nichts zu bedeuten hatte …

Sie blickte von einer Illustrierten auf und schnellte hoch, als sie ihn im Türrahmen des Ambulanzzimmers sah. In wenigen Schritten war sie bei ihm. Er streckte seine Arme aus, um sie an sich zu drücken, beließ es aber bei einem merkwürdig platonischen Schulterklopfen, als er ihren irritierten Blick bemerkte. So standen sie sich unbeholfen gegenüber, und er verstand die Welt nicht mehr. Seit wann benahm er sich Frauen gegenüber so dermaßen bescheuert?

»Und, was sagen die Ärzte?«, wollte Ina atemlos wissen.

»Dass ich haarscharf an einer gebrochenen Nase vorbeigeschrammt bin.«

Sie sah ihn an mit einem Blick, den er als mitleidig interpretierte. Er gefiel ihm. Er legte den Kopf in den Nacken und tupfte sich mit einem blütenweißen Taschentuch die

Nasenlöcher ab. Erst sachte, dann betrachtete er es, tupfte fester und betrachtete es noch einmal. »Da.« Vorwurfsvoll hielt er ihr das Tuch vors Gesicht.

»Blut«, sagte Ina.

In einem irgendwie wenig anteilnehmenden Tonfall, wie er fand.

Dennoch nickte er eifrig. »Hat mich vollkommen aus dem Nichts erwischt. Hätte ich gewusst, dass derart die Nerven mit ihm durchgehen, wäre ich natürlich vorbereitet gewesen und hätte zu einem Konter angesetzt.«

Er hob die Fäuste, täuschte eine Deckung vor und holte linkisch aus. Dabei verfehlte er Ina nur knapp. Zumindest aber zauberte er damit den Anflug eines Lächelns auf ihr hübsches Gesicht.

»Es war dumm«, hörte er sie sagen.

»Ich weiß, ich hätte wissen müssen, dass dein Mann ein cholerisches und unberechenbares …«

»Nein«, unterbrach sie ihn. »Es war dumm, dass ihr beide euch an meinem Geburtstag zu so etwas habt hinreißen lassen.«

Er schmollte. »Aber er hat angefangen.«

Ina legte die Hände um seine Faust. Ihre weiche Haut berührte seine und hinterließ ein Kribbeln. »Und nun?«, fragte sie mit sanfter Stimme, während sie ihn mit großen Augen von unten anblickte. Oder war es gar ein … Anhimmeln? »Wirst du ihn anzeigen?«

Über diese Möglichkeit hatte er noch gar nicht nachgedacht. Nun aber wurde ihm klar, dass Inas Mann als Polizeibeamter damit richtig Probleme bekommen könnte. Er ließ sich Zeit mit einer Antwort, genoss den flehenden Ausdruck in ihren dunklen Augen.

»Nun ja, immerhin hätte er mir beinahe das Jochbein zertrümmert. Und wer weiß …« Er fasste sich vorsichtig ins Gesicht. »Da gibt es eine Stelle an der Nase, wenn man die trifft, kann sich das Nasenbein in das Gehirn rammen, und man ist auf der Stelle tot. Ich meine, dein Mann ist als Polizist natürlich kampferprobt. Weiß ich, ob er mich nicht umbringen wollte?«

Ina lachte hysterisch auf. Und schon war er dahin, der wunderschöne, unterwürfige Blick.

»Das ist doch lächerlich«, meinte sie kühl. »Tan würde niemals einer Fliege etwas zuleide tun.«

»Und wie nennst du dann das?« Noch einmal hielt er ihr das blutige Taschentuch unter die Nase.

»Na ja, ich weiß auch nicht. Er ist eben … eifersüchtig.«

Er trat einen Schritt auf sie zu und sah ihr tief in die Augen. »Grundlos?«

Tatsächlich erwiderte sie seinen Blick. Er bemerkte erst jetzt, dass sie immer noch seine Hand hielt. Sollte er es wagen? Er ließ das Taschentuch achtlos zu Boden segeln und beugte sich ein Stück hinunter.

Und noch ein Stück.

Dann, als sich beinahe ihre Nasenspitzen berührten, schloss er die Augen und öffnete erwartungsfroh den Mund.

Doch statt des erhofften Kusses zog Ina auch ihre Hände zurück. Als er die Augen wieder öffnete, hatte sie sich einen halben Schritt weit von ihm entfernt und starrte verkrampft auf ihre Finger. Sie sah so ratlos und schuldig aus, dass es ihm durch und durch ging. Er konnte ihr förmlich ansehen, wie das schlechte Gewissen an ihr nagte. Dabei spürte er, dass sie es genauso wollte wie er.

Sie musste nur endlich über ihren Schatten springen. Wie damals. In seinem Büro.

Er trat erneut näher an sie heran, doch sie ging wieder auf Distanz.

Also gut, dachte er. Dann gehen wir eben aufs Ganze.

»Fahr mich ins Labor«, sagte er in geschäftigem Tonfall. »Ich muss dringend etwas erledigen und möchte, dass du mich begleitest.«

Es war keine Frage, sondern ein Befehl. Ina zögerte kurz, dann nickte sie und kramte ihren Autoschlüssel aus der Handtasche.

Es war eine kurze und schweigsame Fahrt. Er dachte noch einige Male darüber nach, ob es klug war, seine Hand auf ihren Oberschenkel zu legen, aber irgendetwas sagte ihm, dass er damit über das Ziel hinausschießen könnte. Ina brauchte Zeit, um sich ihrer gegenwärtigen Situation klar zu werden. Dabei konnte er spüren, dass sie sich ebenso nach ihm verzehrte wie er sich nach ihr.

Womöglich hatte ihr dieser Tag die Augen geöffnet. Womöglich war ihr endlich bewusst geworden, dass sie an der Seite dieses lächerlichen Polizisten nie das würde erreichen können, wofür sie bestimmt war. Es lag nur noch an ihm, ihr die Möglichkeiten aufzuzeigen …

In diesem Moment, auf der Fahrt durch die Münchner Innenstadt der untergehenden Sonne entgegen und auf verführerisch schlanke Unterschenkel blickend, die unter dem zitronengelben Rock ihres hübschen Kleides hervorlugten, traf er eine Entscheidung. Ina war es, die für eine gemeinsame Zukunft mit ihm bestimmt war. Zusammen würden sie wahrhaft Großes erreichen können. Er musste es ihr nur noch verständlich machen. Aber er hatte schon eine Idee, wie er das anstellen konnte.

Ina manövrierte den Wagen durch das Eingangstor von Poser Pharma und parkte auf dem für ihn reservierten Parkplatz direkt am Eingang. Als sie am Empfang vorbei in Richtung Labortrakt gingen, brach er das Schweigen, das sich zwischen ihnen ausgebreitet hatte.

»Ina«, begann er theatralisch. Er sah sie nicht an, spürte aber ihren Blick auf sich ruhen. »Du weißt doch, diese Studie …« Seine Stimme verklang.

Sie reagierte sofort. »… mit den abweichenden Zahlen auf der Inventarliste und den falschen Chromosomenpaaren, ja?«

Veit lächelte gekünstelt. »Genau die.«

»Ich habe etwas weiter nachgeforscht«, fuhr sie fort, ohne auf seine Erklärung zu warten. »Ich bin mir mittlerweile sicher, dass mit genmanipulierten Viren am lebenden Objekt herumexperimentiert wurde. Und zwar nicht an Rhesusäffchen.« Er musterte sie ausdrucklos. »Ich glaube, die Versuche wurden an Menschen gemacht.«

Er nickte ernst. »Ja, ich weiß.« Dann verlangsamte er seine Schritte, da Ina stehen geblieben war. Als er sich umdrehte, bemerkte er den Schock, der ihr im Gesicht geschrieben stand. Er holte tief Luft und verkündete: »Ich habe diese Versuchsreihe in Auftrag gegeben.« Nun war die Katze aus dem Sack. »Du liegst vollkommen richtig. Die grippale Forschungsstudie, die erhöhten Werte, der unvollständige Inventarbestand, die Menschenversuche. All dies ist wahr und obliegt der strengsten Geheimhaltung.« Er fasste nach ihren Händen. Ina schien derart schockiert, dass sie es anstandslos zuließ. »Ina«, sagte er eindringlich. »Wir sind hier etwas wahrhaft Großem auf der Spur. Etwas, das alle Erwartungen und Hoffnungen übersteigt. Und ich spreche nicht von einem Mittel gegen Krebs, sondern von einem universellen Präparat, das Menschen *unsterblich* machen kann.« Er konnte sehen, wie sich ihre Nasenflügel aufblähten und ihre Lider zu zucken begannen. Sie bekam doch hoffentlich keinen epileptischen Anfall? »Also quasi unsterblich.« Er räusperte sich. »Wir sind ganz kurz vor dem Durchbruch. Alles, was wir brauchen, ist noch etwas Zeit und mehr Tests, und dann …«

»Menschenversuche?«, wiederholte Ina tonlos.

»Ja.« Allmählich wurde er ungehalten. Hörte sie ihm überhaupt zu? »Aber all das, was ich danach gesagt habe, hast du schon auch mitbekommen?« Er sah ihr tief in die Augen. »Oder?« Sie nickte. »Gut. Dann weißt du, was das bedeutet?« Er sah, wie sich ihre Stirn in Falten legte. Also wurde er konkreter. »Es bedeutet Macht. Reichtum. Grenzenlosen Reichtum!« Der Druck seiner Hände, mit denen er ihre umschloss, wurde fester. Er schüttelte sie kurz, damit sie endlich verstand. »Stell dir nur vor, was das für uns bedeuten könnte …«

»Für uns?«

»Ja, Ina. Für uns.« Er lächelte sie an. »Ich möchte, dass wir gemeinsam weitermachen. Ich möchte dich an meiner Seite haben. Stell dir nur vor … wir beide! Zusammen können wir alles schaffen. Schließ dich mir an, und ich verspreche dir unendlichen Reichtum.«

»Veit.« Er spürte, wie sie sich seinem Griff entziehen wollte, und verstärkte den Druck.

»Lass uns beide daran forschen!«, sagte er noch einmal.

»Du tust mir weh!« Ihre Stimme klang panisch. Trotzdem beachtete er ihren Protest nicht.

»Es gibt kein Zurück mehr, Ina.«

Er sah ihr tief in die Augen. Sie waren weit geöffnet. Erkannte er da … Furcht? Nun, wenn er sie zu ihrem Glück zwingen musste, dann sollte es eben so sein.

»Du weißt zu viel.«

Er sprach leise, beinahe im Flüsterton, um die Bedeutung der Situation noch mehr hervorzuheben. Es verfehlte seine Wirkung nicht. Nun erkannte er definitiv Angst in ihrem Blick. Ina war ganz still, reglos. Es missfiel ihm, sie derart verängstigt zu sehen, doch was sein musste, musste sein.

Urplötzlich änderte sich etwas in ihrer Haltung. »Sag mal …« Sie reckte energisch das Kinn vor. »Drohst du mir etwa?«

Er schüttelte heftig den Kopf. »Verstehst du denn nicht, was ich dir anbiete? Das ist eine Chance, die sich nur ein einziges Mal im Leben auftut. Wenn überhaupt!«

»Nein.«

Es war ein einziges Wort. Doch es hatte die Wirkung eines Peitschenhiebs. Er erstarrte, presste die Zähne so sehr zusammen, dass ein scharfer Schmerz durch seinen Unterkiefer fuhr.

»Nein?«

»Lass mich auf der Stelle los! Das ist doch totaler Wahnsinn. Du bist krank Veit, hörst du? Krank!«

Nun wurde er aber wirklich wütend. Diese blöde Schnepfe. Erkannte sie denn nicht, was er ihr hier anbot? Dass er *sie* auserwählt hatte? *Sie?*

»O nein, ich war noch nie so klar«, knurrte er. »Wir

stehen ganz kurz davor, in die Geschichte einzugehen. Versteh doch endlich! Ich lass dich an meinen Ergebnissen teilhaben. Wir beide werden alles verändern. Vertrau mir! Begreifst du denn nicht, welche Möglichkeiten ich dir biete?« Er ließ sie los und zeigte seine offenen Handflächen, in der Hoffnung, dass sie sich endlich nicht mehr zierte. »Bitte, Ina. Du musst mir einfach vertrauen!«

Sie hielt seinem Blick stand. Dann, als sich langsam ihr Mund öffnete, lächelte er. Er hatte sie. Endlich! Ina Süper gehörte ihm, ihm allein!

Doch alles, was sie sagte, war: »Du bist doch total gestört.«

Aber es kam noch schlimmer. Ehe er reagieren konnte, fuhr sie herum und begann zu rennen.

»Ina!«, schrie er ihr hinterher, während er sein Handy zückte, um den Sicherheitsdienst zu alarmieren. Sie durfte den Labortrakt unter keinen Umständen verlassen. Das war nun zu riskant.

Er hatte gerade die Kurzwahltaste gedrückt, als Ina am Ende des Flurs abrupt stehen blieb und sich zu ihm umwandte. Irritiert runzelte er die Stirn. Hatte sie es sich doch anders überlegt?

Dann sah auch er das Unheil auf sich zurollen, im wahrsten Sinne des Wortes. Es trieb Ina vor sich her, die langsam, Schritt für Schritt, wieder auf ihn zukam.

»Frau von Poser«, brachte er krächzend hervor. »Sie … sind nicht mehr auf der Party?«

Sie und Ina blieben in einem Meter Entfernung vor ihm stehen. Seine Chefin musterte ihn abschätzig. Und dann fiel ihm auf, dass sie ihn mit einer Pistole bedrohte.

»Nun, allem Anschein nach wurde die Geburtstagsparty ja hierher verlegt«, bemerkte sie mit einem humorlosen Lächeln. »Geht es dem armen Näschen besser?«

»Wie?« Er starrte erst sie, danach die Waffe verständnislos an, dann betrachtete er Ina, die nach Atem rang. »Ach, der Nase.« Er lächelte verkrampft. »Wir waren im Krankenhaus. Nichts gebrochen. Wird wieder … höchstwahrscheinlich.«

Er bekam das einfach nicht zusammen. Wieso die Pistole? Was wollte Mathilda von Poser damit? Und vor allem, warum richtete sie den Lauf jetzt auf Ina?

Der Mund seiner Chefin verzerrte sich zu einem gekünstelten Lächeln. »Das ist schön, dass es der Nase wieder besser geht. Und dann dachtet ihr, dass ihr anstelle zur Party zurückzufahren noch einmal schnell ins Labor könntet, um …« Sie ließ das Ende des Satzes irgendwo im Raum hängen.

»Ja«, erwiderte Veit hastig. »Wir hatten da noch eine Forschungsreihe, deren Ergebnisse …«

Aber weiter kam er nicht. »Halten Sie mich nicht für eine Idiotin, Veit«, sagte Mathilda von Poser ruhig. Ihr Gesicht war nicht mehr als eine undurchdringliche Maske. Jäh richtete sie die Pistole wieder auf ihn. Er zuckte zurück. »Glauben Sie nicht, dass ich längst weiß, was für ein Spiel Sie treiben? Halten Sie mich wirklich für derart *naiv*?«, fragte Mathilda von Poser mit einem beinahe amüsierten Gesichtsausdruck.

»Ich … äh … nein, natürlich nicht. Ich …«

»Hören Sie auf mit diesem albernen Herumgestotterte.« Ihre Stimme schnitt ihm barsch das Wort ab. Dann wandte sie sich Ina zu, betrachtete sie sanft und gutmütig. »Jahrzehntelang habe ich mein Leben diesem Virus gewidmet.« Er blieb stumm. Auch Ina stand reglos da. Ihr fahriger Blick jagte abwechselnd von ihm zu Mathilda von Poser. Ihre Finger spielten mit dem Anhänger ihrer Halskette und verrieten ihre Nervosität. »All die Rückschläge, über Jahre. All die missglückten Versuche.« Mathilda von Poser senkte den Kopf und strich sich über die gefühllosen Beine. »Ich habe mich mit meinem Schicksal abgefunden.« Als sie wieder aufblickte, betrachtete sie Ina mit Trotz und Stolz. »Ein Leben im Rollstuhl. Wenn das der Preis war, denn ich zu zahlen hatte, bitte schön. Dennoch habe ich nie aufgehört zu hoffen. Und nun …« Sie drehte den Kopf und sah ihm direkt in die Augen. »… bin ich dem Geheimnis endlich ein großes Stück näher gekommen!« Veit konnte aus den Augenwinkeln sehen, wie Ina langsam rückwärtsschlich. Doch als sich die Frau im Rollstuhl ihr zuwandte, blieb sie stehen, als hätte sie sich nicht vom Fleck bewegt. »Meine Liebe!«, flötete die Konzernchefin. »Ich muss mich noch einmal aufrichtig für die Einladung zur Geburtstagsparty bedanken, ohne Sie …« Sie brach ab, sah wieder ihn an und schmunzelte. Es war ein Schmunzeln, das er aus irgendeinem Grund als unheilvoll empfand. »Mit dem heutigen Tag bin ich allen einen riesengroßen Schritt voraus. Wir beide wissen ja um die imposanten Fähigkeiten des Virus, mein lieber Veit. Doch nie ist es uns gelungen, die Nebenwirkungen in den Griff zu bekommen. In all den Jahren nicht.« Er nickte zurückhaltend. »Bis heute nicht, mein Lieber, bis heute.« Erneut wandte sie sich Ina zu. »Ihr Schwiegervater ist die Lösung.«

»Kenan?«, fragte Ina überrascht.

»Der alte Süper?«, meinte Veit beinahe belustigt.

»Apropos Party«, warf Ina hektisch ein. »Ich müsste dann auch mal wirklich wieder los. Die Gäste …«

Er sah sie eindringlich an, unsicher, wie er reagieren sollte. Just in diesem Moment kamen zwei Sicherheitsmänner um die Ecke gebogen. Er sah, wie sich Ina umständlich umdrehte, den Blick stur geradeaus gerichtet. Erst ging sie langsam, dann beschleunigte sie den Schritt. Sie passierte die beiden Sicherheitsmänner, die ihr forschend hinterhersahen.

Wie in Zeitlupe hob Mathilda von Poser die freie Hand und flüsterte mit beinahe freundlicher Stimme: »Nehmt sie fest!«

KAPITEL 32

»Ist das nicht eine herrliche sternenklare Nacht?«

Kenan betrachtete sein Enkelkind, das auf dem Rasen im Garten hinter dem Haus lag, die Arme unter dem Kopf verschränkt, und lächelnd den beinahe wolkenlosen Nachthimmel betrachtete. Es roch noch ein wenig nach Weißbier, da der Inhalt des Zehnliterfässchens fast vollständig in den Boden eingesickert war. Ansonsten sah es beinahe schon wieder so aus wie immer. Aber eben nur beinahe.

»Ich habe einfach alles versaut«, bemerkte Tan zum hundertsten Mal an diesem Abend mit einem selbstmitleidigen Seufzen.

»Guck in Himmel!«, forderte Kenan ihn auf.

Doch sein Sohn hatte kein Auge für den Sichelmond und die funkelnden Sterne. Schade, wie Kenan fand, denn dadurch hatte er den kleinen Kometen verpasst, der gerade über das Firmament gezogen war, einen feinen hellen Silberschweif hinter sich herziehend.

»Boaaah«, rief Mert begeistert. »Habt ihr die Sternschnuppe gesehen?«

Obwohl einfach alles aus dem Ruder gelaufen war, fühlte Kenan sich gut. Er hatte die für ihn wichtigsten Menschen in seinem Leben um sich herum. Die beiden, die ihm alles bedeuteten. Er und Tan saßen auf der

Hollywoodschaukel und hingen ihren Gedanken nach, Mert lag im Gras vor ihnen. Über ihnen spannte sich der unendliche Sternenhimmel. Unmittelbar vor ihnen war bis vor einer Stunde das Chaos einer baden gegangenen Geburtstagsparty zu sehen gewesen.

Nachdem Ina mit ihrem schrecklichen Chef ins Krankenhaus gefahren war, hatten auch die anderen Gäste schnell das Weite gesucht. Er und Doris hatten aufgeräumt, nachdem die Brandherde gelöscht waren, übrig waren nur ein paar verkohlte Rasenflecken.

»Du müssen dir nix machen Vorwürfe.« Kenan legte die Hand auf den Oberschenkel seines Sohnes und drückte sanft zu. »Du machen alles richtig.«

Er guckte zur Seite und sah es in den Augen seines Sohnes feucht glänzen.

»Was verstehst du denn schon davon, Paps? Ich war nicht gut zu Ina, hab überhaupt nicht auf ihre Bedürfnisse geachtet. Sie hat allen Grund dazu, wütend auf mich zu sein. Und auch, mit diesem Veit durchzubrennen. Ich hab sie doch fast dazu getrieben!«

»Du reden Unsinn. Du sein beste Mann für Ina.«

»Mama und dieses Ekelpaket?« Mert lachte laut auf. »Niemals! Das glaubst du doch selbst nicht.«

Tatsächlich schaffte sein Enkel es damit, Tan den Anflug eines Lächelns ins Gesicht zu zaubern.

»Sohn«, begann Kenan bedeutungsvoll, »als du noch warst klein, jünger als Mert, meine Gül und ich, wir waren auch vor Trennung.« Er spürte die überraschten Blicke der beiden auf sich ruhen. Doch er betrachtete weiter den Nachthimmel und dachte an damals. »Ich auch nicht waren immer gute Mann für deine Mama. Haben viel

Arbeit, zu wenig kümmern um Frau. Da immer bloß ich, ich, ich, und nix Platz für Gül.« Er seufzte schwer. »Dabei sie haben an Anfang genauso hart in diese Land wie ich. Doch ich nicht sehe – oder nicht sehen wollen. Dachte, Gül glücklich mit Haushalt und ohne Geldsorgen. Aber Gül wollen zurück in Türkei, zu Schwestern und Eltern. Wollen dich nehmen mit und mich verlassen.«

»Paps …« Tan schien sichtlich schockiert über diese Offenbarung.

»Und fast sie wäre gegangen und ich allein hier in diese Stadt. Aber dann ich ihr zeigen, dass sie Blume in meine Leben ist. Bin … wie sagt man? Aufgegangen auf sie.«

»Zugegangen, Opa.«

»Ah, ja. Wichtig: Gemeinsam wir schaffen, dass wir bleiben Familie.« Er lächelte seinen Sohn an und drückte dessen Schulter. »Gute Familie seitdem. Halten immer zusammen. Alles gemeinsam überstehen! Wir zusammenraufen. Und das sein wahre Liebe. Deshalb Gül und ich leben so glücklich miteinander, bis …«

Er brach ab, überwältigt von seinen Gefühlen, die mit der Erinnerung an Güls Tod einhergingen. Er atmete die milde Nachtluft tief ein und wünschte sich in diesem Augenblick nichts sehnlicher, als bei seiner geliebten Frau zu sein.

Dann sah er zur Seite, lächelte. Sein Sohn erwiderte das Lächeln, und zum ersten Mal seit Ewigkeiten fühlte er wieder eine Verbundenheit zwischen ihnen beiden. Beinahe so, als hätten sie sich niemals voneinander entfernt. Es war wieder greifbar, dieses unsichtbare Band, das Vater und Sohn einst so eng miteinander verbunden hatte.

»Und du und Ina und Mert. Ihr haben starke Familienband. Gemeinsam ihr schaffen alles.«

»Mit dir«, fügte Mert hinzu. »Du gehörst ja schließlich auch zu uns.«

»Heute du können nichts mehr retten«, meinte er abschließend. »Lass gehen in Bett. Und morgen, du kämpfen wie Löwe um dein Löwin.«

Sein Sohn betrachtete ihn eingehend, schließlich nickte er. »Ja, *baba*. Du hast vollkommen recht. Ich werde genauso um Ina kämpfen, wie du einst um Mama gekämpft hast.«

Baba? Hat er mich gerade wirklich *baba* genannt?, dachte Kenan. Er war so gerührt, dass er mit den Tränen kämpfte.

»Paps, bitte. Männer weinen doch nicht«, meinte Tan entrüstet.

»Pscht!«, machte Kenan und vollführte mit der Hand eine wegwerfende Geste. »Türkische Männer weinen immer. Müssen nix schämen.«

Dann tat Tan etwas, das ihn voll und ganz aus dem Konzept brachte. Er umarmte ihn, drückte in fest an sich und hielt ihn eine ganze Weile fest. In seinem Rücken spürte Kenan auch die Umarmung seines Enkelkindes. Er kam sich vor wie ein Köfte-Burger.

»Gemeinsam wir alles schaffe«, sagte er mit tränenerstickter Stimme.

»Danke, *baba*. Danke für alles!«, schluchzte Tan in seine Schulter.

Kenan wischte sich über die Augen. »Verdammte Polle«, sagte er zu niemand Bestimmtem.

Auch Tan rieb sich über das Gesicht. »Ja«, räumte er mit brüchiger Stimme ein. »Um diese Jahreszeit eine echte Pest. Wird Zeit, dass es mal wieder regnet, damit die Luft gereinigt wird.«

Mert lachte. »Ihr seid schon echte Kerle.«

Tan hob drohend die Hand und machte ein ernstes Gesicht. »Ab ins Bett mit dir, ist schon spät. Was treibst du dich eigentlich noch hier draußen herum?«

»Mensch, Paps!«

»Nix ›Mensch Paps‹. Wenn Paps sagt, du gehen in Bett, dann du gehen in Bett ohne murren, verstanden?«

»Jawoll, Sir!« Mert salutierte grinsend und kam auf die Beine.

»Ich dir helfen bei Zusammeklappe von Bierbanke«, beschied Kenan seinen Sohn. Doch der winkte ab.

»Nein, lass mich das mal allein machen.« Er ließ seinen Blick über den Garten schweifen. Bis auf die Möbel und den Grill war schon alles aufgeräumt. »Schließlich hab ich es verantwortet. Ich bin eh noch nicht müde genug, um ins Bett zu gehen. Etwas Ablenkung wird mir guttun.«

Auch Kenan erhob sich. »Okay.« Er gähnte. »Ich verdammt müde.« Und das stimmte. Er konnte es sich selbst nicht ganz erklären, aber es schien, als wenn mit der Aussprache mit seinem Sohn eine tonnenschwere Last von ihm gefallen wäre, was ihn unendlich erleichterte – und ermüdete zugleich. Erst jetzt fiel ihm auf, wie angespannt er sich immer gefühlt hatte, wenn Tan in der Nähe gewesen war. Lauernd, abwartend. Immer auf die Hut. Er hoffte, dass diese Zeiten ein für alle Mal der Vergangenheit angehörten. »Gute Nacht, Sohn.«

»Gute Nacht, *baba*.«

Sie lächelten sich an und drückten sich noch einmal kurz. Nicht lang, vielleicht eine halbe, aber unglaublich wohltuende Sekunde. Dann wandte Kenan sich ab und lief über die Wiese und durch das Gartentor.

»*Baba*?«, rief Tan ihm hinterher.

Kenan drehte sich noch einmal um.

»Bist du sicher, dass du nicht lieber hier übernachten willst? Ist doch schon spät.«

Er winkte ab. »Nein, ist gut. Danke.«

Dann wandte er sich ab und marschierte am Haus und am Vorgarten vorbei auf die Gratlspitzstraße.

Wenn er ehrlich war, wäre es schon bequemer gewesen, in seinem alten Zimmer zu übernachten. Zu Fuß brauchte man eine Stunde von der Gratlspitzstraße bis zum Kleingartenverein. Aber er wollte das junge Glück der gerade neu entflammten Vater-Sohn-Liebe nicht auf die Probe stellen. Vielleicht verstanden sie sich ja auch deswegen so gut momentan, weil sie nicht mehr unter einem Dach wohnten. Außerdem freute er sich auf die gemütliche Schlafcouch im Schrebergartenhäuschen. Kenan wusste, dass er nach langer, langer Zeit endlich wieder in einen ruhigen und glückseligen Schlaf fallen würde, sobald er die Schwelle seiner kleinen *ana* übertreten hatte.

Da störte ihn auch nicht der plötzliche Schmerz in seiner Schläfe, der just in dem Moment entflammte, als ein dunkler Wagen langsam an ihm vorbeifuhr. Das Merkwürdige war, dass das Pochen ebenso schnell wieder verklang, als das Auto um die Ecke gebogen und verschwunden war. Er rieb sich die Schläfen, doch der Schmerz war bereits nichts weiter als eine vage Erinnerung. Seltsam.

Er blickte nach oben und betrachtete den Sternenhimmel über der Stadt. Über seiner Stadt. München konnte so schön sein. So friedlich und ruhig. Und der Himmel war in dieser Nacht beinahe so berauschend wie das grenzenlose Firmament mit den Abermillionen funkelnden Punkten darauf in Anatolien.

Als er die Parzelle des Schrebergartens erreichte, konnte er es kaum erwarten, sich aus den verschwitzten Kleidern zu schälen und sich schlafen zu legen. Doch zuvor öffnete er das Päckchen von Doris und betrachtete das Kostüm, das sie für ihn genäht hatte.

Er staunte nicht schlecht. Sie war eine wahrhafte Künstlerin an der Nähmaschine. Sein neues Outfit sah tatsächlich so aus, wie er es sich vorgestellt hatte: ein schwarzer eng anliegender Spandex-Anzug mit einer breiten Schärpe, langen Ärmeln und Hosen und einem flatternden grasgrünen Umhang. Auf den ebenfalls grünen Ausschnitt war ein großes rotes »Ü« genäht. Eine Haube würde sein Haar verdecken und eine Maske sein halbes Gesicht – beides in der Farbe zum Umhang passend. Es war einfach großartig. Einem Superhelden seines Formats absolut würdig.

Vorsichtig legte er das Kostüm auf einem Stuhl ab. Dort lag bereits sein altes osmanisches Gewand, das er bislang bei seinen Auftritten angehabt hatte. Das war nun Geschichte. Bald schon würde Süperopa in neuem Glanz erstrahlen. Er strich zärtlich über den glänzenden Stoff des Anzugs, den Doris für ihn genäht hatte, während ihm das Bild des baumelnden Enzians erneut in den Sinn kam. Diese Frau war schon etwas ganz Besonderes.

Durch das offene Fenster zirpten die Grillen, und ein Kuckuck schrie. Die Frösche im Teich seiner Nachbarin quakten. Es waren wundervolle Klänge, die ihn an seine Kindheit in der Türkei erinnerten. Er legte sich ins Bett und döste mit diesem Orchester im Ohr und den wohligen Gedanken im Kopf ein.

Seine Erinnerungen trugen ihn hinaus auf die weiten,

kargen Felder, wo er in den Spätsommern mit seinem besten Freund Erhan selbst gebastelte Drachen hatte steigen lassen. Sie hatten sich hitzige Luftschlachten geliefert, aus denen er als Sieger hervorgegangen war, der es geschafft hatte, mit waghalsigen Manövern die Schnur des anderen zu kappen. Viele dieser Luftkämpfe hatte er damals gewonnen. Aus ebenso vielen war er als Verlierer hervorgegangen. Obwohl er ein ganzes Jahr jünger war, war Erhan ein ebenbürtiger Gegner gewesen.

Sogar im Traum konnte Kenan die würzigen Kapernsträucher riechen, an denen sie vorbeigestreift waren, und die Blätter an seinen nackten Beinen und Armen spüren. Es war eine schöne Kindheit gewesen. Hart und entbehrungsreich zwar, aber auch unbefangen und sorgenfrei.

Es fühlte sich an, als hätte er nur wenige Sekunden geschlafen, als er von jemandem wachgerüttelt wurde. Es war nicht Erhan, der ihn aus dem Traum riss. Es war sein Sohn.

»Tan! Du liebe Himmel, was du tun hier? Ich erschrecken zu Tode!«

Kenan fasste sich ans Herz, er hatte Mühe, in eine aufrechte Position zu kommen. Superheld hin oder her – wenn man mitten in der Nacht aus der schönsten Kindheitserinnerung geworfen wurde, tat das nicht nur körperlich weh. Mit schmerzverzerrtem Gesicht sah er seinen Sohn an. Der schien vollkommen aufgelöst.

»Ich brauche deine Hilfe!«, stieß Tan aus.

Kenan richtete sich auf. Draußen war es bereits hell. Er rieb sich die müden Augen, doch der Blick in das Gesicht seines Sohnes ließ ihn schlagartig wach werden. Sämtliche Farbe war aus Tans Gesicht verschwunden.

»Sie haben Ina und Tobias entführt«, keuchte er mit wehleidiger Stimme.

Kenan steckte sich die Zeigefinger in die Ohren und puhlte darin herum. Hatte er richtig gehört?

»Was? Wer?«

»Ich bin aufgewacht, und Ina lag nicht neben mir«, erklärte sein Sohn. »Also bin ich runter, um zu sehen, ob sie auf dem Sofa im Wohnzimmer geschlafen hat. Wäre ja nicht das erste Mal in letzter Zeit, und nach dem Streit … Aber auch da war sie nicht. Dann bin ich in Tobias' Zimmer, um zu schauen, ob sie womöglich bei ihm ist, doch sein Bett war ebenfalls leer.« Tans Unterlippe begann zu zittern. »Und dann hat das Handy geklingelt. Ich dachte, es wäre Ina. Aber da war diese unbekannte Nummer und diese dunkle, verzerrte Männerstimme …« Der Schrecken stand ihm im Gesicht geschrieben.

»Weiter«, ermutigte Kenan ihn. Es war ein bisschen merkwürdig, aber je aufgelöster Tan wurde, desto ruhiger kam er selbst sich vor. War das irgendein Reflex?

»Der Mann sagte, sie geben Ina und Tobias frei im Austausch gegen …« Tan schloss die Augen und schluckte schwer. Als er sie wieder öffnete, konnte Kenan darin die blanke Verzweiflung erkennen. »… im Austausch gegen Süperopa«, flüsterte er. Kenan erstarrte. Tan rieb sich über die stoppeligen Wangen. »Bei Allah, was sollen wir denn jetzt bloß tun? Ich versteh überhaupt nichts mehr. Was glauben die denn, was ich mit diesem Süperopa am Hut hab?«

Kenan fiel auf, dass Tans Hände zittern. Er griff nach ihnen, um seinen Sohn zu beruhigen. Dabei waren seine eigenen Nerven zum Zerreißen gespannt.

»Langsam, langsam«, meinte er beruhigend. »Einem nach die andere. Setzen dich und erzählen alles.«

»Ich versteh das nicht«, sagte Tan noch einmal. Er zog den Stuhl heran, der am Tisch stand, und ließ sich auf die Sitzfläche fallen, ungeachtet dessen, dass er jetzt auf seinem nagelneuen Süperopakostüm und dem osmanischen Gewand saß. Kenan vergaß für einen Augenblick zu atmen. »Ich meine«, fuhr Tan fort, »der einzige alte Mann, den ich kenne, bist … Moment.« Er hob eine Pobacke an und zog die Kleidungsstücke unter seinem Hintern hervor. »Sorry, ich hab mich da einfach draufgesetzt, ich bin echt so was von durch den Wind.«

»Machte nix …«, sagte Kenan schnell.

Gedankenverloren betrachtete sein Sohn den Stoff. Er ergriff den Spandex-Anzug bei den Schultern und hielt ihn auf eine Armlänge Abstand von sich weg. Wie ein Ballon ohne Luft im Inneren hing das Süperopakostüm da. Aber offenbar hatte er Glück, denn Tan konnte mit dem Anzug nichts anfangen. Kein Wunder. Süperopa hatte noch nie in diesem Kostüm seine Süperkräfte walten lassen.

Dann jedoch fiel Tans Blick auf das osmanische Gewand auf seinem Schoß. Kenan sah, wie sich seine Augen weiteten, als er das Kleidungsstück näher betrachtete. Er schluckte trocken, während sein Sohn abwechselnd zwischen dem neuen und dem alten Kostüm hin und her blickte. Schließlich erkannte er, dass bei Tan der Groschen gefallen war. Beinahe meinte er, das sprichwörtliche Lämpchen über dessen Kopf aufgehen zu sehen. Mit offenem Mund starrte er seinen Vater an.

»Du bist das … Du bist Süperopa.«

KAPITEL 33

»Mein *baba* ist Süperopa!«

Tan schnellte in die Höhe, stieß sich den Kopf an der tief hängenden Deckenlampe an und verfing sich mit einer Hand in den herabhängenden bunten Bommeln. Dann lief er wie ein Tiger im Käfig hin und her, fuhr sich immer wieder durch das wirre Haar und warf Kenan einen ungläubigen Blick nach dem nächsten zu.

»Du bist Süperopa!«

Er nickte müde.

»Genau.«

Er wusste nicht, wie oft er diesen Satz in den letzten Minuten aus Tans Mund gehört hat. Ebenso wenig konnte er sagen, wie oft er daraufhin erwidert hatte: Ja, ich bin Süperopa.

Tan blieb stehen, sah auf ihn, der er immer noch auf der Schlafcouch saß, herunter. Die Deckenlampe warf einen tiefen Schatten auf sein Gesicht.

»Du. Bist. Süperopa.«

Er nickte. Genau ein Mal. Und er beschloss, dass es das letzte Mal sein würde. »Jetzt, wo mein Sohn eins und eins zusammenzählen, können wir konzentrieren darauf, wieder zurückbekommen Schwiegertochter und Mert?«

»Mein Gott, sie haben Ina und Tobias entführt!« Tan

verzog das Gesicht, als ihm wieder einzufallen schien, wieso er in das Gartenhäuschen gekommen war. Erneut streifte er ruhelos durch den kleinen Raum.

Eine unendliche Erschöpfung hatte von ihm Besitz ergriffen. Sein Körper hatte den Schlaf eigentlich dringend nötig, doch an diesen war nun nicht mehr zu denken. Er ließ sich müde in die Kissen zurückfallen und beschloss, einfach zu warten, bis mit seinem Sohn wieder so etwas wie ein normales Gespräch möglich war. Was würde er für eine Flasche eisgekühlten Ayran geben! Aber die letzte war im Kühlschrank des Hauses seines Sohnes …

»Du bist …«

Kenan gähnte. »Ja, Tan. Deine *baba* sein Süpero …«

»Nein!«, schnitt Tan ihm barsch das Wort ab. »Du bist ein egoistischer Patriarch, der das Leben meiner ganzen Familie in Gefahr gebracht hat!«

Kenan richtete sich mühsam auf. Er konnte nicht glauben, was er da hörte. »Aber Tan, wie du reden mit *baba*?«

»Wie konntest du mir nur all die Zeit etwas vormachen? Mich belügen? Deinen einzigen Sohn …« Er blieb vor dem Bett stehen und richtete seinen Zeigefinger bedrohlich auf ihn. »Ich warne dich, alter Mann. Wenn Ina und Tobias deinetwegen etwas zustößt, kann ich für nichts garantieren.«

Kenan hob abwehrend die Hände. »Was du reden? Ich nicht haben entführt die beiden.«

»Aber deinetwegen wurden sie entführt!«

»Nein! Ist nix meine Schuld!«

»Natürlich ist es deine Schuld!«, geiferte Tan.

Derart außer sich hatte er seinen Sohn noch nie erlebt. Er versuchte dennoch, ruhig zu bleiben und nicht auf die Provokation einzusteigen. »Bitte, lass uns sein ruhig. Wir müssen finden gemeinsame Lösung, um zu retten die beide.«

»*Wir* müssen gar nichts«, stellte Tan lautstark klar.

Er konnte das Feuer in den Augen seines Sohnes lodern sehen.

»Das hier ist Sache der Polizei. Nicht die eines alten Mannes, der Superman spielt. Ich hab keine Ahnung, wie du das anstellst, und es ist mir, ehrlich gesagt, auch total egal. Wie konntest du nur so egoistisch sein meiner Familie gegenüber? Ist dir denn gar nichts heilig?«

»Ich …«

»Genau das ist dein Problem, Kenan!«

Er zuckte zurück, als hätte ihn ein Faustschlag getroffen. Es war das erste Mal, dass er von seinem Sohn bei seinem Vornamen genannt wurde. Er klang fürchterlich in seinen Ohren. Schlimmer noch als das deutsche »Vater«. »Es geht immer nur um dich. Das war schon damals so, als wir nach Deutschland kamen. Und es ist noch heute so. Mama hätte gut daran getan, dich damals zu verlassen. Ohne dich wäre sie um ein Tausendfaches besser dran gewesen!«

Kenan spürte, wie ihm die Tränen in die Augen schossen, dennoch hielt er dem wütenden Blick seines Sohnes stand. »Tan, du nicht wissen, was du sagen.«

Er flüsterte leise und sanft, versuchte, irgendwie zu seinem Sohn durchzudringen. Doch was da vor ihm stand, war ein Berg angestauter Wut und Aggression. Und allem Anschein nach trug er selbst tatsächlich die Hauptschuld – zumindest daran.

»Wenn das hier vorbei ist«, fuhr Tan fort, »verschwindest

du aus unserem Leben, hörst du? Ich will dich nie wiedersehen!«

»Tan …« Ihm fehlten die Worte. Was sagte sein Sohn da? »Tan!«

»Nichts ›Tan‹. Es hat sich für dich ausgeTANT!«

Bevor er etwas erwidern konnte, marschierte Tan auf die Tür zu, riss sie stürmisch auf und ließ sie ebenso schwungvoll wieder ins Schloss fallen, ohne sich noch einmal umzudrehen.

Er saß auf dem Bett, unfähig zu einer Regung.

Was war da nur gerade passiert? Eben noch hatte er mit seinem besten Freund Erhan Drachen steigen lassen, und nun war alles auf ihn eingestürzt.

Er betrachtete lange die verschlossene Tür, sah im Lichtkegel der durch die Gardinen hereinsickernden Sonnenstrahlen den aufgewirbelten Staub umherfliegen. Er wusste nicht, wie lange er so dasaß – regungslos, vollkommen unter Schock. Alles vor seinen Augen verschwamm zu undeutlichen Schemen. Irgendwann setzte das Zittern ein, und er spürte kalten Schweiß aus seinen Poren treten.

Er brauchte dringend Ayran. Sein Körper schrie förmlich danach. Doch er brachte weder die Kraft zum Aufstehen auf noch für einen klaren Gedanken. Selbst das Schlucken fiel ihm schwer. Er bewegte seinen Oberkörper träge vor und zurück. Als wäre er aus seiner irdischen Hülle getreten und an die Decke seines Häuschens geflogen, sah er sich selbst als Pendel, das unaufhaltsam hin und her schwang. Tatsächlich begann sich alles um ihn herum zu drehen. Schneller und schneller. Ihm wurde schwindlig.

Kenan blinzelte ein paar Mal, fixierte einen festen

Punkt auf dem Boden, sah seine nackten Füße unter sich, die grünlich schimmerten. Er schüttelte sich, wollte klarer sehen, stützte sich auf der Matratze ab und versuchte hochzukommen, doch an seinen Handflächen klebte etwas Feuchtes. Er sah an sich hinunter, und sein Blick tauchte in den grünlich schimmernden See, in dem er saß.

Als Letztes spürte er, wie er zur Seite kippte und sich alles um ihn herum in ein dunkles Tuch hüllte.

KAPITEL 34

Eine seltsame Leichtigkeit ergriff von ihm Besitz. Als wäre er eine Feder, mitgerissen von einem Windstoß, der ihn immer höher und höher in den Himmel wirbelte. Kenan spürte das Blut durch seinen Leib pulsieren. Vor allem aber fühlte er sich vollkommen unbeschwert. Jegliche Last war von ihm abgefallen. Es gab nichts mehr. Weder Schmerzen noch Sorgen noch Trauer. Auf einmal war er eins mit sich selbst, meinte fortgetragen zu werden in eine Welt, in der alles besser war.

Er hatte die Augen geschlossen, doch er merkte, dass sein Körper von einer unsichtbaren Kraft emporgetragen wurde. Als sich seine Lider wie von selbst öffneten, sah er sich an einem Ort, der dem Paradies glich. Und er war nicht zum ersten Mal hier. Über den Wolken. Fernab von aller Belanglosigkeit.

»Mein lieber Kenan …«

Mit dem Klang von Güls zarter Stimme stahl sich unwillkürlich ein breites Lächeln in sein Gesicht.

»Es tut mir so leid«, sagte er sofort, denn er erinnerte sich daran, wie er beim letzten Mal gegangen war – so, wie man niemals einen geliebten Menschen verlassen sollte, nämlich. »Ich wollte nicht mit dir streiten. Du bist doch mein Ein und Alles. Alles was ich habe … hatte.«

Sie trat auf ihn zu, strich ihm sanft über die Wangen. Kenan schloss die Augen und verlor sich in ihrer zärtlichen Berührung. Er konnte tatsächlich ihre Finger spüren.

»Nein, Kenan. Da gibt es weit mehr, was du hast. Halte dich nicht an der Vergangenheit fest. Das Hier und Jetzt zählt. Nichts anderes.«

Sie senkte den Blick, als könnte sie durch die Wolkendecke schauen. Er tat es ihr gleich, doch er sah nur dieses zuckerwatteartige Wolkengebilde, auf dem er irgendwie lag … oder eher schwebte. Es war merkwürdig.

»Du wirst gebraucht. Mehr denn je. Deine Zeit ist noch nicht gekommen. Folge deiner Bestimmung.«

»Aber ich wünsche mir nichts sehnlicher, als wieder bei dir zu sein, meine Gül.«

Sie lächelte ihn an. So wohlwollend und herzlich. »Irgendwann werden wir zusammen sein. Nur darfst du die Zeit nicht vor dir hertreiben. Sie allein entscheidet, wann es so weit ist.«

Er seufzte. »Du bist so eine weise Frau.«

Gül schenkte ihm ihr wundervollstes Lächeln. »Du wirst gebraucht, Kenan. Sie sind auf dich angewiesen.«

»Aber sie wollen mich nicht! Unser Sohn sagt, ich soll aus seinem Leben verschwinden!«

»Tan hat dein Temperament geerbt.«

»Und mein unverschämt gutes Aussehen.«

Sie lachten. Es tat unendlich gut, nach all den Jahren wieder eine solch vertraute Zweisamkeit zu spüren. Was war schließlich ein Lachen, wenn man es mit niemandem teilen konnte?

»Das hat er wirklich.«

Gül fuhr ihm durchs Haar. Es fühlte sich gut an. Kenan

spürte, wie seine Kopfhaut unter der zarten Berührung zu kribbeln begann.

»Du musst kämpfen, Kenan. Für deine Familie.«

»Aber ich bin so schwach. Ich kann nicht mal aufstehen.«

Seine Frau kam ganz dicht an ihn heran und hauchte ihm einen Kuss aufs Ohr. »Hier«, flüsterte sie. »Das wird dir helfen.«

Sie trat zurück und hielt ihm eine Flasche entgegen.

»Ayran!«, raunte Kenan überrascht.

»Der bringt dich wieder zu Kräften.«

Kenan sammelte seine schwindenden Kräfte, streckte die Hand aus und berührte das kühle Glas. Kaum spürte er die Kälte unter seinen Fingerspitzen, veränderte sich alles um ihn herum. Es war, als würde er in einen Sog gezogen werden, der ihn in schnellen kreisenden Bewegungen mit sich nahm. Wieder war da dieser Schwindel, der keinen klaren Gedanken mehr zuließ. Das Wolkenbett verschwand unter ihm, löste sich in nichts auf.

Er fiel. Sein Mund öffnete sich zu einem stummen Schrei. Es war ein langes Fallen. Und just in dem Moment, als er dachte, es würde eine Ewigkeit anhalten, fand er sich auf der Schlafcouch im Schrebergartenhäuschen wieder. Er öffnete die Augen und bemerkte eine Flasche Ayran, von der das gekühlte Kondenswasser herabtropfte.

Doch er brauchte etwas länger, um die Person zu erkennen, die die Flasche in der Hand hielt.

Er wollte ihren Namen ausrufen. Sie war da. Bei ihm im Schrebergarten, seine Gül! Doch als er den Mund öffnete, hörte er sich selbst voller Verwunderung sagen: »Doris!«

»Entschuldige, dass ich hier so reingeplatzt bin …«

Er blinzelte, um klarer zu sehen. Es war eindeutig seine Nachbarin. Sie trug nicht mehr dieses bezaubernde Dirndl von der Party, sondern ein neonfarbenes Nachthemd mit bedrohlichem Ausschnitt. »… aber ich wollte dir das unbedingt geben.« Sie gab ihm die Flasche. »Trink, dann wird es dir besser gehen.« Doris setzte sich zu ihm auf die Schlafcouch und drehte den Verschluss der Flasche auf. Dann half sie ihm beim Ansetzen.

Bereits der erste Schluck ließ die Lebensgeister in seinen geschundenen Körper zurückkehren. Gierig trank er die weiße Flüssigkeit, Schluck um Schluck. Er wollte gar nicht mehr damit aufhören, so gut schmeckte ihm dieser Ayran.

Doris betrachtete ihn nachdenklich. Als er die Flasche fast leer getrunken hatte, nahm er sie vom Mund und rang gierig nach Atem. Es ging ihm schon so viel besser als noch ein paar Minuten zuvor. Dankbar wischte er sich über den Schnäuzer.

»Das ich haben gebraucht«, raunte er zufrieden und erntete damit ein glückliches Glucksen seiner Nachbarin. »Aber woher …«

»Deine Gül …«, kam ihm Doris zuvor, »… sie hat mir vor ihrem Tod ihr Ayran-Rezept gegeben. Sie meinte damals, dass es uns zusammenführen könnte.«

»Meine Gül?« Kenan sah seine Nachbarin völlig perplex an. Er verstand kein Wort. Wovon sprach Doris da?

»Ja, ich habe damals nicht verstanden, was sie mir damit sagen wollte. Aber heute …« Sie brauchte nichts weiter zu sagen. Ihre funkelnden Augen sprachen für sich. Er schlug beschämt die Augen nieder. »Das Geheimnis von Güls Ayran«, erklärte Doris weiter, als hätte sie ihm nicht gerade ein Interesse bekundet, das weit über das normale Maß einer Schrebergartennachbarschaft hinausging, »ist die Fuchsia-Rauke, die nur in den Höhenlagen Ostanatoliens zu finden ist.«

»Ah?«

Doris' Lippen verzogen sich zu einem breiten Grinsen. »Ich habe mir im Internet die Finger wundrecherchiert und konnte tatsächlich einen Händler finden, der die Samen verkauft.«

»Samen«, echote Kenan tonlos.

»Genau. Die habe ich in meinem Schrebergarten ausgesät. Anscheinend habe ich einen grünen Daumen. Das Zeug wuchert nur so zwischen meinen Petunien.«

Kenan trank einen letzten Schluck und fühlte sich wie neu geboren. »Doris, du sein ein Wucht.«

»Das, mein Lieber, wusste ich schon immer.« Sie grinste. »Aber es wurde allerhöchste Zeit, dass auch du es endlich erkennst.« Sie erhob sich und klatschte in die Hände. »Und jetzt zieh dich aus!«

»Wie?« Er sah sie erschrocken an, woraufhin Doris schallend loslachte. Sie hob die auf dem Boden liegenden Klamotten auf und warf sie ihm zu. »Ich will sehen, wie dir das Kostüm passt, das ich für dich genäht habe.«

KAPITEL 35

Tan umklammerte das Lenkrad derart, dass die Knöchel seiner Finger weiß hervortraten. Wenn doch bloß dieses Zittern aufhören würde. Um Ablenkung bemüht, stellte er das Radio, dessen Stadtsender ihm irgendeinen Jingle für ein Versicherungsbüro entgegenschmetterte, laut.

»Zur Sicherheit mit uns auf Nummer sicher – ihr Versicherungsbüro Pischer!«

Er ertappte sich dabei, wie er die folgende penetrante Melodie im Geiste mitsang. Und wenn schon, dachte er sich. Alles war ihm recht, um nur nicht das Gedankenkarussell in seinem Kopf wieder in Fahrt zu bringen.

»… unterbrechen wir die laufende Sendung für eine Sondermeldung. Soeben wurde Augenzeugen zufolge eine fliegende Erscheinung gesichtet, die aller Wahrscheinlichkeit nach Süperopa sein könnte, der neue Held an Münchens weiß-blauem Himmel, von dem wir schon vor zwei Tagen berichtet haben …« Er drehte den Lautstärkeregler höher. *»Wir warten noch auf eine offizielle Bestätigung vonseiten der Flugsicherung, aber die in unserer Redaktion eingehenden Handyfotos und Filmaufnahmen lassen keinen Zweifel zu. Süperopa ist unterwegs und sorgt höchstwahrscheinlich dafür, dass unsere Stadt an diesem Tag wieder ein Stück sicherer wird. Guten Flug, Süperopa!«*

Tan stellte sich den Moderator mit starrem Blick gen Himmel vor.

Süperopa? Sein *baba*? Eine ungewohnte Melancholie ergriff von ihm Besitz.

»Ich wollte das alles nicht sagen …«, murmelte er, mit einem Mal todunglücklich.

Eine einzelne Träne rann ihm die Wange hinunter. Er wischte sie nicht weg. Verkrampft starrte er auf die Straße, die an den Seiten parkenden Autos zogen immer schneller an ihm vorbei. Stand die Ampel auf Rot? Und wenn schon. Sein Leben hatte einen Punkt erreicht, an dem Verkehrsregeln die geringste Rolle spielten.

So schnell es der Verkehr zuließ, jagte er durch die Innenstadt zur Polizeiwache. Er brauchte die Hilfe seiner Kollegen, auch wenn das viele Fragen mit sich bringen würde, die wiederum viel zu viel Zeit in Anspruch nehmen würden. In diesen einsamen Sekunden in seinem Wagen verfluchte Tan die bürokratischen Mühlen des Landes, das er als sein Heimatland betrachtete. Handeln, statt sich erklären zu müssen, danach stand ihm der Sinn. Er war krank vor Sorge um Ina und Tobias.

Wie hatte sein Leben innerhalb weniger Stunden so rapide den Bach runtergehen können? Was war falsch gelaufen? Der Streit mit Ina, die er doch so liebte. Die verbale Entgleisung seinem nicht minder geliebten Vater gegenüber. Was war bloß für ein selbstgefälliger Mistkerl aus ihm geworden! Er warf einen Blick in den Rückspiegel und hasste die Person, die er darin erblickte, wie noch nie zuvor in seinem Leben.

Dann sah er Rot.

In Form von zwei abrupt aufleuchtenden Bremslichtern.

»Verdammt, was zum …«

Weiter kam er nicht, da er alle Kraft in seinen rechten Fuß befördern musste, um das Bremspedal bis zum Anschlag durchzudrücken. Doch es war zu spät. Mit einem satten Rums knallte er in das Heck seines Vordermanns, der ohne ersichtlichen Grund in die Eisen gestiegen war.

Das war eindeutig das Letzte, was er in diesem Moment gebrauchen konnte. Völlig außer sich sprang er aus dem Wagen und riss die Fahrertür seines Vordermannes auf.

»Sag mal, hast du keine Augen im Kopf?«, fuhr er den Fahrer an, der ebenfalls aus dem Auto stieg. »Einfach so grundlos zu bremsen!«

Doch der Mann, ein älteres Semester mit lichtem silbrigem Haar, beachtete ihn gar nicht. Er blickte nach oben und streckte den Zeigefinger aus. »Da, Gudrun!«, rief er über den Stadtverkehr hinweg. »Da.« Irritiert folgte Tan der Richtung, in die der ausgestreckte Finger zeigte. »Das ist Süperopa!«

Nun öffnete sich auch die Beifahrertür, und eine ältere dickliche Frau in taubengrauem Kostüm erschien. »Bist du dir sicher?«

Und ob, dachte Tan. Auch er konnte es eindeutig sehen. Über die Häuserdächer schoss ein Schatten, der das Licht der Vormittagssonne reflektierte.

Das war Süperopa. Sein Vater.

Eine turmhohe Welle des Stolzes schwappte über ihn hinweg. Auf einmal war ihm alles klar: Sein Vater war unterwegs, um Ina und Tobias zu retten.

»Baba!«, schrie er. »Ich komme.«

»He«, rief der ältere Mann, als Tan sich daranmachte,

wieder in seinen Wagen zu steigen. »Der Schaden an meinem Auto. Wer auffährt, hat Schuld!«

Tan winkte ab. »Beschweren Sie sich bei der Polizei. Man kennt mich dort.«

»Aber …«

Ohne sich auf weitere Diskussionen einzulassen, klemmte sich Tan hinter das Steuer, legte den Rückwärtsgang ein und manövrierte sich, begleitet von einer Kakophonie aus kreischendem Metall, aus der mittlerweile sehr lang gewordenen Autoschlange. Dann nahm er die Verfolgung auf.

Scheiß auf die Bullen, dachte er. Das hier ist eine Familienangelegenheit.

KAPITEL 36

»Hoppla!«

Mit den Füßen voran versuchte Kenan, den unvermeidlichen Aufprall abzubremsen. Wieder hatte er die Geschwindigkeit unterschätzt. Seine Zehen schoben sich in den teerigen Belag des obersten Parkhausdecks, bis er hängen blieb und kopfüber nach vorn katapultiert wurde. Es war eine robuste Mercedes-C-Klasse, die seinen Sturz abbremste. Seine Hände hinterließen zwei hässliche Beulen im Heck der makellosen Limousine.

Schade um das Auto, dachte er, verdrängte den Gedanken an den Schaden aber in der Sekunde, in der es in seiner Schläfe heftig zu pochen begann. Er fuhr herum und fokussierte den Blick, als würde er das Teleskopobjektiv einer Spiegelreflexkamera scharf stellen. O nein …

Dem Parkhaus gegenüber standen zwei Baukräne auf einer riesigen Baustelle. An und für sich nichts Ungewöhnliches für ein Areal in der Münchner Innenstadt, auf dem ein Neubau entstand, doch etwas ließ Kenan das Blut in den Adern gefrieren. Denn von einem der Kräne baumelten sein Enkel und seine Schwiegertochter, zusammengebunden und kopfüber. Mert und Ina zappelten wie Fische im Netz in schwindelerregender Höhe. Er hörte für einen Moment auf zu atmen.

Im nächsten Moment richtete er sich auf und spannte seinen Körper so sehr an, dass sich seine Füße erneut in den Asphaltboden schoben, der unter seinem Gewicht schmolz wie Butter in der Sonne. Sein Blick folgte dem Seil, an dem die beiden hingen, nach oben, immer höher hinauf, bis er das Führerhaus erkannte. Darin saß ein junger muskulöser Mann mit Glatze, der die Schalthebel zu bedienen schien. Kenan konnte nicht beurteilen, was genau der Kerl vorhatte. So oder so hatte er das Schicksal von Mert und Ina wortwörtlich in der Hand.

»*Kalesch Adam* – Hinterhältiger«, entfuhr es ihm mit unterdrückter Wut in der Stimme. »Ich dich machen fertig!«

Er beugte sich vor, setzte zum Sprung an, und …

»Gar nichts wirst du!«

Die weibliche Stimme brachte ihn aus dem Konzept. Irritiert und überrascht zugleich, drehte er den Kopf zur Seite.

Und traute seinen Augen nicht.

»Frau … von Poser?«

Stocksteif und in der Sprungposition verharrend, sah er, wie die Konzernchefin von Poser Pharma langsam auf ihn zugerollt kam.

»Was Sie machen hier oben?« Er versuchte zu verstehen, was sein Hirn nicht begreifen konnte.

»Kenan! Ich habe Sie etwas gefragt.«

Ihr Blick hatte sich auf ihn gerichtet, und der Schreck fuhr ihm durch Mark und Bein. Kenan? Wieso nannte sie ihn bei seinem Vornamen? Er war doch kostümiert! Er war Süperopa.

Er streckte die Brust raus. »Ich nix kennen Kenan. Ich Süperopa!«

»Ich weiß ganz genau, wer sich hinter dieser Maske verbirgt«, sprach Frau von Poser unbeirrt weiter. Wenige Meter vor ihm hielt sie an. »Es ist vorbei, Kenan. Ich kenne Ihr Geheimnis.«

In diesem Augenblick erkannte er, dass sie eine kleine Box auf ihrem Schoß hatte. Eine Art metallene Kühltruhe. Auf dem Deckel prangte das Logo von Poser Pharma. Fasziniert beobachtete er, wie sie die beiden Scharniere aufschnappen ließ. Eines nach dem anderen.

Schnapp. Schnapp.

»Was ist das?« Er schaffte es nicht länger, die Neugier zu verbergen. Sein Blick irrte fiebrig zwischen der Kühlbox und den baumelnden Menschen am Kran hin und her.

»Das zeige ich Ihnen gern.«

Der Deckel der kleinen Box klappte auf, und Kenan sah nebelartige Schlieren aus dem Inneren ins Freie ziehen.

Mit einem beinahe liebevollen Lächeln brachte Frau von Poser einen Ampullenständer zum Vorschein. Der weiße Nebel löste sich auf, und eine grünlich schimmernde Flüssigkeit strahlte durch die kleinen Gläser.

Er riss die Augen auf, was seiner ehemaligen Chefin nicht entging.

»Was ist das?«

»Erkennen Sie es nicht wieder?«, fragte sie neckisch. »Natürlich tun Sie das. Schließlich hat es Sie zu dem gemacht, was Sie sind … Süperopa.« Vorsichtig, als handelte es sich um rohe Eier, verstaute sie die schimmernden Ampullen wieder in der Kühlbox. »Ich habe Ihnen meines gezeigt«, sprach sie weiter. »Und jetzt zeigen Sie mir Ihres.« Er verstand nicht. Vermutlich spiegelte sein Gesichtsausdruck genau das wider. Sie schüttelte missbilligend den Kopf. »Ihr kleines Geheimnis, lieber Kenan. Denken Sie, ich wüsste es nicht längst?«

»Geheimnis?« Ein unangenehmes Kratzen hatte sich in seiner Kehle breitgemacht. Mit einem Mal wurde ihm diese Frau extrem unheimlich.

»Der Ayran.« Sein Körper verkrampfte sich. Woher wusste sie vom Ayran? Und wie konnte sie wissen, dass der Ayran ihn vor dem grünen Schweiß bewahrte? Das wusste er doch selbst erst seit Kurzem ... Mathilda von Poser nickte. »Das allem Anschein nach einzige Gegenmittel gegen die tödlichen Nebenwirkungen des Virus, den grünen Schleim.« Ohne Vorwarnung brach sie in schallendes Gelächter aus. Jetzt kam sie ihm wirklich irre vor. »Ist das nicht urkomisch«, fragte sie, ohne zu fragen. »Jahrzehntelang haben wir geforscht und geforscht und geforscht. Und dann steckt das Geheimnis in der Ayran-Zubereitung Ihrer verstorbenen Frau!«

»Ja«, erwiderte Kenan heiser. »Sein sehr komisch.«

Die Gesichtszüge der Konzernchefin verhärteten sich augenblicklich zu einer marmornen Grimasse. »Geben Sie es mir.«

Es klang nicht wie eine Bitte. Trotzdem versuchte er sich an einer Ausrede.

»Es geben keine Ayran mehr. Alle alle. Leer.«

»Sie lügen!«

Seine Schultern schoben sich nach oben. »Aber so ist.«

Sie seufzte. »Gut. Wenn dem wirklich so ist, lassen Sie mir keine andere Wahl.« Frau von Poser zückte ein Handy.

»Was das sollen werden?«

»Sie haben es selbst in der Hand. Ein Anruf, und dieser

freundliche junge Mann im Kran, er ist übrigens mein Neffe, wird das Stahlseil kappen.«

»Nein!«

»Also frage ich Sie noch einmal: Wo ist der Ayran?«

»Ich nicht haben dabei«, antwortete Kenan sofort und hektisch. Mit aufsteigender Panik sah er, wie Frau von Poser eine Tastenkombination eintippte und sich das Telefon ans Ohr hielt. »Nein!«, schrie er inbrünstig.

Das Handy entfernte sich von ihrem Ohr. Sie musterte ihn herausfordernd. Es kam ihm vor, als glühten ihre Augen von innen heraus. Er sah ein, dass er keine andere Wahl hatte. Er musste alles daransetzen, das Leben von Ina und Mert zu retten.

»Letzter Vorrat in …«

Sollte er lügen? Sie von hier fortlocken, damit jemand anderes seinen Enkel und seine Schwiegertochter retten konnte? Jemand anderes … Aber wer sollte das sein? Vielleicht könnte er …

»Ja?«

Er spürte, wie er unter ihrem erbarmungslosen Blick einknickte.

»In Schrebergarten.«

Doch gerade als er das letzte Wort ausgesprochen hatte, nahm er eine Bewegung aus den Augenwinkeln wahr.

»Von was für einem Schrebergarten reden Sie?«, fragte Mathilda von Poser mit schneidender Stimme. Sie ließ erkennen, dass es mit ihrer Geduld so gut wie vorbei war.

»Na, meine Schrebergarten. Mein Nachbarin Doris haben gepflanzt Strauch. Name ich haben vergessen. Ist ein Busch aus meine alte Heimat. Mein geliebte Gül hat immer mitgebracht von dort. Ist so schöne Natur in Anatolien …«

Während er über die Schönheit der östlichen Türkei schwadronierte, fokussierte er den gegenüberliegenden Kran. Sein Herz machte einen Freudensprung, als er niemand Geringeren als seinen Sohn erkannte, der gerade (im toten Winkel des feisten Poser-Neffen) am Stahlkonstrukt des Krans emporkletterte und seiner Frau und seinem Sohn zu verstehen gab, dass sie sich nichts anmerken lassen sollten.

Wieder war da dieses wunderbare Gefühl von Stolz, das in ihm aufwallte. Nicht nur, dass sein Sohn alles daransetzte, seine Familie zu retten. Er brachte sogar sein eigenes Leben bei der Aktion in Gefahr, denn er war nicht abgesichert.

»Warum grinsen Sie so selbstgefällig?«, fuhr ihn Mathilda von Poser an.

Sein Kopf ruckte zurück zu ihr. Auf keinen Fall durfte sie mitbekommen, was sich da gerade auf der anderen Seite des Häuserblocks abspielte!

Eine lauwarme Windböe hatte den Weg auf das Parkhausdeck gefunden und verwuschelte seiner ehemaligen Chefin die Frisur. Sie fuhr sich unwirsch durchs Haar und ließ ihn dabei nicht aus den Augen.

»Ich lachen, weil ich sein glücklich«, gab er unumwunden zu, womit er sich einen skeptischen Blick einfing. »Ich nicht mehr müssen diese Geheimnisgekramer.« Er zwang seinen Körper in eine entspannte Haltung, die etwas wie Kapitulation ausdrücken sollte. »Ich mir sicher, dass Süpervirus und Gegenmittel sein perfekt aufgehoben in die Hände von Poser Pharma.« Bedächtig machte er einen Schritt auf Mathilda von Poser zu und breitete die Arme aus. »Perfekt aufgehoben in *Ihre* Hände.« Ihre Züge veränderten sich. Sie wirkte auf einmal unsicher und auch ein wenig gerührt. »Ich doch nur sein armer alter Mann, gefangen in Körper von Süpermensch.« Er legte eine Hand aufs Herz. »Aber hier drinnen«, sprach er leise weiter, »ich sein schwach.« Mit einem tiefen Atemzug blähte er seine Lungenflügel auf, schloss die Augen und ließ die Luft langsam wieder entweichen. Wie bei einem letzten Atemzug. Dann suchte er erneut Blickkontakt zu seiner ehemaligen Chefin. »Sie starke Frau. Schon immer. Seit ich Sie kennen. Haben Krankheit ertragen mit Würde. Haben nix unterkriegen lassen. Ich Sie bewundern, Frau von Poser.«

Er bemerkte, wie sich ihr Blick verklärte. »Ja, das war schon nicht leicht, damals«, räumte sie ein. »Sie können sich ja nicht vorstellen, wie sich das angefühlt hat. So jung und doch schon so …« Sie umfasste mit einer Hand einen ihrer Oberschenkel und ließ ihn dann beinahe angewidert wieder los. »Mitzubekommen, wie langsam das Gefühl aus den Beinen wich, sich das Leben immer weiter zurückzog – bis sie nur noch nutzlose Last waren.«

Mathilda von Poser betrachtete nachdenklich ihre gelähmten Beine. In diesem unbeobachteten Moment riskierte er einen Blick auf die andere Seite. Sein Herz schlug heftig, als er erkannte, dass sein Sohn bis ganz dicht unterhalb des Führerhauses gelangt war.

Es fehlten nur noch wenige Meter …

Und weder der Mann an den Schalthebeln noch Frau von Poser hatten bislang etwas davon mitbekommen.

Er konzentrierte sich wieder auf die Frau im Rollstuhl. »Mir tun so leid. Müssen gewesen sein schwere Zeit.« Er appellierte an ihre Gefühle, hoffte, dass die Erinnerungen sie für einen Moment lang gefangen nehmen würden.

»Das war es. Aber es war auch eine Zeit der Hoffnung. Als wir damals von diesem Wunder in Papua-Neuguinea gehört haben, wusste ich sofort, dass es die Heilung für mich bedeuten könnte. Also sind wir mit unseren damals besten Forschern hingeflogen. Ich konnte gerade noch laufen. Nun ja, gerade noch so. Mehr als ein paar hundert Meter waren eigentlich nicht drin.« Sie verfing sich in der Erinnerung, ihr Blick verschleierte sich.

»Ich verstehen.«

Er nickte unbeirrt, tat so, als würde er gebannt an ihren Lippen hängen, um sie darin zu bestärken, einfach weiterzureden. Es funktionierte.

»Und da war dieses scheinbar alles könnende Virus. So perfekt und stark.« Das milde Lächeln, das ihre Miene eben noch weich und verletzlich hatte erscheinen lassen, verschwand mit einem Mal. »Und zerstörerisch. Unzählige Menschenleben hat dieses Virus eingefordert. In den Tiefen des Dschungels von Papua-Neuguinea, wo es seinen Ursprung hat. Und in unserer Forschungseinrichtung, wo wir es jahrzehntelang an Menschen angewendet haben.« Er spürte, wie er vor Schreck die Augen aufriss. Diese Offenbarung ging ihm durch und durch. Hieß das etwa, dass all die Jahre, in denen er im Dienst von Poser Pharma gearbeitet hatte, Menschen in den Laboren getötet … »Keine Sorge«, meinte Frau von Poser, als hätte sie seine Gedanken erraten. »Die Probanden waren sowieso todkrank. Wir hatten einige Kontaktleute in Krankenhäusern, die uns dabei halfen, die hoffnungslosen Fälle ausfindig zu machen. Die haben wir mit dem Versprechen zu uns gelockt, an einer bahnbrechenden Studie teilzunehmen. Das stimmt ja sogar!« Sie kicherte. Es klang fürchterlich. »Die Entdeckung des Virus *ist* bahnbrechend, nur dass wir leider den grünen Schleim nicht unter Kontrolle bekommen haben … Bis jetzt.« Sie schüttelte den Kopf. »Wenn ich an die Arbeit denke, die wir bei der Beseitigung hatten. Sie glauben ja gar nicht, wie erfinderisch wir sein mussten …«

»Erfinderisch?«, krächzte er.

Er hatte erheblich Probleme damit, die Tragweite dieser Offenbarung zu begreifen. Es kam ihm vor, als würde sein Gehirn sich schlicht und ergreifend weigern, die schrecklichen Geständnisse dieser entsetzlichen Frau zu einem großen Ganzen zusammenzufassen.

Virus? Hoffnungslose Fälle? Beseitigung? Aber das war ja …

Mathilda von Poser schloss die Augen und sprach unbeirrt weiter. »Die Unmengen von Fluorwasserstoffsäure. Wagenweise haben wir das Zeug anschaffen müssen, um sie aufzulösen.«

»Sie?« Das Kratzen in seiner Kehle war nun unerträglich.

Mathilda von Poser nickte. »Die Leichen.«

»Leichen …«, wiederholte er tonlos.

»Natürlich hätte ich alles diesem Veit in die Schuhe geschoben, wenn etwas an die Öffentlichkeit gelangt wäre.« Sie lachte gekünstelt auf. »Ich bin schließlich keine Idiotin.«

»Aber Sie …« Er verstummte vor Entsetzen. Endlich hatte er verstanden. Verstanden, dass er sein halbes Leben für den Teufel in Person gearbeitet hatte. »Sie waren Drahtgezieher hinter alles!«

KAPITEL 37

»Bloß nicht nach unten schauen. Bloß nicht nach unten schauen. Bloß nicht nach unten schauen …«

Dieses Mantra betete Tan seit zweihundertzwanzig Leitersprossen herunter und versuchte, sich auf den gelben Lack zu konzentrieren. Beim Aufstieg hatte sich sein Körper derart verkrampft, dass er kaum noch Gefühl in seinen Händen spürte. Eigentlich hatte er keine Höhenangst. Das jedenfalls hatte er sich am Anfang seiner kleinen Tour gen Himmel gesagt. Mittlerweile wusste er, dass er mit seiner Einschätzung falschgelegen hatte. Er hatte Höhenangst. Aber das war egal. Er hatte keine andere Wahl. Er *musste* zu seiner Frau und seinem Sohn.

Das Ziel im Auge, schob er sich Sprosse um Sprosse höher – ungeachtet des Schwindels, der ihn mit aller Macht wieder nach unten zerren wollte.

Er hatte keine Ahnung, wie ihm das Unmögliche gelungen war. Doch nach sieben Minuten und vierzehn Sekunden der nackten Todesangst hatte er die letzte Sprosse erklommen und schob sich durch eine Luke auf dem Plateau, auf dem das Führerhaus des Krans angebracht war. Der Kranführer – ein muskelbepackter Typ – saß mit dem Rücken zu ihm, die Hände an den Schalthebeln. Zum Glück hatte er ihn bislang noch nicht bemerkt.

Er ließ sich erst einmal auf den Rücken fallen, um durchzuatmen. Den Gitterboden unter sich spürend, zwang er sich zur Ruhe. Was nicht gerade einfach war. Denn der rasende Puls, der ihm einen Sternenschauer nach dem anderen vor den Augen vorbeischickte, ließ sich auch von der Betrachtung des blauen Himmels nicht beeindrucken.

Tan atmete tief durch und erinnerte sich an die einzige Pilates-Stunde in seinem Leben, die er nur Ina zuliebe absolviert hatte. Damals, im Kluburlaub auf Kos. Seine Frau hatte ihn gebeten, ihn zu begleiten, denn sie hatte sich zwischen all den durchtrainierten Superfrauen nicht wohlgefühlt. Er hatte mit knirschenden Zähnen zugestimmt und verzweifelt nach seinem Powerhouse gesucht – ein Umstand, der ihm von seinem Vater natürlich nur Schimpf und Schande eingebracht hatte. Und den Muskelkater seines Lebens. Denn Pilates sah zwar aus wie Turnen für Arme, war aber so unfassbar anstrengend, dass er noch heute keuchen musste, wenn er an die Stunde zurückdachte.

Ina war ganz schnell mit den anderen Damen ins Gespräch gekommen, und so hatte er sich nach einer Stunde wieder auf der Liege fläzen und den Wolken beim Vorbeiziehen zuschauen dürfen.

Das Powerhouse. Richtig. Tan spürte tief in sich hinein und konzentrierte sich. Er atmete ruhig und so tief ein, dass sich sein Oberkörper aufblähte. Dann durch den Mund wieder aus.

Es funktionierte. Er wurde ruhiger. Allmählich kam auch das Gefühl in seine Hände zurück. Und das brauchte er am allernötigsten für seinen nächsten Schritt. Er zwang sich mit wackligen Knien auf die Beine. Den Blick stur geradeaus gerichtet, ballte er die rechte Hand zur Faust und riss die Tür zum Führerhaus auf.

Der Stiernacken auf dem viel zu kleinen Fahrerstuhl war äußerst erstaunt darüber, so unvermittelt und in derart luftiger Höhe unangekündigten Besuch zu bekommen. Tan nutzte das Überraschungsmoment und stürmte wie ein tollwütiger Waschbär auf ihn zu. Er stieß den Mann vom Stuhl und warf sich auf ihn.

Natürlich war er dem Typ körperlich absolut unterlegen, doch er kämpfte mit dem Mut eines verzweifelten Familienvaters. Immer wieder stieß er seine Fäuste in den massigen Körper. Die meisten Hiebe trafen nur Fleisch, doch er gab nicht auf. Ungeachtet der Schmerzen, die ihn durchfuhren, wenn er einen Gegentreffer einstecken musste, förderte er sein ganzes Wissen aus der Polizeischule zutage, wo er gelernt hatte, wie man die empfindlichsten Stellen des menschlichen Körpers traf.

Endlich hatte er einen Volltreffer in die Milz gelandet. Der Mann unter ihm heulte auf wie ein kleines Kind. Tan fokussierte den kleinen Punkt unterhalb des Kinns, der im Boxen dafür sorgen konnte, dass der Gegner sofort k.o. ging. Na ja, er war nicht hundertprozentig erfolgreich, dennoch war der Fleischberg durch den Treffer geschwächt. Sofort bohrte er seinen Zeigefinger in den Kehlkopf des Mannes, der röchelnd nach Luft japste. Er holte aus, und … sah plötzlich in den schwarzen Lauf seiner eigenen Dienstwaffe.

»Runter von mir, du Hänfling!«

Tan hob die Arme über den Kopf und richtete sich langsam auf. Ebenso schnell war der Dicke wieder auf den Beinen.

»Und jetzt raus mit dir.«

Tan spürte einen Schlag gegen die Schulter, doch er nutzte die Wucht seines Angreifers und tauchte zur Seite ab. Tatsächlich verlor der Fettwanst für einen kurzen Moment das Gleichgewicht. Mit einem blitzschnellen Karateschlag, den er in einem Jackie-Chan-Film mal gesehen hatte, schlug er dem Typen die Waffe aus der Hand, die in hohem Bogen in Richtung Schaltpult flog.

Tan hob die Fäuste, doch der voluminöse Kerl sprang mit einem Satz, den er ihm niemals zugetraut hätte, in Richtung Waffe. Ohne auch nur eine Sekunde länger zu überlegen, warf Tan sich auf den Rücken des Mannes.

Sie landeten unsanft auf dem Schaltpult, der Dicke vorweg und Tan hinterher, und mit Schrecken erkannte er, dass der ausladende Bauch des anderen einen der vielen Hebel nach vorn gedrückt hatte.

Verdutzt hielten sie beide inne. Die Fahrerkabine rührte sich keinen Zentimeter. Auch der Kran blieb still. Puh, Glück gehabt, dachte Tan, doch seine Erleichterung war im Nullkommanichts wie weggeblasen, als ein hysterischer Schrei zu ihnen nach oben drang. Es klang, als würde jemand in eine tiefe Schlucht stürzen …

Er blickte panisch in den Abgrund.

Dann sah er sie fallen und schrie: »Inaaaaaa!!!!«

KAPITEL 38

Alles passierte gleichzeitig. Ein bohrender Schmerz jagte durch Kenans Schläfe, ein spitzer Schrei setzte sich nicht minder schmerzvoll in seinem Gehörgang fest. Diese beiden Empfindungen trafen ihn so unvorbereitet, dass er kurz in die Knie ging – überwältigt von den Eindrücken, die auf ihn einstürmten.

»Ups«, hörte er Mathilda von Poser sagen. Sie klang erschrocken und belustigt zugleich.

Er zögerte keine tausendstel Sekunde und schoss wie eine gezündete Rakete in Richtung Baustelle. Im Flug sah er seinen Sohn im Fahrerhaus in einem Handgemenge mit dem Kranführer. Der nächste Augenaufschlag zeigte ihm seine Schwiegertochter und seinen Enkel im freien Fall. Irgendjemand hatte das Seil gekappt, an dem sie gebaumelt hatten.

Er durchpflügte einen Schwarm Vögel, der wild kreischend auseinanderstob und beschleunigte in Überschallgeschwindigkeit. Seine Umgebung nahm er nur noch in Zeitlupe wahr – Süper-Slow-Motion sozusagen.

Ina und Mert kamen dem Asphalt der Straße rasant näher. Nur noch wenige Meter trennten die beiden vom tödlichen Aufprall. Er sah Mert nach oben blicken, die Augen in Todesangst geweitet, den Mund zum Schrei aufgerissen. Doch als er ihn über sich erblickte, lächelte er.

Er streckte die Arme aus und bekam das Seil zu fassen, mobilisierte die letzten Kraftreserven, um zu verhindern, dass zwei der wichtigsten Menschen in seinem Leben auf der Straße aufprallten. Sie baumelten nun etwa drei Meter über dem Asphalt. Kenan bemerkte, dass er die ganze Zeit die Luft angehalten hatte. Nun traute er sich wieder zu atmen, und langsam ließ er Ina und Mert sanft auf dem Boden aufkommen.

»Süperopa!« Inas Stimme überschlug sich vor Euphorie, als sie nach oben starrte und ihn erblickte. »Du hast uns gerettet!«

Er schüttelte belustigt den Kopf. »Nix Süperopa. Ich Kenan.«

Erschrocken weiteten sich Inas Augen, als sie den Mann hinter der Maske an der Stimme erkannte. Dann brach sie in ein befreiendes Lachen aus, dem sich auch Mert anschloss.

Mit den beiden im Schlepptau flog er bis zum Führerhaus des Krans. Und dann fiel auch die letzte Anspannung von ihm ab. Tan winkte ihnen durch die Frontscheibe hektisch zu. Zu seinen Füßen lag ein unförmiger Fleischklops in Handschellen.

KAPITEL 39

»Noch nix alles vorbei«, bremste Kenan Tan, Ina und Mert aus, die ihm überglücklich in den Armen lagen, lachten und schluchzten. Sie hatten sich auf ihn gestürzt und dachten überhaupt nicht mehr daran, ihn wieder loszulassen. So ernst die Lage nach wie vor war, er wehrte sich nur halbherzig gegen die innige Umarmung seiner Familie.

Er hatte die drei auf dem Dach eines nahe gelegenen Hochhauses abgesetzt, um sie aus der Gefahrenzone zu bringen. Es wurde höchste Zeit, dass er aufbrach, um der Konzernchefin das Handwerk zu legen. Wenn stimmte, was sie ihm offenbart hatte, dann gehörte sie ins Gefängnis. Zumal man dieser Frau alles zutrauen musste. Ganz besonders, weil sie schon bald niemand mehr würde aufhalten können. Sie durfte auf keinen Fall an seinen Ayran-Vorrat!

»Mathilda von Poser haben Virus«, erklärte er. »Sie schon bald hat Gegenmittel. Damit sie kann herrschen über Welt.«

Ina war die Erste, die sich aus der Gruppenumarmung löste. »Die Poser!« Ihre Stimme überschlug sich vor Hass. »Sie steckte von Anfang an hinter allem.«

Er nickte. »Sie sehr böse Frau.« Mit seinen Superaugen

scannte er die Decks des Parkhauses gegenüber ab. Doch er konnte sie nicht entdecken.

»Du hältst dich da raus, *baba*!«, beschied sein Sohn ihn. »Ab jetzt ist das Sache der Polizei. Ich möchte nicht, dass sich eines meiner Familienmitglieder noch einmal in Gefahr begibt.«

Ehe er etwas erwidern konnte, zog Tan sein Smartphone aus der Hosentasche und wählte eine Nummer.

In diesem Augenblick machte Kenan auf dem oberen Parkdeck einen Gegenstand aus, der da nicht hingehörte. Er stellte seinen Blick schärfer.

»Was machst du?«, fragte Mert seinen Vater.

»Na, was wohl? Die Kollegen rufen.«

»Rollstuhl«, murmelte Kenan.

»Was?«, fragte Ina irritiert.

Er wies in Richtung Parkhaus. »Da Rollstuhl von Mathilda von Poser.«

Ina und Mert schirmten die Augen vor dem grellen Sonnenlicht ab.

»Also, ich erkenne da gar nichts«, meinte Mert.

»Wenn das wirklich der Rollstuhl ist«, dachte Ina laut, »wo ist dann Mathilda von …«

»Ja, Tan Süper hier! Schickt sofort alle verfügbaren Einsatzkräfte in die Bayerstraße. Es geht um Leben und …«

Er kam nicht mehr dazu, den Satz zu beenden. Alles ging so rasend schnell, dass niemand reagieren konnte, nicht einmal Kenan. Fassungslos sah er auf das Smartphone, das durch die Luft segelte und genau dort scheppernd zu Boden fiel, wo eben noch sein Sohn gestanden hatte.

Ina schrie, Mert schrie.

Sein Kopf fuhr ruckartig nach oben. Er konnte nicht glauben, was er über sich sah. Sein Sohn wurde am Schlafittchen von einem Wesen in die Höhe gerissen, das sich immer weiter in die Stratosphäre schraubte. Mit seinem Süperblick erkannte er, dass es Mathilda von Poser war. Und auch wieder nicht. Sie war von Kopf bis Fuß grün und gab ein ungesund wirkendes Pulsieren von sich.

Er ballte die Fäuste.

»Was siehst du?«, wollte Ina wissen.

»Mathilda von Poser! Sie sich haben Virus injiziert.«

Wie auf Kommando stoppte Mathilda von Poser ihren steilen Aufstieg und schwebte wieder etwas in Richtung Erde, sodass auch Ina und Mert das Ausmaß ihrer Veränderung erkennen konnten.

Tan versuchte, sich mit Händen und Füßen zu wehren. Das Bild war verstörend. Es erinnerte Kenan an einen Adler, der seine Beute in den Klauen hielt. Gegen die unbändige Kraft, über die Mathilda von Poser nun zu verfügen schien, hatte er nicht den Hauch einer Chance.

»O G … Gott«, stammelte Ina, und als Mathilda von Poser plötzlich beschleunigte und sich von ihnen entfernte, Tan wie ein Bündel hinter sich herziehend, fragte sie panisch: »Was hat sie mit ihm vor?«

»Sie fliegt in Richtung Olympiapark!« Merts Finger zeigte auf den emporragenden Olympiaturm.

»Was sollen wir denn nun tun?« Ina war kurz davor, die Nerven zu verlieren. Tränen kullerten ihr über die Wangen.

Er legte ihr beschwichtigend die Hände auf die Schultern und sah sie eindringlich an, bis er sicher sein konnte, dass ihm ihre komplette Aufmerksamkeit zuteilwurde.

»Du bringen dich und Mert in Sicherheit. Ich werden retten Tan und diese Albtraum endlich machen eine Ende.«

Mert klatschte überschwänglich in die Hände. »Ja, Opa, schnapp dir den Endgegner!«

KAPITEL 40

Von oben sah der Olympiapark aus, als würde eine Ameisenparty stattfinden. Tausende von wackelnden Farbklecksen wuselten umher. Kenan entsann sich, dass an diesem Tag das große Sommerfestival in den Parkanlagen ausgetragen wurde. Mert hatte ihm erzählt, dass er eigentlich mit diesem Mädchen, Leni, dorthin wollte. Nun denn, dachte er. Auch er hatte sich den Tag gänzlich anders vorgestellt.

Er versuchte, sich von all den Menschen unter ihm nicht ablenken zu lassen, und reduzierte seine Düsenjetgeschwindigkeit auf die eines Doppeldeckerflugzeugs, da sich die grüne Version von Mathilda von Poser ein paar Meter über der höchsten Aussichtsplattform des Olympiaturms in Position gebracht hatte. Was auch immer diese niederträchtige Frau vorhatte, er befürchtete Schlimmstes. Anscheinend hatte sie zumindest in geografischer Hinsicht ihr Ziel erreicht.

Er war mehr als irritiert, als er die Menschenmenge unter sich frenetisch aufjubeln hörte, und fokussierte die Bühne am Rand der Menschentraube, doch selbst dort schauten alle nach oben. Direkt in seine Richtung. Erst als Süperopa-Sprechchöre zu ihm heraufdrangen, verstand er: Die Menschen feierten ihn! Er war der Grund für den ausgelassenen Jubel.

Sein Herz schlug hart gegen seinen Brustkorb. So ernst die Gesamtsituation auch war, er ließ es sich nicht nehmen, spontan nach unten abzutauchen und dicht über die Köpfe der Menschenmenge hinwegzufliegen.

Das Geschrei war ohrenbetäubend. Unzählige Hände streckten sich ihm entgegen, wollten ihn berühren. Als er im Tiefflug die große Bühne erreicht hatte, erkannte er niemand Geringeren als den Helden seines Enkels darauf stehen: Deli Knight. Der Mann mit dem schwarzen langen Haar stand dort, breitbeinig wie der berühmte Fels in der Brandung. Die eine Hand in die Hüften gestemmt, den Daumen der anderen in die Höhe gereckt.

Für einen kurzen Moment dachte er: Wunderbar, noch ein Superheld! Wir können Mathilda von Poser zu zweit in die Zange nehmen. Dann jedoch fiel ihm ein, dass Deli Knight nur eine fiktive Figur war und über keinerlei echte übermenschliche Fähigkeiten verfügte. Vermutlich war dieser Mann, der da unten auf der Bühne stand, nur ein Schauspieler – einer von vielen, die die Figur mimten. Er seufzte. Würde mal wieder alles an ihm hängen bleiben.

Na ja. Immerhin auch der Ruhm …

Er sauste an der Bühne vorbei. Als sich sein Blick und der des Superheldendarstellers begegneten, zwinkerte Deli Knight ihm zu. Kenan lächelte. Dann schraubte er sich torpedoartig in die Höhe, um die Sache endlich zu beenden.

Keinen Augenaufschlag später schwebte er vor der Aussichtsplattform, wo die in einen grünen Nebel gehüllte Mathilda von Poser bereits auf ihn wartete.

»Von Angesicht zu Angesicht«, begrüßte sie ihn mit einem anmaßenden Grinsen, das beinahe diabolisch wirkte.

In der einen Hand hatte sie die Box mit den Ampullen. In der anderen hielt sie Tan an der Kehle, der sich mit seinen Händen fest an ihren Arm klammerte. Unter ihm der Abgrund.

Kenan blickte hinunter. Unzählige Menschen sahen zu ihnen herauf.

»Bloß nicht nach unten schauen. Bloß nicht nach unten schauen …«, hörte er seinen Sohn immer wieder sagen.

Er verstand nicht, was Mathilda von Poser vorhatte. Aber die Box mit den Ampullen war ihm Warnung genug.

»Frau von Poser, bitte. Wir über alles können re …«

»Nein«, fuhr sie ihm über den Mund. »Mathilda von Poser ist tot. Es gibt sie nicht mehr. Sie war schwach. Heute ist der Geburtstag von SÜPERPOSER!« Sie legte den Kopf in den Nacken und lachte. Es klang unheimlich, dieses Lachen. Wie Fingernägel, die über eine Tafel kratzten. Kenan fröstelte. Vorsichtig schwebte er einige Meter auf das grüne Wesen zu – bis es die Hand ausstreckte. »Komm nicht näher!«, kreischte sie, jetzt auch jede Höflichkeitsformen außer Acht lassend. »Du hast verloren, alter Mann. So was von verloren.« Ein weiteres hässliches Lachen drang aus ihrem Mund und ließ ihn einmal mehr erschaudern.

»Bitte, Frau von … Süperposer.« Er hob beschwichtigend die Hände. Vielleicht konnte er sie mit geheuchelter Ehrerbietung einlullen? »Das hier ist Sache zwischen uns beide. Lassen Sie meine Sohn aus Spiel.«

Sie schüttelte amüsiert den Kopf. »Aber es geht doch gar nicht nur um deinen Sohn. Du bist so sehr auf dich selbst bezogen, das ist wirklich keine gute Eigenschaft. Hier geht es um weitaus mehr, um das große Ganze.«

Mathilda von Poser senkte den Blick und ließ ihn über das Stadion unter sich schweifen. »Bedenke nur all die vielen Menschen dort unten … Frauen und Kinder. Und was passieren wird, wenn ich die Box mit den Ampullen öffne und fallen lasse …« Sie grinste ihn unverhohlen an, und er schluckte mühsam. »Sag mir, alter Mann, wie viele Menschenleben ist dir dein Sohn wert?« Sie streckte die Arme seitlich aus und sah aus wie eine antike Waage. Links die nun geöffnete Kühlbox. Rechts sein Sohn. »Für wen wirst du dich entscheiden, wenn ich meine Hände öffne?«, fragte sie in einem süßlichen Tonfall, als wäre das alles ein Spiel und als stünden nicht unzählige Menschenleben auf dem Spiel. »Für deinen Sohn? Oder für die armseligen Würmer da unten?«

Ehe er einen klaren Gedanken fassen konnte, ließ Mathilda von Poser alias Süperposer die geöffnete Kühlbox los. Sofort purzelten die Ampullen heraus in Richtung Menschenmenge.

Er dachte keine Sekunde nach, sondern schoss ihnen wie eine Rakete hinterher. Natürlich hatten sie nicht alle dieselbe Flugbahn, sondern entwickelten ihren ganz eigenen Fall auf die Erde. Es waren insgesamt sechzehn kleine Gläschen, in denen die grüne Flüssigkeit vor sich hin glomm. Etwa die Hälfte konnte Kenan auf den ersten paar Metern einsammeln. Ohne weiter darüber nachzudenken, nahm er die acht kleinen Gefäße in die linke Hand, mit der rechten angelte er zwei weitere Ampullen, die etwas entfernt durch die Luft segelten.

Zehn Stück hatte er. Es waren sechs übrig, die irgendwo vor ihm Richtung Erde trudelten. Noch hundertfünfzig Meter.

Er sauste weiter und schnappte sich die nächste Ampulle, die er zu fassen kriegte. Dann eine, die links daneben in der Luft rotierte.

Vier noch.

Hundert Meter.

Er sah sich panisch um. Wo waren die anderen?

Fünfzig Meter.

Da vorn, etwa zwei Armlängen von ihm entfernt, glomm es grünlich auf. Er machte sich lang und bekam die Ampulle zu fassen.

Es blieben drei.

Und der Boden kam viel zu schnell näher. Die Menschen schrien entsetzt und stoben auseinander. Sie hatten offenbar bemerkt, dass es kein gutes Zeichen war, wenn Süperopa sich vom Olympiaturm stürzte.

Hektisch drehte er den Kopf von links nach rechts. Und dann sah er sie, die drei fehlenden Gläschen. Blitzschnell stellte er im Kopf eine Hochrechnung an. Wenn er die beiden Gefäße links von sich als Erstes zu fassen bekam, hätte er die besten Chancen. Dann würde im schlimmsten Fall nur eine auf dem Asphalt unter dem Olympiaturm zerschellen …

Fünfundzwanzig Meter.

Er korrigierte seinen Flug um ein paar Grad nach links und griff nach den beiden Ampullen, die nebeneinander gen Erde donnerten.

Vierzig Meter.

O Gott.

Er sauste nach rechts. Im Augenwinkel nahm er das Gesicht eines Mannes wahr, der den Mund aufriss. So nah war er dem Boden schon? Noch einmal legte er alle

Energie in seinen Körper und veränderte die Flugbahn um wenige Grad.

Die letzte Ampulle kam näher. Er konnte sie schon leuchten sehen!

Zwanzig Meter.

Kenan hörte, wie die Menschen unter ihm zu schreien begannen. Doch er konzentrierte sich nur auf das Fläschchen, das sich nun eine Handbreit von seinem ausgestreckten Arm befand. Er machte sich noch länger und … bekam das winzige Gefäß zu fassen.

Drei Meter.

Er schloss die Augen, konzentrierte sich und spannte seinen Körper an, damit er bei der Landung nicht auf dem Asphalt zerplatzte wie eine reife Frucht, die vom höchsten Ast eines Baumes fiel.

Die sechzehn Ampullen hielt er fest umklammert. Dann öffnete er den Mund, und ein Urschrei drang aus seiner Kehle – ein Schrei, der ihn einen Meter vor dem tödlichen Aufprall mitten in der Luft stehen bleiben ließ.

Für eine Sekunde passierte gar nichts. Es war mucksmäuschenstill. Keiner machte auch nur einen Laut. Er schwebte einfach in der Luft, im Zentrum eines großen Kreises, den die Menschenmenge um ihn herum gebildet hatte.

Dann gab er all seine Energie frei und schoss wie die *ARIANE* wieder in den Himmel Richtung Aussichtsplattform. Unter ihm brandete Jubel auf.

Erst in diesem Moment fiel ihm auf, dass sein waghalsiges Manöver funktioniert hatte. Von unten drang der infernalische Lärm nach oben. Klatschen, Süperopa-Rufe, Olé-olé-Jubelchöre. Ein Lächeln schlich sich in sein Gesicht.

Selbst Süperposer, immer noch ein paar Meter über der höchsten Aussichtsplattform in der Luft schwebend und Tan am Schlafittchen festhaltend, wirkte ein wenig amüsiert. »Ich würde ja klatschen, aber …«

Sie zuckte mit den Schultern – und ließ Tan ohne Vorwarnung los. Mit einem markerschütterten Schrei stürzte er hinunter in Richtung Menschenmenge.

Kenan konnte nichts tun, außer seinem in die Tiefe fallenden Sohn fassungslos hinterherzublicken. Dann fiel sein Blick auf Mathilda von Poser. Sie hatte den Kopf wieder in den Nacken gelegt und lachte ihr fürchterliches Superschurkenlachen.

Ehe er sich versah, stürzte sie dem fallenden Tan hinterher. Eine Sekunde später war sie wieder da – mit dem käseweißen Tan.

»Ups.« Sie lächelte Kenan entschuldigend an. »Ich Dummerchen, da hätte ich doch um ein Haar das Leben deines Sohnes auf dem Gewissen gehabt.«

Ihr meckerndes Gelächter entfachte seinen Zorn nur noch mehr. Doch er hielt die Ampullen in seinen Händen fest umklammert und versuchte, sich nicht provozieren zu lassen. Tan lebte, und er hatte sich nicht zwischen ihm und der Menschenmenge am Fuße des Olympiaturmes entscheiden müssen.

»Weißt du, was du jetzt für mich tun wirst, Süperopachen? Du fliegst über das Olympiagelände und wirfst die kleinen Virencocktails einen nach dem anderen ab. Und flieg schön tief, ja? Ich möchte, dass alle sehen, wer der Bösewicht in dieser Geschichte ist. Wenn das Virus in ein paar Tagen erst einmal ein paar süße Kinderlein, vielleicht ganze Familien dahingerafft hat, erscheint Poser Pharma als Retter der Stunde mit dem Antivirus.« Endlich verstand Kenan, worauf es Mathilda von Poser die ganze Zeit abgesehen hatte. Es ging um nichts weiter als Profit! Sie wollte Geld verdienen – unendlich viel Geld. Denn sie war die Einzige, die das Gegenmittel gegen den grünen Schleim kannte. Es war Ayran, ordinärer, gewöhnlicher Ayran nach dem geheimen Rezept seiner geliebten Gül. Er wusste das, er allein, und das bedeutete, dass Süperposer ihn unter keinen Umständen am Leben … »Wenn du dich weigerst zu tun, was ich von dir verlange, dann …«

Kenans Mund war staubtrocken.

Wieder ließ Mathilda von Poser Tan fallen, fing ihn aber eine Sekunde später wieder auf.

Als sie seine Höhe erneut erreicht hatte, sah er in das aschfahle Gesicht seines Sohnes, der am ganzen Leib zitterte. Er war sich sicher, ein drittes Mal würde Tan den Sturz aus dieser Höhe nicht überleben – und dafür brauchte er noch nicht mal den Aufprall auf dem Boden.

»N … nein«, stammelte er und blickte nach unten zu den vielen Unschuldigen. »Ich weigere mich nicht.« Das Leben seines Sohnes für das Leben vieler. Die Lage war aussichtslos. Immer wieder driftete sein Blick wie in Zeitlupe weg von Tan. Nachdenklich betrachtete er die todbringenden Ampullen in seinen Händen, der grünliche Inhalt schimmerte im gleißenden Sonnenlicht. Dann sah er wieder hinunter zu den Menschen, die mittlerweile allesamt mitbekommen hatten, dass über ihren Köpfen etwas Bedeutsames vor sich ging. Himmel, warum verschwanden sie nicht einfach? »Frau von Poser.« Er versuchte noch einmal an ihre menschliche Seite zu appellieren. »Mathilda …«

»Süperposer«, schnitt sie ihm das Wort ab. »Und, was ist nun? Erspar mir dein Mitleid heischendes Gesabbel! Ich lasse mich nicht umstimmen, verstanden?«

Nach einer sich endlos anfühlenden Sekunde atmete er tief durch.

Er hatte seine Entscheidung getroffen.

KAPITEL 41

Kenan seufzte resigniert.

»Ich werde geben auf. Ich nicht opfern Sohn. Mein eigen Fleisch und Blut.«

»Papa!«, schrie Tan über das erstickte Gelächter der verrückten Frau hinweg. »Nicht! Da sind so viele Menschen, die kannst du unmöglich für mich sterben lassen.«

Kenan legte alle Ampullen in die offene linke Hand und streckte die andere Frau von Poser entgegen. »Sie gewonnen«, sagte er eindringlich. »Ich geben Hand darauf.« Abschätzig betrachtete sie seine Hand. »Bitte«, legte er nach. »Ist türkische Brauch. Geschäft mit Handschlag besiegeln.«

Er sah unterwürfig zu ihr hoch und schluckte das letzte bisschen Stolz herunter, als sie mit einem abfälligen Schmatzen schließlich seine ausgestreckte Hand ergriff – und in derselben Sekunde erkannte, dass sie in die Falle getappt war.

Sofort veränderte sich etwas. Erst spürte Kenan ein elektrisierendes Kribbeln, von der Kopfhaut bis in den kleinen Zeh. Es dauerte keinen Augenaufschlag, und er sah sich selbst in die Augen. Beziehungsweise Süperposer – in seiner Gestalt.

Ihm war das Kunststück erneut gelungen, wie ein paar

Tage zuvor auf der Toilette in Cans Teehaus. Er musste sich nur konzentrieren, und schon spürte er die Energie seines Gegenübers durch die Hand in seinen Körper fließen und war in der Lage, die Gestalt mit ihm zu tauschen.

Mathilda von Poser wusste nicht, wie ihr geschah, als sie sich selbst betrachtete – aus seinen Augen. Er sah an sich hinunter und erblickte grünlich schimmernde, filigrane Hände anstelle des behaarten, verknitterten Handrückens. Es waren die Hände einer Frau. Die Hände von Süperposer. Er konnte sich ein Schmunzeln nicht verkneifen.

Dafür erntete er den wütenden Blick seiner eigenen Grimasse. Er wusste gar nicht, dass er so zornig aussehen konnte. Und warum hatte ihm nie jemand erzählt, dass er sich dringend mal einen Nasenhaartrimmer zulegen musste?

Plötzlich spürte er Gegenwehr – als würde ihm eine unheilvolle Kraft aus dem Inneren die Energie entziehen. Mit Erfolg. Nur wenige Sekunden später hatte Mathilda von Poser sich wieder in Süperposer verwandelt. Er spürte, dass auch er zu seiner eigenen Gestalt zurückgefunden hatte.

Er kniff die Augen zusammen und drückte ihre Hand, so fest er konnte. Sofort sah er sich wieder sich selbst gegenüberstehen. Ihm entfuhr ein euphorisches »Ha!«.

Doch die Freude hielt nicht lange. Seine ehemalige Chefin lernte schnell. Zu schnell. Sie zwinkerte nur kurz und fand zurück in ihre Gestalt.

Sie tauschten noch zwei-, dreimal bewusst ihre Körper. Dann geschah etwas vollkommen Unvorhergesehenes. Er verlor die Kontrolle. Es war, als hätte er in ein offen liegendes Starkstromkabel gegriffen und würde nun durchgeschüttelt von Tausenden von Watt, die in seinen Körper eindrangen wie ein scharfes Messer in eine Buttercremetorte. Frau von Poser schien es nicht anders zu ergehen.

Während ihre Körper wie wild geworden hin und her tauschten, bäumten sie sich auf, verzogen sich ihre Mienen zu qualvollen, aber stummen Schreien. Er wusste nicht, wie lange es ging, doch der Knall, mit dem sie sich schließlich explosionsartig voneinander lösten, kam ihm wie eine Befreiung vor.

Die Freude darüber hielt jedoch nur exakt so lange, bis er seinen Sohn kopfüber in die Tiefe stürzen sah. Tan ruderte mit den Armen wie ein Jungvogel mit den Flügeln beim verzweifelten Versuch, das Fliegen zu erlernen.

Obwohl in seinem Inneren noch immer lodernde Blitze tobten und seine Muskeln vor Schmerzen aufschrien, stürzte er Tan hinterher. Zum Glück war er schneller als sein Sohn, aber er hatte immer noch die Ampullen in den Händen! Als er von der Aussichtsplattform gesprungen war, hatte er reflexartig schützend die rechte Hand über die linke gestülpt. Wenn das Virus freigesetzt wurde, weil die Gläschen auf dem Boden zerbrachen, würden Hunderte sterben.

Er flog an Tan vorbei, der die Augen geschlossen hatte und die Lippen, als murmelte er irgendwas.

»Tan!«, schrie er. »Tan!«

Sein Sohn öffnete die Augen und sah zur Seite, blickte verwundert drein, als er ihn, Kenan, wahrnahm. »Nicht nach unten schauen, nicht nach unten schauen«, brabbelte er vor sich hin.

Dann tat er es doch, und sein Gesichtsausdruck wurde panisch.

»Tan! Ich kommen unter dich. Du klammern fest wie Äffchen, ja?«

»Was?« Tan konnte den Blick nicht von der auf ihn zurasenden Erde nehmen. »Äffchen?«

Er versuchte, sich unter den Körper seines Sohnes zu schieben. »Ich Hände nicht frei. Du dich festklammern an meine Rücken!«, brüllte er.

»O Gott«, stöhnte Tan. »Das wird doch nie klappen!«

Immerhin hatte er aufgehört, diesen blöden Satz immer wieder zu sagen.

»Tan! Mach nun. Halten fest«, befahl Kenan, der jetzt ein kleines bisschen sein Tempo verlangsamte.

Unsanft prallte ihm Tan in den Rücken.

»Uff«, machte er, während ihm die Luft aus den Lungen gedrückt wurde. Um ein Haar hätte er die Ampullen fallen lassen. Dann jedoch spürte er, wie sich die Arme seines Sohnes um seinen Oberkörper schlangen, die Beine um seine Hüfte. Wie bei einem Tandemsprung, nur irgendwie … anders.

Der Boden kam viel zu schnell näher. Ihnen blieben vielleicht noch drei, vier Sekunden.

»Okay?«, rief Kenan und drehte den Kopf ein Stück zur Seite. Wenn Tan sich nicht richtig festhielt, würde er ihm beim Aufstieg in den Himmel vom Rücken rutschen.

Es dauerte einen Herzschlag, bis Tan antwortete. »Okay.«

Kenan spürte, wie er sich noch enger an ihn klammerte. Er stob in die Höhe, hörte Tans Schrei hinter sich, doch sein Griff lockerte sich nicht, und so konnte er nach ein paar Metern des Auftriebs ein Stück entfernt von der staunenden Menschenmenge, die ihr Flugmanöver mit staunenden und erschrockenen Ahs und Ohs kommentiert hatte, sanft auf dem Boden landen.

Immer noch trug er seinen Sohn wie einen Rucksack auf dem Rücken. »Äh … Tan?«, fragte er vorsichtig. »Du können loslassen.«

»Ist es vorbei? Bin ich tot?«

»Nein, nix tot.«

Er lachte. Dann spürte er, dass sein Sohn erst ein Bein, dann das andere auf den Boden stellte und schließlich auch den Klammergriff um den Hals seines Vaters löste.

»O mein Gott«, stieß Tan stöhnend aus. »Das war der blanke Horror. Ich werde nie wieder den Erdboden verlassen, das verspreche ich.«

Er beugte sich vor und stützte sich mit den Ellbogen auf den Knien ab. Nachdem er ein paar Mal durchgeatmet hatte, richtete er sich wieder auf und sah seinem Vater tief in die Augen.

»Danke, *baba*. Ich habe so furchtbare Dinge zu dir gesagt. Ich weiß gar nicht, was ich …«

»Scht«, machte Kenan und berührte seinen Sohn an der Schulter. »Alles gut. Alles gut. Du in Sicherheit. Rest wir vergessen, ja?«

Tans Lippen zitterten, doch es kam kein weiteres Wort heraus. Er vermutete, dass sein Sohn unter Schock stand, was nach den Erlebnissen der letzten zehn Minuten nicht verwunderlich war.

»Ich jetzt machen endgültig Schluss mit Süperposer«, verkündete er grimmig und legte die sechzehn Ampullen vorsichtig in die ausgebreiteten Hände seines Sohnes.

Dann nickte er Tan aufmunternd zu und schoss in die Höhe, um seinen Worten Taten folgen zu lassen.

Eigentlich war er kein Mann, der eine Frau schlug. Niemals, niemals, niemals würde er das tun. Eigentlich. Denn diesmal kannte er keine Gnade – zumal er in dieser grünen Bestie, die auf der Aussichtsplattform auf ihn wartete, ohnehin nichts Menschliches mehr erkannte. Mit dem Kopf voran raste er auf sie zu.

Sie zuckte nicht einmal, sondern rief nur: »Komm schon, alter Mann! Wir fangen doch gerade erst an.«

Also entschied sich Kenan für einen Frontalangriff. Er hielt einfach stur geradeaus und knallte mit voller Wucht in Mathilda von Poser hinein. Es riss sie von den Beinen, und verschlungen zu einem sich tretenden, kratzenden und schlagenden Knäuel, flogen sie mehrere hundert Meter weit über die Aussichtsplattform hinaus in den Himmel, bis Süperposer es schließlich schaffte, sich aus der Umklammerung zu lösen. Sie schlug mit ihren kleinen Fäusten auf ihn ein, was eher jämmerlich aussah. Doch es fühlte sich an, als würde er mit Baseballschlägern aus Aluminium bearbeitet werden – und zwar von drei wutentbrannten Fußballhooligans, deren Verein haushoch verloren hatte. Jeder Schlag war ein Treffer, presste ihm die Luft aus den Lungen und ließ ihn Sterne sehen, und dann traf auch noch ihre Faust sein Kinn. Die unheilvolle Bestie kämpfte mit der Kraft eines ganzen Universums. Und sie war schnell.

Er legte alle noch verbliebene Contenance gegenüber dieser monströsen Frau ab und verpasste ihr ein paar heftige Schwinger. Jetzt, da er sich nicht mehr beherrschte und beide über Superkräfte verfügten, war das Kräfteverhältnis nahezu ausgeglichen. Er war zwar stärker, Süperposer dafür um einiges flinker. Immer wieder tauchte sie unter seinen Hieben ab. Er bekam sie einfach nicht zu fassen. Holte er aus, war sie plötzlich hinter ihm und rammte ihm ihre kleine Faust in den Magen, in die Nieren – eben das, was gerade da war. Er fühlte sich wie ein altersschwacher Punchingball, dem nach und nach die Luft ausging.

Mit einem rechnete Mathilda von Poser jedoch nicht: dass er ihre Finten nach nur wenigen Minuten des Zweikampfs voraussah. Als sie erneut unter ihm abtauchen wollte, ahnte er folgerichtig voraus, welche Richtung sie einschlug, bekam sie zu fassen und schleuderte sie mit voller Wucht in Richtung Olympiaturmspitze.

Er hatte gut gezielt. Sie prallte frontal gegen die Turmspitze und sackte benommen auf die obere Aussichtsplattform. Binnen Millisekunden war er zur Stelle, stand breitbeinig vor ihr, die Hände in die Hüften gestemmt. So hatte er es mal in einem Comic von seinem Enkel gesehen, einem Comic von diesem Superman. Er hoffte, dass sein Umhang im Wind genauso flatterte, wie es bei dem Superhelden der Fall gewesen war.

»Du geben auf?«

Voller Genugtuung sah er Süperposer nicken. Sie hob den Kopf ein winziges Stück und ließ ihn dann wieder fallen.

Auf einmal überkam ihn ein schlechtes Gewissen. War er zu grob mit ihr umgesprungen? Schließlich war sie eine Frau und vor einiger Zeit einmal seine geschätzte Chefin gewesen.

Sie versuchte, sich aufzurichten, streckte jedoch mit

schmerzverzerrtem Gesicht den Rücken durch, dann krümmte sie sich jammernd. Ob sie sich den Rücken gebrochen hatte? Konnte man sich den Rücken brechen?

Er ging in die Knie, versuchte, ihr aufzuhelfen, und verfluchte seine derangierte Kniescheibe im rechten Bein dafür, dass sie sich ausgerechnet in dieser Situation ohne Vorwarnung wieder zu Wort meldete. Ein stechender Schmerz schoss ihm durch seinen Oberschenkel hoch in die Hüfte. In dem Moment, in dem er sich wunderte, wie er denn in der Gestalt von Süperopa Probleme mit dem Knie haben konnte, sah er eine Spritze in seinem Bein stecken, deren violetter Inhalt gerade von Süperposer mit Nachdruck in seinen Muskel gepumpt wurde.

»Was zum …?«

Er schlug die Hand seiner Widersacherin weg – derart wuchtig, dass sie eine Pirouette drehte. Dann umklammerte er sein Bein, konnte aber nicht verhindern, dass er einknickte und sich auf dem anderen Knie abstützen musste. Schnell zog er die Spritze aus seinem Oberschenkel, deren Inhalt sich nun in seiner Blutbahn befand und dort wütete. Das Serum schien eine lähmende Wirkung zu haben, die sich rasant in ihm ausbreitete, denn er fühlte sich mit einem Mal so müde und träge und schlapp wie seit Jahren nicht mehr.

»Damals in Papua-Neuguinea«, erklärte Mathilda von Poser jäh wieder gut gelaunt, »habe ich viel Zeit damit verbracht, an einem halbwegs wirksamen Gegenmittel zu forschen. Nur deswegen habe ich die Möglichkeit, die Superkräfte, die dieses Virus freisetzt, einzudämmen.« Sie seufzte betrübt. »Doch leider ist die Wirkung nur von kurzer Dauer.« Mit einem Satz sprang sie auf. »Die Zeit sollte allerdings reichen, um einem alten Mann endgültig den Garaus zu machen.«

Er kniete vor ihr, sprichwörtlich wie gelähmt. Seine Beine wollten ihm nicht mehr gehorchen. Er wusste nicht, wie, aber kam irgendwie hoch und bewegte sich so steif wie ein Roboter ohne Gelenke.

Mathilda von Poser machte einen Satz nach vorn und traktierte ihn mit ein paar gezielten Schlägen, die ihn zusammenfahren ließen. Er hatte nicht einmal die Energie, die Arme zu heben, um die Hiebe irgendwie abzufangen. Mit jedem Treffer, den Süperposer landete, entwich mehr Kraft aus seinem Körper. Er ging zu Boden, schützte seinen Kopf mit Händen und Armen, doch immer wieder trafen ihn ihre Prügel, die den letzten Funken Leben aus ihm herauszuschlagen schienen.

Irgendwie gelang es ihm dann doch noch einmal, Süperposers herumwirbelnde Faust aufzufangen, und er drückte zu. Er war zu keinem klaren Gedanken mehr fähig, dennoch wurde die Gestaltwandlung in Gang gesetzt, und er sah sich plötzlich selbst über sich knien. Wieder steckte er im Körper von Süperposer.

»Na bravo, du Vollidiot!«, fauchte sie. »Glaubst du etwa, ich hätte ein Problem damit, mir die Seele aus dem Leib zu prügeln?«

Dann schob sie ihn über die Kante der Aussichtsplattform, und er fiel ins Bodenlose.

KAPITEL 42

»Papa! Papa! Papa!« Tobias kämpfte sich unter Einsatz seiner Ellbogen durch die Menge, die ihm nur widerwillig Platz machte. »Lasst mich durch, das ist mein Papa«, brüllte er über die Köpfe der vor ihm stehenden Leute. Im Schlepptau hatte er seine Mutter, die ihm nicht mehr von der Seite wich.

Erst als sein Vater den Ruf erwiderte, konnten er und Ina den Kreis durchbrechen, der sich um ihn gebildet hatte. Seine Mutter schob sich an ihm vorbei und drängte zwei junge Frauen zur Seite, die sich aufopfernd um seinen Vater kümmerten.

Er blieb unentschlossen stehen – aus Angst, wie seine Eltern aufeinander reagieren würden. Das letzte Mal waren immerhin die Fetzen geflogen. Tatsächlich erkannte er ebenso viel Unsicherheit in den Gesichtern der beiden, wie er selbst verspürte. Sie musterten sich lange, ohne etwas zu sagen. Doch in ihren Blicken lagen weder Zorn noch Wut. Tobias erkannte das Gefühl in ihren Mienen: die pure Erleichterung, sich gegenseitig wohlauf zu sehen. Trotz dieses Wahnsinns, der sie in den letzten Stunden heimgesucht hatte.

»Tan«, sagte Ina.

»Ina«, erwiderte Tan.

»Mann«, rief Tobias. »Jetzt küsst euch doch endlich!«

Als sie tatsächlich einen Schritt aufeinander zu machten, sich an den Händen fassten, sein Vater seine Mutter dicht an sich heranzog und ihr einen Kuss gab, der Tobias rot werden ließ, brandete frenetischer Beifall ringsum auf.

Tobias wurde noch verlegener. Nicht des Jubels wegen, sondern weil er eindeutig eine Zunge erkannte, die sich aus dem Mund seiner Mutter stahl und in den Mund seines Vaters …

»Bääääh!«

Um Ablenkung bemüht, wandte er sich ab und sah in den Himmel, und dann verwandelten sich seine Beine in Wackelpudding. Er erkannte über sich seinen Opa, der sich einen Kampf mit diesem grünen Monster lieferte.

Tobias' Kopf fuhr herum zu seinen sich immer noch küssenden Eltern. »He, ihr da! Da oben ist Opa. Wir müssen ihm helfen!«

Zum Glück ließen sie endlich voneinander ab und folgten seinem Blick.

Der Kampf fand vielleicht dreißig Meter über ihren Köpfen mitten in der Luft statt, doch Tobias hatte gute Augen und erkannte jedes Detail. Gerade musste sein Opa einen harten, blitzschnell ausgeführten Schlag in die Magengrube einstecken, woraufhin er sehr schnell ein Stück nach unten stürzte.

Was war los? Wieso flog er nicht? Krank vor Sorge schrie Tobias auf. Erst als dieses Wesen ihn am Cape zu fassen bekam, wurde der freie Fall seines Großvaters gebremst. Wieder prasselten Schläge auf ihn ein. Der Oberkörper von Opa Kenan flog hin und her wie der einer Stoffpuppe. Er schien sich gar nicht mehr zur Wehr zu setzen.

»Warum wehrt er sich denn nicht?«, schrie Tobias seinen Eltern zu, die ebenso entsetzt und ratlos wie er nach oben starrten.

Bei der nächsten Attacke hob sein Opa zumindest die Hände zum Schutz, doch gegen die Attacke konnte er sich nicht behaupten. Mit der einen Hand hielt das grüne Wesen ihn fest, damit er nicht in die Tiefe stürzte, mit der anderen bearbeitete es ihn wie einen Boxsack. Nun flog auch Süperopas Kopf hin und her.

Doch dann erkannte Tobias, wie er den Arm hob und zum Gegenschlag ansetzte. Viel zu langsam und viel zu berechenbar. Merkwürdigerweise zielte er auf den Oberarm seines Gegners, und er hielt etwas in der Hand, das er in den Arm des grün schimmernden Wesens drückte. Es sah aus wie eine Spritze.

Dann geschah etwas Merkwürdiges. Die beiden Kämpfenden tauschten die Gestalt. Schwebte Opa eben noch auf der linken Seite, war er nun rechts und dieses grün schimmernde Wesen ihm gegenüber. Tobias kannte diese Fähigkeit von Helden aus seinen Comics. Mystique von den legendären X-Men konnte das auch. Es war unglaublich, so etwas in echt zu sehen. Beinahe so, als würde die Haut Blasen schlagen und eine Sekunde später wieder verheilen. Es ging hin und her zwischen den beiden in der Luft Fliegenden. Sie schienen gleich stark zu sein.

»Papa, Mama. Wir müssen ihm helfen!«, rief Tobias.

»Aber was sollen wir denn tun?«, fragte seine Mutter verzweifelt.

»Ich weiß ja auch nicht. Wir brauchen eine Feuerwehrleiter. Oder noch besser, einen Helikopter.« Er stolperte auf seinen Vater zu und riss ihn am Jackenkragen. »Papa!

Opa braucht uns. Kannst du denn keinen Polizeihubschrauber ordern?«

»Ich … äh …«

Plötzlich ging ein Raunen durch die Menge. Tobias fuhr herum und sah sich umgeben von aufgerissenen Augen. Zeigefinger schossen in die Höhe.

»O mein Gott!« Seine Mutter hielt sich die Hand vor den Mund.

Und dann sah Tobias es auch. Um seinen Opa und die Frau hatte sich eine Art Blase gebildet, in deren Innerem grelle Blitze zuckten. Inmitten der transparenten Kugel konnte man sehen, wie die beiden Kämpfenden hin und her flogen – als wären sie dicke Flocken in einer wild geschüttelten Schneekugel.

Das Schauspiel dauerte ein paar Sekunden, dann platzte die Blase lautlos, was einen einzigen Schrei aus Tausenden von Mündern zur Folge hatte. Süperopa und das Wesen in Grün stürzten herunter. Starr vor Schreck, verfolgte Tobias den Absturz, der sein Ende mitten im Olympiasee fand.

Er konnte sich später nicht mehr daran erinnern, sich in Bewegung gesetzt zu haben, doch er wusste noch, dass er geschrien hatte: »Weg da! Lasst mich durch! Lasst mich sofort durch!«

KAPITEL 43

»Baba! Baba! Baaaaabaaa!«

Tan kämpfte sich durch die Menge, setzte die Hände ein, die Ellbogen, schob und schubste, um sich einen Weg zum Olympiasee zu bahnen. Ungeachtet der Kälte und der Rufe der vielen Menschen, die ihn dabei beobachteten, wie er ins Wasser rannte, schwamm er los. Nichts drang mehr zu ihm durch. Keuchend und prustend kraulte er zu der Stelle, von der die ringartigen Wellen ausgingen und ihre großen Kreise um den Punkt zogen, an dem die beiden Kämpfer in den See gefallen waren. Verzweifelt hielt er nach Luftbläschen Ausschau, die ihm die exakte Richtung weisen könnten. Doch da war nichts – nicht ein einziges Blubbern.

Als er etwa die Mitte des plötzlich so riesig wirkenden Sees erreicht hatte, betrachtete er voller Verzweiflung die glatte Wasserfläche, die lediglich durch seine eigenen Bewegungen in Unruhe versetzt wurde.

Hier war nichts. Und niemand.

»Dort ist er reingefallen!«, hörte er einen vereinzelten Ruf vom Ufer aus. Unzählige Hände zeigten auf das Wasser, doch von seiner Position aus war es unmöglich, etwas mit diesen Informationen anzufangen.

»*Baba!* Verdammt! *Babaaaa!* Wo bist du?«

Um seiner Wut Luft zu machen, ließ er die Handflächen auf das Wasser klatschen. Nie zuvor hatte er sich hilfloser gefühlt. Es half nichts, er musste abtauchen. Tan sog tief Luft in seine Lungen und tauchte mit dem Kopf voran in den See.

Zunächst sah er nichts, war umgeben von einer trüben dunkelgrünen Finsternis, durch die es kein Durchkommen gab. Doch nach und nach gewöhnten sich seine Augen an die schlechten Lichtverhältnisse. Er nahm die vielen Wasserbläschen wahr, die aus seiner Nase nach oben stiegen, tauchte tiefer und entdeckte nach kurzer Zeit tatsächlich einen im Wasser schwebenden Gegenstand unter sich. Entschlossen stieß er sich mit den Beinen weiter nach unten, ignorierte den schmerzhaften Druck auf seinen Ohren. Er ließ die schemenhafte Gestalt unter sich nicht mehr aus den Augen. Mit den Händen voran tauchte er ihr entgegen und stieß einen stillen Schrei der Erleichterung aus, als seine Finger einen grünen Umhang zu fassen bekamen. Der erneute Schwall Luftbläschen, die aus seinem Mund blubberten, raubte ihm dabei die Sicht.

Er hatte seinen Vater gefunden, griff ihm unter die Arme und zog ihn unter Aufbringung all seiner Kraft in Richtung Wasseroberfläche. Seine Lunge brannte, und ihm drohten die Sinne zu schwinden. Doch er kam dem Sonnenlicht, das sich weit über ihm auf der Seeoberfläche brach, einfach nicht näher. Panik breitete sich in ihm aus. Sie waren zu schwer, oder er war zu schwach. Gib nicht auf, dachte er, du darfst jetzt nicht aufgeben! Sein freier Arm durchpflügte das Wasser, und seine Beine strampelten sich mit beinahe übermenschlicher Kraft nach oben.

Er hatte das dringende Bedürfnis, Luft zu holen, und

atmete einen Schwall Wasser ein, musste husten. Ihm wurde schwarz vor Augen. Die Anstrengung und die fehlende Atemluft forderten ihren Tribut.

Gerade als er dachte, er würde es nicht schaffen und gemeinsam mit seinem Vater in diesem See ertrinken, durchbrachen sie die Oberfläche. Er rang gierig nach Luft. Noch nie hatte ein Atemzug derart gutgetan wie dieser.

Die Freude schlug jedoch in Entsetzen um, als er Kenan ansah, von dem keine Regung ausging. Er bewegte sich nicht. Vor allem: Er schien nicht mehr zu atmen. Behutsam zog Tan ihm die Superheldenmaske vom Gesicht und hob ein Augenlid an – doch sein Vater reagierte nicht.

»Halt durch, alter Mann«, sagte er. »Zusammen schaffen wir das.«

Wie er es in seiner Polizeiausbildung gelernt und so oft in *Baywatch* gesehen hatte, drehte er die leblose Gestalt auf den Rücken, legte ihm einen Arm um den Oberkörper und zog ihn zum Ufer.

Der Weg kam ihm unendlich lang vor. Doch um den See herum standen so viele, die ihn anfeuerten. »Du schaffst das!«, schrien sie ihm entgegen. Einer sprang ins Wasser, schwamm auf ihn zu und half ihm bei den letzten fünfzig Metern, die sich wie eine Ewigkeit anfühlten.

Mit vereinten Kräften schafften sie es, seinen Vater aus dem Wasser zu ziehen und ihn auf den Rücken zu drehen, wo er sofort mit der Herz-Lungen-Massage begann. Genau wie er es gelernt hatte, summte er dabei den Rhythmus des Discoklassikers mit: *Ha, ha, ha, ha staying alive, staying alive* … im Stillen mit. Ob die Bee Gees wohl geahnt hatten, dass ihr Lied einmal eine solche Bedeutung bekommen würde?

Doch sein Vater machte keine Anstalten, wieder zu sich zu kommen.

»Mensch, *baba*!«, rief Tan seinen noch immer reglos daliegenden Vater an, während der Mann, der ihm geholfen hatte, ihn aus dem See zu ziehen, gerade Luft durch den Mund in seine Lunge blies. »Du musst mir schon helfen! Allein schaff ich das nicht. Superhelden sterben nicht! Ich brauche meinen *baba*. Hörst du?« Er fing an zu schluchzen. »Und Tobias braucht seinen Großvater. Du hast hier Verantwortung, du kannst nicht so einfach abtreten.«

Seine Stimme wurde brüchig, bald liefen ihm die Tränen über die Wangen. Er wischte sie nicht weg, sondern konzentrierte sich wieder voll und ganz auf die Herz-Rhythmus-Massage.

Staying alive, staying alive …

Tan sah sich verzweifelt um, schrie die Menschen, die sich um sie versammelt hatten und mit betretenen Gesichtern dastanden, an: »Macht doch etwas! Helft mir! Helft meinem *baba*!«

»Der Notarzt ist unterwegs«, hörte er jemanden sagen.

Tan tastete nach dem Puls an Kenans Hals, doch er konnte ihn nicht finden. In seiner Verzweiflung schob er den Mann, der ihm bislang so selbstlos geholfen hatte, grob beiseite und versuchte es selbst mit der Mund-zu-Mund-Beatmung. Er konnte sehen, wie sich der Brustkorb seines Vaters aufblähte. Doch sein Vater atmete nicht von selbst. Es schien hoffnungslos.

»*Seni seviyorum, baba*. Ich liebe dich!«

Jemand berührte ihn sanft an der Schulter. »Lassen Sie es gut sein. Es ist zu spät.«

Er schüttelte die Hand ab und setzte wieder zur Massage an, weinte Rotz und Wasser. Es war ihm vollkommen egal, was die Leute von ihm dachten.

»Papa!«, rief er, »Papa!«

»Tan …«

Er fuhr herum und sah in die verweinten Gesichter von Ina und Tobias. Sie standen dicht beieinander und hielten sich im Arm.

»Ich kann ihm nicht helfen.« Tan verzweifelte. »Er kommt nicht zurück!« Wieder drehte er sich zu seinem Vater um, ballte die Hand zur Faust und donnerte sie mitten auf den Solar Plexus. Er hatte das mal gesehen in irgendeiner Fernsehsendung. *Galileo* vielleicht. Aber außer dass es einmal unschön knackte und er sich ziemlich sicher war, seinem Vater mindestens eine Rippe gebrochen zu haben, passierte nichts. *»Baba«*, schrie er den Körper seines alten Herrn wütend an. »So nicht! Du kannst dich nicht einfach so davonmachen. Wir haben noch einiges zu klären. Es gibt noch so vieles, worüber ich mit dir reden will.« Er brachte den Oberkörper seines Vaters in eine aufrechte Position und schlang seine Arme um ihn. Es fühlte sich an, als würde er eine schwere Stoffpuppe umarmen. Keine Regung ging mehr von seinem Vater aus. Eine Erkenntnis, die ihm erneut die Tränen in die Augen trieb. »All die Dinge, die du mir noch nicht beigebracht hast …«, schluchzte er und streichelte zärtlich Kenans das Gesicht. »Ich will wieder dahin, wo wir mal waren. Damals … als ich dein Ein und Alles war und du mein Held, der es mit jedem aufnehmen konnte. Mit der ganzen Welt.«

»Ich aufnehmen mit jedem – noch immer.« Tan spürte

eine Hand auf seiner Schulter, die fest zudrückte. Er zuckte unwillkürlich zusammen. Das war doch die Stimme seines Vaters. Halluzinierte er? Er hatte mal gehört, dass Menschen in Schockmomenten ziemlich merkwürdige Verhaltensweisen an den Tag legten und seltsame Dinge erlebten … »Und du sein immer Ein und Alles für mich.«

Also wenn das eine Halluzination war, dann klang sie verdammt echt. Und wenn nicht …

Tan fuhr herum. Er konnte nicht glauben, was er sah, rieb sich über die verweinten Augen, doch der breit grinsende Süperopa stand noch immer in seiner ganzen Pracht vor ihm. Daneben Ina und Tobias, die ihren Augen ebenfalls nicht trauen wollten.

Okay, dachte er. Dann haben wir auf jeden Fall alle die gleiche Fata Morgana. Aber wer ist dann …

Er senkte den Blick und betrachtete den toten Kenan in seinen Armen. Ein eisiger Schauer durchfuhr ihn.

»Wer …?«

Sein Vater nickte in Richtung des reglos daliegenden Körpers. »Das nicht sein ich, mein Sohn.«

»Nicht?« Tan sah zu seinem Vater auf.

Wieder schüttelte Kenan den Kopf und zeigte auf den Süperopa in Tans Armen. »Das Mathilda von Poser.«

In diesem Moment ging ein Raunen durch die Menge. Als Tan sich wieder dem reglosen Körper zuwandte, erkannte er den Grund dafür.

Sein toter Großvater – Kenan Ümnyazici, Süperopa – verwandelte sich vor seinen Augen in Mathilda von Poser. Auf den ersten Blick wirkte es, als würde sie friedlich in seinen Armen schlafen. Ein glückseliges Lächeln umspielte ihre Lippen, beinahe so, als hätte sie einen schönen Traum. Der Anblick wurde nur durch die Tatsache getrübt, dass ihre Lider halb offen standen und der starre Blick ins Nichts ging.

Ihm wurde schwindlig, als er begriff, was gerade passiert war. Er hatte nicht seinen Vater aus dem See gezogen, es war die Chefin seiner Frau gewesen.

Sein Vater beugte sich zu ihm herunter und seufzte. »Nun sie hat gefunden ihre Friede.«

Tan starrte die Frau an. Dann bettete er ihren leblosen Oberkörper vorsichtig auf die Erde und erhob sich, rieb sich noch einmal über die Augen, um die Tränen fortzuwischen.

Plötzlich fiel ihm etwas ein. Unsicher drehte er sich zu seinem Vater um und fragte verlegen: »Sag, *baba*, wie viel von dem, was ich gesagt habe, hast du mitbekommen?«

Sein Vater lächelte und griff sich ans Ohr. »Was du sagen, Sohn? Müssen sprechen lauter. Du doch wissen, deine *baba* nicht haben die beste Ohren.«

Mit einem vieldeutigen Grinsen strich er Tan über das nasse Haar und zwinkerte ihm spitzbübisch zu.

EPILOG

ZWEI WOCHEN SPÄTER

»Und vergessen Sie die Toiletten auf Ebene II nicht. Die hat Ihre Putzkolonne seit Tagen einfach ignoriert. Sie können sich nicht ausmalen, welcher Gestank von dort ausgeht!«

Der Hausmeister zog einen schweren Schlüsselbund aus der Hosentasche und öffnete den Sicherheitsbereich zum oberen Labortrakt, nachdem er die Codekarte über den Scanner hatte laufen lassen.

Veit vermied den direkten Blickkontakt. Zwar hatte er selbst nie mehr als drei Wörter am Stück mit Winkelmann gewechselt, es war jedoch davon auszugehen, dass der Mann sich an ihn erinnern würde, wenn er ihn nur lange genug ansah.

Winkelmann war glücklicherweise zwar gründlich in seinem Job, aber nicht die hellste Kerze auf der Torte. Er hielt noch immer die Codekarte in den Händen und versuchte, den dort stehenden Nachnamen zu entziffern.

»Ist aber kein gelungenes Foto«, befand er schließlich.

Doch, dachte Veit, eigentlich schon. Sogar ein äußerst vorteilhaftes, wenn er an den Mann dachte, den er vor fünf Minuten mit Äther betäubt und anschließend in der Besenkammer eingesperrt hatte.

»Ist schon älter.« Er zog sich das Baseballkäppi mit dem Logo der New York Yankees tiefer ins Gesicht und tat so, als würde er die Utensilien seines Putzwagens inspizieren.

»Also gut, Herr, äh …«

Veit stöhnte innerlich auf. Bozhdaraj, so schwer war das doch nicht. Kushtrim Bozhdaraj. Ihm wäre es natürlich auch lieber gewesen, die Identität eines Putzmannes anzunehmen, der Markus Müller hieß. Aber das Leben war nun mal kein Wunschkonzert.

Er zwang sich zu einem Lächeln und sagte: »Einfach Kushtrim.«

Winkelmann nickte, ohne von der Chipkarte aufzusehen. »In Ordnung, Kushtrim.«

Noch immer hing sein Blick auf dem Foto fest, das das Gesicht eines südosteuropäisch wirkenden Mannes Anfang zwanzig zeigte – in der Tat jedoch absolut keine Ähnlichkeit mit ihm, Veit, hatte.

»War schon lange nicht mehr in Sonne«, meinte er mit slawischem Akzent und hielt dem Hausmeister die Klobürste unter die Nase. »Immer nur arbeiten, arbeiten, arbeiten.«

Winkelmann machte einen angewiderten Schritt zurück und hielt ihm die Chipkarte hin. »Okay.«

Veit griff danach, wagte es aber nicht, sie dem Mann aus der Hand zu nehmen. »Darf ich?«, fragte er freundlich und grinste.

Wieder nickte Winkelmann. Erst unentschlossen. Dann bestimmter. Endlich ließ er die Chipkarte los. Veit nahm sie und klemmte sie sich wieder an sein Arbeitshemd.

»Bitte sehr.« Winkelmann machte einen Schritt zu Seite und hielt ihm die Tür auf.

Mit dem Putzwagen voran betrat Veit den Hochsicherheitstrakt und vermied es tunlichst, sich noch einmal umzublicken. Er atmete erleichtert auf, als er hinter sich die Tür ins Schloss fallen hörte.

Leise vor sich hin pfeifend (erst später wurde ihm bewusst, dass es die Titelmelodie des Leone-Westerns *Spiel mir das Lied vom Tod* war), schob er sich mit dem Wagen voller Reinigungsmittel durch die Gänge, die einst sein Leben bedeutet hatten. Es fühlte sich merkwürdig an, wieder hier zu sein. Als wäre er nie wirklich weg gewesen, und gleichzeitig so, als würde er die Räume zum ersten Mal betreten. Als er hier noch das Sagen gehabt hatte, war er von jedem höflich begrüßt worden, der seine Wege gekreuzt hatte. Nun aber, in der Montur eines Putzmannes, wurde er vom Personal geflissentlich ignoriert. Gut so. Denn für das, was er plante, konnte er keine Zeugen brauchen.

Ohne die vorbeieilenden Mitarbeiter eines Blickes zu würdigen, passierte er die Tür zu den Personaltoiletten und bog die nächste links ab zum Trakt der höchsten Sicherheitsstufe. Bevor er in den Bereich der Kameras kam, die vor der Eingangstür angebracht waren, streifte er sich den weißen Kittel, den er zwischen Chlorreiniger und Trockentüchern versteckt hatte, über den Blaumann. Den Putzwagen ließ er achtlos im Gang stehen. Dann nahm er wieder seine Chipkarte vom Hemd und lief auf die grifflose schneeweiße Tür zu.

Erst als er unmittelbar vor dem Eingang stand, fiel ihm auf, dass er noch das Baseballkäppi trug. Schmunzelnd zog er es sich vom Kopf und steckte es in die Kitteltasche. Spätestens ab jetzt würde man ihn auf den Aufzeichnungen erkennen. Doch bis diese ausgewertet wurden, war ohnehin alles zu spät.

Veit zog die Karte durch den Schlitz und spürte, dass sein Herz einen kleinen Sprung machte, als das LED-Licht neben der Tür nicht sofort von Rot auf Grün umsprang. Er schloss die Augen, atmete tief ein und ermahnte sich zur Ruhe. Dann schob er die Karte ein zweites Mal durch das Lesegerät. Das Lämpchen wurde grün, und das Summen des automatisch geöffneten Türscharniers erklang. Ein äußert befriedigendes Geräusch.

Erleichtert betrat er den Forschungstrakt, der sein zweites Zuhause gewesen war, und ging den Weg, den er schon Tausende Male hinter sich gebracht hatte. Er kannte ihn blind. Links, rechts, geradeaus, rechts, rechts.

Endlich hatte er sein Ziel erreicht. Die Tür des Kühlschranks ging mit einem Zischen auf, und weißer Nebel breitete sich im Labor aus.

Der Moment war gekommen …

Mit zittrigen Fingern holte er eine Einwegspritze aus seinem Kittel und löste die Kappe. Dann nahm er sich eine der Ampullen aus ihrem Gestell, brach die Glasspitze ab und zog die grünliche Flüssigkeit mit der Spritze auf. Die leere Ampulle ließ er achtlos auf den Boden fallen.

Er steckte sich die Spritze in den Mund, während er seinen Arm hochkrempelte und die Hand zur Faust ballte, um eine Vene hervortreten zu lassen. Es war ungewohnt, sich selbst zu spritzen, aber davon ließ er sich nicht beeindrucken. Ohne mit der Wimper zu zucken, schob er sich die spitze Nadel in den Venenkanal, drückte auf den Spritzenkopf und sah gespannt dabei zu, wie die grün leuchtende Flüssigkeit in seinem Arm verschwand. Die Farbe war so grell, dass sogar die Ader unter seine Haut grünlich zu schimmern begann.

Es kribbelte und brannte, als würde sich ein Dutzend hungriger Ameisen durch seine Blutbahnen fressen. Veit begann am ganzen Körper zu zittern und zu schwitzen. Er wischte sich über die feuchte Stirn und sah grüne Striemen auf der Handfläche. Damit hatte er gerechnet. Schließlich kannte niemand die Nebenwirkungen besser als er. An zahllosen Probanden hatte er diese Reaktionen bereits beobachten können.

Doch er, Veit Hai, würde an den Folgen der Infektion nicht zugrunde gehen.

Er griff in die Innentasche seines Arztkittels und zog die Flasche mit dem weißen Inhalt hervor. Das Virus hatte nun sein Herz erreicht und verteilte sich mit jedem Pulsschlag rasant in seinem Blutkreislauf. Veit zitterte so stark, dass er Mühe hatte, den Verschluss der Flasche aufzudrehen.

Sein Sichtfeld füllte sich mit grünem Nebel. Schnell setzte er die Flasche an den Mund und begann, gierig zu trinken.

Eigentlich hasste er den salzig-säuerlichen Joghurtgeschmack, doch diesmal war er die reinste Wohltat. Sofort entspannte er sich, sein Blick wurde klar, und auch das Schwitzen hörte auf.

Veit Hai leerte die Flasche in einem Zug und betrachtete sie nachdenklich. »Wer hätte gedacht«, sagte er laut zu sich selbst, »dass ich einmal auf den Geschmack von Ayran kommen würde.«

Wenn dir jemand nicht mehr aus dem Kopf geht ... gehört er in dein Herz.

320 Seiten. ISBN 978-3-7341-0292-9

Laura, Besitzerin des Hotels Happy Scheidung hat ein Faible für Romantik. Obwohl ihr Gasthaus zerstrittenen Ehepaaren die Trennung erleichtern soll, reisen die meisten nach nur einem Wochenende in der idyllischen Umgebung frisch verliebt wieder ab. Laura glaubt eben fest an die Liebe, und sie ist auch diejenige, die in der Familie alle zusammenhält. Als sie jedoch aus heiterem Himmel von ihrem Mann verlassen wird, stürzt ihre rosarote Welt in sich zusammen – bis sie merkt, dass sich der attraktive Adrian für sie interessiert ...

Lesen Sie mehr unter: **www.blanvalet.de**